庆祝中国共产党成立一百周年

中国戏剧家协会

——百部——
优秀剧作

典藏

1921—2021

6

作家出版社

目　录

·川 剧·

巴山秀才

魏明伦 南 国

时　间　光绪二年（1876），皇帝乳臭未干，两宫太后垂帘听政之时。

地　点　发端于一个姑且名叫"巴山县"的小地方，涉及省府成都，后又
　　　　闹到北京紫禁城内去了。

人　物　孟登科——秀才，巴山县穷秀才。

　　　　孟娘子——孟登科的老伴。

　　　　霓　裳——总督宠姬，原籍巴山县。

　　　　袁铁匠——巴山县饥民，霓裳的舅父。

　　　　恒　宝——八旗子弟出身，护理四川总督。

　　　　孙雨田——巴山县知县，后升成都、华阳两首县正堂。

　　　　李有恒——虎威保安营统领，记名提督。

　　　　钦　差——清朝贵胄、亲王，朝廷派往四川查办"巴山冤案"的
　　　　　　　　　钦差大臣。

　　　　戈什哈——总督近卫。

　　　　随　员——钦差随员。

　　　　班　头——巴山县衙班头，后为成都衙门捕快。

　　　　店幺姑——成都科甲巷客栈老板的女儿。

　　　　张之洞——朝廷派往四川主持省试的提学使。

　　　　新兵、散兵、衙役、侍从、歌姬若干。

序　曲

　　　翻开近代史，
　　　回顾旧四川：
　　　天府如地狱，
　　　哀鸿遍巴山！

第一场　求赈

〔哀歌声中，大幕启。

〔舞台上呈现一幅悲惨的画面：巴山县衙门前，饥民百姓、男女老少，密密麻麻跪了一地。为首老者头顶香盘，匍匐膝行。众人叩首哀号。

〔班头带衙役执水火棍冲出。

班　头　号啥子？老天不下雨，县大老爷又不是雷公、电母，有啥办法？你们不去求雨拜菩萨，竟敢跑到衙门口来闹事！

百姓甲　我们不是来闹事，巴山干旱，小民百姓实在活不下去了。

众百姓　请求县大老爷开仓放粮。

班　头　大胆刁民，围衙要粮！衙役们，给我乱棒赶走！

〔衙役掀翻香盘，挥棒驱打百姓。跪在人丛中的袁铁匠忍无可忍，霍然跃起，夺过水火棍。百姓少壮者，也与衙役对峙，各执棍棒一端。

袁铁匠　要打吗？四道城门，九街十八巷，尽是饥民百姓，每人吐一泡口水，也要把你几个淹死！（把水火棍一折两段，掷于班头脚下）

班　头　（见势不妙，色厉内荏）袁铁匠，今天我们手下留情，你也该依礼依法！

袁铁匠　我们正是依礼依法，才来求见孙大老爷，请他开仓放粮。

班　头　孙大老爷说了：本县仓廪空虚，无粮可放。

袁铁匠　请问：历年多收的浮粮哪里去了？上峰拨下的义粮哪里去了？莫非统统进了孙大老爷的腰包？

班　头　这个……

袁铁匠　这个那个？再不开仓放粮，我们就要上告了！

班　头　啊！（惊）刁民胆大包天，竟想告官！好，你们等着！（带众衙役退下）

袁铁匠　众位父老！（唱）

　　　　　　衙外叩头不顶用，

　　　　　　棍棒专欺可怜虫。

县官沉迷金钱梦，

饥民在喝西北风。

忍无可忍怒潮涌。

越衙告状找上峰！

百姓乙 唉，越衙告状，侯门深似海啊！

百姓甲 袁铁匠，听说你那流落他乡的外甥女，现已召进侯门，在制台大人身边很是得宠。我们告状，何不走走这条门道？

袁铁匠 理直气壮，何须依靠门道？只要一张状子就行了。

百姓丙 这状子又请哪个写呢？

〔孟登科幕内长声吟哦："子曰……"

百姓甲 嘿，有缘，会写状子的秀才来了——

〔孟登科把脸埋在《八股制艺》里，摇头晃脑，吟哦而上。

孟登科 （念）功名八股，

也者之乎。

两耳不闻窗外事，

一心只读圣贤书。

（走至台口边缘，一脚悬空）

众百姓 （拉住孟登科）走路小心！

孟登科 （缩脚，往台下一看）呀，危乎高哉！

〔孟登科退下台沿，喃喃欲去。众人拦路相求，七嘴八舌。

众百姓 秀才！老先生——

孟登科 （应接不暇，愕然环顾）呀！诸位乡亲兴师动众，衙门口前拦路相求，究竟为了何事？

袁铁匠 满城都闹哄了，亏你这位饱学生员还不晓得！真是"饱汉不知饿汉饥"哟！

孟登科 此言差矣。荒年暴月，米珠薪桂，本秀才三月不知肉味，顿顿吃"烤烤儿"，肚皮何饱之哉？

袁铁匠 哈哈，那我们就算是一条板凳上的穷朋友了。求你帮大家写张状子，请上峰查清巴山账目，开仓放粮！

孟登科 （惊）啊！

众百姓 快写，快写！

〔孟娘子上。

孟娘子　（闻言插嘴）写啥子？写啥子？（拨开人丛，瞧见孟登科）嘿，我通街找你，你跑到衙门口来了哩！

孟登科　（赔笑）娘子……

百姓乙　看，少年夫妻老来伴。

百姓丙　一时不见惊叫唤！

孟娘子　列位不要见笑。我这秀才，离不得人经佑。（转向孟登科）你呀，上街要是给车马撞着，看你咋个上成都赴考啊？跟我走，回家去。（拉孟登科走）

袁铁匠　（挡住孟娘子）秀才，大家求你代笔，你究竟帮不帮忙啊？

孟登科　（点头）要帮，要帮。诸位少安毋躁，听我道来——（唱）
　　　　　　倾诉愚衷……

袁铁匠　（唱）急惊风偏遇呀——

〔幕内帮腔：

　　　　"慢郎中！"

〔孟登科长麻吊线地唱起来，孟娘子几度拉他衣袖催走。

孟登科　（一边唱，一边插念）不要拉，我就来。（唱）
　　　　　　庶民休把官府碰，
　　　　　　吾乡应有君子风。
　　　　　　眼看考期就要拢，
　　　　　　陋巷寒窗苦用功。
　　　　　　待等我——
　　　　　　上成都，进考棚，
　　　　　　一声春雷报高中，
　　　　　　两朵金花步蟾宫。
　　　　　　三杯御酒皇恩宠，
　　　　　　四川又出状元公。
　　　　　　五旬老翁摘桂蕊，
　　　　　　六部领文送归鸿。
　　　　　　七品县官来伺奉，
　　　　　　八府巡按有威风。

> 九彩凤冠妻受用，
>
> 十全十美满堂红。
>
> 到那时，
>
> 开仓放粮，
>
> 周济贫穷，
>
> 百姓称颂，
>
> 乐享千钟！

〔孟登科一气呵成，不禁手之舞之；孟娘子听得入迷，随夫陶醉而足之蹈之。

〔百姓见状，啼笑皆非。

袁铁匠 （勃然大怒，唱）

> 顺手之劳你不动，
>
> 牛皮吹到半虚空。
>
> 何年甚月你高中？
>
> 饥民早进坟墓中。
>
> 孟登科，登科梦，
>
> 少年考成白头翁。
>
> 民生疾苦全不懂，
>
> 八辈子休想状元红！

孟登科 （尴尬）哎呀，出言不利！

孟娘子 （恼羞成怒）秀才文章高天下，朱衣为何不点头？原来才是你们这些"唐七、唐八"在咒他哟！秀才，争口气，像"吕蒙正"那样，把凤冠给我拿回来！

百姓甲 看来这状子他是不会写了！

袁铁匠 离了红萝卜就办不成席吗？我们另请高明写状！

众百姓 对！

〔班头内长呼："孙大老爷到——"

〔衙役大吼堂威，蜂拥而上。孙雨田道貌岸然，出现门首。孟登科夫妇退避不及，被孙雨田一眼看见。

孙雨田 秀才在此，莫非挥动刀笔，代写词状？

孟登科 （连忙声明）不不不，晚生循规蹈矩，焉敢代人捉刀？此事与我无关，告退了。

孟娘子　　（拉孟登科袖）快走！

孙雨田　　且慢！（步下台阶，讳莫如深）事关巴山民生大计，秀才岂可
　　　　　回避！？

袁铁匠　　民以食为天！孙大人既然面见饥民，就请开仓放粮！

孙雨田　　父老啊，（愁眉苦脸）乡亲们，巴山干旱，百姓受苦，下官痛心
　　　　　疾首。怎奈小县库粮被上峰征调一空，实在无粮可放。下官廉洁
　　　　　奉公，不料反惹父老猜疑。（转向孟登科求援）满腹苦衷，秀才
　　　　　必能体谅？

孟登科　　（一怔，不知所云）这……

袁铁匠　　（抢白）心中无冷病，不怕吃西瓜！

孟登科　　（息事宁人，嘀咕）言重了，言重了啊！

孙雨田　　（声泪俱下）天啊，苍天！（跪地盟誓）我孙雨田乃科甲出身，遵
　　　　　循孔孟之道，若有暗室亏心，中饱私囊，天诛地灭！
　　　　　〔众百姓见状迷惑，窃窃私议。

孙雨田　　（慷慨激昂）为官不与民做主，枉食朝廷俸禄多。升轿启程——

袁铁匠　　（挡驾）往哪里走？

孙雨田　　赶上成都，为民请命。

众百姓　　（一怔）为民请命？！

孙雨田　　此有本县亲笔呈文，请秀才代劳，当众宣读，以明心迹！

孟登科　　谨遵台命，拜读呈文——（唱）

　　　　　　　　"泣血顿首拜都堂，
　　　　　　　　巴山小县告灾荒。
　　　　　　　　老者饿死沟渠葬，
　　　　　　　　少年逃荒奔异乡。
　　　　　　　　全县饥民引颈望，
　　　　　　　　呈请速拨救济粮。"

众百姓　　（释疑）啊！
　　　　　〔孟登科交还呈文，班头捧大印上。

孙雨田　　（唱）为民请命有风浪，
　　　　　　　　丢官罢职也承当。

翎顶官帽托手上，

朱红大印悬中梁。

此行倘若负众望，

孙某抱愧投锦江。

孟登科　（同部分百姓感动地高呼）青天大老爷！

孙雨田　印悬中梁，升轿启程！父老受我一拜。

　　　　〔众衙役升轿，百姓让路，孙雨田乘轿急下。

袁铁匠　（狐疑地）该不是金蝉脱壳？

孟登科　哎，你总以小人之心，度君子之腹。大家快回去缝好米口袋，等
　　　　着领救济粮吧。

袁铁匠　书生之见……

孟娘子　不要斗嘴了，各干各的事——打铁的打铁，读书的读书！

孟登科　子曰……（又把脸埋在《八股制艺》里，吟哦起来）

　　　　〔幕落。

第二场　谎报

　　　　〔二幕外。深夜，成都制台衙门附近。孙雨田乘轿急上。
　　　　〔戈什哈内吼："住轿！"上。

戈什哈　制军重地，辕门百步之外，文官下轿，武将下马。

孙雨田　（滚下轿来，伏地请求）巴山小令孙雨田告急，求见大帅。

戈什哈　夜不成公事！回去打个禀帖来。三日之后，再听回话。去！（下）

孙雨田　（对班头指远处）你来看——

班　头　旗门炮！

孙雨田　旗门炮！（阴沉地）与爷取火来。

班　头　火？（惊诧）老爷，旗门炮不敢乱点，点燃是报兵变民变啊！

孙雨田　少废话，取火来。

班　头　小人，小人不敢……

孙雨田　（厉声）叫你去——（一脚踢倒班头，掩袖"变脸"）

　　　　〔班头见孙雨田面目狰狞，吓得连声应诺，退下。

　孙雨田　（唱）刮尽地皮吞财宝，

公仓粮米进腰包。

不料刁民把事闹，

围衙要粮呼声高。

真实情怎敢向上司禀报？

大旱年吞灾粮我该挨刀！

（不寒而栗，进退维谷，接唱）

下狠心，耍绝招，

瞒天过海掀波涛。

总督为人我知晓，

八旗子弟老官僚，

高高在上听谎报，

下令从不查秋毫。

我夜报民变点大炮，

他半夜升堂易混淆。

好、好、好——

怂恿大帅剿剿剿！

火上加油烧烧烧！

我贪污之罪掩盖了，

管他巴山命千条！

（暗下）

〔谯楼三更。琵琶声、打牌声、戏谑声迭起。

〔二幕徐启。

〔总督花厅内，雅俗混杂，恒宝醉眼惺忪，正与姬妾们打麻雀牌取乐；宠姬霓裳身披蝉翼，怀抱琵琶，信手拨弹。

恒　宝　碰！（纵声大笑）

〔霓裳皱眉，猛地拂弦，戛然而止。

恒　宝　（回头）咦，霓裳怎么不弹了？

霓　裳　大帅是打牌，还是听曲？

恒　宝　啊！（笑向霓裳）霓裳，你弹吧，老夫洗耳恭听啊！

〔众姬妾挤眉弄眼，停牌等待。

〔霓裳眼含淡淡忧愁，弹唱唐诗《夜雨寄北》。

霓　裳　（唱）"君问归期未有期，

巴山夜雨涨秋池。

何当共剪西窗烛，

却话巴山夜雨时。"

恒　宝　哈哈……

妾　甲　请问大帅，究竟是听曲呢，还是打牌哟？

恒　宝　好，打牌，打牌。霓裳过来，看老夫一手好牌……

〔霓裳走到恒宝身后观牌局。

妾　乙　碰！

妾　丙　吃！

恒　宝　杠！（喜）好！（欲打另一块牌）

霓　裳　（淡淡插嘴）这块牌打不得，要"放炮"！

恒　宝　"放炮"？（犹豫）

妾　甲　（激恒宝）既然霓裳都说打不得嘛，大帅就当然不敢"放炮"啰！

恒　宝　（激怒）什么不敢，老夫是个犟德性，偏要"放"！

〔恒宝一牌打出，幕后惊天动地一声炮响，吓得恒宝滚下牌桌，姬妾乱作一团。

〔戈什哈仓皇奔上。

戈什哈　报——巴山知县孙雨田点炮告急！

霓　裳　（失声）巴山？

恒　宝　升堂！

〔霓裳扶起恒宝，急入帘内，众姬妾慌忙收拾残局。

〔满汉亲兵穿梭绕场，睡梦糊涂，张冠李戴，完全乱了套。

〔珠帘半卷，屏风更易，花厅变为大堂公案。

〔亲兵列队，恒宝衣冠不整入座。

恒　宝　传孙雨田。

〔戈什哈内喊，堂威大作。孙雨田上，匍匐而进。

孙雨田　（五体投地）参见大帅。

恒　宝　点响旗门炮，是兵变，是民变？

孙雨田　巴山民变，夺印驱官，声言……（有意忍口）

　恒　宝　声言什么？

孙雨田　狂言犯上，大帅不听也罢。

恒　宝　什么狂言？本帅偏要听！

孙雨田　"斩恒宝之头以谢四川！"

恒　宝　（拍桌而起）狗胆包天！（盛怒之下，草率决策）戈什哈！

戈什哈　喳！

恒　宝　速调提督李有恒，率领虎威保安营，奔赴巴山县，剿、剿、剿！

　　　　〔恒宝写札，孙雨田如释重负。

　　　　〔恒宝举札，上书"剿办"二字，加盖总督大印。戈什哈接札。恒宝拂袖，一物落地，铿然有声！

恒　宝　（一怔，二目圆睁）什么东西？

亲　兵　（拾起一看，是块麻雀牌）麻将——九万！

恒　宝　什么九万？剿办！

孙雨田　剿办！

　　　　〔幕落。

第三场　屠城

　　　　〔战马长嘶，虎威保安营马队杀气腾腾，驰向巴山。

　　　　〔"李"字大纛旗下，提督李有恒勒马传令。纛旗翻卷，旗上赫然"剿办"二字！

　　　　〔天昏地暗，杀声四起。饥民扶老携幼，惊惶逃窜。官兵铁蹄纵横，巴山小县重演"扬州十日""嘉定三屠"。

　　　　〔兵痞搂抢民女，火烧民房。

　　　　〔袁铁匠奋起反抗，徒手与官兵格斗，负伤逃下。官兵追下。

　　　　〔孟登科丧魂落魄逃上，官兵穷追不舍，有如老鹰抓鸡，捉住秀才。

　　　　〔一群老弱妇孺被官兵押上，连同孟登科一起推上土坡，一片哀号。

　　　　〔李有恒策马上，"剿办"大旗招展，保安营毛瑟枪队随后。

李有恒　毛瑟枪上膛！

枪　队　喳！（枪口对准饥民）

孟登科　（出示米口袋，大呼）我，我们是领救济粮的顺民百姓啊……

李有恒	格杀勿论！

〔枪声大作，众饥民惨死，孟登科跌倒在坡前。

〔"阴锣鼓"渐起，孟登科"尸首"蠕动，从死人堆里爬起，自疑已死，摸头，抚颈，咬手一阵，迂性发作，喃喃自语。

孟登科　我，我死了没有呢？试一试吟哦之声如何？子曰……（声音由低渐高）

〔幕内帮腔：

"大难不死幸存者。"

〔孟登科明白自己幸免于难，拔腿急逃。

〔孟娘子鬓发蓬松、衣衫破碎逃上。

〔孟登科与孟娘子碰头，同喊"饶命"，双双跌跪，膝行，互向对方叩头如捣蒜，良久方才认出。

孟登科　你，你是娘子！

孟娘子　哎呀，我的秀才呀！

〔老两口像孩子似的抱头痛哭。

〔幕内帮腔：

"大难不死幸存者，
劫后相逢肝胆裂。"

孟登科　（唱）多年来，循规蹈矩读子曰，
　　　　　　　　蓦地里，血雨腥风天地黑。

孟娘子　（唱）乱纷纷，灾民逃似惊弓鸟，
　　　　　　　　哗啦啦，官兵猛如下坡车。

孟登科　（唱）遭干旱，不来救灾来剿办，

孟娘子　（唱）灌田地，不是雨水是鲜血！

孟登科　（唱）叹今夜，黄泉路上无旅舍，

〔幕内帮腔：

"怎住宿，巴山冤魂三千客？"

孟登科　哎呀，娘子，巴山父老呼吁救济，并无反叛之意，官府哪有剿办之理？孙大老爷是怎么向上禀报的？李有恒又是怎样杀出来的？奇怪，我倒想问出一个所以然？

孟娘子　你怎么发起迂性来了？不要胡思乱想，快走！

孟登科	走？一片废墟，无家可归，往哪里走啊？
孟娘子	你赶快逃出虎口，自奔前程，上成都赴考。
孟登科	魂都吓掉了，还要考吗？
孟娘子	我守你一辈子，就是指望你喝上三杯御酒。看——我命都没顾，却把你的《八股制艺》紧紧揣在怀里（交书），拿去，快走。
孟登科	（凄然）我怎么丢得下你呢？
孟娘子	（哽咽）我也舍不得你呀！
孟登科	我的妻呀！（又与孟娘子抱头痛哭）
孟娘子	我的夫呀！

〔幕内帮腔：

"夫莫悲，妻莫哭，

带着娘子上成都！"

孟登科	（茅塞顿开）嘿，这一腔帮得好！
孟娘子	对，公不离婆——
孟登科	秤不离砣。
孟娘子 孟登科	两口子一起走！

〔幕后一声大吼："站住！"

孟娘子	（大惊）哎呀，散兵游勇来了！

〔一散兵追上，截住孟登科两口。

散　兵	嘿，老子宰了九十八个脑壳，你二人来得好，刚刚凑齐一百，看刀！

〔袁铁匠内呼："秀才！"

〔袁铁匠赶来，奋不顾身掩护孟登科夫妇，夺过散兵钢刀。散兵拔出匕首，直插袁铁匠胸膛。袁铁匠"挂彩"，忍痛举刀向散兵头上劈去，散兵与袁铁匠同卧血泊。

孟登科	（忙扶袁铁匠）铁匠，铁匠兄弟！
袁铁匠	（喘息）秀才，我、我本想逃出虎口，奔上成都，为巴山父老喊冤。现在，我不行了……秀才，你们快走，上成都找我外侄女……
孟登科	她在哪里？

袁铁匠　总督府……

孟登科　她，她就是小裳姑？

袁铁匠　现名霓裳！

孟登科　霓裳！

〔袁铁匠断气，孟娘子下跪啼哭。

孟登科　铁匠呀，好兄弟！（悲痛深思，口占祭文）早打铁，晚打铁，打铁之人心明白。早读书，晚读书，读书之人好糊涂。秀才明哲保身，铁匠舍己救人，枉咏阳春白雪，不如下里巴人。英灵不昧，后继有人。呜呼哀哉，尚飨！

〔哀乐长鸣，孟登科长跪盟誓。

〔幕落。

第四场　迂告

〔二幕外。成都街头。

〔孙雨田内唱："望江楼去赴庆功宴——"

〔道锣响亮，衙役开道。孙雨田翎顶辉煌上，班头牵马执蹬随上。

孙雨田　（接唱）好风送我上云天。

　　　　　　高升成都，华阳县，

　　　　　　花翎耀眼马蹄翻。

（策马下）

〔二幕启。

〔望江楼畔，灯红酒绿。

〔亲兵摆宴，穿梭来往，准备停当，两厢肃立；戈什哈向内打千恭请。

〔孙雨田、李有恒左右簇拥恒宝上。

恒　宝　（唱"昆曲"）

　　　　　　一举剿平巴山乱，

　　　　　　高枕无忧奏管弦。

〔恒宝挥手，亲兵抬出一匾："良吏治民"，赐予孙雨田。孙雨田受宠若惊，大礼拜谢。李有恒看得眼红，恒宝转身挥手，亲兵抬出另一匾："猛士筹边"，赐予李有恒。李有恒感恩拜谢。

〔二匾配成对偶，三人弹冠相庆，归座。

戈什哈　宴齐开宴。

恒　宝　请霓裳领舞庆功。

戈什哈　（传话）请霓裳领舞庆功。

〔笙歌一派，霓裳率众歌姬袅袅而出，翩翩起舞。

众歌姬　（唱）锦城丝管日纷纷，

　　　　　　半入江风半入云。

　　　　　　此曲只应天上有，

　　　　　　人间能得几回闻。

恒　宝　（大悦）霓裳辛苦，赐座！哈哈……

〔众歌姬分立阶下，霓裳入席伴坐。

孙雨田　（谄笑奉迎）大帅豪兴，霓裳妙舞，庆功宴增添风雅，卑职敬酒
　　　　三杯，祝霓裳永葆天香国色，祝大帅公侯万代……

李有恒　万代公侯！

恒　宝　哈哈……

霓　裳　（唱）霓裳女，浅斟低唱——

〔幕内帮腔：

　　　　"装笑脸！"

〔霓裳依序斟酒，孙雨田把杯恭迎，巴结宠姬。

〔霓裳阶下背唱，众歌姬轮番绕席敬酒。

霓　裳　（背唱）背转身，一片乡情悼故园……

　　　　　　霓裳原籍巴山县，

　　　　　　父母双亡女孤单。

　　　　　　铁匠舅父抚弱女，

　　　　　　风箱灶边度童年。

　　　　　　元宵观灯被挤散，

　　　　　　人贩拐我离巴山。

　　　　　　流落锦城多磨难，

　　　　　　召进侯门伴达官。

　　　　　　惊闻故乡遭剿办，

思亲泪洒白罗衫。

望江楼前抬头看——

有含愁斑竹，失群孤雁，戴孝粉蝶，啼血杜鹃。

这半江锦水是谁之泪？

哪块云彩是我的天！

（怅望云天，略感昏眩）

恒　宝　霓裳，你怎么样了？

霓　裳　（掩饰）身体不爽。

恒　宝　先更衣去吧。

〔霓裳与众歌姬下。

〔戈什哈上。

戈什哈　禀大帅，外面来了一个川北老头，自称捎来家乡口信，求见裳姑——

恒　宝　什么裳姑？扠出去！

戈什哈　川北老头声称，裳姑就是霓裳！

恒　宝　啊，原来是霓裳的老乡到了，快去引他进来。

〔戈什哈下。

孙雨田　川北老头？（怀疑）大帅，卑职前去接待来人，引他去见霓裳。

恒　宝　去吧。

〔孙雨田离席，戈什哈引孟登科经过阶下，正遇孙雨田，互相打量。

孙雨田　（惊）是你？

孟登科　（意外）嘿，才是你哩！（唱）

山不转来水要转，

狭路相逢孙雨田！

孟登科当初瞎双眼，

错把酷吏当青天！

恒　宝　（诧异）这是什么人？

孙雨田　（先发制人）哎呀，大帅！此人乃巴山余逆，从李军门手下漏网了！

016　李有恒　（拍案而起）斩！

〔孙雨田急于灭口，从亲兵匣中抽刀便砍。

恒　宝　住手！

〔戈什哈挡住孙雨田。

恒　宝　（见状生疑）老头儿，哪里而来？

孟登科　巴山而来！

恒　宝　到此则甚？

孟登科　寻访霓裳。

恒　宝　找她何事？

孟登科　请她引见制台恒宝！

亲　兵　（吼）哼！

李有恒　瞎了狗眼，恒大帅在此！

孟登科　（咚地跪下）天赐良机，巧遇制台，上苍有眼，巴山冤狱昭雪有日了！

恒　宝　慢——巴山何冤之有？

孟登科　冤情大矣！

恒　宝　可有词状？

孟登科　这……来得匆忙，词状简陋。

恒　宝　口述词状。

孟登科　容禀……

孙雨田　（威胁地）哼！

孟登科　哼啥子？我是钟鼓楼的麻雀——早就吓疲了！（唱）

士别三日刮目看，

胆小秀才也喊冤；

当初不闻窗外事，

而今仗义敢执言。

巴山求赈非民变，

贪官谎报瞒青天……

恒　宝　（打断）慢——原来巴山不是民变啊？

孟登科　（摇头晃脑）所谓民变者，揭竿暴乱也！巴山父老馨香叩首，恳求县衙开仓放粮，顺民而已，何变之有？何变之哉？

恒　宝　你们可曾声言，斩本帅之头以谢四川？

孟登科　（连声辩析）莫须有也，莫须有也！饥民所求者，白米干饭也；大帅之头虽大，焉能充饥乎？饥民之肚皮与大帅之脑袋，牛头不对马嘴也！孙雨田东拉西扯，饥民冤哉枉矣！

恒　宝　（明白上当，怒喝）孙雨田！

孙雨田　在。

恒　宝　你敢瞒上欺下！

孙雨田　（惶然）卑职不敢。

恒　宝　李有恒！

李有恒　在。

恒　宝　你也胡作非为？

李有恒　（茫然）标下不敢。

孟登科　（插嘴）狡辩！李有恒奸掳烧杀，按律当诛！孙雨田谎报民变，依法当斩！（理直气壮）请大帅追查，是哪个糊涂浆子官轻信谎报，下札剿办，欠下三千血债。此人乃罪魁祸首，按律依法，斩、斩、斩！

恒　宝　（如坐针毡，不禁以手摸颈）啊？

孙雨田　（暗喜，趁势反攻）你这刁民指桑骂槐呀！

李有恒　看——（亮出札子，提醒恒宝）就是恒大帅亲笔下札剿办！

孟登科　啊！（恍然大悟，戳指恒宝）原来罪魁祸首才是你哩！

恒　宝　（勃然大怒）大胆！

〔孟登科闻声，被迫跪下，犹自愤愤不平。

孙雨田　（背唱）孙雨田正想弯弯绕，
　　　　　　　　迂秀才杀个直端端！

李有恒　（背唱）我照札子去剿办，
　　　　　　　　下札之人罪在前！

恒　宝　（背唱）牵动一发全身乱，
　　　　　　　　触发小官伤大官。

孙雨田　（背唱）风雨共打一把伞，

李有恒　（背唱）安危同坐一条船！

恒　宝　（背唱）帅、仕、相，

孙雨田　（背唱）棋一盘！

恒　宝　（背唱）中、发、白，

李有恒　（背唱）会三元！

孙雨田　（背唱）你、我、他，

李有恒　（背唱）抱成团！

孙雨田　（背唱）手牵手，

李有恒　（背唱）官保官！

恒　宝　（背唱）剿错了就往错处断，

　　　　　　　刁民——诬告官府罪滔天！

　　　　〔霓裳更衣后暗上，密切注视动向。

恒　宝　巴山乱民，负隅（错念为"偶"）顽抗，杀！

　　　　〔亲兵捆绑孟登科，推至台口。

孟登科　（忽然狂呼）错了，认错了！

恒　宝　哼，这时你才认错，晚了！

孟登科　（迂性大发，挣脱亲兵，直指恒宝）哎，你把字认错了！

恒　宝　（诧异）我把哪个字认错了？

孟登科　按照《康熙字典》，该认负隅（音"愚"）顽抗，你咋个认成负"偶"顽抗呢？

恒　宝　（捧腹奸笑）哈哈，死已临头，还在咬文嚼字哩！

孟登科　头可断，血可流，"别"字不可不纠啊！

恒　宝　（又好气、又好笑）哎呀，原来是个书呆子，给我拉下去。

孟登科　（三叹有余哀）唉，堂堂总督认"别"字，可悲哟——（被亲兵推下）

霓　裳　刀下留人——

　　　　〔幕内帮腔：

　　　　　　"且慢斩！"

霓　裳　（背唱）书呆告状太迂酸，

　　　　　　　可敬他仗义执言冒风险。

　　　　　　　可惜他直来直去不转弯，

　　　　　　　眼见乡亲又蒙难。

　　　　　　　霓裳怎忍袖手观？

　　　　　　　救不了三千人救个老汉——

嗯，随机应变把亲攀！

（反身下跪）大帅开恩，饶了我的舅父吧！

恒　宝　什么？这个书呆是你的舅父？

霓　裳　（顺着话头）对、对，我这个书呆舅舅，与我失散多年，音信
杳无。不料他越来越迂，（指头）这里边有毛病，不识时务，
冒犯官府。大帅，你既然看出他是呆子，又何必与呆子一般见
识呢？（唱）

　　　　网开一面——

　　　　网开一面，

　　　　宰相肚内好撑船。

　　　　并非是汉界楚河龙虎斗，

　　　　又何必冲冠一怒为穷酸。

　　　　蜀国山高皇帝远，

　　　　堂堂成都，巍巍四川，

　　　　座座衙门，件件公案，

　　　　——都在大帅手中管！

　　　　小小百姓，蠢蠢书癫，

　　　　微微蝼蚁，区区老汉，

　　　　——量他难把大浪翻！

　　　　霓裳保他不再犯，

　　　　高抬贵手多包涵。

　　　　我时时感恩，天天祝愿，

　　　　翩翩起舞，声声请安，

　　　　——夜夜琵琶为君弹。

　　　　不看僧面看佛面，

　　　　不念皓首念红颜。

　　　　要斩连我一齐斩——

　　　　（扑向刀斧）

恒　宝　（忙呼）拉倒，拉倒！

孙雨田　（见恒宝动摇，背唱）

　　　　斩草除根快进言！

（连忙进言）哎呀，大帅！事关重大，切勿举棋不定，赶快斩草除根。

恒　宝　（沉吟）我看霓裳说得也有道理，那秀才临死还咬字眼儿，分明是个呆子，无足轻重。不如赏霓裳一个脸面，大家付之一笑。何必弄得美人寻死，老夫也不痛快嘛！李有恒，你看如何？

李有恒　标下唯命是从，大帅说放就放嘛。

孙雨田　（急了）大帅，千万放不得呀！

霓　裳　（忽笑）哈哈……（出言激之）李军门听大帅的，大帅听孙大人的。孙大人都说放不得嘛，大帅当然就不敢放！

恒　宝　（勃然）什么不敢放？老夫是个犟性子，偏要放！

孙雨田　大帅……

恒　宝　（拂袖）往下站！

孙雨田　是！（背白）草包昏庸，女人厉害！

霓　裳　（向恒宝）大帅快作定夺。

恒　宝　死罪可免，活罪难饶，重责八十，以儆效尤！

孙雨田　（随风转舵）大帅，我看打四十也就够了。

霓　裳　（施礼，微妙地）孙大人高抬贵手，霓裳领情了！

李有恒　（向内）打！

〔亲兵内呼："一十、二十、三十、四十！"

孟登科　（被亲兵推出，抚伤呻吟）哎哟，又是一回死里逃生。

恒　宝　不是你外甥女讲情，早成刀下之鬼，滚！

孟登科　（昏昏奔至台口，茫然）我哪有个外甥女？

霓　裳　（急忙上前搪塞）舅舅，我是霓裳啊！

孟登科　霓裳！（端详霓裳）你是小……

霓　裳　（急促低语）小声些！你住在哪里？

孟登科　科甲巷客栈。

霓　裳　好，舅舅快走！

孟登科　舅舅？（密告）你那真正的舅父袁铁匠他——（以手示意被杀，反身急下）

〔霓裳忽闻噩耗，痛心呆立。

〔戈什哈内声："报——"上。

戈什哈　禀大帅，朝廷提学使已到龙泉驿。

恒　宝　今科主考官是谁？

戈什哈　张之洞！

恒　宝　（一怔）张之洞！

霓　裳　（阶下自语）张之洞！

〔幕落。

第五场　智告

〔幕启。

〔当天黄昏，科甲巷客栈，孟娘子上。

孟娘子　（唱）归鸦噪晚，

　　　　　　　华灯初上夫未还。

　　　　　　　愿秀才，成都中举夺首卷，

　　　　　　　再上北京中状元！

〔店幺姑内呼："喂，下官房三号姓孟的！"

孟娘子　哎呀，店幺姑又来要钱了。

〔店幺姑上。

店幺姑　孟娘子，我妈叫我来催房钱！

孟娘子　小事小事，昨夜灯花报喜，我家秀才，今科必中。那时别说几个
　　　　房钱，店婆、店幺姑都要沾状元的光啊！

店幺姑　（笑）中状元？好容易。你是不是看川剧入了迷？小姐游花园，
　　　　公子订良缘。上京中状元，回来大团圆！台上的状元多得很，世
　　　　上实在少见。我家祖祖辈辈就在这科甲巷开栈房，考试生员，来
　　　　的千千，去的万万，从来没有一人中过状元，考不起死在成都的
　　　　倒有不少。（好心地）听我妈说：就在这下官房三号，一个气
　　　　死，一个碰死，一个吊死！（吐舌头）

孟娘子　啊，真的吗？

店幺姑　（点头）要不然，咋个叫下官房三号呢？唉，我担心你那秀才，
　　　　该不会成"四号"啊！

孟娘子　（恐惧）哎呀，店幺姑做个好事，给我换一间客房。

店幺姑　要不是我做好事，我妈早就赶你们走了。孟娘子，我帮你出个点子：叫秀才放下架子，到街上摆摊子，写对子，"飘叶子"，找点现钱换房子！（下）

孟娘子　焦死人了，我的秀才，你怎么还不回来哟！

〔孟登科偏偏倒倒上，昏倒在椅上。

孟娘子　（大惊）秀才，秀才！（乱了手脚）这间房子招凶，我的秀才要成"四号"！秀才，出了啥子事啊？

孟登科　哎呀，娘子！我到望江楼寻访霓裳，乘机告了一状，不料挨了四十大板。若非霓裳讲情，我命休矣。

孟娘子　哎呀，秀才，我陪你上成都是来考试，谁叫你冒里冒失跑去告状嘛！打虎不成倒被虎伤，你痛也不痛啊？

孟登科　痛定思痛！

孟娘子　你悔也不悔啊？

孟登科　悔在当初！

孟娘子　这一顿黑打呀……

孟登科　把我打醒了！

孟娘子　醒了就好，这就叫"不碰南墙不回头"，回过头来金不换。我去恳求店幺姑，找点药来与你敷伤。你就安下心来备考，好好读书吧。

孟登科　书？（决然）罢、罢、罢——破釜沉舟，拿书来！

孟娘子　（误会，喜）对了，他要发奋读书！（呈上《八股制艺》）

孟登科　掌灯来！

孟娘子　（更喜）他还要秉烛待旦哩！

〔音乐骤起。

〔孟娘子点灯后，出房暗下。

〔孟登科直面惨淡的人生，严肃地"向昨天告别"。

孟登科　（唱）沉舟破釜，

　　　　　掌灯焚书，

　　　　　告别了形影相随的老八股！

　　　　　惊回首老秀才辛酸满腹——

　　　　　渺渺茫茫青云路，

　　　　　洋洋洒洒圣贤书。

减不轻黎民百姓苦，

救不了灾荒万骨枯。

空留下，子虚乌有上林赋，

空养出，攀龙附凤名利徒。

穷秀才，虚度年华闭窗户，

落得个，白雪堆满笨头颅。

剿巴山，血洗双眼初醒悟，

悟不穿，八股习气未根除。

告，告得迂腐，

挨，挨得糊涂！

四十板，振聋发聩，

两腿伤，铭心刻骨！

抛弃功名告官府，

不平冤狱不瞑目。

焚焚焚，焚去个书呆老顽固，

烧烧烧，烧出个聪明大丈夫。

〔孟娘子拿药上，见孟登科灯上焚书，慌忙夺过。

孟娘子　你疯啦？

孟登科　我要告状，再也不考了！

孟娘子　啊！（如闻晴空霹雳）你不是已经告到总督面前了吗？告不准嘛。再告，四川哪座衙门敢接你的状子？

孟登科　四川昏暗，还有朝廷。我要上北京，告御状！

孟娘子　上北京？天哩，你忘了腰无半文、两腿是伤吗？

孟登科　娘子，你忘了巴山惨案、铁匠遗言吗？

孟娘子　忘不了！待等你发迹之后，再请高僧高道做四十九天大道场超度亡魂嘛。秀才，千万不要再去告状了！

孟登科　娘子呃，我不告状，对得起巴山冤魂吗？

孟娘子　（凄然）你不考试，又对得起我吗？

〔音乐突起，孟登科一震。

孟娘子　（声泪俱下）我守你一辈子，头发都快白了，你的三杯御酒在哪里？我的凤冠霞帔在哪里？这又对得起你苦命的妻吗？

孟登科　啊！（一阵心痛，颓然坐下）

孟娘子　（唱）想当初——

　　　　　　　　小康人家闺中秀，

　　　　　　　　窈窕淑女君子逑。

　　　　　　　　认定秀才有造就，

　　　　　　　　暗许终身偕白头。

　　　　　　　　父母嫌贫赶你走，

　　　　　　　　烈女钟情死不丢。

　　　　　　　　恨气离家赌过咒，

　　　　　　　　夫不荣归不回头。

　　　　　　　　凉水权当交杯酒，

　　　　　　　　寒窑洞房冷飕飕。

　　　　　　　　浣纱共糊口，

　　　　　　　　织布度春秋。

　　　　　　　　玉手变粗手，

　　　　　　　　少女变老牛！

　　　　　　　　千辛万苦妻忍受，

　　　　　　　　只望夫，大器晚成占鳌头。

　　　　　　　　不料你，自己斩断折桂手，

　　　　　　　　可怜我，一生心血付东流。

　　　　　　　　莫奈何，屈膝三叩首，

　　　　　　　　劝学催考苦哀求。

　　　　　（下跪，抱着孟登科膝头恳求）

孟登科　苦命的妻呀！（唱）

　　　　　　　　心痛如绞，

　　　　　　　　心痛如绞，

　　　　　　　　双袖龙钟老泪抛。

　　　　　　　　贫贱夫妻相依靠，

　　　　　　　　含辛茹苦到今朝。

　　　　　　　　八股误我知多少，

　　　　　　　　我误贤妻守寒窑。

患难恩情怎酬报?

来生愿效犬马劳。

孟娘子 (接唱) 不求来生千般好,

快把青衫换紫袍。

孟登科 (接唱) 哪有心肠求官帽?

两耳只闻冤鬼嚎!

孟娘子 (接唱) 禹门大开催你考,

告状念头快打消!

孟登科 (接唱) 冤魂不散催我告,

抛弃功名把书烧!

孟娘子 (唱) 催你考!

孟登科 (唱) 我要告!

孟娘子 (唱) 书要保!

孟登科 (唱) 我要烧!

孟娘子 (唱) 考!

孟登科 (唱) 告!

孟娘子 (唱) 保!

孟登科 (唱) 烧!

孟娘子 (唱) 你要告状我上吊!

〔幕内帮腔:

"下官房人命添一条!"

〔孟娘子解带悬梁,孟登科束手无策,连声叫苦。

〔店幺姑内呼:"下官房三号!"捧银钱上。

孟登科 店幺姑,我娘子上吊了,咋个办?咋个办?

店幺姑 啊!(往内一看)咋个办?解下来嘛。(解下孟娘子)秀才娘子,啥子事想不开哟?

孟娘子 他、他不考试,我、我一死算了……(哽咽)

店幺姑 不要哭、不要闹,灯花明亮传喜报!

孟娘子 唉!还有啥子喜哟?

店幺姑 刚才来了一个下书人,口称奉了你们外甥女所差,送来纹银一百、书信一封。

孟娘子	我们哪有个外侄女？
孟登科	定是霓裳！
孟娘子	霓裳？
孟登科	书信呈来，待我一观——（念信，"韵白"）

　　　　"考棚开，春雷动，

　　　　朝廷派来张之洞。

　　　　张之洞，任主考，

　　　　手眼通天胜恒宝。

　　　　湖北张，四川恒，

　　　　官场争宠对头人。

　　　　时机到，宜趁早，

　　　　秀才正好见主考！"

孟娘子	见主考？
店幺姑	（插嘴）秀才见主考，就是去赴考嘛！
孟娘子	（向孟登科）霓裳望江楼救你脱险，又雪中送炭，催你快去赴考。秀才，你就打消告状的念头吧！
孟登科	这个……（斟酌书信）
店幺姑	不要这个那个了，你就安心备考嘛。（逗乐）嘿，不看不像，越看越像。李亚仙刺目劝学，孟娘子吊颈催考。秀才必在成都中举，再上北京夺魁。给状元夫人道喜，要笑，要笑，哈哈……
孟娘子	（破涕为笑）……
店幺姑	秀才娘子，我陪你去歇息，明天就换房间，上官房天字第一号。好兆头，秀才见主考，就像川戏演的那样，（走台步）天字号领卷！哈哈！

　　〔店幺姑扶孟娘子下。更鼓起。

| 孟登科 | （倚案沉吟）她催考，我想告，霓裳要我去见主考…… |

　　　　〔幕内伴唱：

　　　　"思潮奔涌

　　　　秀才幻觉进考棚——"

　　〔店幺姑呼声隐隐而起："天字号领卷……"

〔应和声四起："地字号领卷，玄字号领卷，城隍庙吃面……"

〔台上五光十色，出现奇异场面：主考官张之洞一身清朝官服，高居中位，两旁却又站立四名古装龙套；众考试生员身穿传统戏装，生、净、末、丑俱全；独有孟登科依然清装，夹在其中。众考生各自手捧考卷，鱼贯进入考棚。

〔众考生分列左右，各做八股文章。孟登科独立台中，把笔苦思，忽然一拍脑门，计上心来。

〔幕内伴唱：

　　"灵机一动，

　　冤状写进考卷中！

　　巧妙呈交张之洞，

　　智告成功！

　　智告成功！"

〔孟登科展开试卷，卷上大书一个"冤"字！

〔张之洞观试卷，拍案而起……孟登科幻觉消失。

〔仍旧是下官房三号，孟登科倚案昏睡。孟娘子走来，为孟登科披衣。

孟登科　（大呼）好，好，好！

孟娘子　（惊问）秀才，你怎么了？

孟登科　（迫切地）娘子，我想通了，我要去考试了！

孟娘子　这就对了。（喜不自禁，拖长嗓音）天字号领卷……

　　〔幕落。

第六场　换札

〔二幕外，两月后，制台衙门。

〔幕内长呼："圣旨下！"

〔奏乐，恒宝上，恭迎圣旨。

〔钦差捧旨上，后跟随员，手捧翎顶官帽。

钦　差　（一口京腔）圣旨下，恒宝跪听宣读。

恒　宝　（跪）奴才恭请圣安。

钦　差	皇帝诏曰："张之洞入川主考，于试卷中查出巴山冤状，带回京黼直奏。四川民怨沸腾，诚恐民变蜂起。朕，特派专使入川查明巴山冤案，惩办元凶，平息民愤！钦此。"
恒　宝	（变色）啊！
钦　差	旨罢山呼！
恒　宝	（回过神来）隆恩万岁。

　　　　〔二幕启。钦差昂然上坐，恒宝陪坐。

恒　宝	恒宝有负圣母皇太后提拔，还望王爷斡旋。
钦　差	我说恒大人啦，你这个八旗子弟，在四川搞的什么玩意儿？考场里蹦出冤单来了，真够呛。打顺治爷坐江山起，谁见过这种事儿？"四川人"真够诡，挑这么个法子告状，可是一招鲜，吃遍天喽！
恒　宝	请问王爷，告状人是谁？
钦　差	是个小娃娃，他姓什么来着？嗯，对了，他姓柯！
恒　宝	姓柯？
钦　差	查查这个人儿。查出来，圣母皇太后有赏啊！（唱）

　　　　　　　告状人名叫柯登梦，

　　　　　　　一十五岁小蒙童。

　　　　　　　小蒙童，冤状巧呈张之洞，

　　　　　　　张之洞，借题发挥奏两宫。

　　　　　　　西宫慌忙堵漏洞，

　　　　　　　东宫乘机捅窟窿。

　　　　　　　东咬西，西咬东，

　　　　　　　东西两宫闹内讧。

　　　　　　　从前西宫说了算，

　　　　　　　这回东宫占上风。

　　　　　　　东胜西，西让东，

　　　　　　　一封诏书下九重。

　　　　　　　平息民愤免波动，

　　　　　　　查明冤案惩元凶。

　　　　　　　翎顶赐给柯登梦，

老佛爷嘉奖他告状有功。

恒　宝　请问王爷，太后的意思……

钦　差　我没词儿了，你干吗问个没完没了呢？

恒　宝　（忙改口）王爷鞍马劳顿，恒宝备宴洗尘。摆宴来！

　　　　〔戈什哈率人上，摆宴。

钦　差　（正色）公事公办，干吗来这一套？趁早交出元凶，为民申冤。

　　　　要是再搞官官相护，恒大人吃不了，兜着走！

　　　　〔钦差昂然而去，随员跟下。

恒　宝　（自语）事已至此，只好丢车保帅！

　　　　〔孙雨田急上。

孙雨田　卑职参谒大帅——

恒　宝　该死！（劈脸给孙雨田一耳光，唱）

　　　　　　　朝廷追查巴山案，

　　　　　　　罪魁祸首孙雨田。

　　　　　　　诸葛要把马谡斩，

　　　　　　　借尔人头谢巴山。

孙雨田　（伏地，突然仰面大笑）……

恒　宝　死到临头，还敢发笑？

孙雨田　我笑你丢车保帅，殊不知车丢了帅也难保！

恒　宝　（一怔）此话怎讲？

孙雨田　谎报民变罪小，下札剿办罪大。卑职死不足惜，大帅脑袋也要

　　　　搬家！

恒　宝　（不寒而栗）……

孙雨田　卑职替大帅着想，两全之计，丢车不如丢炮！

恒　宝　丢炮，（迷惑）此话又怎讲？

孙雨田　大帅请听——

　　　　〔屏风后闪现手捧茶具的霓裳，止步窃听。

孙雨田　（口似悬河）卑职不妨设想，倘若当初我未曾谎报民变，而是

　　　　实报灾情；大帅也未曾下札剿办，而是体恤民间疾苦，下令

　　　　抚办！

恒　宝　抚办？

孙雨田　李有恒违背帅令，擅自剿杀！

恒　宝　嗯，有道理！

孙雨田　既然有道理，大帅就补写一道抚办札子，卑职略施小技——（做换札手势）

恒　宝　掉包？

孙雨田　如此这般，全部罪责推到李有恒头上。恭喜大帅，干干净净，禄位高升！

恒　宝　（大喜）好，好，好！事成之后，保你连升三级！（与孙雨田携手同下）

〔孙雨田复上，展开一札，上写"抚办"二字，藏札于怀。

〔戈什哈内呼："李军门到！"

孙雨田　（喜）来得好！（急从桌上执壶斟酒，把杯，故作醉态）

〔李有恒上，孙雨田醉步上前招呼。

孙雨田　李军门，迟来一步，罚酒三杯！

李有恒　今天不奉陪，听说钦差驾到，我来打听消息。

孙雨田　消息？孙某穿堂入室，略知内情。

李有恒　老兄，先漏几句给我听听……

孙雨田　好朋友，先干杯，听我道来。（入座，干杯，讳莫如深地）唉，官场内幕，钦差与大帅之间，自有交道。你我奉命办事，上头打个屁，下头跑落气。譬如巴山之事，大帅叫你剿，你敢不剿吗？

李有恒　对头，我就像杀场上的刽子手，上司下令起鼓开刀，我就"咔嚓"！

孙雨田　不过话又说回来，口说无凭，手上要有证据！

李有恒　有！总督亲笔，制台关防，看——（亮出札子）

孙雨田　（念）"剿办！"

李有恒　如何？

孙雨田　朋友，札子好生收藏啊。

李有恒　我老李天天贴在胸坎上！（收札于怀）你放心吧。

孙雨田　我放心了。祝李军门平安无事，干！

〔孙雨田灌酒，李有恒烂醉如泥，伏案昏睡。

孙雨田　（呼）李军门，好朋友……

〔孙雨田收敛醉意，快如狡兔，掏出"抚办"札子换了李有恒

"剿办"札子。

〔恒宝闪出,孙雨田呈上札子。

恒　宝　会办事,送客!

〔孙雨田扶李有恒下。

〔霓裳手执烛台暗上。

恒　宝　惹祸兜兜,付之一炬……

霓　裳　(应声)火来了!

恒　宝　(回头)呀,美人,你真是我的"打心槌槌儿"啊!

〔霓裳很自然地接过札子,背身烧札。火光一冒,残灰飘飘……

〔孙雨田上,见霓裳在场,欲言又忍。

孙雨田　大帅……(低问)那件东西可曾销毁?

恒　宝　烧了!(指地上余灰)老夫高枕无忧了!

〔恒宝放心地手搭霓裳肩头,同下。

〔孙雨田不放心地检查余灰,拾起残片。

孙雨田　不是纸灰是绢灰!(紧张)哎呀,我会掉包,女人更会掉包啊!

〔幕落。

第七场　搜店

〔紧接前场,二幕外。

〔台左,钦差随员带人手捧报录上。台右,孙雨田带人手拿枷锁上。双方各踞地盘。

随　员　(背念)手捧报录跑大街,

　　　　　　　寻找巴山柯秀才!

孙雨田　(背念)霓裳骗札失踪影,

　　　　　　　追查巴山孟秀才!

随　员　(背白)报喜!

孙雨田　(背白)抓人!

随　员
孙雨田　走!(双方各自奔下)

〔店幺姑从二幕中探出头来,环顾左右。

店幺姑	奇怪！（念）
	喜鹊乌鸦同时叫，
	吉凶祸福一齐来。

〔霓裳披斗篷急上，店幺姑施礼接待。

店幺姑　女客官，你又是来找老秀才吗？

霓　裳　（点头）秀才可在店中？

店幺姑　在。（向内呼）上官房一号，客来了！

〔霓裳下，随员带人上。

随　员　请问这里可住有一位姓柯的客人？

店幺姑　姓柯的？（摇头）没有，小店没有住姓柯的。

随　员　唉！巴山秀才难找，报录往哪儿送啊？（带人下）

店幺姑　巴山秀才……（猛然）哎呀，老秀才不就是巴山人吗？（向内呼）孟娘子，快来哟！

〔孟娘子上。

孟娘子　店幺姑，啥子事啊？

店幺姑　有人来送报录，寻找巴山秀才……

孟娘子　巴山秀才，报录在哪里？

店幺姑　走了。你快追上前去，问个明白。

孟娘子　（默念）老天保佑，秀才该会中啊。（呼）下报录的差哥，等到！（急下）

店幺姑　真要中了，我都帮他欢喜……噫，眼皮跳，欢喜老鸹打破蛋！

〔孙雨田带人蜂拥而上。

孙雨田　（劈头便问）巴山秀才住在哪里？

店幺姑　（失声）咋个都是来找巴山秀才？

孙雨田　（连声逼问）谁人来过，可是一个女人？躲在哪个房间？

店幺姑　在……（见势不佳，胡乱一指）下官房三号！

孙雨田　（挥令）抓！（带人冲下）

店幺姑　上官房一号的老秀才，脚板上擦清油——快溜啊！（下）

〔二幕启。上官房内。

〔唢呐声急。孟登科案头观札，霓裳指札补叙。

孟登科　霓裳，你冒着偌大风险，获得罪魁铁证，巴山冤魂有知，定当含笑九泉，请升，受我一拜——（拜）

霓　裳　（忙扶孟登科）老先生——（唱）

　　　　　　弱女漂泊如柳絮，
　　　　　　半生蹉跎无作为。
　　　　　　灯红酒绿人麻醉，
　　　　　　世态炎凉心已灰。
　　　　　　惊闻亲人成冤鬼，
　　　　　　血沃巴山劲草肥。
　　　　　　迂酸秀才变智慧，
　　　　　　无聊歌女变有为！
　　　　　　此心愿为家乡碎，
　　　　　　不枉人间走一回！

孟登科　壮哉！（唱）

　　　　　　巴山女儿心地美，
　　　　　　凌霜斗雪似红梅！
　　　　　　同仇敌忾揭丑类，
　　　　　　只待钦差朱笔挥！

　　　　〔店幺姑急上。

店幺姑　老秀才，官府抓你们来了！

孟登科　啊！

店幺姑　快，快到下官房三号藏起来。

霓　裳　下官房三号？

店幺姑　那里已经搜过，不会再搜了，快走。

　　　　〔店幺姑引霓裳、孟登科出房，霓裳忽然回头提醒。

霓　裳　札子！

　　　　〔店幺姑急拉霓裳下。

　　　　〔孟登科反身进房取札，藏在怀中。

　　　　〔孙雨田带人拥进房来。

　　　　〔孟登科来不及脱身，只好硬着头皮坐下，佯装读书，寻思对策。

　孟登科　（吟哦）子曰……

孙雨田　哼，装得好像！来呀，与我搜！

　　　　〔孟登科急中生智，跳到椅上，双手紧护瓜皮帽。

孟登科　儒冠不可乱动！

孙雨田　不打自招，摘下来！

　　　　〔衙役摘下孟登科的帽子，孙雨田检查，空空如也，失望，掷帽于地。

孙雨田　四下搜来！

　　　　〔孟登科趁其搜查他处，捡起帽子，闪电般将札子夹在帽内，戴在头上。

孟登科　（故作迂态）糟蹋斯文啊……

孙雨田　肘起来，搜身！

　　　　〔孟登科双手高举，服服帖帖让其搜身，空无一物。

孙雨田　（观察孟登科，改换一副笑脸）哈哈，老朋友，开门见山吧！你那外侄女，拐带帅府贵重物件潜逃，物在哪里，人在何方？

孟登科　你问霓裳么？少安毋躁，听我道来！（唱）

　　　　　　倾诉愚衷……

孙雨田　（唱）急惊风偏遇呀——

　　　　〔幕内帮腔：

　　　　　　"慢郎中！"

　　　　〔孟登科仿第一场神态语言，巧妙应付，乍听合情合理。

孟登科　（唱）十年寒窗状元梦，

　　　　　　九考不第成老翁。

　　　　　　八股文章未读懂，

　　　　　　七窍不通告上峰。

　　　　　　六神无主把壁碰，

　　　　　　五体投地腿打红。

　　　　　　四十大板还在痛，

　　　　　　三年不敢会亲朋。

　　　　　　两耳不闻窗外事，

　　　　　　一呀……

班　头　（插嘴）一？一派胡言！

孙雨田　（无奈，背白）我竹篮打水——

　　　　　〔幕内帮腔：

　　　　　　　　"一场空！"

　　　　　〔衙役甲急上。

衙役甲　有人从下官房三号越窗而逃！

孙雨田　（悟）霓裳！（气急败坏）金蝉脱壳，札子定在她身上，追！

　　　　　〔孙雨田向班头递了一个眼色，带众人追下。

　　　　　〔孟登科四顾无人，长长吐了一口气，从帽中抽出札子。

孟登科　好险，札子在这里……

　　　　　〔班头忽从桌下钻出，大吼一声。

班　头　嘿，老滑头，面带猪相，心头嘹亮。你有七算，孙大人有八算，留我在这儿盯着你的。拿来，给老子拿来。

孟登科　（后退）哎，非礼勿言……

班　头　（抖开锁链）老子动手了！

孟登科　（紧张）非礼勿动……

班　头　套起！

　　　　　〔班头用锁链套向孟登科颈项，随员带人冲上，孟娘子随后。

随　员　住手！（打翻班头，指孟登科）此乃朝廷贵人，谁敢行凶？

孟娘子　秀才高中了！（指班头）你们完了！

孟登科　（意外收获）嘿，七算八算，冒出个九算来，套起！（取下锁链，反锁班头）

　　　　　〔幕落。

第八场　揭底

　　　　　〔紧接前场，二幕外。

　　　　　〔恒宝焦急地由左上，孙雨田沮丧地由右上，相遇台中。

恒　宝　札子？

孙雨田　还在搜查。

恒　宝　（怒骂孙雨田）曹操背时遇蒋干！

孙雨田　（嘀咕）董卓背时遇貂蝉！

恒　宝	貂蝉？
孙雨田	大帅的宠姬，吃里扒外。"山人"的锦囊妙计，被她搅乱了，怪得谁来？
恒　宝	这个……（语塞）悔之晚矣。今日会审，如何下台？
孙雨田	大帅免虑，李有恒手中乃是抚办札子。今日会审，罪责推给李有恒，定案之后，再除隐患。
恒　宝	嗯，只好如此了。（呼）戈什哈，奏乐有请！（同孙雨田下）

〔鼓乐声中，二幕启。制台衙门大堂。

〔钦差仪仗列队而出："代天巡狩""奉旨查办"……气象森严。

〔总督卫队上。戈什哈抱令箭上。

〔孙雨田、李有恒分上，拱手一礼，肃立阶下。

〔恒宝上，向幕后一礼，钦差昂然而出，堂威大作。

〔钦差居首位，恒宝陪坐。

钦　差	（念）奉旨出朝，
	地动山摇。
	查办冤案，
	为民撑腰！

〔随员上。

随　员	回禀钦差，柯登梦到！
钦　差	柯登梦！（喜形于色）有请！
随　员	有请！

〔孟登科上。

孟登科	柯登梦参见钦差大人。
孙雨田	（惊）王爷，他是孟登科！
孟登科	（笑）颠转来——
钦　差	孟登科——柯登梦！
孟登科	就是我！
恒　宝	王爷，柯登梦只有一十五岁嘛！
孟登科	（笑）再颠转来——
钦　差	一十五岁——五十一岁！

孟登科	正是我!
钦　差	啊!(恍然)哈哈!老头儿,我找得你好苦啊!今儿个了结巴山一案,你来得正是时候,真是天顺人意,两全其美,摆座。
孟登科	谢座。(陪坐一旁)
钦　差	(呼)原巴山知县孙雨田!
孙雨田	在。
钦　差	案情原委,从实诉来。
孙雨田	(硬着头皮)回禀钦差大人,巴山干旱,卑职为民请命,实报灾情。
钦　差	四川总督恒宝!
恒　宝	在。
钦　差	接报之后,你如何处置?
恒　宝	回禀王爷:下官体恤巴山饥民,下令抚办。
钦　差	记名提督李有恒!
李有恒	在。
钦　差	你又怎么剿起来了?
李有恒	啊!(申辩)标下行伍出身,大帅叫我剿,我敢不剿吗?
钦　差	口说无凭,札子?
李有恒	有!(从怀中取札子)请看!
钦　差	(念)"抚办!"
李有恒	(看札子,大惊)哎呀,咋个变了?
钦　差	铁证如山,还敢狡辩?
	〔李有恒瞠目结舌。
孙雨田	(接过札子,招摇示众)众目睽睽,天日昭昭,总督亲笔,制台关防,乃是抚办,抚办啦!
恒　宝	(有意向孟登科强调)巴山秀才,看清楚,本帅是抚办啊!
孟登科	(心中有数)大帅,我看得一清二楚!
钦　差	胆大李有恒,违背帅令,擅自剿办,立即斩首,以平民愤。绑了!
	〔钦差丢下斩标。亲兵捆绑李有恒,插上斩标。
	〔孟登科抢步上前,嬉笑怒骂,痛斥李有恒。
孟登科	李有恒,蠢贼!你助纣为虐,罪之一也;奸掳烧杀,罪之二也;

被人换札，替人挨刀，罪之三也！

钦　差　（一听不对）得了吧，老头儿，你说的什么玩意儿！

孟登科　（仿京腔）什么玩意儿？我老头儿手拿这个"玩意儿"！（展开札子）

众　人　（念）"剿办！"

钦　差　（急问恒宝）这是怎么搞的？

孟登科　（仿京腔）怎么搞的，他们调包，调来调去，调到我包儿里来了！

李有恒　（狠命咬断"禁口符"大呼）老先生，你才是个救命王菩萨哟！

孟登科　你也不是个好东西，难逃罪责！

　　　　〔亲兵给李有恒打上"禁口符"。

孟登科　（高举札子示众）众目睽睽，天日昭昭，这才是总督亲笔，制台关防。"剿办"！恒大帅，（嘲讽）你不要负"偶"顽抗啊？

恒　宝　（大窘，不知所云）王爷……

钦　差　（怒指恒宝等人）你们这群混蛋，要不是秀才揭底，我差点儿上你们的当了！来呀！把恒宝撤了！把孙雨田绑了！把李有恒砍了！退堂！

随　员　（呼）退堂！

　　　　〔亲兵推出李有恒，绑了孙雨田，撤了恒宝座位，钦差扶孟登科上坐。

　　　　〔幕后呼声："起鼓，开刀——"

　　　　〔恒宝、孙雨田闻声颤抖。

钦　差　老头儿，这下满意了吧？

孟登科　元凶落网，仰仗太后隆恩。

钦　差　太后老佛爷说了，你这一状告得好啊！从古至今，有文状元、武状元、文武双魁状元，还有"进宝状元""打更状元"。你老不寻常，是告状的状元！太后老佛爷夸你是个人才，破格提升。来呀，呈上花翎冠戴，捧出皇封御酒！

　　　　〔吹打，钦差侍从呈上冠袍，孟登科应接不暇，更换穿戴。随员捧皇封御酒上。

随　员　禀启皇封。（启封）

钦　差　一杯御酒，皇恩浩荡——（敬酒）

孟登科　（欲沾唇，忽又向空遥祭）巴山父老，魂兮归来，共饮此杯！（酒

酒于地）

钦　差　二杯御酒，帝道遐昌——（敬酒）

孟登科　（欲沾唇，忽四顾）糟糠之妻不可忘，我的娘子还在衙外等候
　　　　好音。

钦　差　快请状元夫人！

二侍从　是。（下）

〔孟登科从容饮了二杯，钦差再敬三杯。

钦　差　（忽变声调）三杯御酒，送上"天堂"！

孟登科　"天堂"？（酒杯落地，变脸，腹痛如绞）毒酒！

孙雨田　（明白过来，失声）嘿！八算九算，还有十算！

恒　宝　（连呼）王爷，高！

钦　差　不是我高，是圣母皇太后老佛爷高。（指孟登科）这种料多几
　　　　个，大清朝不就砸了吗？

〔钦差说着，销毁"剿办"札子。孟登科欲抢，被钦差一脚踢倒。

钦　差　（一本正经）巴山一案就此了结，皆大欢喜。

钦　差
恒　宝　（同声朗念）载入——史——册——（弹冠相庆而下）

孟登科　（仰天长啸）大清朝……（唱）

　　　　　　三杯酒，三杯酒，杯杯催命，

　　　　　　大清朝，大清朝，大大不清！

　　　　　　孟登科，柯登梦，南柯梦醒，

　　　　　　醒时死，死时醒，苦笑几声！

〔孟登科苦笑。孟娘子甜蜜地笑着上。

孟娘子　哈哈、哈哈……（打量孟登科穿戴）哎，秀才你究竟中了个啥子
　　　　官儿啊？

孟登科　我，我中毒了！

孟娘子　（大惊）啊?!

孟登科　（唱）哪一天，执法无私民有幸啊？

　　　　　　哪一天，灾荒无情国有情！

〔末句反复伴唱。孟登科取下翎顶，弃如草芥，愤怒地踏上几
脚，含恨倒地惨死。

孟娘子 　（悲号）秀才！（幻灭、呆笑）哈哈，中了，中——毒——了！
　　　　（狂笑）哈哈……（伏尸昏厥）

　　〔琵琶声起。幕内合唱：

　　　　"天下耳目掩不尽，

　　　　歌女琵琶传真情……"

　　〔天边映现霓裳身影——民女装束，怀抱琵琶，踏遍巴山蜀水……

　　〔幕内合唱：

　　　　"巴山惨案催人醒，

　　　　巴山秀才死犹生！"

　　〔幕落。

——剧　终

　　《巴山秀才》1981年秋天开始创作。1982年12月四川省自贡市川剧团付排，1983年3月在檀木林剧场彩排，内部试演数场，后由四川省川剧院丰富加工。剧本获得第二届全国优秀剧本奖（1982—1983）。

作者简介

魏明伦　男，1941年出生，四川内江人，剧作家、杂文家、辞赋家。童年失学，唱戏谋生，艺名九龄童。代表作品有《易胆大》《四姑娘》《巴山秀才》（合作），《岁岁重阳》（合作），《潘金莲》《夕照祁山》《中国公主杜兰朵》《变脸》《好女人·坏女人》等，屡获国家级戏剧大奖。剧本《变脸》选场，载进人教版中学语文教科书。

南　国　（1935—2003），本名赖国英，男，四川荣县人。自贡市文化局创作办公室创作员，早年发表白话诗歌，1978年开始做编剧，创作小戏《红英把关》《晒场边》《两家》等，与魏明伦合作《巴山秀才》《岁岁重阳》，后有《柳青娘》《东都赋》等剧本。

·越 剧·

五女拜寿

顾锡东

时　间　明代嘉靖年间。

地　点　户部侍郎府、扬州丁府、南京城外。

人　物　杨继康——户部侍郎。

　　　　杨夫人——杨继康妻。

　　　　杨元芳——杨继康的长女。

　　　　俞志云——杨继康的长婿。

　　　　杨双桃——杨继康的次女。

　　　　丁大富——杨继康的次婿。

　　　　杨三春——杨继康的三女。

　　　　邹应龙——杨继康的三婿。

　　　　杨四香——杨继康的四女。

　　　　陈文新——杨继康的四婿。

　　　　杨五凤——杨继康的五女。

　　　　陈文华——杨继康的五婿。

　　　　陈松年——礼部侍郎。

　　　　陈夫人——陈松年妻。

　　　　翠　云——杨府义婢。

　　　　邹士龙——邹应龙弟。

　　　　春　兰——杨元芳的婢女。

　　　　夏　莲——杨双桃的婢女。

　　　　秋　菊——杨四香的婢女。

　　　　冬　梅——杨五凤的婢女。

　　　　杨府的老家人，杨府家丁甲、乙、丙、丁，丁府众婢女，钦差、
　　　　校尉等。

第一场　拜寿堂老母偏心

〔幕启。

〔明代嘉靖年间。春暖花开之时。

〔户部侍郎府，牡丹厅寿堂，喜气洋洋。

〔幕后合唱：

　　"牡丹竞放笑春风，

　　喜满华堂寿烛红。

　　白首齐眉庆偕老，

　　五女争来拜寿翁。"

〔合唱声中杨继康、杨夫人笑哈哈上，翠云随上。

杨继康　（唱）一生谨慎立朝堂，

杨夫人　（唱）夫荣妻贵寿而康。

杨继康　（唱）疏远严嵩思告老，

杨夫人　（唱）还乡安度好时光。

〔老家人喜冲冲上。

老家人　禀老爷夫人，扬州大小姐大姑爷、二小姐二姑爷，杭州四小姐四姑爷、五小姐五姑爷，带来各式各样寿礼，一齐进京拜祝老爷六秩大寿来了。

杨继康
杨夫人　快快有请。

老家人　是。（向外喊）有请大小姐大姑爷、二小姐二姑爷、四小姐四姑爷、五小姐五姑爷。

〔众女儿、女婿上。丫环春兰托玉如意、夏莲托金寿星、秋菊托红珊瑚、冬梅托翡翠瓶随上。

众女婿
女儿　啊，岳父 岳母 在上，小婿 大礼拜祝寿诞。（跪拜）
　　　　　爹爹 母亲　　　女儿

杨继康
杨夫人　贤婿、女儿请起。

| 众 | 女婿 女儿 | 谢 岳父 岳母! (起身) 爹爹、母亲 |

杨继康 哈哈哈，众位贤婿、女儿，路上辛苦了。

俞志云 （抢先命春兰献玉如意）岳父、岳母啊！（唱）

> 白玉如意献岳丈，
>
> 如意吉祥祝寿长。
>
> 接手谕知有告老还乡意，
>
> 愿奉养如同孝敬亲爹娘。
>
> 常言道长婿当作半子靠，
>
> 我夫妻拜迎两老到维扬。（挽杨元芳）

〔翠云收礼品。

杨夫人 （对杨继康）大姑爷不愧是尚书公子，孝心可嘉。

杨继康 哈哈哈。

杨双桃 （忙到杨继康、杨夫人身边）母亲、爹爹啊！（从夏莲手中取过金寿星，唱）

> 赤金寿星笑口开，
>
> 寿比南山景云辉。

〔奉金寿星与母亲，翠云上前接过。

杨双桃 （接唱）你女婿件件都听我，

> 爹娘啊，养老要到我家来。

（示意丁大富快讲）

丁大富 （赶向前）是啊！（唱）

> 贤妻说报答双亲恩和爱，
>
> 为养老瘦西湖边造楼台。

杨夫人 （对杨继康）二姑爷是扬州首富，你看，这金寿星多像你呀。

杨继康 呵呵呵。

陈文新 陈文华 （上前）岳父、岳母啊！

〔秋菊托红珊瑚，冬梅托翡翠瓶上前。

陈文新 （唱）献上这玲珑珊瑚福临门，

陈文华 （唱）呈上了翡翠宝瓶万寿春。

陈文新　（唱）爹爹说亲家本是同窗友，

　　　　　　　湖山有幸迎知心。

陈文华　（唱）母亲说天下风光西湖好，

　　　　　　　颐养天年可长生。

杨四香　（唱）爹娘啊，婆婆临别细叮咛，
杨五凤

　　　　　　　养老还请到杭城，

　　　　　　　姐妹晨昏共侍奉，

　　　　　　　嘘寒问暖孝双亲。

杨继康　（对杨夫人）陈亲家教子有方，不愧是相国后代。

杨夫人　这两对小夫妻真讨人喜欢。

杨双桃　啊呀！母亲、爹爹，扬州的花园，数丁府顶大顶漂亮，还是到我
　　　　家来养老的好。

丁大富　对对对，一定到我家来。

俞志云　（拉杨元芳走向前）岳父、岳母，长婿如同长子，理应请两老到
　　　　我家来住。

众女儿　爹爹 母亲 到杭州来，到我家来。（重句）
女婿　　岳父、岳母 到扬

杨继康　不要争了，你们都有孝心，等我告老以后再作商议，你们先到花
　　　　厅用茶。

杨双桃　（赶忙抢话）哎呀母亲，你最喜欢我，你若不到我家来，女儿不
　　　　依！（扭着杨夫人撒娇）

杨夫人　（满心喜悦地）真把你宠坏啦。

　　　　〔老家人引众女儿、女婿、婢女下。

杨夫人　（唱）四个女儿好孝心，

　　　　　　　更难得个个女婿似儿亲。

杨继康　（唱）堂前花开有五朵，

　　　　　　　可惜是义女三春未来临。

杨夫人　（不悦）我四个亲女儿够了。

　　　　〔家丁甲上。

家丁甲　禀老爷、夫人，三小姐、三姑爷拜寿来了。

杨夫人	带来什么寿礼？
家丁甲	一双空手！
杨夫人	哼！这个领养的野丫头，嫁了个穷书生，流落天涯，她来做甚？
杨继康	夫人，既来拜寿，可谓知礼。吩咐他们进来。
家丁甲	是。（向外喊）三小姐、三姑爷，老爷叫你们进来。

〔邹应龙、杨三春朴素打扮上。家丁甲下。

邹应龙	娘子请。
杨三春	官人请。
邹应龙	你我一同上前拜寿。

〔邹应龙偕杨三春一齐进厅堂。

邹应龙 杨三春	岳父、岳母 爹爹、母亲 在上，小婿 女儿 大礼拜祝寿诞。（跪拜）
杨继康	哈哈哈，请起。
杨夫人	（正眼也不看）罢了，罢了。
邹应龙 杨三春	谢岳父、岳母。 爹爹、母亲。
杨继康	你们两人从哪里而来，这一向家境可好？
邹应龙	岳父、岳母啊！（唱） 想先父两袖清风一身轻， 蒙岳父践约成婚配千金。 数年来草堂授课南京郊， 娘子她针线助我读书文。 叹去岁赴考名落孙山外， 空辜负立志报国一片心。 是娘子屈指算来寿期到， 因此上双双拜寿到府门。
杨继康	哦，却也难为你们。
杨夫人	哼，拜寿拜寿，一双空手，成何体统！
杨三春	爹爹、母亲啊！（唱） 与官人专程拜寿心意诚， 空手而来有内情。

女儿我千针万线漏夜赶，

为爹娘寿鞋两双早绣成。

有道是千里来把鹅毛送，

礼薄情重奉年尊。

谁知晓昨夜宿店遇窃贼，

盗去寿鞋与衣银。

身无分文徒步走，

一路安慰我官人。

只要人到心意到，

定能得两老原谅两三分。

杨继康　原来如此。看来你们夫妻空腹而来，未曾用餐？

邹应龙　不妨。

杨夫人　不用说了。翠云，你领他们到厨房吃饭去。

翠　云　夫人，即刻就要摆酒开筵了，让三小姐、三姑爷一道吃吧。

杨夫人　多嘴！好吧，让厨娘好菜好饭看待。

翠　云　是。（同情地）三姑爷、三小姐，随我来。

〔翠云引邹应龙、杨三春下。

杨继康　夫人，为何不让他们一同赴宴？

杨夫人　算了，他们上不得台盘。来呀，吩咐奏乐开筵。

〔内应声："夫人吩咐，奏乐开筵。"

〔乐声中众家丁端菜盘过场。

〔众女儿、女婿争先恐后地簇拥杨继康、杨夫人去筵会厅赴宴，下。

〔杨元芳走在后面返身探望。翠云上。

翠　云　大小姐！

杨元芳　翠云，听说三春妹妹和三妹夫也赶来了，人呢？

翠　云　老夫人让三小姐、三姑爷到厨房去吃饭啦！

杨元芳　啊？！

〔俞志云上。

俞志云　（催杨元芳）快走呀！（拉杨元芳同下）

〔筵会厅中传来一片喧笑声。内声："祝岳父、岳母寿比南山，福如东海！哈哈哈！"

翠　云　唉！

〔幕落。

第二场　闹柴房姐妹绝情

〔若干天后。

〔杨府后院一角，青藤小麻房。

〔幕启。邹应龙执卷看书，杨三春在一旁绣花为母亲做鞋。

〔翠云捧茶盘自外上。丁大富内声："明天我请客。"俞志云内
声："好，你可不要吃醉了。哈哈哈！"

翠　云　（唱）可恨世道不公正，

　　　　　　　只重衣衫不重人。

　　　　　　　这几天贵婿吃尽团圆酒，

　　　　　　　冷落了贤德小姐穷郎君。

　　　　　　　夫人偏心太势利，

　　　　　　　老爷糊涂不过问。

　　　　　　　三小姐补做寿鞋多劳累，

　　　　　　　翠云我于心不忍来照应。

　　　　（入内）三姑爷、三小姐请用茶。

杨三春　噢，多谢翠云。

翠　云　唉，一样女婿，两样看待。他们住在楼房，吃在厅堂；你们住在
　　　　偏房，吃在厨房。三小姐，这几天委屈你们了。

杨三春　（淡淡一笑）不要这样说，翠云啊！（唱）

　　　　　　　花树同园不同根，

　　　　　　　我与那姐妹并非一母生。

　　　　　　　想当年生父惨遭严嵩害，

　　　　　　　救孤女多亏叔父杨继盛。

　　　　　　　爹爹收我为螟蛉女，

　　　　　　　没齿难忘养育恩。

　　　　　　　归来拜寿无孝敬，

　　　　　　　娘亲见责也该应。

官人更是豁达人，

你看他陋室不废读书文。

翠　云　姑爷，你听见了没有？

邹应龙　（专心读书未闻）啊，听见什么？

翠　云　姑爷住在这里……

邹应龙　哈，翠云，你看这本书上说：（读书调）"陋巷箪瓢，饔飧不继，回也不改其乐。"

翠　云　哎呀，你文绉绉的，我可听不懂。

邹应龙　是说孔圣人弟子名叫颜回，住的破房子，用的破篮子，经常饿肚子，可是他有书可读，照样十分快乐。我在这里有你翠云照顾，（读书调）胜过颜回十倍啊，十倍哟。（坐下看书）

翠　云　姑爷真好！（见一双绣鞋）这双鞋已经绣好了。

杨三春　翠云，你看，这是我给母亲绣的花样。（与翠云看绣匾低语）

翠　云　绣得真好。

　　　　〔春兰、夏莲、秋菊、冬梅纷纷上。

夏　莲　姐妹们，来，看看这个穷姑爷什么样子！

春　兰　对，快去看看。

　　　　〔春兰、夏莲、秋菊等人在门外窥看。

夏　莲　哎哟，衣衫褴褛，面黄肌瘦，小姐不像像丫头，姑爷不像像猴头，哈哈哈……

　　　　〔春兰、夏莲、秋菊、冬梅等人讥笑着，邹应龙、杨三春泰然自若。

翠　云　（闻声气冲冲走出房）你胡说什么？

夏　莲　（脸一沉）我说什么，你管不着！

翠　云　哼，不要狗眼看人低，你们把三姑爷当作什么样人看待！

夏　莲　姑爷？姑爷见得多了。春兰，你的姑爷是什么人？

春　兰　我的姑爷，堂堂尚书公子，状元种子！

秋　菊　我的姑爷，前朝宰相孙子，杭州才子！

冬　梅　我的姑爷，也是宰相孙子，江南名士！

夏　莲　嘿，我的姑爷，扬州首富，有财有势，脚盆嵌玛瑙，檀香劈柴烧，山珍海味吃勿了，拿去喂狗喂猫！

翠 云　嘿，我们三姑爷，可不像那种绣花枕头一包草！三姑爷学问好、骨气好、心肠好，时来运转，必中状元！

夏 莲　嘿嘿，他中状元，你挖掉我一双眼睛！

翠 云　你敢打赌？

夏 莲　打赌就打赌！（与翠云拍手掌）嘿嘿，你看中这个叫花状元，给他做小老婆好啦……

〔翠云怒打了夏莲一个耳光。

夏 莲　啊，你打、你打、你打！气死我了……（欲与翠云拼打）你这贱人！

春 兰
秋 菊　（忙劝阻夏莲）好了、好了……
冬 梅

杨三春　（忍不住，从室内走出来，严正地）不要吵了！

〔春兰等婢女不由自主畏怯，霎时静下来。

杨三春　（停了一下）……夏莲，我看二姐把你宠坏了，如此出言势利、肆意谩骂，太没有规矩了！

夏 莲　哼！（下）

〔春兰、秋菊、冬梅随下。

杨三春　（见翠云气哭，拭泪）翠云妹，何必与她一般见识，官人有我照应，你只管待候老夫人去吧！翠云妹，你受委屈了！

翠 云　三小姐，是你们受了委屈，你……你们还是回去吧！（含悲急下）

杨三春　（唱）翠云仗义受了气，
　　　　　含泪劝我把家离。
　　　　　不怪小婢心势利，
　　　　　多留只怕惹是非。

　　　　（进室内）官人！

邹应龙　哎，娘子！

杨三春　可曾听见门外婢女吵架？

邹应龙　婢女吵架，与我无干！（仍欲看书）

杨三春　（夺下书本）你啊！（唱）

　　　　　吵架本为嘲笑你，

翠云仗义反受气！

邹应龙　（唱）娘子啊！大人不记小人过，

　　　　　　　荷花出水有高低。

　　　　　　　夸我不足喜，

　　　　　　　骂我不生气。

　　　　　　　燕雀安知鸿鹄志，

　　　　　　　何必与势利之辈辩是非。

杨三春　（唱）官人啊，势利之言可不理，

　　　　　　　人多口杂要受欺。

　　　　　　　我不畏天涯风霜苦，

　　　　　　　愿随你，及早抽身万里飞。

邹应龙　我的好娘子啊！（唱）

　　　　　　　并非我寄食岳家少志气，

　　　　　　　更不愿在人檐下把头低。

　　　　　　　都只为久仰叔丈杨继盛，

　　　　　　　他为那铲除严嵩费心机。

　　　　　　　我本想寿堂面献除奸计，

　　　　　　　谁知他奉旨南巡出京畿。

　　　　　　　老岳父惧怕严嵩思告老，

　　　　　　　欲提醒怕虎反受虎狼欺。

　　　　　　　鄙人暂时不想走，

　　　　　　　为的是得与忠良相会期。

杨三春　官人，你立志为民除害，为我报杀父之仇，妾身无不依从。

邹应龙　娘子。（端茶给杨三春）

　　　　〔杨双桃怒冲冲上，丁大富随上。

杨双桃　三春，给我出来！

杨三春　（出门赔笑）二姐、二姐夫也来了，请里边坐。

杨双桃　哼，里边一股穷酸气，我不愿意进去。

丁大富　是啊，上等之人，不进下等之房！

杨三春　（忍气）那么，有什么事？

杨双桃　我问你，我的贴身丫头，你为什么骂她，你为什么打她？

丁大富　你这是老虎头上搔痒，真正岂有此理！

杨三春　二姐，你可知道，刚才夏莲在这门外骂些什么，她跟何人吵架，是谁没有规矩？

杨双桃　算了！我全都知道！（唱）

　　　　　　打狗也要看主人面，

　　　　　　谁敢欺侮小夏莲。

　　　　　　丁府丫头不低贱，

　　　　　　官绅见了赔笑颜。

　　　　　　看你一身穷酸气，

　　　　　　摆什么小姐架子在人前。

丁大富　对！（唱）

　　　　　　赫赫扬州丁百万，

　　　　　　侍女娇贵胜天仙。

　　　　　　谁敢轻易来得罪，

　　　　　　绳捆索绑挨皮鞭。

　　　　　　今朝对你还客气，

　　　　　　我看你夫妻不值半分钱。

杨三春　二姐、姐夫，都来娘家做客，还当以礼相待，岂能以富欺贫，说话不讲道理！

杨双桃
丁大富　谁不讲理，谁不讲理？！

邹应龙　（走出门，正色地）哎呀娘子，这种人不可理喻，何必睬她。（拉杨三春入内）

杨双桃　啥，没有这样便当，我们进去。

丁大富　我们进去！（与杨双桃欲进屋）

邹应龙　（当门拦住）且慢，你们一身珠光宝气，经不住这房中穷酸之气，何必进来！（双手关门，上闩，拉杨三春入内，下）

杨双桃　啊，气死我了！走，告诉母亲去！（下）

丁大富　对！告诉丈母娘去。（随杨双桃下）

　　　　　〔幕落。

第三场　受株连乐极生悲

〔次日。

〔侍郎府，牡丹厅。

〔幕启。杨夫人中坐，满面怒容。杨双桃、杨元芳侍立杨夫人身旁，俞志云一旁等着看笑话。丁大富向厅外观望。

〔杨三春捧盘陈两双寿鞋，偕邹应龙同上。

杨三春　女儿拜见母亲
邹应龙　女婿　　岳母。

杨夫人　你手捧何物？

杨三春　为爹爹、母亲补做的寿鞋，略表寸心。

杨夫人　（鄙夷地）哦？

杨双桃　哎呀母亲，这种鞋子，在我们扬州府中，只配给下等人穿用。

杨夫人　拿下去赐与门公夫妇。

夏　莲　是。（接过杨三春手中的盘下）

〔杨四香、杨五凤，陈文新、陈文华暗上，见堂上气氛紧张，一旁伫立。

杨夫人　三春，本念你夫妻穷途落魄，好意收留府内，怎敢得罪贵客，还不当面赔礼？

杨三春　母亲！（唱）

　　　　　婢女嘲骂少家规，

　　　　　二姐护短理不该。

　　　　　此事翠云可作证，

　　　　　万望母亲做主裁。

杨双桃　哎呀母亲！（唱）

　　　　　分明嫌你错责怪，

　　　　　偏心糊涂不明白。

丁大富　（唱）有意挑衅不赔罪，

　　　　　小婿告辞把家回。

杨夫人　贤婿坐下，有我做主。

丁大富	是。
杨夫人	贱人，你敢嫌我错怪？
杨三春	女儿没有。
杨夫人	你敢嫌我偏心？
杨三春	女儿不敢。
杨夫人	若不赔礼，便为不孝，休想留在府中。

邹应龙　岳母啊！（不亢不卑地，唱）

　　　　我夫妻一片诚心祝寿诞，

　　　　都只为抚育之恩难忘怀。

　　　　有道是富而毋骄贫毋谄，

　　　　并不想攀龙附凤上门来。

　　　　三春她做鞋一夜未合眼，

　　　　尽孝礼拜别不用岳母催。

　　　（从袖中拿出书信，接唱）

　　　　但等见过岳父面，

　　　　呈上书信便离开。

杨夫人　（怒，抢过书信，唱）

　　　　穷鬼说话太傲慢，

　　　　一阵怒火上心来。

　　　　你们要走赶快走，

　　　　何必再等老爷回。

　　　　永世不见忤逆女，

　　　　从此一刀两分开。

　　　（掷信于地，怒冲冲下）

　　〔众女儿、女婿纷纷跟下。杨元芳不忍，留下。

　　〔邹应龙拾起书信。

杨元芳　三妹，三妹夫。

杨三春　大姐——
邹应龙

杨元芳　（唱）母亲盛怒难劝解，

　　　　　　　委屈贤妹受责备。

　　　　　　你们来时逢盗窃，

　　　　　　囊中空空怎生归。

　　　　　　还请两位稍等待，

　　　　　　我到房中取银来。（回身走）

　　　〔俞志云上。

俞志云　（拦住杨元芳，严厉地）你要做什么？

杨元芳　哦，官人，三妹夫妻身无分文，借些盘缠银子与她。

俞志云　父为子纲，夫为妻纲，怎不与我商量！

杨元芳　如此，官人你看可好？

俞志云　我不答应。

杨元芳　啊……

俞志云　娘子好不糊涂，岳母大人逐走不孝之人，你怎能违抗母意，接济
　　　　银两！（训斥杨元芳）走！

　　　〔杨元芳忍泪急下，俞志云神气地随下。

杨三春　想不到大姐如此可怜！

邹应龙　唉，娘子，我们回南京去吧！

　　　〔夏莲上。对邹应龙、杨三春白一眼，扭下。

　　　〔翠云捧小包裹叫："三小姐，三姑爷！"上。

杨三春
邹应龙　翠云——

翠　云　三小姐，我害苦了你们啊……（哭）

杨三春　翠云妹，不要这样说。

翠　云　（唱）送别小姐泪难忍，

　　　　　　种种是我惹祸根。

　　　　　　是我得罪势利女，

　　　　　　连累了姑爷小姐横遭辱骂逐出门。

　　　　　　望小姐不嫌婢女衣衫旧，

　　　　　　这里边有我积蓄十两银。

　　　　　　临别依依情难诉，

　　　　　　略表翠云一点心。

杨三春　翠云妹，怎好生受于你。

翠　云	三小姐，你收下了吧！
杨三春	（唱）接过赠银心酸痛，
翠　云	（唱）姐妹情谊胜亲人。
邹应龙	（唱）多谢翠云情义好，
	他年重逢报深恩。

翠云，书信一封请交岳父。（递书信）

翠　云	是。（接信）三小姐、三姑爷准备到哪里安身？
邹应龙	在南京郊外，有几间草房，尽可安心读书。翠云，我们走了。
翠　云	免得旁人议论，随我走边门出去。（引杨三春、邹应龙同下）
	〔杨继康内唱："下朝堂，心惊肉跳魂魄消——"惊慌地上。
	〔杨夫人、众女儿、众女婿、婢女纷纷上。
杨继康	（接唱）大祸临头怎开交。
杨夫人	啊，老爷何事惊慌？
杨继康	夫人，大事不不不好了！（唱）

杨继盛回京上本奏当朝，

他竟想扳倒严嵩不怕引火自身烧。

老严嵩装腔作势把忠心表，

引得那万岁怒气冲云霄。

大骂继盛谎奏本，

当廷拿问下天牢。

严相咬牙恨入骨，

堂弟今番命难逃。

两班文武谁敢保，

吓得我目瞪口呆心如绞。

怕只怕宦海变幻风波险，

遭株连杨氏亲族受煎熬。

杨夫人	这、这、这如何是好啊！
	〔众女儿、女婿低声商议。
杨双桃	（拉丁大富一起向杨继康、杨夫人）哎呀，爹爹、母亲，扬州家中有急事，我们夫妻要回去了。
丁大富	是呀，小婿告辞了。

夏　莲　（对杨双桃）是啊！家有急事，小姐赶快走！（随杨双桃、丁大富下）

俞志云　岳父倘若早与严丞相交好，也不会受此株连。（对杨元芳）岳父也太没有远见了。

杨继康　啊！你——

俞志云　告辞了。（拉杨元芳）

杨元芳　爹爹，母亲，女儿如何舍得……

杨继康　去吧……

俞志云　（推杨元芳下，临走回头对陈文新、陈文华）你们还不快走？

陈文华　岳父家有难，怎能一走了之。

俞志云　唉，你爹爹处世谨慎。常言道：君子不立危墙之下。还是快走的好！

陈文新　弟弟，我们还是回去吧。

陈文华　岳父……

杨继康　回去吧。

　　　　〔陈文新拉陈文华下。

杨四香
杨五凤　爹爹、母亲……

杨继康
杨夫人　去吧，去吧，你们都去吧。

杨四香
杨五凤　爹爹、母亲……（哭）

　　　　〔杨五凤、杨四香、秋菊、冬梅下。

杨夫人　哎呀，老爷啊……（唱）
　　　　　　刚才还是乐融融，
　　　　　　顷刻之间一场空。
　　　　　　女儿个个离娘走，
　　　　　　大难到来各西东。（哭）

杨继康　哎呀，夫人啊……（唱）
　　　　　　啼啼哭哭有何用，
　　　　　　不如趁早整箱笼。

帮忙可叫三春女，

后院还有邹应龙。

〔翠云暗上。

杨夫人 这个不孝之人顶撞于我，被我赶走了。

杨继康 你啊……

翠　云 老爷，这是三姑爷留下的书信。（呈信）

杨继康 （拆信看）……哦……嗯……

杨夫人 敢是他骂我？

杨继康 不，不可小看应龙。他说：人不伤虎，虎必伤人。劝我暗助继盛除奸。唉，如今来不及了！（藏信入袖）

〔老家人急上。

老家人 老……老爷，不好了，钦差带来校尉进府，家丁们都逃光了。老爷，你……

杨继康 你……也走吧！

〔内声："圣旨下！"

〔钦差上。老家人下。

钦　差 杨继康全家听旨！

〔杨继康夫妇跪下，翠云一旁也跪下。

钦　差 奉天承运，皇帝诏曰："杨继盛诬告严嵩丞相，罪大弥天，本当九族全诛，念杨继康平时忠厚谨慎，从轻发落。即日起削职为民，抄没家产，逐出京都。钦此！"（下）

杨夫人 老爷……（哭）

杨继康 如今只剩下你我两条老命，一无所有。

杨夫人 我们只好去投奔女儿女婿了。

杨继康 只是路途遥远，无人照应。

翠　云 老爷、夫人，孤女翠云，承蒙收留十载，如今老爷落难，翠云义当照应，生死相随。

杨继康 翠云！

〔幕落。

第四场　势利女负心欺亲

〔初秋。

〔扬州丁大富家花厅。

〔幕启。杨双桃懒洋洋地卧在榻上，夏莲在旁打扇。

〔丁大富匆匆自外上。

丁大富　夫人，夫人……

杨双桃　哼！（转身不理）

丁大富　夫人，岳父、岳母到扬州来了。

杨双桃　（坐起）哦，爹爹、母亲来了，现在哪里？

丁大富　刚才我到尚书府中，大姐夫到南京去了，我在厅堂门口一望，只见大姐陪着岳父、岳母……

杨双桃　我爹爹、母亲什么打扮？

丁大富　穿着员外夫人衣衫，上下一身新。

杨双桃　（喜，立起）看来我爹爹没有问罪，乃是告老还乡。你为什么不接我爹爹、母亲回府？

丁大富　没有夫人做主，我不敢。

杨双桃　你真笨，单是我母亲便有十万两私房银子！

丁大富　十万两银子？！

杨双桃　哼，十万两银子不能让大姐独吞。夏莲，快吩咐备轿到尚书府去。

夏　莲　是。（向外）喂，家丁们听了，夫人吩咐备轿去尚书府。

丁大富　你去做什么？

杨双桃　接爹爹、母亲到我们丁府来。

丁大富　对，夫人想得周到，我陪你一同前去。

杨双桃　不要你去。

〔杨双桃与夏莲欲下，迎面碰上俞志云。

俞志云　啊，二妹到哪里去？

杨双桃　（笑）大姐夫，你从哪里而来？

俞志云　我从南京刚回来。

杨双桃　可有到家？

俞志云　没有到家。

杨双桃　你没有到家？那……我到哪里去……暂时不告诉你。（一笑翩然下）

　　　　〔夏莲随下。

俞志云　二妹夫，二妹她到哪里去啊？

丁大富　嘿嘿，夫人不说，我也不能说。请坐。

俞志云　哈哈哈，不说也罢，二妹夫，愚兄南京回来，特来跟你商量件大事。

丁大富　大姐夫请说。

俞志云　二妹夫啊！（唱）

　　　　　　愚兄我为求官职到南京，

　　　　　　闻听得严相巡狩江南城。

　　　　　　他要把杨继盛亲友都查问——

丁大富　（惊）啊！你我两家会不会出事情？

俞志云　（接唱）幸喜我，打通关节严府门。

　　　　　　严相国招贤纳士收义子，

　　　　　　只消你孝敬义父万两银。

　　　　　　趋吉避凶有山靠，

　　　　　　保管你扬州城中有财有势第一人。

丁大富　（唱）钱可通神愁变喜，

　　　　　　人要发财舍血本。

　　　　　　银子万两小意思，

　　　　　　不知如何去孝敬？

俞志云　此事包在愚兄身上。不过我手头不便，你借我五千两银子，你我同拜义父，共享荣华富贵。

丁大富　只是此事还要与夫人商量。

俞志云　二妹乖巧，断无不允之理。这封拜认义父的书帖，我马上与你代笔。

丁大富　大姐夫一肚皮墨水，拜托拜托！你我一同到书房去。（与俞志云下）

　　　　〔夏莲与杨双桃接杨继康夫妇上，翠云随上。

夏　莲　老爷、夫人走好！

杨双桃　爹爹、母亲请上坐，受女儿大礼参拜。

杨继康 **杨夫人**	哈哈哈，女儿好孝心，一旁坐下。
杨双桃	谢爹爹、母亲。（向内）来啊！
	〔两婢女上。
杨双桃	你给老爷、老夫人准备香汤沐浴，更换绫罗衣衫。
	〔婢女甲应下。
杨双桃	准备停当以后，吩咐厨房烹调山珍海味，给老爷、夫人在荷花 厅设宴。
	〔婢女乙应下。
杨夫人	啊，好女儿，不必铺张了。
杨继康	是啊，生身父母不是外人。
夏　莲	（送茶）哎呀老爷、夫人，二小姐想念两位老人家，哭得来眼泪 嗒嗒滴，真罪过。
杨双桃	爹爹、母亲……（哽咽）啊……啊……（唱）

> 数月来思念双亲珠泪抛，
>
> 儿懊悔听从你女婿往家跑。
>
> 爹爹为官多清正，
>
> 圣明天子全知道。
>
> 从未得罪严相国，
>
> 吉人天相大祸消。
>
> 喜接爹娘来养老，
>
> 花园清静画楼高。
>
> 参汤燕窝由你吃，
>
> 绫罗衣衫任你挑。
>
> 儿伴你瘦西湖里泛画舫，
>
> 儿伴你扬州城里任逍遥。
>
> 爹娘啊女儿为了尽孝道，
>
> 可怜我焚香拜天心常焦。
>
> 哎呀爹娘啊……（哭）

杨夫人	（同哭）哎呀，女儿啊……我的好女儿……
夏　莲	老夫人与小姐团团圆圆，勿要哭了。

杨双桃　对。夏莲，叫家丁们前往尚书府，把老爷、夫人的箱笼物件、行李包裹，统统搬到这里来！

夏　莲　是！（欲走）

杨继康　慢！

杨双桃　爹爹还有什么吩咐？

杨继康　唉，儿啊，为父如今一无所有，哪里来的箱笼物件？

杨双桃　（吃惊）啊！此话怎讲？

杨继康　儿啊……（唱）

　　　　　　数十载小心为官成梦幻，

　　　　　　可悲我一座冰楼筑沙滩。

　　　　　　你叔父除奸不成反被害，

　　　　　　恨严嵩屈斩忠良逞凶残。

　　　　　　虽然我留得老命免一死，

　　　　　　只落得削职为民、抄没家产度日难。

　　　　　　小翠云仗义陪伴同赶路，

　　　　　　变卖尽随身饰物旧衣衫。

　　　　　　到扬州两手空空无所有，

　　　　　　一路上受尽风霜历尽难！

杨夫人　（唱）女儿啊，尚书府相会你大姐泪涟涟，

　　　　　　元芳她为两老换上新衣衫。

　　　　　　不枉我自幼对你最宠爱，

　　　　　　到你家春风满座暖心坎，

　　　　　　双桃啊为娘依你长住下，

　　　　　　母女相依不孤单。

杨双桃　（旁唱）懊悔我，自搬砖头压脚背，

　　　　　　不问情由找麻烦。

　　　　　　姐妹原来有五个，

　　　　　　怎甘心独做傻瓜独负担。

　　　　〔两婢女上。

婢女甲　禀老爷、老夫人，酒筵、香汤一切准备好了。

杨双桃　（有气无处出）滚！

〔两婢女惶惶退下。

杨继康 啊，双桃何故发怒？

杨双桃 （强笑）嘎，这班贱人不听使唤，真叫人生气。你们坐坐，我去去就来。（匆匆下）

〔夏莲欲随下，又止，偷听。

翠　云 老爷、老夫人，你们看到没有？

杨继康 看到什么？
杨夫人

翠　云 二小姐一听老爷的真情话，脸色就变了。

杨夫人 （笑）翠云，你家二小姐从小就是一会儿哭一会儿笑的。

翠　云 哎呀老夫人，我看二小姐没有大小姐厚道……对了，我去请大小姐来，再作商议。（欲走）

夏　莲 （凶狠狠地跳出来）慢！

翠　云 （镇静地）夏莲，你要做什么？

夏　莲 哼，当初你这贱人，仗着老夫人宠容于你，打我一巴掌，我忍气吞声。今天你东家失势了，这一巴掌我要打还。

杨夫人 夏莲，你敢?！

夏　莲 为什么不敢！（打翠云耳光）

杨继康 （气恼）你……
杨夫人

〔夏莲冷笑跑下。

杨继康 翠云！
杨夫人

翠　云 老爷、夫人啊，翠云挨打事小，只怕你们这里住不得了，我去请大小姐来接你们回去。（出门，急下）

杨继康 夫人，看来翠云言之有理。

杨夫人 哎呀老爷，丫头不好，与小姐有什么相干！

〔杨双桃与夏莲上。

杨继康 （有意试探）啊，女儿，为父腹中饥了，蒙你荷花厅设宴，快伴父母用膳去吧！

杨双桃 （苦笑）爹爹，此事不巧了！

杨继康	怎说不巧？
杨双桃	你女婿说，今天约了扬州城里富商巨贾，在荷花厅请客吃酒。
杨继康	那也无妨，不在荷花厅，可在另处设席。
杨夫人	是啊，双桃，自己爹娘不是外人，随便哪里都可以用膳嘛！
杨双桃	母亲说得对，自己爹娘，不是外人，随便哪里都可以。夏莲，带老爷、老夫人到厨房里去吃饭。
杨夫人	啊……
夏　莲	两位老人家饿坏了，下厨房吃饭去吧。
杨夫人	（悲愤痛心说不出话来）你……你……
杨继康	（气笑）夫人，女儿这样孝心，我倒要尝尝这个味道。来！（拉杨夫人随夏莲下）
杨双桃	（唱）不是双桃硬心肠， 　　　　过分优待要弄僵。 　　　　赖在这里不肯走， 　　　　往后叫我怎收场！
	〔翠云引杨元芳上。
杨元芳	啊，二妹。
杨双桃	啊，大姐来了。
杨元芳	爹爹、母亲呢？
杨双桃	下厨房吃饭去了。
杨元芳	什么，下厨房去吃饭？！
杨双桃	对。
杨元芳	你……（忍气欲去厨房） 　〔杨继康、杨夫人迎面上。
翠　云	老爷、夫人！
杨继康 杨夫人	翠云。
杨元芳	爹爹、母亲……
杨继康 杨夫人	大女儿……
杨元芳	你们怎么啦？

杨夫人 （唱）冷菜冷饭咽不下，

一阵心痛绞乱麻。

千般溺爱万般宠，

宠养逆女虐待妈。

她把爹娘当作一对老叫花。

皇天有眼雷打她。（摇摇欲坠）

杨元芳　（忙扶杨夫人）母　亲……
翠　云　　　　　　　　　老夫人

杨继康 （唱）我把双桃贱人骂，

不由为父恨咬牙。

快与我赔罪认错来跪下，

要不然告你忤逆到官衙。

给我跪下！

〔丁大富、俞志云暗上。

杨夫人 （指杨双桃）你，你……

杨继康 （上前欲打杨双桃）小贱人！

丁大富 （一把推开杨继康）你敢！（唱）

要告忤逆你去告，

我只消一张状纸到官衙。

只说你上门来敲诈，

天大官司我不怕。

杨继康　啊……（气得发抖）
杨夫人

杨元芳　爹爹、母亲，随女儿回去吧！（拉父母走）

俞志云　（上前厉声）不许走！

杨元芳　官人……

俞志云　好大的胆子，没有得到我的同意，你怎敢收留他们?!

杨元芳　官人，他们是我的生身父母……

俞志云　在家从父，你可以听他；出嫁从夫，你就得听我。不要管他们，

你给我回去！（厉声对杨元芳）快回去！

杨元芳　（哭）啊，官人啊（慑于俞志云目光，抑住哭声）啊……（跪，唱）

痛断肝肠忙下跪，

哀求官人发慈悲。

哪个不是爹娘养，

怎把双亲轻抛开。

可怜我父母受了奸臣害，

削职为民远道来。

一路受尽风霜苦，

风烛残年病体衰。

但愿留在我家内，

长伴膝下不离开。

官人许我行孝道，

大恩大德记胸怀。

官人啊倘若不肯依允我，

为妻我跪死地上不起来。

俞志云　（无情地）起来听我说话。

杨元芳　官人……

俞志云　起来！（猛拉起杨元芳）唉，娘子！（唱）

你怎能颠倒黑白胡乱讲，

严相国本是当朝大忠良。

杨继盛十恶不赦谎奏本，

他才是奸臣没有好下场。

你父亲削职为民身有罪，

我若是收留于他遭祸殃。

可知我要拜严相做义父，

到来朝飞黄腾达为栋梁。

允许你回家取银五十两，

送他们作为盘缠走他乡。

丁大富　对，我也出五十两银子，可算仁至义尽。

俞志云　好，娘子不用回家去取，二妹借我一用。

杨双桃　夏莲，给我爹爹母亲去取一百两银子，再加两套衣服。

夏　莲　什么衣服？

杨双桃	大姐夫府中给什么新衣裳，丁府里也给什么新衣裳。

〔夏莲应声欲走。

杨继康	（厉声）不用了！（喘了口气）夫人，把衣裳脱下来！（抖瑟瑟脱衣帽抛于地）
杨元芳	爹爹……
杨继康	（帮杨夫人脱衣抛于地）哼……
杨元芳	（哭）爹爹、母亲啊，这叫女儿如何是好……
杨继康	儿啊，不分忠奸，认贼做父之人给的东西，为父一点儿也不要！
俞志云	啊，犯罪之人还要骂人，不要理他们。（拉杨元芳走）
杨元芳	爹爹、母亲！（挣扎回来，扑在父母脚下）爹爹、母亲……
杨继康 杨夫人	儿啊……
杨继康	天无绝人之路，他日定能相见。儿啊，你回去吧！
俞志云	贱人与我走！（拉杨元芳，见她不走，伸手打她）
杨元芳	爹爹、母亲……（被俞志云推下）
杨夫人	（哭）儿啊……

〔杨双桃也略有不忍，被丁大富拉下，夏莲拾起衣帽忙随下。

翠　云	老爷、老夫人，还是到南京寻找三小姐、三姑爷去吧。
杨夫人	哎呀翠云，亲生女儿都靠不住，还找他们！
杨继康	这，杭州陈亲家是我同窗好友，我们还是到杭州去。

〔幕落。

第五场　懦亲家关门逐客

〔深秋。

〔幕启。杭州陈松年府内客厅。

〔陈松年手拿书信上。

陈松年	（唱）陈松年心急火燎回家走，
	惊闻得严相亲信到杭州。
	俞志云下书多讥刺，
	警告我窝藏罪官祸临头。

069

快来人哪！

〔秋菊上。

秋　　菊　老爷回来了。

陈松年　速将两位公子叫出来。

秋　　菊　是。（向内）老爷有请两位公子出来相见。

〔陈文新、陈文华上。

陈文新
陈文华　（施礼）爹爹游山回来了。

陈松年　（示意秋菊退下）儿啊，为父不在家中，可有客人来到？

陈文新　爹爹容禀——（唱）

　　　　　　昨日傍晚风雨稠，

　　　　　　家丁禀报客来投。

　　　　　　孩儿忙到大门口，

　　　　　　但只见，一对老人面露愁；

　　　　　　面黄肌瘦衣破旧，

　　　　　　浑身湿透雨淋头。

　　　　　　相伴只有翠云女，

　　　　　　原来是岳父岳母到杭州。

陈松年　果然是他！他讲些什么？

陈文新　爹爹——（唱）

　　　　　　岳父开言泪双流，

　　　　　　人生妄把富贵求。

　　　　　　宦海风波多险礁，

　　　　　　小心谨慎也沉舟。

　　　　　　岳父他削职为民本无罪，

　　　　　　更可叹家产被抄全没收。

　　　　　　最可恨岳父到扬州找女婿，

　　　　　　一个个认贼做父不知羞。

陈松年　（急）噤声！你们看这书信。

陈文新
陈文华　（同看书信）……

陈松年	（唱）为的是认贼做父一句话，
	翁婿反目结冤仇。
	快让你岳父悄悄出门去，
	有罪之人怎能留？
陈文华	（不服）爹爹——（唱）
	他是你要好亲家同窗友，
	怎能薄情撵他走！
陈松年	（怒）大胆，跪下！

〔陈文新跪，并拉陈文华跪下。陈文华勉强跪下。

〔陈夫人、杨四香、杨五凤上。

陈夫人	哟，老头子啊，你游普陀山回来哉。
陈松年	（没好气地）回来了。
陈夫人	咦，（对陈文新、陈文华）你们跪在这里做啥？
陈文新	爹爹为孩儿收留岳父、岳母之事，大发雷霆。
陈文华	母亲，爹爹要将岳父、岳母逐出门。
杨四香 杨五凤	啊！请婆婆做主。
陈夫人	勿要急，有我。
陈松年	哎呀夫人，这件事非同小可啊！
陈夫人	啥格大事体？（对陈文新、陈文华）起来，起来。（示意陈文新、陈文华立起）喜得亲家远道而来，文华，去请亲家公、亲家母出来，喝杯团圆酒。
陈文华	是。（欲走）
陈松年	（喝止）大胆！
陈夫人	喔唷老爷，做啥吓我一跳？
陈松年	夫人哪！可知闭门家中坐，祸从天上来。杨继康乃有罪之人，岂可轻易留在府中！
陈夫人	啥？亲家上门，理该欢迎；你竟不留，逐出府门。老头子呀，你今番游普陀跌落一样东西哉！
陈松年	跌落什么？
陈夫人	良心跌落，给野狗吃脱哉！

陈松年	气死我也！
陈夫人	（唱）老爷说话不中听，
	怎知亲家是罪人？
	当初是你同窗友，
	同年为官廿余春。
	常来常往常相近，
	双双儿女配成婚。
	有情有义有缘分，
	杨家陈家一家人。
	如今亲家遭灾星，
	千里迢迢找上门。
	只要人穷志不短，
	皇帝也有草鞋亲。
	留下亲家我做主，
	侬怪儿子为何因？！
	老爷侬要仔细忖，
	切莫做六亲不认的势利人。

〔杨继康、杨夫人暗上，翠云相随。

陈文新 陈文华	爹爹！千万不能逐走啊！
杨四香 杨五凤	公爹！
陈松年	夫人哪——（唱）
	不是老夫心肠狠，
	一步错难保引火自烧身。
	留客便成窝藏罪，
	得罪严相要灭满门。
陈文新 陈文华	爹爹！还求你想个办法……
杨四香 杨五凤	公爹！

杨继康	（愤慨上前）你们不要求了！想不到千里奔波，到处碰壁！

〔杨夫人哭。

陈夫人	真是苦煞亲家哉。（对陈松年）死老头子，难道没有办法可想？
陈松年	（想，拿起信）办法，倒是有一个。
陈夫人	快讲快讲。
陈松年	亲家的大女婿已拜严相国为义父，我陪亲家去找他，向严相国赔罪认错，赐恩亲家留我家中。
杨继康	（气极）我，我决不去求那个寡廉鲜耻的衣冠禽兽俞志云！陈年兄，告辞了！
杨四香 杨五凤	爹爹！母亲！（跪下）
陈文新 陈文华	岳父！岳母！（跪下）
杨继康	贤婿、女儿啊……（唱） 　　小夫妻双双对对跪地上， 　　忍不住泪眼模糊话凄凉。 （示意女婿、女儿们起来）
陈文新 陈文华	岳父……
杨四香 杨五凤	爹爹……
杨继康	（接唱）在朝堂我见恶不除无大志， 　　却难避恶虎伤人遭祸殃。 　　可悲我骨气没有继盛硬， 　　甘忍让保官保命保门墙。 　　想不到势去财尽人倒运， 　　落得个众嫌亲弃无下场。 　　尝够了人间苦味枉奔走， 　　到如今忍无可忍把心横。 　　恨恶婿认贼做父黑心肠， 　　恨严嵩横行当朝害忠良。

我怎能低声下气求奸相，

我怎能趋炎附势求原谅！

叫夫人与翠云——

杨夫人 翠　云	老爷！

杨继康　（接唱）打起精神往外走……

〔陈夫人暗下。

杨四香 杨五凤 陈文新 陈文华	（哭叫）爹爹……（跪步上前）母亲…… 　　　　岳父　　　　　　　　　岳母

杨夫人　儿啊……

杨继康　（接唱）小女儿，哀声哭得我心惨伤。

　　　　　　纵然有千言万语……何必再言讲，

　　　　　　生离死别铁心肠。

　　　　（扶杨夫人挽翠云）夫人走！（大步而下）

杨四香 杨五凤	爹爹……（与陈文新、陈文华欲追）

陈松年　站住！不要相送，被奸党看见，我家也要遭殃了！

〔陈夫人捧银子上。

陈夫人　亲家！亲家！

陈松年　你——

陈夫人　给亲家三百两银子做盘缠。

杨四香 杨五凤	爹爹、母亲已经走了。（哭泣）

陈夫人　（指陈松年）侬格死老头子。

〔陈松年低头，羞愧。

〔幕落。

第六场　走绝路苦尽甜来

〔严冬，雪天。

〔南京城外郊区，邹家草堂。

〔幕启。杨三春在草堂内缝补衣裳，停针凝想叹息。

杨三春　（唱）朔风阵阵叩柴门，

　　　　　　大雪层层压屋顶。

　　　　　　草堂寂寂多惆怅，

　　　　　　愁绪缕缕挂在心。

　　　　　　思夫君立志赴试上京城，

　　　　　　秋去冬来无音信；

　　　　　　念双亲蒙冤漂泊去何方，

　　　　　　愿苍天保佑两老身康宁。

　　　　〔室外，邹士龙背米袋撑雨伞顶风冒雪上。

邹士龙　嫂嫂开门，嫂嫂开门！

杨三春　（忙开门）啊，二弟来了。（让邹士龙入内，关门）

邹士龙　（放下米袋，取出银锭）嫂嫂，这里白米一斗、纹银二两，请收
　　　　下了。

杨三春　二弟教书收入微薄，为嫂怎好受你！

邹士龙　长嫂为娘，理当孝敬。

杨三春　你哥哥上京赶考，为何不见回来，二弟要与为嫂打听消息。

邹士龙　嫂嫂，我大哥志大才高，必有出头之日。待小弟上街打听京报消
　　　　息，便来告诉嫂嫂。

杨三春　有劳二弟。（取伞递与邹士龙）

　　　　〔邹士龙出门冒雪下。杨三春关门负米袋入内。

　　　　〔翠云冒雪挽篮子求乞上。

翠　云　（唱）冰冻路滑雪花飞，

　　　　　　落难异乡心惨凄。

　　　　　　寒风扑面如刀刺，

　　　　　　刺透我身上单薄衣。

庙廊下忍看两老饥寒苦，

没奈何含羞乞讨到村里。

可叹那人情薄如一张纸，

翠云我伤心不在路旁啼。

想当初寿堂承欢多孝女，

总道是半子情深有靠依。

却不料千里投亲亲不认，

恰似那孤禽难觅一枝栖。

四顾茫茫眼昏花，

晃悠悠忽觉天旋地转移。

〔翠云晕倒在地。邹士龙撑伞上，几乎为翠云所绊倒，见而吃惊，四望左右无人来，顾不得男女有别，扶起翠云走向草堂。

邹士龙　（急叫）嫂嫂开门，嫂嫂快开门！

〔杨三春闻声上来开门，见状吃惊，忙扶翠云入内坐下。

杨三春　（关门不及细看）二弟你去拿姜汤来。

〔邹士龙下。

翠　云　（似醒非醒地哭叫）老爷、夫人……

杨三春　（闻声惊视）啊，你是翠云！老爷、夫人在哪里？

翠　云　在城隍庙……

〔邹士龙捧姜汤上，交给杨三春。

杨三春　（忙将姜汤碗塞在邹士龙手中）二弟，你给她吃，为嫂去去就来。（急匆匆出门去找爹娘）

邹士龙　哎，嫂嫂，嫂嫂……她怎么走了?! 叫我怎么办？叫我怎么办？……（保持距离，姜汤碗放在桌上推过去）姑娘，你喝姜汤……姑娘，请喝姜汤……

翠　云　（睁眼）啊……（惊起来，又欲晕倒）

邹士龙　哎哎……（急去扶，以背将翠云撑住，转身、坐下，取姜汤喂她，再取杨三春旧衣为她披上）姑娘醒醒……

翠　云　（清醒，惊羞而问）这、这里是什么地方，你是谁？

邹士龙　姑娘啊——（唱）

　　　　请姑娘放心喝下这暖肚汤，

这里是南京城外邹家庄。

只为我兄长赶考无音讯，

奉嫂命打听京报上街坊。

半路上见你昏昏倒在地，

怎禁得冰雪满地朔风狂。

看左右无人经过相救你，

顾不得男女之间有大妨。

这草堂是我嫂嫂一人住，

救你来与她做伴也无妨。

姑娘啊不知你何故落了难?

不知你漂泊去何方?

城隍庙里何人在?

让你独行为哪桩?

可愿与我仔细讲，

不要悲伤泪汪汪。

姑娘一定身寒冷，

你只管披上我嫂嫂旧衣裳。

翠　云　（唱）闻言感激暗窥望，

堪敬书生少年郎。

走尽了人间坎坷不平路，

看透了世态炎凉恨满腔。

邹士龙　（唱）姑娘受了何人害?

含冤抱屈走他乡。

翠　云　（唱）翠云不为自身恨，

只为奸贼害忠良。

老爷削职为民后，

亲友不认受凄凉。

四个女儿不供养，

垂老流落在异乡。

小婢乞讨奉两老，

顶风冒雪忍饥肠。

　　　　　　　昏迷若无恩公救，

　　　　　　　只怕一命赴汪洋。

邹士龙　（唱）可敬姑娘明大义，

　　　　　　　请把你老爷名姓说端详。

翠　云　（唱）提起老爷有名望，

　　　　　　　他就是户部侍郎杨继康。

邹士龙　啊！杨继康乃是我嫂嫂的父亲……

翠　云　（急问）你嫂嫂是谁？

邹士龙　兄长邹应龙，嫂嫂杨三春！

翠　云　啊！（急叫）三小姐，三小姐……（又晕过去）

邹士龙　我还是扶她到嫂嫂房中去睡一会儿。（扶翠云入卧房，复出，取姜汤碗下厨房）

　　　　〔杨继康、杨夫人内喊："翠云——"步履艰难上。

杨继康　翠云……翠云……

杨夫人　翠云……翠云……（滑倒在地）

杨继康　夫人，（吃力地扶起老妻）夫人小心。

杨夫人　（喘气）翠云她，她她她不知去向了。老爷……天寒地冻……路已走绝……也罢，你我不如一死！

杨继康　（咬牙）冤恨未伸，恶人未除……我还不想死！（唱）

　　　　　　　天寒地冻冻不死落难人，

　　　　　　　我心头还有一点暖火温。

　　　　　　　好翠云乞讨走村去寻问，

　　　　　　　南京城外……一线希望寄三春。

杨夫人　（摇头）唉！（唱）

　　　　　　　一个个亲生女儿靠不住，

　　　　　　　怎去找被我逐走的不孝人。

　　　　　　　你痴心妄想有何用，

　　　　　　　罢罢罢，投河一死了残生。

杨继康　夫人……（急拉杨夫人）

　　　　〔杨夫人不知哪里来的力气，推倒杨继康。

　　　　〔杨三春内呼："爹爹、母亲……"

杨继康 杨夫人	（呆住）啊……是谁？好像是三春！三春在哪里……

〔杨三春急上。

杨三春	爹爹……
杨继康	女儿……
杨三春	爹爹啊……（相挽，哭）
杨继康	儿啊！
杨三春	母亲……
杨夫人	你……我……（羞惭转身）
杨三春	母亲，我是你女儿三春啊！（跪）
杨夫人	（抖瑟瑟回身扶杨三春）三春，我的亲女儿！（哭）
杨三春	恕女儿不知爹爹、母亲在城隍庙落难受苦。（拭泪）
杨继康	多亏翠云大义相伴，不知她到哪里去了。
杨三春	翠云就在我家，请爹爹、母亲进去住下。（见杨夫人犹豫）母亲……（拉父母入草堂内）翠云……翠云……

〔翠云踉跄走出。

翠　云	啊，老爷、夫人……
杨继康 杨夫人	翠云……
翠　云	三小姐！
杨三春	翠云——（唱）

　　　　手挽翠云无限情，

　　　　多谢你大德大义好良心。

　　　　相伴爹娘同苦难，

　　　　你比亲妹还要亲。

杨夫人	（唱）人比人来心比心，

　　　　三春、翠云胜亲生。

　　　　满面羞惭自悔恨，

　　　　手挽三春和翠云。

　　　　只有你俩真孝顺，真孝顺，

　　　　思前想后泪纷纷。

〔邹士龙端一炭盆出来，放下。

邹士龙　快来暖暖身子。（见杨继康、杨夫人）嫂嫂……

杨三春　二弟，快来见过我爹爹、母亲。

邹士龙　侄儿邹士龙拜见杨家伯父、伯母！

杨继康
杨夫人　贤侄少礼。

翠　云　翠云昏倒在雪地里，多亏恩公相救。

杨继康　（喜看邹士龙、翠云）好好好，哈哈哈……

邹士龙　嫂嫂，饭已烧好了，请伯父、伯母用膳去吧！

杨三春　爹爹、母亲，请！（扶杨夫人与杨继康入内，下）

〔翠云、邹士龙同下。

〔邹应龙仍书生打扮，神采奕奕上。

邹应龙　（唱）来到故乡心沸腾，

　　　　　　　邹应龙模样不改旧书生。

　　　　　　　谁识我金榜题名为巡按，

　　　　　　　察民情一路私访到南京。

　　　　　　　行来不进金陵府，

　　　　　　　到家中相会我妻杨三春。

　　　　　　三春开门，三春开门。

〔杨三春闻声上，开门。

邹应龙　娘子！

杨三春　啊，官人你回来了。

邹应龙　我回来了。

杨三春　（唱）面对郎君喜盈盈，

　　　　　　　书生还是旧衣巾。

　　　　　　　官人啊，秋闱赴试数月整，

　　　　　　　天天盼你转家门。

　　　　　　　不得功名不要紧，

　　　　　　　夫妻相守过光阴。

邹应龙　（唱）娘子不要小看我，

　　　　　　　料我不得上青云。

杨三春　（唱）难道官人登科第，

　　　　　　　为何蓝衫未脱身。

邹应龙　（唱）若说登科非容易，

　　　　　　　当朝专权大奸臣。

　　　　　　　哪个题名金榜后，

　　　　　　　要做严嵩小门生。

　　　　　　　不当门生无官做，

　　　　　　　投靠严府把官升。

杨三春　（唱）官人说出内情话，

　　　　　　　为妻明白八九分。

　　　　　　　只因官人骨气硬，

　　　　　　　不做严嵩小门生。

　　　　　　　得罪老贼受排挤，

　　　　　　　因此你，无官回来一身轻。

邹应龙　（笑）娘子，此番赴试，金榜题名，状元及第，做了七省巡按。

　　　　（取出金印）娘子，你来看！（举起金印）

杨三春　（见印惊喜，拿过金印，唱）

　　　　　　　双手捧起黄金印，

　　　　　　　笑在眉头喜在心。

　　　　　　　转念一想疑云生，

　　　　　　　为何你前言后语理不明？

　　　　〔杨继康、杨夫人、翠云、邹士龙上。

邹应龙　怎见得？

杨三春　（接唱）你说道，不当门生无官做，

　　　　　　　投靠严嵩把官升。

　　　　　　　料你不肯把严嵩靠，

　　　　　　　哪来官职哪来印？

杨继康　（正色上前）问得好，这是为何？

邹应龙　原来是岳父、岳母驾到，小婿大礼参拜！

杨继康　不用，你速速回答三春的问话。

邹应龙　岳父，为了得到这颗金印，小婿是去拜严嵩做了门生，只因为……

杨继康　（大怒）住口！想不到你也是个口是心非、趋炎附势之人！

杨三春　冤家，你怎能不忠不孝、亲仇不分！

邹应龙　娘子……

杨三春　你、你若要夫妻到老，这金印立刻与我抛掉！（欲抛金印）

邹应龙　哎呀，慢来！（忙抢回金印）

杨三春　（气哭）爹爹。

杨继康　哼！老夫绝不与口是心非、认贼做父之人为伴！

翠　云　夫人，我们走吧。

杨三春　三春愿与爹娘同走。

邹士龙　对，我也要走。

邹应龙　（忙拦）且慢，请岳父听小婿讲完再走！

杨继康　讲！

邹应龙　（急去关好门）岳父啊——（唱）

　　　　　　莫将小婿来错怪，

　　　　　　细听应龙吐心怀。

　　　　　　那严嵩祸国殃民把君迷，

　　　　　　多少个忠臣良将惨遭害。

　　　　　　岳父你蒙冤漂泊无家归，

　　　　　　继盛叔横遭屈斩更可哀。

　　　　　　应龙我早已立下除奸志，

　　　　　　愿把那一片丹心献乌台。

　　　　　　想朝廷开科取士为治国，

　　　　　　那严贼妄图网罗众贤才。

　　　　　　不入虎穴怎除害，

　　　　　　为除害将计就计巧安排。

　　　　　　登门虽把相国拜，

　　　　　　且与老贼常往来。

　　　　　　施妙计，我曾狠把严嵩打——

杨继康　你把严嵩打了？！

邹应龙　打了！（接唱）

　　　　　　他当我，心腹之人自愿挨。

　　　　　保我七省为巡按，

　　　　　腰悬金印出京来。

　　　　　一路上微服私访查奸党，

　　　　　掌握严贼的滔天罪。

　　　　　拼一死上殿奏本谏万岁，

　　　　　落一个青史名标、为国除奸、为民除害，方称我胸怀。

杨三春　（歉然羞笑）官人……

杨继康　倒是老夫一时性急，错怪贤婿了。（与杨夫人同笑）

翠　云　（上前施礼）三姑爷。

邹应龙　翠云，多亏你照顾两老！

邹士龙　兄长！

　　　〔翠云发现与邹士龙靠得太拢而害羞。众人笑。

　　　〔幕落。

第七场　重团圆玉石分明

　　　〔三年后，春天。

　　　〔杨府寿堂。

　　　〔幕后合唱：

　　　　　"风风雨雨三长载，

　　　　　严冬过后绽春蕾。

　　　　　忠良昭雪奸佞倒，

　　　　　又喜华堂牡丹开。"

　　　〔合唱声中幕启。杨元芳与春兰指挥众家丁布置寿堂，家丁们摆好寿桃、寿面下。

杨元芳　（唱）好一位，足智多谋邹应龙，

　　　　　斗倒了十恶不赦的老严嵩。

　　　　　我妹夫官居刑部尚书上奏本，

　　　　　老爹爹发还家产圣恩隆。

　　　　　今日里母亲六秩庆大寿，

　　　　　蒙三妹接我苦命到京中。

狠心贼当年嫌我罪官女，

赶走我带发修行落庵中。

〔老家人上。

老家人　禀大小姐，大姑爷上门拜寿来了！

杨元芳　（惊）啊，无耻之徒有什么脸上门！让他走！

〔俞志云青衣小帽闯上堂来。

俞志云　娘子哪里？娘子哪里？……啊，娘子先来一步，恕鄙人来迟了！

（施礼）

〔老家人下。

〔春兰入后堂禀报。

杨元芳　认贼做父的衣冠禽兽，谁是你的娘子？！

俞志云　哎，娘子啊……（唱）

认贼做父是假意，

趋吉避凶合时宜。

一朝树倒猢狲散，

严嵩父子命归西。

反戈一击揭罪状，

我今革职改前非。

喜的是杨侍郎是我老岳丈，

邹尚书是我连襟好兄弟。

与娘子破镜重圆续旧情，

跟着你拜祝岳母寿诞期。

〔杨继康、杨夫人、杨三春、春兰上。

杨继康　何人在此喧哗？

俞志云　啊，岳父、岳母在上，小婿恭祝千秋，大礼参拜！

杨夫人　哼，你还有脸来见我？！

杨继康　不要理他。夫人请坐。（与杨夫人同坐）

俞志云　（尴尬）娘子，替我美言几句，就说鄙人得罪两老，事过后悔，

今日特来登门谢罪。

杨元芳　谁听你的花言巧语，出去！

俞志云　（求）啊，娘子你……

杨元芳　谁是你的娘子！（拂袖而去，与杨三春侍立父母左右）

　　　　〔内声"三姑爷到——"

　　　　〔邹应龙上。

邹应龙　（唱）除严党去奸邪万民同喜，

　　　　　　　　执法令整朝纲顾盼雄飞。

　　　　　　　　回府见岳父母躬身施礼——

杨继康　贤婿少礼，一旁坐下。

　　　　〔邹应龙欲坐。

杨元芳　（走向下位）三妹夫，苦啊！

邹应龙　啊！（接唱）

　　　　　　　　见大姐苦悲啼令人惨凄。

　　　　大姐有什么话，快说吧。

杨三春　大姐……

杨元芳　三妹、三妹夫啊！（唱）

　　　　　　　　我恨那认贼做父、不忠不孝不义人，

　　　　　　　　逐走我两老爹娘剥衣巾。

　　　　　　　　打得我遍体鳞伤多残忍，

　　　　　　　　害得我青灯木鱼度光阴。

　　　　　　　　今日里严门已倒杨府兴，

　　　　　　　　他转篷使舵重认亲。

　　　　　　　　他无情无义无人性，

　　　　　　　　狼心狗肺不是人。

　　　　　　　　厚颜无耻来纠缠——

　　　　妹夫啊！（唱）

　　　　　　　　求你重办这衣冠禽兽俞志云。

　　　　〔俞志云发抖。

邹应龙　俞志云！你的所作所为，情理难容！

俞志云　（跪）大、大、大人，看在亲戚分儿上，多多恕罪！

邹应龙　嘿，早知今日，何必当初。

杨继康　（气甚）来人啊！

　　　　〔众家丁内应："在！"上。

085

杨继康	将这无情无义、寡廉鲜耻之徒赶了出去，永远不许上门！
家丁甲乙	是！（拉俞志云）走！（下）
杨三春	大姐。
杨继康 杨夫人	好女儿，不要气恼了。
杨元芳	是。

〔老家人上。

老家人	禀老爷、夫人，杭州陈老爷全家到府。
杨继康 杨夫人	有请！
老家人	有请！

〔陈松年、陈夫人、陈文新、陈文华、杨四香、杨五凤、秋菊、
冬梅上。

陈松年	啊，亲家。
杨继康 杨夫人	亲家到来，有失远迎，请上坐。
陈文新 陈文华	拜见岳父、岳母！
杨四香 杨五凤	爹爹、母亲！
杨继康 杨夫人	贤婿 女儿 起来！
邹应龙 杨元芳 杨三春	（向陈松年夫妇施礼）拜见伯父、伯母！
陈松年 陈夫人	状元公，不敢啊不敢！快快请起！

〔众人坐下。

杨继康	陈亲家何事到来？
陈松年	专程来为亲家拜寿！

杨继康　老朽当年飘零四方，无人收留。今日亲家特来拜寿，使我好不惭愧！

陈松年　这……（羞惭）

陈夫人　两位亲家公、亲家母，我格老头子呒没面孔来拜寿，今天是我硬拖他来赔礼道歉的。

陈松年　老朽当年畏惧奸党，冷淡两位亲家，多多有罪！

杨继康　看在亲家母分儿上，不怪啊不怪！坐，坐！

杨夫人　是啊，你我还是好亲家。

陈夫人　应当要好，应当要好。嘿嘿嘿嘿……

众　人　哈哈哈哈……

杨继康　请两位亲家花厅用茶。

　　　　〔老家人引陈松年、陈夫人下，秋菊、冬梅随下。

　　　　〔夏莲捂住双目逃上，杨双桃持剪刀追上，丁大富跟上。

夏　莲　救命啊！救命啊……

杨继康
杨夫人　啊，是你们！来做什么？

杨双桃　我要挖她一双眼睛！（要抓夏莲）

夏　莲　（哭掩双目，逃）救命！

杨夫人　贱人，住手！

　　　　〔杨三春上前，从杨双桃手中拿过剪刀。

杨双桃　哎呀，母亲啊！（唱）

　　　　　　贱婢势利太猖狂，

　　　　　　讽刺我应龙妹夫郎。

　　　　　　说什么若是穷鬼中状元，

　　　　　　情愿挖她眼一双。

　　　　　　我要为三妹夫妻出口气，

　　　　　　定要她有眼无珠不见光。

杨夫人　（唱）一见贱人怒火旺，

　　　　　　怎敢到此闹寿堂。

丁大富　不，不，我们是来向岳母大人拜寿……

杨夫人　谁是你的岳母！

杨双桃	母亲……
杨夫人	谁是你的母亲!
杨双桃	啊……哎呀爹爹,我是你的亲生女儿……我是你的亲生女儿……
杨继康	贱人!给我走!
杨夫人	滚!
杨双桃	我不走,五个女儿拜寿,为什么单单逐走我。(撒泼)你们不认我做女儿,我死也不走,我死也不走啊……(大哭大闹)
杨继康 杨夫人	气死我了……

〔内声:"新姑爷、新小姐回府!"

| 杨继康
杨夫人 | 啊,一对新人来了,快快有请! |

〔邹士龙和翠云官服盛装上。

邹士龙	(唱)题名进士上金榜,
	洞房花烛喜成双。
翠 云	(唱)感激爹娘认义女,
	今日双双上寿堂。
邹士龙	(唱)手挽娘子去拜寿,
翠 云	(唱)祝愿双亲永安康。
邹士龙 翠 云	岳父、岳母 爹爹、母亲 在上,小婿 女儿 大礼祝拜千秋!
杨继康 杨夫人	(喜欢,上前挽起)贤婿、女儿请起!
邹士龙 翠 云	谢岳父、岳母 爹爹、母亲!
杨夫人	(挽翠云上前,对杨双桃)贱人,你看看,这才是我的孝顺女儿!
杨双桃	羞死我了!羞死我了!(奔下)
丁大富	啊,夫人、夫人……(追下)

〔夏莲随下。

| 翠 云 | 母亲,不要生气了。 |
| 杨继康 | 对!来啊,吩咐奏乐开筵。 |

〔内应声:"奏乐开宴!"

〔幕内合唱:

"岁寒方知松柏健,

患难相守品德全。

寿堂重叙天伦乐,

情深和睦笑开颜。"

〔在鼓乐合唱声中,众女儿、女婿一对对拜寿。

〔杨三春托盘,盘中两双寿鞋。杨继康、杨夫人见鞋捧起,眼中闪出欢喜的泪花。

〔幕落。

—— 剧　终

　　《五女拜寿》创作于1982年,由嘉兴专区越剧团青年队首演,后由浙江小百花越剧团演出。1984年浙江省文化厅从全省各个剧团选调了二十八位演员排演《五女拜寿》,有茅威涛、何英、何赛飞等,演出大获成功,由此组建成浙江小百花越剧团。朱顺庆、朱敏导演,龚新宝饰演杨继康,陆秀梅饰演杨三春。在全省及上海演出四百余场。同年被长春电影制片厂搬上银幕,并获得中国电影"金鸡奖"最佳戏曲片奖。剧本获得第二届全国优秀剧本奖(1982—1983)。

作者简介

顾锡东　(1924—2003),男,笔名金易,浙江嘉善人,浙江剧作界的领军人物,他一生创作并上演剧目六十余部,电影五部,创作戏剧、曲艺理论文章二百余篇。他创作的《五女拜寿》《汉宫怨》《陆游与唐婉》等新编历史名剧在中国当代戏剧史上影响巨大,被誉为"当代中国戏剧界的关汉卿"。他还为培养中青年戏剧影视创作、表演人才做出显著贡献。

· 莆仙戏 ·

秋风辞

周长赋

时　间　汉征和二年（公元前91年）秋。

地　点　长安城甘泉宫、新安县。

人　物　刘　彻——六十七岁，汉武帝。

　　　　刘　据——三十多岁，太子。

　　　　赵婕好——二十多岁。

　　　　江　充——四十多岁，绣衣直指使者。

　　　　李　寿——三十多岁，新安县令。

　　　　卫皇后——五十岁。

　　　　田千秋——六十多岁，大鸿胪，后降为高寝郎。

　　　　刘屈牦——五十多岁，丞相。

　　　　苏　文——四十多岁，黄门郎。

　　　　石　德——五十多岁，太子少傅。

　　　　暴大人、田将军，老宦官甲、乙，校尉甲、乙（后升为宫廷侍卫），官员甲、乙，李寿亲信、宫娥、卫士、军士等。

第一场

〔午。

〔长安城郊甘泉宫。

〔幕内合唱汉武帝刘彻的《秋风辞》：

　　　　"秋风起兮白云飞，

　　　　草木黄落兮雁南归。

　　　　兰有秀兮菊有芳，

　　　　怀佳人兮不能忘。

　　　　泛楼船兮济汾河，

　　　　横中流兮扬素波。

　　　　箫鼓鸣兮发棹歌，

　　　　欢乐极兮哀情多。

　　　　少壮几时兮奈老何……"

　　〔光起。

　　〔祭天的场面。刘屈牦、江充、苏文等官员及宦官、侍卫、宫娥塑像般排成仪仗。中间竖一面绣着"汉"字的大纛。

　　〔内传声："吉时到——"

二宦官　（传）吉时到——

　　〔庄严肃穆的钟声响。

　　〔田千秋前引，汉武帝刘彻率卫皇后、赵婕妤上。

田千秋　（朗读）"我大汉皇帝在位五十年，举贤士、纳直谏，征匈奴、通西域。德定四极，明察四方。文治武功，远盖五帝。为圣德之长久，皇帝特亲祭于甘泉，祈求苍天保佑皇帝长生不老，万岁，万万岁！"

众　人　陛下万岁，万万岁！

刘　彻　（唱）百和香燔，紫罗荐地，

　　　　　　　遥对苍天祭。

　　　　　　　彻平生赢取伟烈丰功，

　　　　　　　奈近年蛊惑根除无计。

　　　　　　　不久前才诛两位公主，

　　　　　　　昨宵又梦见木人进击。

　　　　　　　只为这疑惧难消，

　　　　　　　也为这山河心系。

　　　　　　　举香火，求上天佑彻，

　　　　　　　避凶趋吉，长生万世……

　　　　（突然一阵头晕，接唱）

　　　　　　　老病思亲，彻亦求，

　　　　　　　皇儿早回京畿。

　　〔江充、苏文神色不安，相对一视。

　　〔突然，长空一阵雁叫，众仰望，刘彻聆听。

刘　彻　（喜）诸卿听到什么？

众官员　听到雁声。

刘　彻　不，听到太子归来。

众　人　哦？

〔内喊声："报今，太子领兵抗御匈奴，得胜回朝！"

众　人　（不同心情）太子回朝？

刘　彻　传下，将士各回本部，命皇儿甘泉宫见驾！

〔内应声。刘据内声："父皇——"

刘　彻　（对内）皇儿——

〔江充、苏文恐惧。刘据奔上。

刘　据　父皇——

刘　彻　（携住刘据手）皇儿——（唱）

国有大事无人问，

几回望尽南飞雁。

刘　据　（唱）浴血疆场无日月，

父皇福星照儿返。

刘　彻
刘　据　（唱）相执手，叙天伦，

消却噩梦愁，归途劳万般……

卫皇后
赵婕妤　（接唱）朝朝暮暮魂飞苦，

重见 皇儿
　　　 殿下 喜开颜！

刘　据　谢父皇、母后、娘娘！

刘　彻　皇儿此番出征，未知边关战事如何？

刘　据　这……托父皇洪福，驱强虏于千里之外。

刘　彻　哦，皇儿既然得胜，今日因何回京？

刘　据　惊悉父皇圣体欠安，儿臣特地回京探望。

刘　彻　哦，（环顾左右）诸位贤卿，孤家太子如何？

众官员　陛下——（唱）

太子忠孝两全，

太子文武兼备；

他酷似陛下雄才大略，

继宗室定能长承圣治！

　刘　彻　太子酷似孤家？

众官员　酷似陛下！

刘　彻　能承圣治？

众官员　能承圣治！

刘　彻　（得意地大笑）……

众　人　（也笑）……

　　　　〔众人奉承地围住刘据，无意中将刘彻冷落一边。

刘　彻　（感觉到什么，原来因大笑而扬起的双手突然停在半空，不乐
　　　　地）哼——

众　人　陛下——

刘　彻　（试探地）皇儿，你今日千里回京，难道就为留心孤家这病状？

刘　据　这……哦，儿臣回京，还因二位皇妹之事！

众　人　（不同心情）二位公主？

刘　据　二位皇妹平日十分温顺，对父皇又是百般忠孝，万想不到她二人
　　　　竟会犯上埋木人厌行，遭受杀身。

卫皇后　（突然禁不住地）皇儿……（掩泣不止）

刘　据　母后——

　　　　〔刘据欲问，卫皇后摇头不语，赵婕好扶之。

刘　据　（见状，下决心地）父王——（唱）

　　　　　　儿想二位皇妹事，

　　　　　　必定有人行不仁。

　　　　　　儿求父王再下旨，

　　　　　　重将此案查分明！

　　　　〔苏文和江充相对一惊。

江　充　太子想查案——

苏　文　其意在汝我！

刘　彻　（早已不乐，这时强压下怒火）皇儿，你离京多时，不知宫中近
　　　　情，孤不怪罪。只是你此番用兵顺利，理当为孤开疆拓土，因何
　　　　半途罢兵？

刘　据　儿臣以为历年征战，扰劳天下……

刘　彻　天下之大，莫非王土；区区征战，何足为奇？

江　充　（赶忙地）是啊，殿下理当回师边关，再驱强虏！

刘　据　这……（随即又针锋相对地）外虏理当驱逐，内奸岂可不防！

　　　　　〔众人为之一震。静场。

　　　　　〔秋风乍起。

苏　文　（又对江充私语）不出所料，太子不肯罢休？

江　充　依计行事，先下手为强！

　　　　　〔这时强风吹倒大纛。

　　　　　〔刘彻不寒而栗。江充、苏文看在眼里，互递一眼色。

江　充　（上前，神秘地）陛下，秋风吹倒大纛，只恐今日……

刘　彻　如何？

江　充　有人扰乱祭天，不让陛下长生不老。

刘　彻　胡说！

江　充　岂敢。陛下昨夜不是做了一个梦吗？

刘　彻　（心虚地）梦？

刘屈牦　梦见无数恶汉，手持棒杖，闯进寝室，欲害陛下。

江　充　依臣看来，陛下所梦恶汉，与风折大纛异象同。因此必定有人埋下木人——

众　人　什么？

苏　文
江　充　有人埋下木人，陷害陛下！

刘　彻　啊——（唱）
　　　　　　　闻说木人骇然惊，
　　　　　　　秋风萧瑟冷透心。

众　人　（唱）江充、苏文曾借此，
　　　　　　　冤杀多少官与民。

刘　彻　（唱）风动梦惊相印证，
　　　　　　　木人害孤天指明。
　　　　　　　今生若教此祸在，
　　　　　　　孤家如何得长生？

刘　据　父王——（唱）
　　　　　　　明君生来有天相，
　　　　　　　何愁风动与梦惊？

再信虚言酿实祸，

舜尧难免失天仁。

田千秋　是啊，陛下不可再信江充谗言。

江　充　汝胡言！

田千秋　汝胡言！

江　充　汝胡言！

田千秋
江　充　（争吵）汝胡言……

〔刘屈牦眼望双方，不知所措。卫皇后、赵婕妤神色忧虑。

〔刘彻突然爆发般大笑，随后脸色一沉，双手往背上狠狠一剪，怒气冲冲地兀自退去。

〔卫皇后、赵婕妤以及老宦官甲、乙随下。

〔百官听着刘彻的脚步声远去，台上寂然。良久，老宦官甲、乙上。

宦官甲　陛下有旨：今日祭天暂行告毕，百官退去，殿下进内宫听取皇上赐教。

众　人　万岁！

〔众官员揩汗下。

刘　据　（欲去，又回头狠地瞪了一眼江充、苏文）哼！（随老宦官甲、乙下）

苏　文　（害怕地）江大人，汝看太子气势汹汹。早知今日，当初不该将赵婕妤献与皇上……

江　充　当初汝我不知内情。

苏　文　更不该害死二位公主……

江　充　那是迫于无奈，只好铤而走险。眼下唯有再说动皇上，教他命汝我二人进宫搜掘木人。

苏　文　只是太子并无埋蛊。

江　充　哈哈哈，苏大人——（唱）

　　　　　　　木人早埋我胸中……

　　　　（扬长而去）

苏　文　江大人，江大人……（追下）

〔收光。

第二场

〔数日后，近黄昏。

〔东宫附近御苑。

〔光起。

〔刘据挽弓上。

刘　据　（唱）暮云碧，黄花俏，

　　　　　　　逢秋日气爽天高。

　　　　　　　到此还忆前日事，

　　　　　　　父皇谆谆教我安邦道。

　　　　　　　念寸心犹如小草，

　　　　　　　怎把那万里春晖报？

　　　　　　　但皇妹奇冤沉碧海，

　　　　　　　天意未明虑未消。

　　　　　　　更苏、江犹向君王，

　　　　　　　漫说木人鬼妖。

　　　　　　　杀贼恨无倚天剑，

　　　　　　　为消愁挽弓射大雕……

　　　　〔李寿上。

李　寿　（念）知恩人射雁御苑，

　　　　　　　再拜别敬献赤诚。

　　　　殿下——

刘　据　哦，是李县令。（上前携手）你已向我辞行，前往新安赴任，因
　　　　何又转回呢？

李　寿　殿下，想当初我李某志不得遂，亲友不容，是殿下你听铗声而怜
　　　　冯骥，拨尘土而识遗珠。收我为东宫门客，带我上边关建功。近
　　　　日殿下更垂青眼，力荐我为新安县令。生我者父母，识我者殿
　　　　下。今朝一辞，隔却千里，我难随左右以效犬马，安能不依依而
　　　　不忍别离？（跪下）

　刘　据　（急扶李寿）何消至此，汝我有莫逆之交，万勿论及恩惠。

李　寿　言虽如此，我心何安？皇上春秋已高，殿下登基在即。我今日特
　　　　揣一礼相赠，略表寸心。

刘　据　送礼？

李　寿　这礼非同寻常。殿下——（唱）

　　　　　　一卷《治国万言疏》，

　　　　　　空前绝后写良筹；

　　　　　　先除木人平冤狱，

　　　　　　再助殿下振九州。

　　　　（递《治国万言疏》）

刘　据　（接过书，翻阅）妙，好国策，真是好国策！（随之不自觉地一
　　　　叹）唉！

李　寿　（看在眼里）殿下，江充、苏文只不过寻机邀宠，竟然青云直
　　　　上，他等居心叵测，殿下千万珍重。

刘　据　宫中风云变幻，县令离去，我身边少一个出谋献策之人，能不
　　　　感叹？

李　寿　哦，人无情义是畜生，来日有用李某，尽管使唤，李某即便赴汤
　　　　蹈火，也在所不辞！

刘　据　难得李县令一片忠心。

李　寿　臣去了！

刘　据　送过！（目送李寿下）哈哈！（唱）

　　　　　　喜李寿与我心相照，

　　　　　　愿长空万里共扶摇。

　　　　（闻雁声，仰天寻射）

　　　　〔赵婕妤内唱："冒嫌到此传消息……"上，见雁落。

赵婕妤　（接唱）怕见飞鸿落九霄。

　　　　（看见刘据）殿下好箭法！

刘　据　（转身，一惊）是你？（恭敬地）娘娘千秋，千秋！

赵婕妤　免礼，秋雁翔空，你怎忍心将它射落？

刘　据　哦，这是无意引起娘娘伤心，儿臣今后不射就是。（急收起弓箭）

赵婕妤　（弦外有音地）英雄即使收起弓箭，空中却已留下孤雁之哀……

刘　据　这……（会意）都因江充、苏文所致，当年他二人为了邀宠……

赵婕妤　竟不顾他人曾有山盟海誓，将哀家献与皇上，记得五年前今日……

刘　据　（无限感慨地）五年前今日，秋风萧瑟，云卷雁啼……（环顾之后，小心地）世事沧桑，无可挽回，须防隔墙有耳，此事万勿重提！

赵婕妤　这……

刘　据　宫规森严，娘娘如无要谕，容儿臣就此退避。（欲下）

赵婕妤　且慢！（拭泪）哀家重提往事，岂为眷恋前情？是教你莫忘前车之鉴！

刘　据　前车之鉴？

赵婕妤　江充、苏文妄奏宫中有木人妖气，皇上深信不疑，今日已命他两人入宫搜掘木人！

刘　据　（一震）哦！

赵婕妤　殿下——（唱）

汝是鸿雁鸯云空，

须防突来雨和风。

汝前日不该言语冒犯，

惹上怒朝夕心事重重。

更且江充与苏文，

奉诏搜蛊势汹汹。

且记取，项庄舞剑别有意，

则怕是，灾祸又起萧墙中。

刘　据　这……二位皇妹冤案未明，岂容蛊惑兴，待臣儿速即面见父王——

赵婕妤　且慢！今日大鸿胪田千秋因阻止搜掘木人，遭受降职，屈守高寝！

刘　据　这……因此儿臣更须冒死启奏！

赵婕妤　无用！汝父王深信蛊惑之言，今日已移驾甘泉宫，躲避木人妖气，连甘泉宫侍臣卫士，也统命江充管辖。

刘　据　这……

赵婕妤　（走近，更加秘密地）千万小心，哀家告辞了。

刘　据　送过娘娘！

〔赵婕妤止住，环顾无人后急下。

〔石德内声："坏了！"急上。

石　德　哎呀！殿下——

刘　据　先生，何事慌张？

石　德　江充与苏文带领武士闯入东宫，搜出木人！

刘　据　（执石德手）你说什么？

石　德　臣亲眼看见，二人从殿下寝宫搜出木人！

刘　据　（大惊）东宫并无埋蛊，何来木人？

石　德　这分明系栽赃陷害！

刘　据　待我速即禀明母后，然后一同面见父皇，言明真相。

石　德　且慢！二贼搜出木人，你……你如今有口难辩！

刘　据　父皇宠爱于我，骨肉之情，难道不及二贼？

石　德　前两位公主与皇上岂无骨肉之情，然皆坐此被诛！

刘　据　这……

石　德　殿下，事急燃眉，如不当机立断，难免重蹈秦朝公子扶苏之覆辙！

刘　据　扶苏覆辙？唉！（唱）

　　　　　　我亦无端遭贼陷，

　　　　　　前车既覆后车鉴……

石　德　依我之见，不如收捕二贼，逼令招出栽赃实情，然后再面见父皇。

刘　据　搜贼……不可，不可！（唱）

　　　　　　擅捕二贼逆上意，

　　　　　　箭在弦上张弓难……

石　德　殿下，你之安危，维系你母后与东宫千百条性命，你岂不知"当断不断，反遭其乱"？

刘　据　当断不断，反遭其乱？唉！（唱）

　　　　　　累及东宫心奚安，

　　　　　　挥剑且将乱麻斩！

　　　　　卫士何在？

众卫士　在！

刘　据　速速与我擒拿江充、苏文！

众卫士　领命！

石　德　且慢，擒拿二奸，事关重大，勿使一人逃脱！

刘　据　对，勿使一人逃脱！

〔刘据、石德领卫士绕场。江充、苏文及众校尉手持木人上。双方相遇。

江　充　嘿嘿，谁人胆敢阻挠奉诏大臣？

刘　据　你……

江　充　东宫掘出木人，这就是你陷害皇上的铁证！（亮出木人）

刘　据　（气得发抖）……众卫士，快将二贼拿下！

江　充　众校尉，杀啊！

〔苏文率校尉与刘据、石德等混战，江充趁机带校尉甲、乙逃下。苏文束手就擒。

石　德　殿下，江充已逃跑出宫！

刘　据　（惊）坏了！江充逃走，祸害非小……

石　德　尚留一个活口——

刘　据　对，快快逼他供招！

石　德　苏文啊苏文，汝等如何栽赃陷害殿下？（举剑直指苏文）

苏　文　（按住石德手腕）这……

石　德　快快从实招来，否则……（把剑逼紧）

苏　文　我，我……唉！（顺势夺石德手中剑自刎，石德收手不及）

众　人　（大惊）啊！

刘　据　（一试苏文鼻息）天啊——

〔收光。

第三场

〔深夜。甘泉宫汉武帝寝宫内外。

〔光起。

〔寝宫外，一队武士巡行而过。

〔老宦官甲、乙巡视上。

宦官甲　（神秘地）老弟啊，这几天我感觉宫中有一股特别的味道。

宦官乙　那是因为太子回屇。江充、苏文栽赃陷害他两个阿妹，他准备找他们算账，讨头颅。

宦官甲　你知道江充、苏文为什么陷害两公主？

宦官乙　听说是因为二位公主曾经议论他们借搜掘木头人，陷害官民无数。

宦官甲　老弟啊，我看见过那木头人，是用桐木刻一个人的“形模”。

宦官乙　据说很灵验，只要写上对方出生日月，然后把它埋下土，暗地咒语一呼——

宦官甲　对方轻者会“连拉带吐”，重者会一命呜呼！

宦官乙　因此皇上最忌有人埋蛊。

宦官甲　嘘，老弟啊，不要话乱吐，耳朵听，眼睛看，这一次是——

宦官甲乙　“水牛斗老虎”。

宦官乙　小心，咱俩这个门得把紧，千万别出差误！

〔刘据内声：“哎——呀！”匆匆上。

刘　据　（唱）可恨江充脱出网，

逼我急来见父皇。

谁料宫深深似海，

九关十卡百道墙。（欲进宫门）

宦官甲　做什么？

刘　据　二位公公——

宦官甲　（辨认）哦，原来是殿下。殿下千秋、千秋！

刘　据　免礼！我有要事，急需见父王，今请公公行个方便！

宦官乙　这……（相互交换眼色）殿下啊，奴婢也求你行个方便！

刘　据　这话怎讲？

宦官甲　如今甘泉宫由江充等人把持，任何人都不能单独面见皇上。

刘　据　啊？

宦官甲　这重门除我们二奴婢外，还有数百武士和宦官守卫。（指）你看，你看！

宦官乙　一旦有动静，他们就会拥出，那时不但连累奴婢丧命，而且会将殿下你——

刘　据　如何？

宦官甲　将你当作刺客杀死！

刘　据　啊……（左右徘徊，碰壁）哎呀，宫墙啊宫墙！（唱）

我平素视你一抔土，

今夜看你万重隘。

父子近咫尺，

相见隔山海。（扶墙而哀）

〔刘彻上，在寝宫内徘徊。

刘　彻　（唱）几天来减食少寐，

乱纷纷心事难排：

木头人犹如野草除之不绝，

皇儿他别有滋味令人费解……

刘　据　（唱）父皇啊……

刘　彻　（唱）皇儿啊……

你似朕儿又不似朕儿，

刘　据　（唱）你对儿似爱又似不爱。

刘　彻　（唱）难道你对为父怀有异心？

刘　据　（唱）难道你对亲儿亦生疑猜？

刘　彻
刘　据　（唱）翘首望星沉月黑，

夜茫茫迷雾难开……

〔刘彻坐下看简。

刘　据　唉！（唱）

若不剖隐衷，

父子仇怨埋。

冒死谒龙颜，

消却灭顶灾。

〔刘据欲闯入宫。

宦官甲乙　（跪下，抱住刘据腿）殿下不可、不可！

刘　据　这……

〔幕内脚步声近。

宦官甲乙　有人！

〔武士巡行而过。

宦官甲　殿下，你……你快请出宫，否则性命危矣！

宦官乙　去吧，去吧！

刘　据　父皇……

　　　　〔二宦官推刘据下。

　　　　〔幕内刘据高喊声："父皇，父皇……"喊声渐渐消失。一阵雁声
　　　　从远而近传来。

刘　彻　（惊觉）内侍——

宦官甲乙　（闻声入内）奴婢在！

刘　彻　适才太子来过？

宦官甲乙　奴婢将他劝走。

刘　彻　（拍案）好是大胆！

宦官甲　万岁不是下旨，教奴婢听从江充命令？

刘　彻　江充？

　　　　〔江充内声："陛下——"急急奔上。

江　充　（手持木人）陛下，大事不好了。太子他……

刘　彻　太子他如何？

江　充　他造反了！

刘　彻　你说什么？

江　充　太子擅杀苏文，起兵造反了！

刘　彻　（一震，不禁落座。稍停）你适才不让太子入宫，眼下又诬告太
　　　　子，你好是大胆！（拔剑出鞘）

江　充　陛下啊，方才东宫掘出木人！

刘　彻　（一惊）木人？（剑自入鞘）

江　充　木人之上，写有陛下名讳及诞生年月，还有——

刘　彻　还有什么？

江　充　还有小箭一支，直刺木人咽喉，请陛下一观！（递上木人）

刘　彻　啊——（唱）

　　　　　　逆子他竟敢害孤王，

　　　　　　枉负了孤家舐犊一场！

（拔剑后，忽又转念）不、不、不！（接唱）

> 逆子若然造反，
>
> 适才怎敢面见孤王？

江　充　这……定是太子心藏杀机，侍臣卫士才将他拦在寝宫之外。

刘　彻　啊——（唱）

> 为公主喊冤阻止搜蛊，
>
> 莫非他早有祸心包藏……

（随即又犹豫）慢！（对江充质问）

> 逆子身为储君，
>
> 何须争夺庙堂？

江　充　（一惊）这……陛下近年屡求长生之道，陛下一旦长生不老，太子就无登基之日，无登基的储君等于无用的储君，他……他能不生杀父弑君之心吗？

刘　彻　（刺到心头）呵——唉！（唱）

> 因何他无意拓土开疆，
>
> 却反把孤家老病探望？

是了！（接唱）

> 莫非因为他窥觑神器，
>
> 故此朕近日心里怏怏。

江　充　陛下，风折大纛，苍天早示凶兆；陛下前梦木人行凶，今日又掘出埋蛊铁证。太子造反，千真万确，今请陛下速速发兵，诛杀叛逆！

刘　彻　且慢！（审视江充）还须提防有人借端诬诈。

江　充　这……

刘　彻　待孤派人查明真相。

江　充　臣保举暴大人……

刘　彻　他……（摇头）

江　充　臣保举刘丞相……

刘　彻　他……（又摇头，思虑之后）有了，不如命她——赵婕妤！

江　充　（大惊）啊？

刘　彻　内侍——

| 宦官甲 | 奴婢在！ |

刘　彻　传孤旨意，命赵婕妤前往东宫，查看太子有无造反，速来复旨！

宦官甲　领旨！（下）

江　充　（旁白）坏了，赵婕妤与太子有前情，他如实禀报我命休！

刘　彻　（旁白）嘿嘿，孤命赵婕妤查太子，正是一箭射双雕！

江　充　陛下——

刘　彻　因何还不退下？

江　充　后妃不得干预朝政，这是我朝祖制。

刘　彻　（怒）眼下何时，岂可墨守成规？退下！

江　充　领旨！（目送刘彻退下）

〔江充战战兢兢地退出寝宫，焦急地思索，忽然眼一亮。

江　充　有了！（唱）

　　　　　　且迎婕妤宫门外，

　　　　　　拼死消却灭顶灾！

　　　　　　穿回廊——（下）

〔赵婕妤内唱："步玉阶——"众宫娥伴赵婕妤急上。

赵婕妤　（接唱）步玉阶，过亭台，

　　　　　　待讨取五年伤心债。

〔江充上，与赵婕妤相遇。

赵婕妤
江　充　（唱）正撞着江充来……
　　　　　　　　　婕妤

〔众宫娥退下。

江　充　参见娘娘！

赵婕妤　你——

江　充　未知娘娘是否查明太子造反情状？

赵婕妤　太子被迫捕奸，苏文畏罪自刎！

江　充　这……但臣求娘娘高抬贵手。

赵婕妤　你，你因何借端诬陷？

江　充　全为娘娘计。

赵婕妤　你不要花言巧语，快随哀家入内面君。（欲走）

江　充　且慢！（一顿）娘娘倘若禀报太子无罪，将有三祸！

赵婕妤　三祸？

江　充　皇上曾借搜掘木人，废除阿娇皇后，诛杀二位公主。依臣看来，太子近来所为，早已不称上意。皇上命臣等东宫搜蛊，乃是寻隙以废储君。娘娘倘若禀明太子无罪，岂不违逆天意，这是一祸。

赵婕妤　一祸……

江　充　满朝官员无数，今夜皇上因何独挑娘娘前往查实？依臣看来，娘娘入宫前与太子有情，皇上必然知机；遣你往东宫，乃是察你心迹。娘娘倘若禀明太子无罪，岂不招来乱伦之疑，这是二祸。

赵婕妤　二祸……

江　充　此乃近忧，还有远虑。娘娘与太子前情，迟早为太子妃嫔所获悉。太子一旦登基，其后妃能不群起而攻，以除娘娘而后快？太子即使有情有孝，安能不以社稷为重，听之任之？况且"城门失火，殃及池鱼"，到头来连你的弗陵殿下——

赵婕妤　连弗陵皇儿也难免遭受杀身？

江　充　是。此乃三祸！

赵婕妤　啊——　（唱）

原想稳妥妥操住胜券，

如今临深渊战战兢兢。

我纵然甘舍一薄命，

又何忍累及儿弗陵……

江　充　哎呀娘娘，眼前明摆一条路，不但可免三祸，且能保你母子贵倾天下。

赵婕妤　贵倾天下？

江　充　今日你当禀明皇上，太子埋蛊造反。

赵婕妤　（大惊）你要我禀报太子造反？

江　充　其后皇上必然废除太子。

赵婕妤　废除太子？

江　充　而太子之外，皇上诸子，才多平庸，唯三岁弗陵，极为皇上宠爱。到头来，皇上能不把嗣位——

赵婕妤　嗣位？

　江　充　能不把嗣位交与弗陵？

赵婕妤　啊——（唱）

> 自沉吟，有暗香，
>
> 有暗香几缕袭人心。
>
> 若使弗陵继皇位，
>
> 不枉我五年苦栖身。
>
> 只是假报太子反，
>
> 太子能不命归阴？
>
> 想到此，冷汗涔，
>
> 魂欲断，魄亦惊。
>
> 报与不报间，
>
> 阵阵哀鸿声……

江　充　娘娘依然不悟，臣只好入宫请罪。

赵婕妤　且慢！

江　充　娘娘——

赵婕妤　你可退下。

江　充　（暗喜）哦，领——旨！（揩冷汗，下）

赵婕妤　有了，哀家不如修书一封，先叫太子逃命，然后禀报。这样既保太子，又保弗陵。（撕下裙片，咬手指急写就血书，折好后，唤）来人——

　　　　〔一宫娥上。

宫　娥　在。

赵婕妤　这封书信，命你悄悄送往东宫……（与宫娥耳语）切切不可露机！

　　　　〔宫娥急下。

赵婕妤　（叫）陛下——（奔入内宫）

　　　　〔刘彻复上。

刘　彻　爱卿你，你回来了，大事如何？

赵婕妤　殿下他……

刘　彻　（吼叫）如何？

赵婕妤　他造反了！

刘　彻　啊……（思索良久，越来越怒，突然地）啊——（拔剑砍翻香炉）

　　　　〔赵婕妤一软，瘫倒在地。

〔几声雁鸣。收光。

第四场

〔光起。

〔紧接前场。

〔二道幕前——长安城内。

〔内声："众将官，兵马速即向前！"应答："是！"

〔刘屈牦率领田将军、暴大人等官员及军士上，田千秋尾随其后。

刘屈牦 （唱）奉圣命率领三辅兵，

威凛凛驰骋长安城。

敢效周公诛管、蔡，

围捕太子立功名。

来呀，兵马围住东宫，捕捉反者，勿令一人逃脱！

众将士 得令！（下）

〔刘屈牦大摇大摆，欲下。

田千秋 哈哈哈……

刘屈牦 田千秋已被降官，还笑什么？

田千秋 笑你办不成大事！

刘屈牦 啊，你敢诬蔑丞相？（欲动手）

田千秋 住手！刘大人凭什么当上丞相，也许还不了然。

刘屈牦 我凭贤才。

田千秋 你是一个最大贤才。

刘屈牦 最大贤才？

田千秋 你的最大贤才，便是善体圣意。

刘屈牦 （怡然自得）嘿嘿，此乃为臣之道。

田千秋 妙！不过皇上今日，是命丞相擒捕太子，还是诛杀太子？

刘屈牦 当然擒捕太子。

田千秋 擒捕者，活捉也。但是围捕之时，万一乱兵杀死太子，那丞相
你……你岂不犯下逆天之罪？

刘屈牦 啊——（拉住田千秋）哎呀田大人，你……你快快为我想个主意！

田千秋　哦，依下官之见，劝降方为上策。

刘屈牦　劝降？妙、妙、妙！老夫马上命你前往东宫，说动皇后与太子归降。

田千秋　遵丞相钧旨！

刘屈牦　走！

〔田千秋与刘屈牦下。

〔二道幕启。东宫西阙下。

〔刘据和石德扶卫皇后上。卫皇后手中拿着密书，正在看。

卫皇后　（念）"上信殿下反，速逃——赵婕妤。"（唱）

　　　　　君王竟然信谗言，

　　　　　势急燃眉可奈何……

　　　　（徘徊，向天祈祷，接唱）

　　　　　祈苍天保佑皇儿，

　　　　　蓦听得有声作，

　　　　　则怕是兵马到——

　　　　　原来风吹黄叶落。

　　　　（浑身颤抖不止，差点昏倒，手中书落）

刘　据　（扶卫皇后）母后保重、保重！（拾起密书）

〔内声："报今，高寝郎田千秋有急事要见！"

卫皇后　快快宣他进见！

〔内传、应声。刘据急急将书藏入怀中。

〔田千秋急上。

田千秋　哎呀，娘娘，丞相刘屈牦奉圣上旨意，率领将士，将东宫重重围住！

众　人　哦——

石　德　田大人，适才有人送来密书，劝殿下逃走，可殿下不听其之言。

田千秋　这……

〔幕内兵马声大作。

田千秋　（紧张地）殿下，依臣之见，眼前尚有三策。

卫皇后
刘　据　三策？
石　德

田千秋　一是束手就擒，如此殿下性命可能丧于皇上盛怒之下，因此乃是

111

下策。

卫皇后　二策呢?

田千秋　依密书所劝,殿下避父而逃,其后只好听天由命,因此中策而已。

卫皇后　上策呢?

田千秋　这……(欲言又止,眼望石德)依石大人之见?

石　德　恕老朽直言,事到如今,殿下当一面取皇上赤节,发兵拒丞相兵马;一面命你舅父卫青旧部,围住甘泉宫……

刘　据　住口!先生因何教我不忠不孝,遗臭于万年……

卫皇后　(劝住刘据)让石卿说下。

石　德　然后殿下顺天承运,君临天下,而请皇上退居为太上皇。

卫皇后
刘　据　(大惊)这……

田千秋　(兀自说着)项羽有妇人之仁,屡屡放过高皇帝。而高皇帝却以穷寇视之,逼其自刎乌江。如今谁不言高皇帝英明?谋天下者,成败论英雄也,还请殿下明鉴!

〔殿内一片寂静。

卫皇后
刘　据　(唱)战兢兢听着披陈,

刘　据　(接唱)意悬悬步出殿门……

〔内宫娥、卫士声:"殿下……"

刘　据　(接唱)看阶前列跪东宫属下,

　　　　　　　一张张脸挂焦急哀怜……

(潸然泪下,突然下决心地拔剑而起,大步噔噔走回殿内)

卫皇后　皇儿……(随即扭头,向隅而泣)

刘　据　(接唱)听母后哭泣倏然止步,

　　　　　　　耳边又回响父皇声音。

　　　　　　　抬头看"为德以政"匾高挂,

　　　　　　　霎时间天地昏昏摇金星。

　　　　　　　违忠孝何异衣冠禽兽?

　　　　　　　颤抖抖不觉手软脚轻。

112　　　(支持不住,以剑拄地,定神后,喃喃地)

我宁愿不取上策……

田千秋　殿下……
石　德

刘　据　（高声宣布）我宁愿不取上策！有道是精诚所至，金石为开。上苍有眼，我刘据不信善无善报！（宝剑入鞘）

〔田千秋愕然摇头，石德膝行而上。

石　德　殿下……

刘　据　尔……（仰首，不看石德）我主意已定，再言上策者，以反者论处！

石　德　老朽不至于如此迂腐，老朽已悔前日劝殿下捕奸，以致招来今日大祸！

刘　据　（动情地）师父……（眼泪夺眶而出，双手颤抖抖扶起石德）

田千秋　事不宜迟，殿下既不取上策，速取中策逃跑出宫。

卫皇后　只是大兵逼宫。

石　德　老朽自有对策。

刘　据　母后……

卫皇后　皇儿……

〔外面杀声大作。田千秋急急张望。

石　德　走吧！

刘　据　唉！

〔石德拉刘据下。刘屈牦、江充及众官员率兵从另一旁上。

田千秋　刘丞相……

刘屈牦　叛逆何在？
江　充

田千秋　娘娘在此。

刘屈牦　（施礼）娘娘千秋、千秋！

卫皇后　嘿！

江　充　太子何在？

田千秋　太子早已不知去向。

刘屈牦　太子不知去向，这还了得？

〔田将军上。

田将军　报！太子逃出东宫，石德已经捕获！

众　人　（不同心情）哦……

江　充　（思索）太子逃跑如此迅速，莫非……

刘屈牦　众将官，紧闭长安城门，搜捕太子！

江　充　将石德押上！

〔暴大人率军士押身穿太子衣衫的石德上。

刘屈牦　大胆石德，竟敢与太子换装，掩护太子出逃？

江　充　换装……

〔江充审视石德。石德向江充脸上狠唾口水。

江　充　（慢慢揩去唾液，冷笑）嘿嘿，今日由不得尔，我要将尔的皮一
　　　　层层剥下！（说着举剑一刀刀割石德的衣衫和身体）

〔这时从石德穿着的太子衣中掉下密书，江充随后捡起。

石　德　（大惊）奸贼你！（上前咬江充手）

江　充　哎哟哟……你该死了！（拔剑刺死石德）

众　人　石贤卿——

　　　　石大人……

江　充　（独自看密书）赵——婕——好！

〔收光。

第五场

〔紧接前场，汉宫偏殿。

〔光起。

〔江府二校尉现在是宫廷侍卫，持戟上。

侍卫甲乙　哈哈哈！（唱）

　　　　　好像赌博赢一注，
　　　　　升到宫中看门户。
　　　　　伺候皇帝比伺候官，
　　　　　增添百倍好"风度"。
　　　　　举戟摇又摆，

势汹如老虎。

侍卫甲　（唱）百官对我畏三分，

侍卫乙　（唱）宫娥对我暗倾慕。

侍卫甲乙　（唱）今日家书寄回乡，

　　　　报我光宗又耀祖。

　　〔老宦官甲、乙上，看侍卫甲、乙大摇大摆，避介。侍卫甲、
　　乙下。

宦官甲　刚才如果没让路，被撞着一定受伤回家"躺床铺"。

宦官乙　这二人烧做灰我都认得：一个头尖尖，一个嘴凸出，原来是江充
　　　　府内的家奴。前一月他们蹲在宫门外等江充，东张西望，我大声
　　　　一呼，他二人屎尿拉一裤。

宦官甲　我比你早知晓，听说这两个人前几天到东宫搜蛊有功，因此
　　　　提拔做侍卫入宫看门户。你看，一把戟举得斜斜歪歪，毫无
　　　　"式数"。

宦官乙　不要教、不要教，放着让他们去掉头颅！

宦官甲　这样的"后生仔"——

宦官甲乙　毫无前途！（下）

　　〔刘彻上。

刘　彻　（徘徊，唱）

　　　　长恨疑虑如春笋，

　　　　剥去一重还一重。

　　　　婕妤她报太子反，

　　　　二人应无藏隐衷。

　　　　到此反自悔前时，

　　　　何教婕妤查吉凶？

　　　　她有亲儿小弗陵。

　　　　能不争让子飞龙……

　　　　这秋日，听着风声雁声，

　　　　孤心中江河翻动。

115

孤家一人主天下，

天下恨孤、慕孤、妒孤者埋伏刀丛。

〔卫皇后上。

卫皇后　（唱）可怜昔日歌舞场，

转眼都作锁凤笼。

君皇万福！

刘　彻　平身！（一看）是你……太子呢？

卫皇后　困在长安城内。

刘　彻　哦……

卫皇后　哎呀，君皇——（唱）

汝为儿曾建"博望苑"，

汝曾命臣僚作颂诗。

汝夸他忠孝两全，

汝赞他文武兼备。

汝言操劳为了他安逸，

汝喜来日他能承圣治。

却因何今日这般心狠，

无端兴兵把骨肉诛！

刘　彻　啊——（旁唱）

听言语心中春水皱，

人世间谁不惜亲儿。

自从下诏捕子后，

怅然若失有谁知？

〔赵婕妤暗上。

卫皇后　（缓和地）君王，皇儿并无埋蛊，更无造反之罪。君王为何听信
江充谗言，自残骨肉？

刘　彻　这……只是逆子造反，物证人证俱在。

卫皇后　何人为证？

刘　彻　赵——婕——妤！

卫皇后　赵贤妹她？

116　赵婕妤　（突然上前）陛下，姐姐——

刘　彻 卫皇后	你……

卫皇后　赵婕妤呀赵婕妤，哀家母子与你无冤无仇，你明知太子并无造反，因何与奸佞同谋陷害？（举手欲打）

刘　彻　（拦住卫皇后）赵婕妤，是太子造反，还是汝为弗陵谋取嗣位，好好从实说来……

赵婕妤　臣妾……

卫皇后　你害哀家母子离散，你害皇上骨肉自残，你好狠心！

〔卫皇后挣脱一手，猛掴赵婕妤一掌。

赵婕妤　（唱）一掌打来痛难忍，

打在脸上痛在心。

原想太子一逃计两全，

谁料干戈大动祸难平。

眼下为太子受怕担惊，

早想向皇后吐露真情。

奈江充"三祸"添镣铐，

我安敢冒失履薄冰？

堪叹两面受煎熬，

谁知内中苦与辛……

卫皇后　（旁唱）她曾与哀家相敬相亲，

她今早派人暗传书信。

却原来笑中有刀，

背地里暗箭伤人。

刘　彻　（旁唱）定是她知罪愧于心——

赵婕妤　唉！（旁唱）

且吐真言洗污尘！

刘　彻　你……你还不快快说来？！

赵婕妤　陛下、姐姐，前番是臣妾妄言，其实太子并无造反。

刘　彻 卫皇后	（不同心情）太子并无造反？

赵婕妤　太子被迫捕奸，苏文畏罪自刎！

117

| 刘　彻 | （大怒，一脚踢倒赵婕妤）你因何欺骗孤家？ |

刘　彻　（大怒，一脚踢倒赵婕妤）你因何欺骗孤家？

赵婕妤　是江充他借臣妾与太子……

刘　彻　与太子怎样？

赵婕妤　与他……（旁白）哎呀，君王势汹汹，欲语又沉吟！

卫皇后　（旁白）莫非是，秋风曾迫惊弓雁；为太子，她千万不可露前情！

刘　彻　（旁白）她言语吞吞吐吐，孤心中又生疑云……（对赵婕妤）赵婕妤呀赵婕妤，好好从实说来，否则——（持剑迫赵婕妤）

赵婕妤　这……

刘　彻　说来！

〔卫皇后拉起赵婕妤，暗示其莫露真情。

赵婕妤　这……

刘　彻　快快说来！

赵婕妤　哦，是江充他借臣妾与太子有嗣位之争，故此教臣妾虚言妄上！

刘　彻　啊？

卫皇后　贤妹
赵婕妤　姐姐……

卫皇后　哎，君王啊，妹已重新查明，皇儿无罪，江充欺君，今求陛下定夺！

刘　彻　（沉吟不语）……

〔内声："报爹，江绣衣直指使者要见陛下！"

刘　彻　准见！（回过头对卫皇后和赵婕妤）汝等速去，保住太子性命！

卫皇后
赵婕妤　领旨！（下）

〔江充上。

江　充　臣江充参见陛下。

刘　彻　侍卫何在？

侍卫甲乙　在！

刘　彻　将江充推出斩首！

侍卫甲乙　押走啊！（抓江充欲下）

江　充	且慢！陛下，臣得密书一封，愿陛下御览，然后为臣死而无怨。
刘　彻	（审视江充）拿来。
江　充	请陛下仔细一观。
刘　彻	（看书，色变）哦，赵婕妤胆敢暗传消息，教太子逃走。
江　充	由这封血书，臣想起埋木人事发之前，赵婕妤因何私见太子……
刘　彻	贱人胆敢私见太子！
江　充	是啊。依臣之见，太子不但想要抢夺皇位，还想……
刘　彻	（揪住江充）还想怎样？
江　充	还想抢夺皇上宠妃……（跪下）
刘　彻	住口！（怒不可遏，良久之后，唱）

　　　　婕妤她不为亲儿夺嗣，

　　　　却偏为太子传书救难。

　　　　似此舍己救他人，

　　　　不为私情为哪般？

　　唉！（接唱）

　　　　太子全不似朕儿，

　　　　何必情丝剪不断！

江　充	陛下——
刘　彻	卿你且起。（扶起江充）这封书从何而来？
江　充	（站起）从石德身上搜出。石德与太子易装，如今太子逃出东宫，丞相下令关闭长安城门，继续搜捕。
刘　彻	嘿嘿，待捕来之后，看他何言以辩！

〔内声："报今，刘丞相等回宫复旨，百官请求入宫见驾！"

刘　彻	宣众卿进见。

〔刘屈牦、田千秋、田将军、暴大人及众官员和侍卫甲、乙上。

众官员	陛下万岁，万万岁！
刘　彻	平身！太子何在？
刘屈牦	上启陛下，太子被臣杀得落花流水。
刘　彻	太子何在？
刘屈牦	东宫妃嫔尽皆捕获，太子随从包括石德，尽被臣等杀死。
刘　彻	（拍案）孤家问你太子何在？

刘屈牦 （轻描淡写）哦，太子他……他好像逃跑出城。

刘　彻 畜生，胆敢私放太子！

刘屈牦 哎呀陛下，太子逃跑，臣一概不知，是田将军和暴大人——

刘　彻 他二人怎样？

田将军
暴大人 哎呀，陛下呀，臣等看太子仓皇情状，不忍加害，故此放他……

刘　彻 哈哈……（咬牙）放得妙，孤即成全你二人忠义。来，将他二人推下斩首。谁敢保奏，一体同罪！

侍卫甲乙 （上前）领旨。押走啊！

田将军
暴大人 哎呀万岁呀，诸位大人啊……

〔田将军与暴大人被押下。

〔侍卫甲、乙内声："报兮——"复上。

侍卫甲乙 禀万岁，两人斩首已毕。

众官员 啊——（旁唱）

二人被杀我心惊，

满口忠言往下咽。

刘屈牦 （旁唱）扬长避短装糊涂，

田千秋 （旁唱）且做袖手旁观人。

刘　彻 （唱）看宫中珠帘画栋，

都卷着怒火疑云。

孤杀二臣惩叛逆——

江　充 陛下——（唱）

宜挥雄师追穷兵！

刘　彻 诸卿听着：汝等今日就在御前，尽陈太子罪状，谁敢隐瞒，皆以同党论处！

众官员 这……

刘　彻 嗯？

江　充 启禀吾王，微臣亲眼看见，许多官员向太子送礼，为太子歌颂功德。

刘　彻　啊——

刘屈牦　臣奏陛下，臣见过太子，在博望苑用箭射杀木人。

刘　彻　啊——

官员甲　启禀我王，微臣听说太子广收门客，招降纳叛。

官员乙　上启我王，臣还看见宾客围着太子，诉说受陛下残害之冤。

刘　彻　啊……

刘屈牦　（不甘落后）上奏吾王，有一个"番仔"，经常出入东宫，臣敢断
　　　　定，太子准备叛汉投降匈奴。

刘　彻　哦——

众官员　（争先恐后）启奏吾王……

　　　　启奏吾王……

刘　彻　（目不暇接，眼望田千秋）田千秋因何不发一言？

江　充　莫非田千秋与太子，还有什么隐私？

田千秋　噢噢噢，（低声）微臣也曾听说，太子瘗埋木人。

刘　彻　还有什么？

田千秋　哦，太子起兵造反。

刘　彻　还有什么？

田千秋　这……（旁白）今日若不蒙混，看来难以过关。陛下——（唱）
　　　　　　臣曾见城外河水不澜，

官员甲乙　（唱）臣曾见城外禾苗枯烂。

江　充　（唱）臣曾见蛊气冲犯皇宫——

刘屈牦　（唱）臣曾梦木人埋满长安。

众官员　（唱）太子逃跑预兆不祥，

　　　　　　于今日缺、星沉、天崩、地陷……

刘　彻　（大怒）住口！（烦躁异常，徘徊不止）

　　　　〔内声："报今！皇后与赵婕好入宫见驾！"

刘　彻　不许觐见！将赵婕好贬入冷宫！

　　　　〔内传声。台上寂然。

刘　彻　传孤旨意：长安城内，掘地三尺。凡被挖出木人者，一律斩首　　121

不饶；官民人等窝藏太子者，三族皆诛；凡捕杀太子者，一概封赏——（一顿之后）万户侯！

众官员 万户侯？

〔众人脸上呈现不同神色。

〔收光。

第六场

〔光起。

〔数日后。

〔新安县郊野。

〔众衙役鸣锣开道，拥李寿上。李寿高冠、阔衣，乘着彩车。身后二衙役挑着二面大幡，上书："岂是池中物，终非海底鱼。"

李 寿 （唱）效屈子高帽、阔衣，

乘雕车游遍新安城池。

上任才三日，

蜗居觉无味。

想平生，读破万卷书，

文韬武略谁能比？

使我遇高皇帝，

万户侯何足为奇。

但志比天高运蹇滞，

十来年才谋个县令职。

恨江充宠幸冠朝野，

论本事唯有承上意。

更笑那丞相刘屈牦，

列三公竟然笨如猪。

忆此官场事，

满腹不平气……（手一挥）

众衙役 （鸣锣）喂，闲人走开，县老爷要过去。

122 〔队伍行走。

李　寿　哈哈！（唱）

　　　　　　　近年有幸近太子，

　　　　　　　恰似伯牙遇子期。

　　　　　　　愿借好风九万里，

　　　　　　　明朝遂我青云志……

　　　　　　〔刘据上。

刘　据　（唱）逃出长安来新安，

　　　　　　　孤雁飘零寻知己。（遇衙役）

衙役甲　呔！汝是何人，敢撞县老爷马头？

刘　据　哦，我是李县令好友，有事要见，劳烦通报一声。

衙役甲　且等。（对李寿）禀老爷，有一客官，要见老爷。

李　寿　准他进见。

衙役甲　是！（对刘据）我爷准你进见。

刘　据　（上前）李县令——

李　寿　是殿——

刘　据　（抢过话）我不姓"典"……（暗示左右有人）

李　寿　哦……故人因何到此？

刘　据　这……此非说话之所，汝我同到县衙细叙。

李　寿　是是是，左右！

众衙役　在！

李　寿　打道回衙！

众衙役　遵命！

　　　　　　〔李寿恭恭敬敬扶刘据乘车，率众下。

　　　　　　〔二道幕启。汉高祖陵寝。

田千秋　今朝正逢祭庙日，安排停当候君临。想近日江充怀疑太子逃走，
　　　　　　与老夫有关，故此千方百计欲图加害于我。我只好一面小心提
　　　　　　防，一面伺机回击。适才皇后潜行出宫，与臣计议解救太子之
　　　　　　策。但愿先帝垂佑，保我谏君事成！

　　　　　　〔内声："万岁驾到！"

田千秋　万岁驾到？（对内）敲响大钟，准备接驾！

　　　　　　〔钟声悠扬，气氛肃穆，仪仗队伍上。侍卫甲、乙大摇大摆与田

千秋打个照面。田千秋退下。

〔刘彻内唱："秋风起兮渭水怒——"上。

刘　彻　（接唱）出长安兮上高寝。

　　　　　　　为保大业下诏诛逆子，

　　　　　　　祈求祖宗垂庇荫。

田千秋　微臣参见陛下！

刘　彻　平身。田贤卿，你可摆上香案，待孤祭祈高祖神灵。

田千秋　哦……（略一思索）臣奏陛下，高庙真正有灵。

刘　彻　有灵？

田千秋　微臣昨夜梦见了一个白发老翁，高鼻龙颜——

刘　彻　难道是高皇帝？

田千秋　看来不差，他教微臣今日奏明陛下。

刘　彻　奏孤何事？

田千秋　这……（眼望左右）

刘　彻　（对仪仗）退下！

〔众仪仗队伍下。侍卫甲、乙鬼鬼祟祟，田千秋目送其下。

田千秋　陛下，太子当然该杀，但高皇帝尚且不解，赵婕妤既有不轨之
　　　　心，当时奉诏查实，何不指鹿为马，却偏要禀报太子造反？

刘　彻　说下——

田千秋　可见赵婕妤暗传密书，只为良心不忍而已。况且，赵婕妤禀报之
　　　　前，曾有人拦截胁逼。

刘　彻　是太子、卫皇后？

田千秋　都不是，是江充！

刘　彻　江充？

田千秋　他竟敢一手遮天，凌驾于吾王之上。

刘　彻　此事田卿如何得知？

田千秋　赵婕妤告知皇后，皇后告知微臣。

刘　彻　呵……（突然悟出，脸色一沉）畜生田千秋，竟敢借高皇帝口
　　　　旨，教训孤家，你……你好是大胆！

〔田千秋扑腾跪下。

〔卫皇后内声："君王……"随即急上。

124

卫皇后　君王！

刘　彻　你，你……胆敢擅自出宫，乱孤祭庙之举！

卫皇后　皇儿性命未保，臣妾做阴魂也要缠你！

刘　彻　（软了）这……

卫皇后　（啼哭）几天了，可怜皇儿孑然一身，仓皇逃走，尚不知此时此刻，他避难何水何山？臣妾昨夜几回从梦中惊醒，见他为官兵追杀，浑身鲜血淋……

刘　彻　（心有所动，背转身子）……

卫皇后　想陛下风风雨雨，文治武功数十年，如今夕阳虽好，黄昏已临——

刘　彻　黄昏已临……（黯然，恐惧顿生，突然转身吼叫）不，孤要长生不老！逆子既已无望，孤家更要永世君临天下，君临天下！

卫皇后　这……难道君王还不信太子无辜？

刘　彻　江充胁逼婕妤禀报太子造反，以婕妤之言虽不足为凭，然太子并无埋蛊，更无证据！

卫皇后　证据？

刘　彻　逆子之罪千真万确，尔等为他翻案，凭在何处？

卫皇后
田千秋　凭在何处？

刘　彻　据在何方？

卫皇后
田千秋　据在何处？

卫皇后　（绝望地）好一个据在何方，据在何方——（唱）

诬陷栽赃轻实据，

平冤昭雪重真凭。

千言都被风吹去，

百谏难转君王心。

乌云既蔽人间日，

我向阎王诉不平！

（平静地）太子无辜，我有真凭实据！

刘　彻　何在？

卫皇后　在臣妾身上。

刘　彻 田千秋	身上？
卫皇后	臣妾以国母性命，证实亲儿无辜！（突然头触祭台）
刘　彻 田千秋	爱卿…… 娘娘

〔众宫娥闻声急上，扶住卫皇后。刘彻木然。

宫　娥	娘娘……

〔卫皇后用最后一丝力气走近刘彻。

卫皇后　（唱）君王啊，

　　　　　　　千古奇冤木人案……

（凄然逝去）

众　人　娘娘……

刘　彻　（唱）蓦然雷击惊心魄，

　　　　　　　渭水滔滔起波澜。

　　　　　爱卿——（接唱）

　　　　　　　尔只为皇儿一命，

　　　　　　　孤心系万里江山。

　　　　　　　孤亦望太子承圣治，

　　　　　　　谁料他不轨反长安；

　　　　　　　孤亦望苍天赐长生，

　　　　　　　却奈何老病仙山远。

　　　　　　　到如今一家离析尔逝去，

　　　　　　　空留下秋风秋雁秋水寒……

〔老宦官甲、乙押侍卫甲、乙上。

宦官甲　禀万岁爷，这二人潜入高寝宫署偷埋木人，被卫士当场捉获。

（呈上木人）

刘　彻　（接木人）木人？

田千秋　畜生胆敢陷害老夫，谁人指使，从实说来！

侍卫　甲
乙　这……

宦官乙　禀万岁，他二人原是江充家奴。

126

刘　彻　　哦?（逼视二侍卫，威严地）眼望孤家!

侍卫甲乙　　（瘫倒地上）万岁啊，是江充! 他……

刘　彻
田千秋　　江充?

侍卫甲　　是江充今日命小的二人，见机行事。

田千秋　　看来东宫木人……

侍卫乙　　东宫?（大骇）唉! 陛下，饶小的狗命啊!（递上木头人，磕头如捣蒜）

　　　　　〔幕内合唱无字歌：

　　　　　　　"啊……"

刘　彻　　（唱）再见木人天地惊，

　　　　　　　　秋风萧瑟噩梦醒。

　　　　　　　十万火急救皇儿——

田千秋　　吾皇快快解救太子，解救太子!

刘　彻　　（旁白）且慢——（唱）

　　　　　　　　还须稳住天下心!

　　　　　〔刘彻手一挥，二老宦官押二侍卫下。江充急急上。

江　充　　启禀万岁，有人告发，新安县令李寿暗藏太子。

刘　彻
田千秋　　李寿暗藏太子?

江　充　　今请陛下下旨，命臣前往捕杀。

刘　彻　　（揪住江充，咬牙切齿地）你——嘿嘿……另有重用!

江　充　　这……

刘　彻　　田贤卿，事不宜迟，孤命你前往新安，擒拿太子。

田千秋　　领命!

刘　彻　　且慢，你明白孤之旨意?

田千秋　　须当捉活!

刘　彻　　快!

　　　　　〔田千秋匆匆下。

刘　彻　　爱卿……

〔刘彻扑向卫皇后尸体。江充大惊。

〔收光。

第七场

〔光起。

〔数日后,夜五更。

〔新安县附近,山间某神庙内外。冷月照着断碑残壁,夜风啸啸。

〔刘据独自徘徊。

〔幕内合唱:

"何处遣惨凄——

冷月、寒山、古宇,

老藤、断壁、残碑⋯⋯"

刘　据　(唱)梦魂几度叩汉宫,

问父王何日转天意。

醒来四顾,

但残灯明灭,人影在地。

更绕梁饥鼠,

诉不尽游子意⋯⋯

冤案难平归无计,

且对庙内神灵祈:

愿李寿回来早,

天下白,金鸣啼。

〔刘据祈求神灵。李寿带一壶酒,半醉上。

李　寿　(唱)探知消息天日暗,

惊魂落魄上寒山。

迷途漫自饮浊酒,

倒倒颠颠看世间。

刘　据　(警觉)谁人?

李　寿　卑职李寿。

刘　据　哦,李县令回来了。(开门)

李　寿　殿下……

刘　据　可有京都消息？

李　寿　殿下啊，皇上下旨，捕杀太子者封侯，窝藏者三族皆诛；赵婕妤
　　　　为太子说情，被贬冷宫；皇后她——

刘　据　母后她怎样？

李　寿　她为太子申冤不果，撞死高寝！

刘　据　（木然良久，突然迸发）母后啊——（唱）

　　　　父皇啊，

　　　　一代英主何所事，

　　　　掏空心腹欲何为？

　　　　母后啊，

　　　　你舍命救儿黄泉去，

　　　　待儿一死把娘追！（头向墙撞去）

李　寿　（拉住）殿下，你……

刘　据　我如今有国难投，有家难奔，走到何处株连何处，岂可眷恋残生？

李　寿　啊——（唱）

　　　　太子魂欲断，

　　　　我亦心欲碎。

　　　　悲惨惨大树将倾，

　　　　路漫漫猢狲何归？

　　　　（自语）倒不如……（抬头望见神像）不可，不可，唉！（唱）

　　　　万一太子再回天，

　　　　我非封侯即封王。

　　　　且将危难做赌注，

　　　　博取英名千古扬。

　　　　殿下——（接唱）

　　　　天塌下来我先顶，

　　　　雪压寒枝绽梅花。

　　　　李某对神来发誓：

　　　　愿随殿下到天涯！

刘　据　哦，难得李县令一片忠心，我永世难忘！

129

〔李寿亲信上，三叩庙门。

刘　据　（警惕）谁人？

李　寿　是卑职心腹，在外面望风。（开门）

亲　信　（进门）禀老爷，衙中来人相告，老爷暗藏太子，事已败露。

李　寿　事已败露？

亲　信　眼下有一朝官田千秋，奉旨前来搜捕太子。

刘　据　捕我？

李　寿　捕太子？

亲　信　县衙搜查不见太子，现已领兵来此搜山，人马随后就到，今请老
　　　　爷定夺！

李　寿　（骇然）哦——

　　　　〔幕内人马声作。

刘　据　追兵来到，如何是好？

李　寿　（对亲信）传令小心隐蔽，谁人走漏风声，斩首不饶！

亲　信　是！（下）

　　　　〔刘据、李寿不约而同地吹熄灯火。

　　　　〔田千秋率军士上。

田千秋　（唱）奉命救储君，

　　　　　　　寸心急如焚！

　　　　　　　李府未见他踪迹，

　　　　　　　带兵山中巡。

　　　　　　来呀，搜，须当捉活！

众军士　是！（分两边下）

李　寿　（旁唱）田千秋最与太子善，

　　　　　　　也领重兵取侯封。

　　　　　　　突来情势恶，

　　　　　　　我处万危中！

刘　据　哎呀，田大人——（旁唱）

　　　　　　　你劝我保命出奔，

　　　　　　　我赖你同扭乾坤。

　　　　　　　你今日为何带兵捕我，

难道你也是利令智昏?

田千秋　殿下呀——（旁唱）

你可知皇上回心，

你可知我在找寻?

夜风萧萧月朦胧，

形迹不见愁煞人!

李　寿　唉!（旁唱）

世间既无善报我，

我何以善报世间?

有幸胜券操在手，

进退总通九重天!

〔军士抓李寿亲信上。

军　士　禀老爷，沿山搜查，不见太子和李寿踪迹，只抓到一个李寿随从。

田千秋　哦，（问李寿亲信）太子与李寿现在何处?

亲　信　李县令和一位客官在前面破庙——

田千秋　破庙何在?

亲　信　在……在东南方向，大约一里地方。

田千秋　来呀，速速向东南而去!

众　人　是!

〔田千秋率众下。

刘　据　李县令，田千秋一知受骗，就会马上转来，今……今将如何是好?

李　寿　（举杯饮酒）……

刘　据　李县令，你因何不发一言，一味狂饮呢?

李　寿　（突然放下酒杯，咬紧牙关）哎呀殿下，救卑职满门性命!（跪下）

刘　据　（怔住）哦哦哦，李县令莫非醉了?

李　寿　醉，为了醒。眼下情势危急，我再也无力保你，你既已无望，不如成全他人，倒不如……

刘　据　不如怎样?

李　寿　不如……

刘　据　什么?

李　寿　不如自尽而死，赐我头颅——

刘　据　让你在我父皇面前，换取万户侯？

李　寿　日后我或能面奏陛下，为殿下你昭雪平冤；或能备杯水酒，在殿下墓前祭奠英魂。

刘　据　（目瞪口呆）……

李　寿　（起身）殿下若然谅情，就请饮下此杯。（递酒）

刘　据　（猝然推掉，慢慢背过身）……

李　寿　殿下啊！我李某何曾不存赤诚心，我也是独钓渭水经纶手。当初结交殿下，犹如得遇文王。我期望，乘殿下之长风；凭德才，遂扶摇之壮志。谁料你一代贤明，竟丧于小人卑鄙。可怕啊可怕！你堂堂储君，尚且如斯；我区区县令，忠义何为？况我此番暗藏殿下，难免遭受三族株连。每想我平生抱负将付流水，怎禁得悲泪盈眶五内俱焚。对此我不甘愿，我不甘愿！我诚心虽死，然壮志未灭。大丈夫生不五鼎食，死则五鼎烹。我要倒行而逆施，倒行而逆施！（歇斯底里，声泪俱下）

刘　据　（毫无表情，出乎意外的平静）剑来！

李　寿　（后退）这……

刘　据　（吼叫）剑来！

李　寿　（一吓落座，双手发抖，小心解剑递上）……

刘　据　（接剑，自言自语）明白了，全都明白了！（对李寿）我要成全你，（仰首宣布般）我应该成全——（突然剑横脖上）

李　寿　（下意识）殿下——（跪下）

刘　据　（被刺般，突然收手）你不安了？

李　寿　这……

刘　据　（悲愤已极）神明啊，你看，他要倒行而逆施，竟然还心里不安！（步步逼紧李寿）你可以砍下我的头颅。你的手无须发抖，你的脸无须发青，你的心无须发慌，你更无须害怕摆脱不了我的阴魂，你这狼心狗肺的无情汉！

〔李寿节节后退，衣冠抖落，人趴地上。

刘　据　哈哈哈……（仰天惨笑之后，禁不住啼哭）

李　寿　（也哭）……

刘　据
李　寿　苍天啊，难道你生我，就是要我 任人宰割！（唱）
　　　　　　　　　　　　　　　　受尽折磨

　　　　　苍——天——啊——

〔刘据突然将剑摔出，剑立钉地上，兀自颤抖不已。李寿呆住。

〔秋风起，动地来。

〔幕内合唱：

　　　"何处遣惨凄：

　　　冷月、寒山、古宇，

　　　老藤、断壁、残碑……"

〔歌声中，刘据眼神发直，缓步走出门去，消失在暗夜中。李寿忘神地看着。突然，幕内兵马声作。

李　寿　（一怔，口中念念有词）捕杀太子者封侯，封侯……（俯身拾剑）

〔收光。

第八场

〔光起。

〔数日后。甘泉宫。

〔老宦官甲、乙似乎更老了，两人像在对话又像喃喃自语。

宦官甲　这秋风还刮个不停。

宦官乙　我感觉风转向了。

宦官甲　皇上已经查清：不但太子冤枉，连两位公主也属无辜。

宦官乙　天刮一次大风，地落几万头颅。唉，咱俩也老了！

宦官甲　生时伺候皇帝，死后伺候阎王。

宦官乙　我一直操心，阎王殿会不会也常刮秋风……

宦官甲　（闻声）嘘，公事到了！

〔老宦官甲、乙肃立。

〔内声："文武百官随驾甘泉宫，等候祭天吉时。"

宦官甲
　　　乙　（传）等候祭天吉时——

〔刘彻、赵婕妤率众官员上。

刘　彻 赵婕妤	（唱）率官 获赦 又登祭天台，

満眼愁云卷不开。

赵婕妤　（唱）江充"三祸"耳旁响，

卫后冤魂梦里来。

刘　彻　（唱）有心放手收成命，

万丈高坛怎下阶？

赵婕妤　（唱）怕太子归还盼他归，

望尽鸿雁回首待。

刘　彻　（唱）赦出婕妤示孤意，

众官员　（唱）察见龙颜露悔改。

吾皇万岁！娘娘千秋千秋！

刘　彻
赵婕妤　众卿平身！

刘　彻　诸位贤卿，祭天吉时未到，汝等近日重查太子情状，可一一奏来。

刘屈牦　启禀吾王：据臣近日再查，太子经常在博望苑，不是射木人，是射雁练武艺。

刘　彻　这……

一官员　上启吾王，臣等看见宾客围着太子，不是诉冤，是研读诗书讲学问。

刘　彻　这……

刘屈牦　启奏吾王，臣想起来，那个长得像"番仔"的，是新安县令李寿。其实他找太子不是为了投降匈奴，是谈论抗击匈奴之策。

刘　彻　这……

众官员　（争先恐后）臣奏吾王……

启奏吾王……

刘　彻　住了，江充因何一言不发？

江　充　哎呀陛下，臣剪除太子以换储，全为大汉圣治之长承，今求陛下明察！

众官员　呸！江充休再妄言，陛下啊——（唱）

太子他忠孝两全，

太子他文武兼备。

太子他如陛下雄才大略，

但愿他平安归长承圣治。

刘　彻　住口！（旁唱）

天下事如风转原来难测，

一夜间白了头总念皇儿。

借百官赞语顺水推舟，

待祭天求他早回京畿……

（闻一阵雁声）听，皇儿归来了！

众官员　太子归来?!

〔内声："报今，李寿请求见驾！"

刘　彻　李寿？（对内）宣李寿见驾！

众　人　（高呼）宣李寿见驾！

〔李寿内声："陛下——"

李　寿　新安县令李寿觐见陛下！

刘　彻　哦，你就是李寿。李卿，太子是否带回？

李　寿　已经带回。

刘　彻　已经带回？你明白孤之旨意？

李　寿　时刻揣摩，安能不知？

刘　彻　太子现在何处？

众官员　太子现在何处？

李　寿　哈哈，陛下，太子逃出破庙，臣指挥随从，越战越勇，最后将他困在垓心。（手一招，亲信捧匣上，接匣）他看无望，自尽而亡，臣当先取了头颅，众随从上前把太子尸首砍为肉泥！

〔李寿开匣展示刘据头颅，正洋洋自得，忽然发现赵婕好昏倒，百官下跪，刘彻圆瞪双眼……他自己呆了，手中匣落，刘据头颅滚在地上。

〔场上死一般寂静。

〔田千秋奔上。

田千秋　（突然一声）殿下……

众　人　（潮水决堤般）殿下，殿下……

135

田千秋　（唱）殿下含冤死得惨，

　　　　　　　我悲痛万分心不安。

江　充　（旁唱）殊途原皆归地府，

刘屈牦　（旁唱）我亦有罪身抖颤。

李　寿　（旁唱）果然是——

　　　　　　　天意高深问不得，

　　　　　　　为官的，地狱天堂一纸间。

赵婕妤　唉！（唱）

　　　　　　　魂荡荡如上九天，

　　　　　　　却难逢太子颜面。

　　　　　　　从今后恨着月月长，

　　　　　　　怎消受，良心谴？

　　　〔刘彻百感交集。

　　　〔幕内合唱：

　　　　　　　"因何孤为子孙偏杀子孙，

　　　　　　　因何孤防噩梦果生噩梦；

　　　　　　　因何孤为天子难知天运，

　　　　　　　竟自将家国梦付与秋风？"

田千秋　哎呀，李寿啊李寿，你贪功杀死殿下，你今日……（揪住李寿）

众官员　处死李寿，处死李寿！……（纷纷围上）

李　寿　且慢！诸位大人啊，万岁明明下旨捕杀太子，我是依诏而行，何错之有，何罪之有？

众官员　这……

田千秋　千不该，万不该，不该偏信谗言，错杀太子。

刘　彻　（还是瞪圆双眼）……

刘屈牦　是啊，不该错杀殿下！

官员甲　不该错杀！

官员乙　不该错杀！

众官员　不该错杀，不该错杀……

　　　〔"不该错杀"声回荡宫中，经久不息。

136　刘　彻　（蓄势已久，突然转身，爆发般大笑）……

众官员　陛下！

刘　彻　哈哈哈……

众官员　咦？（面面相觑）

刘　彻　（近似疯狂地）嘿，孤何曾错杀，何曾错杀？（唱）

　　　　　　　太子谋反早已昭然，

　　　　　　　诛之方保国祚万年。

　　　　　　　孤家依照功过赏罚，

　　　　　　　众卿休得妄奏连篇。

众官员　这……（迟疑后）哦，领旨！

刘　彻　（咬牙切齿地）李寿杀太子有功，孤家封你邟侯。

李　寿　（受宠若惊）封侯？哦，谢主隆恩！

刘　彻　江充、刘屈牦虽然挖掘木人有功，但是捕捉太子不力。来呀，将
　　　　江充活活烧死；将刘屈牦去了官戴，逐出宫门！

宦官　甲
　　　乙　领旨，押走啊！

　　　　〔老宦官甲、乙押江充、刘屈牦下。

刘　彻　（怒火越盛，不可收拾）赵婕妤大功赫赫，孤家让你儿弗陵继嗣。
　　　　但你仿效吕后，干预朝政，孤家赐你自缢而死！

众官员　（骇然）……

赵婕妤　（已失常态）死，死？（怪笑）嘻嘻嘻……（狂奔而下）

田千秋　陛下……

　　　　〔赵婕妤内声："啊！"惨叫。

刘　彻　（并不理会，口里念念有词）邟侯李寿，今日匈奴入侵北地，孤
　　　　命你率领五百士兵，前往边关御敌！

李　寿　（跪下）陛下啊，五百士卒，安能乱御敌万人？

刘　彻　（不理李寿，挥手）众卿退下！

李　寿　陛下，臣有《治国万言疏》……

刘　彻　（怒吼）退下——

　　　　〔百官唯唯退下。刘彻四望无人之后，突然奔上前捧起刘据头
　　　　颅——

刘　彻　（喃喃地）皇儿，皇儿——

〔内声：“祭天吉时到！”

刘　彻　（仰起头，撕心裂肺地惨叫）苍天啊——（把刘据的头颅紧紧地
　　　　　抱在怀里，泪如雨下）

　　　　〔幕内歌声起，仍为《秋风辞》：

　　　　　　　“秋风起兮白云飞，

　　　　　　　草木黄落兮雁南归。

　　　　　　　兰有秀兮菊有芳，

　　　　　　　怀佳人兮不能忘……”

　　　　〔歌声中夹杂着刘彻凄惨的呼叫声。

　　　　〔秋风萧萧，落叶纷飞。喊声渐远，留几声凄厉的雁叫……

　　　　〔收光。

　　　　　　　　　　　　　　　　　　　　——剧　终

　　　《秋风辞》取材于《汉书》《资治通鉴》等史书中有关记载，1985年由莆
田县莆仙戏一团首演，导演吴镇勋（执行）、陈丽辉、郑珍炳，林文珍饰演刘
彻、陈星火饰演刘据、黄秀莺饰演卫皇后。剧本获得第三届全国优秀剧本创
作奖（1984—1985）。

作者简介

周长赋　男，1949年出生，福建莆田人，剧作家。代表作品有莆仙戏
　　　　《秋风辞》《江上行》，昆剧《景阳钟》《赵氏孤儿》，京剧《飞虎
　　　　将军》《康熙大帝》，话剧《沧海争流》《过海》等，出版有《周
　　　　长赋剧作选》。

·话　剧·

狗儿爷涅槃

锦　云

时　间　现代。

地　点　北方，一个傍山小村。

人　物　狗儿爷（陈贺祥）、祁永年（还有他的幻影）、李万江、苏连玉、
冯金花、陈大虎、祁小梦。

一

〔舞台上一片漆黑。在渐升的微光中，可见一个形状巍峨的旧式
砖砌门楼的剪影。

〔先闻一阵窸窸窣窣的响声。一根火柴划亮了，旋又被风吹灭。
在火光一现中，我们看见了他——狗儿爷。狗儿爷，这记载着他
和他的父辈一段辛酸历史的不雅的诨号，已经伴随着我们主人公
走过七十余载的人生旅途。村中的老少爷儿们，似乎忘记了他的
堂堂大名——陈贺祥。此刻他已老态龙钟，满头堆雪，但那神
态，却像一只困兽，张望着、捕捉着，也伺机着。又一根火柴被
他划着，又灭去。

狗儿爷　娘的！一辈子不走运，临了儿连根洋火都划不着，邪了，邪
了……

〔狗爷儿又划一根，着了。他去引燃一个用柴草扎成的火把。
他身后出现了祁永年的幻影——姑且依旧称之为祁永年吧，他
做吹火状。随即一阵风哨声，擎在狗儿爷手中的刚刚引着的火
把又灭掉。

狗儿爷　（猛回头，始惊愕，继平缓地）是你？

祁永年　是我。

狗儿爷　你不是人。

祁永年　……不是人。

狗儿爷　你是鬼。

祁永年　……是鬼。

狗儿爷 你来干什么？

祁永年 因为你想我。

狗儿爷 我想你干吗？

祁永年 因为……你闷得慌。到了咱这岁数，想谁来谁就来。（指门楼）就这么烧了？

狗儿爷 烧。

祁永年 放火可是犯法。

狗儿爷 我烧我儿子！

祁永年 还有我闺女一半儿呢。

狗儿爷 一块儿烧！

祁永年 烧了，烧了，你"了"啦？哈哈！

狗儿爷 你笑什么？

祁永年 我笑你。

狗儿爷 笑我啥？

祁永年 笑你不如我。

狗儿爷 （蔑视地）我会不如你，嗯？我会不如你？

祁永年 你狗儿爷就是不如我。我住过这门楼，大荷包掌柜的我当过，死了——虽说死得不那么开心，大小算个三顷地的财主，也闭眼了。你呢，得门楼，烧门楼，这就叫狼肉贴不到狗身上。

狗儿爷 你给我滚，臭地主！

祁永年 咱俩可是儿女亲家。

狗儿爷 我压根儿不认，怕脏了我的门风。

祁永年 咱俩，一辈子鸡吵鹅斗，一辈子冤家对头，这晚儿，该讲和了。人家小两口可正商量过好日子呢！

〔门楼的另一侧，出现陈大虎和祁小梦。

祁小梦 门楼是你爹的命根子，你敢动？

陈大虎 破车碍好道，就得动动。

祁小梦 今儿下午可是闹了个人仰马翻。

陈大虎 人老了，好糊弄。

祁小梦 你爹可不好糊弄。

陈大虎 还不是照样蒙他。咱就说把门楼卖了，卖钱还账。他一病二十

141

年，卖门楼子还了他吃药的钱。

〔狗儿爷和祁永年一直在谛听。

祁永年 听听，卖啦！

陈大虎 明天就卖，卖了就拆。

狗儿爷 明天卖，老子今天烧！烧了才痛快，烧了才足性，烧了才踏实，烧了才……

祁永年 烧吧，烧吧，又红火又热闹！

狗儿爷 你神气个啥？一个三顷地的破财主！五道庙的神仙——没受过大香火。大财主，咱当过……

祁小梦 老头子好像是睡了。

陈大虎 折腾够了，也该歇歇了。

祁小梦 偏有那老人，越老越精，越老越死性，越老越难对付，你爹就是。

陈大虎 财迷转向呗！

祁小梦 蛤蟆不长毛——天生的那道种儿！你不财迷？东拉西扯地忙活一天，上炕累得直哼哼，相儿！

陈大虎 那为谁？我是扒子，你是匣子，我的宝贝匣子……

祁小梦 行啦，快看看你爹去吧！

祁永年 嘻嘻，财主的热屁你都拾不着，还当过——

狗儿爷 当过！你狗儿爷当过大财主，你狗儿爷挂过千顷牌！

祁永年 不就是收了我那二十亩地的好芝麻？

狗儿爷 呸！那怎么是你的呢？大炮一响，你兔崽子滚蛋了，全村人跑光了。

〔狗儿爷回味而神往，可闻枪炮声隐隐。

狗儿爷 就剩那没边儿没沿儿的一汪金水儿似的好庄稼，满挂满挂的饱盛粮食，瞅着眼宽，想着舒心，拿着顺手——谁的？咱的！你狗儿爷的！天爷哎，人活到这分儿上，才有点儿滋味，嘿嘿，哈哈……

祁永年 揣着元宝跳井——舍命不舍财的土庄稼孙，嘿嘿，哈哈……

〔陈大虎急促的喊声："爸，爸爸！"

〔笑声、喊声隐去。枪炮声大作。暗。

〔光暗。

二

〔光起。

〔枪声时而遥远，时而响在耳畔。

〔狗儿爷身后是大片熟透了的秋粮。这会儿，他满头的白发消失，复成壮年。

狗儿爷　说咱狗儿爷上炕认得媳妇，下炕认得鞋，出门认得地——不对！这地可不像媳妇，它不吵不闹，不赶集不上庙，不闹脾气。小媳妇子要不待见你，就捏手捏脚，扭扭拉拉，小脸儿一调，给你个后脊梁。地呢，又随和又绵软，谁都能种，谁都能收。大炮一响，媳妇抱着孩子，火燎屁股似的随人群儿跑了。穷的跑了，富的也跑了。地不跑，它陪着我，我陪着它。好大的粮食囤啊，就剩我，还有这个不怕死的蝈蝈儿……

〔一左一右，光环里同时出现祁永年和陈大虎的面孔。

祁永年　生死由命，富贵在天——甭你美，狼肉贴不到狗身上！

陈大虎　（同时）这大概是我爹一生中最得意的时刻。这点儿事，怀里抱着我的时候他就说，手里领着我的时候他还说，现在，你们有工夫，就听他说。我想，听一回也就够了。风吹票子满地滚的时候，咱各打各的主意。

〔祁永年和陈大虎隐去。

狗儿爷　怎么着，这庄稼不该收？熟掉地的粮食，眼瞅着不收，阎王爷都不饶你。——哈，好喜人儿的高粱！好长势，好品种，（指点）"歪脖黄""打锣槌""凤凰窝""黑老婆儿翻白眼"，嘿，穗头挺大，秧不高——"母猪翘脚"。来吧，挑进篮儿里就是菜……呸！小家子气，高粱原本是贱粮，吃多了拉不出屎来，还是这"金皇后"老玉米……哟，芝麻！张开嘴儿的芝麻，坐角低，秸秆高，一水儿的"霸王鞭"。老祁家的，好长的地头，足有五百方，我给他扛活的时候，半天锄不了一遭地。姓祁的跑了，谁的？你狗儿爷的。来吧！（砍芝麻）真他妈过瘾……砍完了芝麻刨花生，还有黍子呢，过年好吃黏饽饽……（闻炮声）"你个财黑子，连老婆孩子都不要了!"媳妇抱孩子跑的时候这么骂我。阎王爷不收就能活着回来,要收你,一个炮弹下来,我不去炸死俩,我去了饶一个。孩子他妈吔,你要是福大命大活着回来,我的小乖乖,你就喝香油吧!(砍着,念着)舍不得孩子——套不住狼,舍不得媳妇——逮不住和尚!舍不得孩子……(渐向舞台深处)

〔炮声渐隐。

〔光暗。

三

〔光起。

〔已是战后。祁永年逃难回来,打上狗儿爷门来。

祁永年 (恶狠狠)狼肉贴不到狗身上!狗儿爷,小狗子——

〔狗儿爷上。

狗儿爷 (踌躇满志,哼着河北梆子《大登殿》)"十呀八年,才坐了西帝长安……"要说当个地主可也不易——忒累!为倒腾这十几石芝麻,腰都快累折了。(立刻纠正自己)小家子气!没吃过猪肉还没见过猪跑?那时候你就是陈大掌柜的了!瞧人家祁永年,一年到头,长袍短褂儿,干鞋净袜儿,横草不拿,竖草不拈,出门就骑驴,吃咸菜泡香油……这刚才,谁呀?叫大号成不成——陈贺祥!

祁永年 (鄙夷地)大炮一响,倒把你小子端起来了。我说,这年成不错吧?

狗儿爷 敢情!(神秘地)不瞒你说,盆里碗里,连鞋寠拉儿里都是香油,油脂麻花吃腻了不说,敢情油性忒大了跑肚拉稀。

祁永年 (不阴不阳地)说吧,工钱怎么算?

狗儿爷 工钱,啥工钱?

祁永年 你给我砍芝麻,我得开给你工钱哪!

狗儿爷 噢,二十亩芝麻,穷命一条。要芝麻,拿命来。

祁永年 我告诉你,还乡团可要回来。

狗儿爷 我告诉你,区小队可离这儿不远,过河儿就是。

祁永年　这芝麻是我的，长在我地里的。

狗儿爷　这芝麻是我的，装在我口袋里的。

祁永年　还有王法没有？

狗儿爷　王法叫大炮轰啦！

祁永年　天生的无赖，贱种。

狗儿爷　你小子骂人？

祁永年　祖上无德，你爹就是贱种。

狗儿爷　你爹就是贱种！

祁永年　你爹不是贱种？跟人家打赌，活吃一条小狗儿，赢人家二亩地，搭上自个儿一条命，还给你挣了个狗名字。

狗儿爷　（不平地）那是因为我爹没有地，他喜欢地，可是没有地……你爹不是贱种？你爹一落草儿脑门子上就錾着字——大财主？呸！光绪年间发大水，满洼里沟满壕平，地里不剩一根草刺儿，偏你们家的房顶上长了二尺高的香菜——到今儿我也不明白，那泥皮房顶上怎么会长香菜呢？

祁永年　傻小子，那是财神爷指使我爹，把一大包子香菜籽儿拉拉到抹房和泥用的麦糠里啦。

狗儿爷　我爹倒是听说了，第二年抹房，在那麦糠里拌上了香菜籽儿、倭瓜籽儿，还有西葫芦籽儿，偏巧七七四十九天没见一个雨星星儿。俺们爷儿俩也没少给财神爷上供，还不如喂狗呢！

祁永年　那是你爹命贱。

狗儿爷　你爹命也不贵，是他那香菜卖得贵，损不损？卖到大饭庄里一角钱一根！你们家这三顷地就是这么来的。

祁永年　哎，就是这么来的，发财啦！

狗儿爷　就许你发财？老子也要发发，可劲儿地发发！

祁永年　你这不是正道儿！

狗儿爷　老子土里刨食儿，敢说不是正道儿？

祁永年　少废话，赔芝麻！

狗儿爷　赔你个"坐着"，爷没工夫！

祁永年　狗性难改，那年你就把我的大辕骡掉进井里头……

狗儿爷　赖谁？我给你扛活，你不叫我歇，也不叫牲口歇，它渴急了，还不往井里扎？你把我吊在你们祁家那座高门楼上，水沾麻绳一通打，肉皮子坏了还能长起来，可惜了我那件刚上身的老寨子布的小褂儿叫你打烂了。挨打顶了你的骡子，小褂儿你得赔我，赔我！

祁永年　胡搅蛮缠！把芝麻还我，没事儿。

狗儿爷　想要芝麻，没门儿。

祁永年　别忘了，这地——我是地主！

狗儿爷　大炮一响，你滚蛋了，我就是地主！

祁永年　我是地主！

狗儿爷　我是地主！

〔一阵枪声震耳。李万江持枪跑上，他是民兵小队长。

李万江　谁是地主？

狗儿爷　（指祁永年）他是！

李万江　（训斥地）逃亡地主祁永年听着：命令你即刻回家，仔细如数地清理浮财，把土地文书匣子准备出来，听候斗争处理。

祁永年　（慌恐地）是。

李万江　老老实实，不准捣鬼！

祁永年　是。（欲下）

狗儿爷　（神气地）回来！

祁永年　是。

狗儿爷　老老实实，不准捣鬼！去吧。

祁永年　是。（下）

狗儿爷　（兴奋欣喜地）万江兄弟，咱们的队伍打回来了？

李万江　打回来了！

狗儿爷　解放了？

李万江　解放了！

狗儿爷　不受祁永年的气了？

李万江　永远不受了！

狗儿爷　咱，有地种了？

李万江　很快就平分。

狗儿爷　大恩大德，大恩大德！兄弟，你狗哥半辈子忍受祁家的，别的房子俺不要，求你做主，把祁家那高门楼儿，俺吊在上头挨过打的，把它分给咱吧，行呗？

李万江　　行，就分给你！

狗儿爷　　大恩大德，大恩大德……

　　　　　〔村中乡亲苏连玉风风火火地跑来。他是个剃头匠，常赶集串乡，因而消息灵通。他一个办好事不见多好，办坏事不见多坏，而又非常乐意助人办事的家伙。

苏连玉　　狗儿哥……俺狗嫂没啦！

狗儿爷　　（急切地）她……

苏连玉　　俺们都躲在东沙岗的柳树巷里，一个炮弹下来，炸了个锅底儿坑，嫂子她就……

狗儿爷　　我那大虎呢？我儿子呢？

苏连玉　　孩子倒没事，好好儿的，抱回俺家去了。

狗儿爷　　（大恸）我的亲人……我的儿子……

　　　　　〔光暗。

四

　　　　　〔光起。

　　　　　〔陈大虎的声音："爸爸，爸爸！"

　　　　　〔灯光照亮门楼的一角，满头白发的狗儿爷偎伏在那里。

　　　　　〔陈大虎找到了狗儿爷。

陈大虎　　爸爸，您又晕乎什么呢？

狗儿爷　　（一动不动地）我想你妈。

陈大虎　　（平静地）亲妈死了，就为您那二十亩芝麻……

狗儿爷　　想你后妈。

陈大虎　　后妈走了，就为您死心眼，想不开……

狗儿爷　　（紧紧抱住门楼的砖角）门楼，我的门楼！

陈大虎　　就剩这门楼，还有我。您要哪个，说话吧！

　　　　　〔祁小梦披衣上。

祁小梦　　大虎，城里打来长途电话，问咱的白云石厂啥时候开工？

陈大虎　　照时不误——明天。

祁小梦　明天？这门楼——

陈大虎　拆。不拆怎么走汽车？爸爸，回屋去吧！

祁小梦　折腾病了，还得俺们伺候您，都挺忙的。

狗儿爷　（无奈何）虎儿的妈、虎儿的妈，我的亲人哪……

〔光暗。

五

〔光起前，先闻苏连玉的声音："狗儿哥，走吧！"

〔光起。

〔春日拂晓，凉风习习。路边有星星点点的花草。狗儿爷和苏连玉并肩走来。

苏连玉　我的哥哥，瞧你这三心二意的劲儿，这是娶媳妇，美差，不是上
　　　　杀场！

狗儿爷　美差是美差，可这么快，不怕老少爷们儿笑话？

苏连玉　没人笑话这个。老话儿说：女人好比是墙上的泥皮，揭去一层还
　　　　有一层。走了穿红的，就有挂绿的。你这二茬子光棍的罪，还没
　　　　受够？种地、开油坊，里里外外，又当爷们儿，又当娘们儿，不
　　　　是事儿。我担着剃头挑子走村串户，早就替你留神踅摸了。

狗儿爷　这兵荒马乱的，缓腾缓腾再说吧！

苏连玉　得了，狗儿哥，别拿捏着啦。桃村那头我可递过话儿去了，我说
　　　　俺们陈大爷中年丧妻，日子足性，别的甭说，光香油家里也趁个
　　　　三缸两缸的。听我这一说，那小寡妇小嘴儿乐得瓢儿似的。再说
　　　　那小模样儿，就别提多俊了，我想想长得跟谁似的，咱村就没那
　　　　么个人……对，就跟你们家石屋东墙上贴的那张吕布戏的那个貂
　　　　蝉似的。

狗儿爷　真的？

苏连玉　去了瞧啊，这又不是隔山买老牛。说句丧良心的，见了她，恨
　　　　不得头年柳树巷那一炮打的不是你媳妇，干脆是我那块"产
　　　　业"——邋邋相儿！长得磨盘似的。

狗儿爷　别瞎说。人家多大？

苏连玉	十九。
狗儿爷	我都三十八啦。
苏连玉	怕啥？这年头，有您这十五石五斗芝麻戳着，黄花闺女能都娶，小寡妇算啥！咱哪，事不宜迟，说去就去，有把儿烧饼先攥到手，不能临了儿放了秃尾巴鹰，给它来个先下手为强——抢！
狗儿爷	抢？
苏连玉	听我的，没错儿。他们那儿是敌占区，还没闹"妇女解放"呢，寡妇嫁人缺多大理似的，谁要生了这个心儿，再是个漂漂亮亮的，那帮子红了眼的光棍汉就都来下家伙，谁抢到手是谁的，还有半路上让人劫走的呢。瞧，我还带根打狗棒呢！（亮出身后的棍子）
狗儿爷	（也早有准备）我还带了根绳子，万一要是……
苏连玉	（恍然）敢情你小子早有准备，还在这儿穷磨牙！走吧，趁天没亮。
狗儿爷	十八里地，一跑就到。
苏连玉	记住，到那儿，别说你三十八。
狗儿爷	知道。
	〔二人隐去。随即灯光照出一树桃花。冯金花背身站在树下。狗儿爷在央求。不远处有苏连玉持棒的身影。
狗儿爷	你叫冯金花？
	〔冯金花点头。
狗儿爷	"寻"我你愿意？
	〔冯金花摇头。
狗儿爷	哎呀，到这时候了，来点儿痛快的吧！先扭过脸儿来行不行？
冯金花	（转身）给你，让你看个够。
	〔狗儿爷假装吸烟，划亮一根火柴，他是要借亮瞅瞅。火光照亮两个人的脸。
狗儿爷	娘的，是挺中看。
冯金花	妈的，你多么大啦？
狗儿爷	三十……三十一。
冯金花	比我大一轮

狗儿爷　你也属狗？

冯金花　什么？

狗儿爷　（急数算）子丑寅卯……属蛇，都属蛇，你看我这记性。

冯金花　我嫌你大。

狗儿爷　还大？这小女婿的拳头，大女婿的馒头——大女婿知道疼，我的傻奶奶儿！我疼你……

冯金花　呸！——怎么个疼法？

苏连玉　（插话）瞧他那满脸胡茬子。

冯金花　嗯？

狗儿爷　这……（猛见苏连玉向他伸出三个指头）噢，我许给你三条。

冯金花　三条，哪三条？

狗儿爷　居家过日子，男的是扒子，女的是匣子——咱可别是没底儿的匣子。进门你当家，我交钥匙，行呗？

冯金花　差不离儿。第二呢？

狗儿爷　大麦二秋，不用你下地。

冯金花　我还是肉皮子嫩，日头晒了长毒疮。

狗儿爷　我行，庄稼人有闲死的，没累死的。眼下地不多，日后地多了，咱兴许还能雇个人手儿呢！

冯金花　真的？你说还能雇人？

狗儿爷　怎么着，就许他们雇我？告诉你，咱……有存项！

冯金花　听说了。第三？

狗儿爷　第三……（见苏连玉又向他伸出三个指头）噢，许你不上三台：一不上井台，咱村南有甜水井，村北有凉水泉儿，我把大缸小缸老给你挑得满满的。二不上磨台，捅驴屁股抱碾棍，本来不是娘们儿干的，粗罗麸子细罗面，供上你吃用了。三不上锅台，我会烙饼摊鸡蛋，切细咸菜丝儿泡香油，咱见天吃这个。还有什么你说，我满应满许，行了呗？

冯金花　哼，你们男的都这样儿，这会儿急得尥蹦儿，说啥都行，过后儿就变卦！

狗儿爷　咱狗儿爷可不是那路人。

　冯金花　（掩口）嘻……

狗儿爷　大名陈贺祥——我说孩儿他妈……

冯金花　去，来不来的先叫这个！

狗儿爷　我样样儿许了你个老满儿，可有一宗，你可得把咱大虎看顾好，那可是咱陈门后承啊！

冯金花　（伤神地）我死了男人，又新死了孩子，奶还没吊上去，（抚胸）老胀得疼，怀里空得慌，缺个孩子。

狗儿爷　嘿，芝麻粒儿掉进针鼻儿里——巧啦！连玉兄弟，成啦——

冯金花　谁说成啦？

狗儿爷　不成？不成再说，咱长长的工夫耐耐的性儿，你还要怎个儿？

冯金花　俺们这儿的老例儿，不管新人旧人，不能脚踩地走着出村，不能落下话把儿，说俺们是自个儿走来的。

狗儿爷　可眼下，哪儿去找人马车辆呢？这么办，我背你——（摆架式）

冯金花　累死你！

狗儿爷　心疼了不是？

苏连玉　还有我呢。（吓唬地）瞧，大道上可有一伙儿人过来啦！

狗儿爷　孩儿他妈，快——

冯金花　（扒上后背，捶狗儿爷脊梁）你个狗儿爷……

狗儿爷　回家吧，我的狗儿奶奶！（小跑）

冯金花　哎哟，瞧你，硌我腰啦……（咯咯笑，被狗儿爷背下）

苏连玉　（美嫉地）好事儿全叫他摊上啦！喝喜酒去。

〔光暗。

六

〔光起。

〔舞台一片敞亮，敞亮得有些耀眼。磨砖对缝的海青门楼修饰一新。紫红紫红的大枣压颤了枝条。门楼前、枣树下，略置矮方桌、矮板凳。

〔冯金花坐在矮凳上纳鞋底儿，随着针线的走动，嘴里悠然地哼着什么小曲儿，比如说是："大轱辘车呀轱辘轱辘转哪，转哪转哪转到了咱们的家……"

〔幕后传来狗儿爷的喊声："往哪儿跑……"遂上，手里攥几颗红枣。

冯金花　嚷谁呢？又是这么纸糊的驴——大嗓儿！

狗儿爷　你倒自在，我给牲口拌顿草的工夫，让人家把枣树刨了你也不管。也没见过这样的穷孩崽子，由打小枣儿刚落花胎儿就来糟害，不怕贼偷，就怕贼惦记。（又喊起来）有人养活没人管的听着，你家是过日子，人家也是过日子！

冯金花　行了，行了，火上房似的，不怕人家笑话。本来嘛，大枣大枣，谁见谁拢，一个稀罕物儿，吃个就吃个，乡里乡亲的，抬头不见低头见，莫不成谁家还能房顶上开门儿？

狗儿爷　今儿丢仨，明儿就许丢五个。（看手里的大枣）咱小虎儿呢？

冯金花　让那院他连玉大婶抱去玩儿啦。你过来瞅瞅……

狗儿爷　啥？

冯金花　虎儿的大鞋底子，都快赶上你啦！

狗儿爷　邪乎，四岁的孩子能有我脚大？

冯金花　我说，明儿我想赶个集去。

狗儿爷　一哭二笑，三赶集四上庙——娘们儿的能耐。

冯金花　我想找个先生瞧瞧，过门儿这几年了，我也没……

狗儿爷　就为这……嗨，年轻的时候我就算过一卦，说我命中一子，怕啥？好儿不在多，一个顶十个。

冯金花　想起这档子，就觉乎着对不住你。（抽咽起来）有个一男半女的，也是我的个依靠。

狗儿爷　你这么疼虎儿，还怕虎儿不疼你，不护你的怀？

冯金花　谁知道呢，一层肚皮一层山……

狗儿爷　咱虎儿可是有良心的，用不了几年就长大了——他大了，我也老了！

冯金花　你不老，老了，我也不嫌。

狗儿爷　是呗，小女婿的拳头……

冯金花　行了，说说又来劲了，唱曲儿似的哄我。当初你三条五条地满嘴抹蜜，过了门儿怎么样，这几年拿人当驴使，差点儿没把人累死。

狗儿爷　过日子就得抽筋扒骨。眼下好了，菊花青卖了，汽轱辘大车拴上了，磨扇压手的日子总算过去了。趁眼下地皮子贱，能多抓挠几亩是几亩，先把苏连玉大斜角这三亩买过来，好一好儿明年还能多置点儿。（仰看门楼）你老祁家吹灯拔蜡，完蛋啦！高门楼，过浆砖、小布瓦儿、磨砖对缝，十里八村儿头一份儿的体面，姓陈啦！见天见打这走几趟，不吃饭心里也舒坦。姓祁的，哪天老子也把你挂在这儿门楼上打打秋千。你狗儿爷有这么大权力？有！谁给的？咱政府！

〔苏连玉上。

苏连玉　（喊）狗儿哥！

狗儿爷　瞧，肥猪拱门来啦——

冯金花　连玉兄弟，过来坐。

苏连玉　嫂子，虎儿可真聪明，扳着手指头数数儿，一气儿能数到三百。从小看大，三岁看老，这小子大了准不是善茬儿，秀才、举人手拿把攥。（回身叫）来吧，这老地方，你还不熟？

〔祁永年神情萎缩地走来，停步，直盯着那本属自己现却已归外姓旁人的门楼，心思无限。

狗儿爷　（扯过苏连玉）你怎么把他给带来了？

苏连玉　买地卖地，这得过帖子，写文书，咱村除了他，没人会写。

狗儿爷　你就不许顺手划拉划拉？

苏连玉　我呀，贴对联儿还把个"肥猪满圈"贴屋里呢！不怕，咱斗争性儿归斗争性儿，事儿归事儿，就算咱借他的手使唤使唤，让他伺候伺候咱，还不行？

狗儿爷　对，今儿让他伺候伺候咱。祁永年，过来坐吧！

祁永年　不、不，我就站着。

苏连玉　叫你坐你就坐，站着怎么写字？

祁永年　是。（坐下，打开布包，摊开笔砚）

狗儿爷　虎他妈，咱那张高丽纸呢？

冯金花　在墙柜东头的皮匣里。

狗儿爷　快，给咱钥匙。

〔冯金花把拴有铜铃的钥匙给狗儿爷。

冯金花　（得体地）祁家大哥，喝水。

祁永年	不敢不敢。看得出，日子挺发旺啊！
冯金花	托共产党的福呗。
祁永年	是，是，这眼下又要置地……

〔狗儿爷取纸回来，让冯金花回屋里。

狗儿爷	手里头有俩糟钱儿，闲着也是闲着，就置买点儿。庄稼人地是根本，有地就有根，有地就有指望；庄稼人没了地就变成了讨饭和尚，处处挨挤对。这理儿——你在行啊！
祁永年	是，是。
狗儿爷	（卖调地）这菊花青也是贱骨头，这两天不大拿食儿，大把大把的料豆子抓给它，闻都不闻，叫我灌了它两勺子香油才好了。连玉兄弟，这汽轱辘车就是比咱那笨式花轱辘拿活，打足了气自个儿就往前窜，邪不邪？大菊青都坐不住坡，那天愣抻断了两根后鞘。
苏连玉	（顺口答音）那是，马是龙性。
狗儿爷	还有这门楼，这一归置，更体面了吧？
苏连玉	体面多了。
狗儿爷	老祁，你说呢？
祁永年	体面。
苏连玉	（对祁永年）还愣什么？开写吧。
祁永年	老苏，你是要卖……
苏连玉	村东大斜角，三亩。
祁永年	（感触殊深）大斜角……
苏连玉	这你门儿清，在先是你们祁家祖遗产呢。
祁永年	（落笔，随口念出）"立卖契人苏连玉，因本身不便……"
苏连玉	对，本身不便。娘们儿半拉身子骨，常年干不了活儿，除了生孩子没耽误，别的全误了，张嘴物儿不少，干活儿的不多。我也就会剃头，挣不上仨瓜俩枣，有点儿地也撂荒了。往下写——
祁永年	因本身不便，愿将大斜角地三亩……
苏连玉	写明内有水井一口。
祁永年	（脱口）知道。
苏连玉	对呀，狗儿哥，你忘啦？那年那头骡子……嫂子，你不知道，就

在这门楼儿上，他把俺狗……

狗儿爷　（觉得有挫锐气）别说啦！写——

祁永年　（写）"东至……"

苏连玉　东至柳树巷，西至老官道……唉，这你门儿清，我才种几年儿？

祁永年　（写）愿卖多少？

苏连玉　三石芝麻。

祁永年　三石芝麻？（对苏连玉）便宜呀！

苏连玉　便宜就便宜，俺们哥们儿过得着。

祁永年　（对狗儿爷）太便宜啦！

狗儿爷　你还有完没完？瞅着眼儿热你买！叫怎么写你就怎么写不得了，仨鼻子眼——跟我这多出一口气儿！写，三石芝……

祁永年　（摇头惋惜，写）"三石芝麻，卖与……"

狗儿爷　写大名，陈贺祥！

祁永年　（写）"永不翻悔，空口无凭，立字为证。立字人：苏连玉、陈贺祥。代笔人：祁永年。"二位，有印章呀？

狗儿爷　印章？（摇头）

祁永年　那就……摁个手印儿吧！（慢条斯理地打开随身携带的印盒）

〔狗儿爷和苏连玉摁手印，祁永年加盖印章。狗儿爷盯着那方神秘的印章，不觉欣欣然、怅怅然。

祁永年　这儿，还缺个"中人"呢——

狗儿爷　中人？

祁永年　买卖借当，都需有中人。

狗儿爷　我知道。

苏连玉　现成的，就他，村长——李万江。

狗儿爷　我去找他——

苏连玉　（有意拦下）先不用，咱这是"周瑜打黄盖"，两厢情愿的事——是两厢情愿吧？

狗儿爷　两厢情愿——"愿打愿挨"。

苏连玉　这就结啦，等哪天遇到他，念叨一声，让他也摁这么一家伙，齐活。先写上——李万江。

〔祁永年写毕，把他所用什物，郑重其事地包起。

狗儿爷　兄弟，到地里看看去吧！

苏连玉　你呀，比当初娶俺狗儿嫂还心急，撅不住接夜的屁。走——

狗儿爷　（支走苏连玉）你先走一步，我随后就到，我这……跟老祁说句话。

苏连玉　大斜角——我等你。（下）

狗儿爷　（一时拿不准自己的感觉）祁……祁掌柜！

祁永年　（吓坏了）别别别，我这……伺候着呢！

狗儿爷　你说这地买得值？

祁永年　（抖擞地）太值啦！那地身儿半沙半胶儿，又经涝又经旱，离村儿又不远，这么便宜就出手，怪啦！

狗儿爷　我也觉乎着有点儿怪。

祁永年　（寻思，忘形地）嗯，这位苏爷担着剃头挑子绕世界转悠，走南闯北，耳目灵，会不会……会不会是要打第三次世界大战哪？

狗儿爷　什么？——你，你想变天？

祁永年　不不，我什么也没说，我可什么也没说呀！（欲走）

狗儿爷　你别走！

祁永年　我求求你，高高手儿……

狗儿爷　我什么也没听见，行啦吧？咱说旁的……你看呢，这眼下——（指门楼、院落）反正你也是用不着啦，你就把那……（比画）小匣匣，还有那小方块块儿，倒给我吧，兴许我能用上它。怎么样？祁……掌柜。

祁永年　（似乎懂了）这个，你不能用……

狗儿爷　胡说！我怎么就不能用？就许你能用？

祁永年　这上边儿刻的是我的名字——祁永年。

狗儿爷　咱把它磨磨，把"你"磨了去，重新刻上"我"——陈贺祥。

祁永年　你看呢，该"斗争"我的，你们都拿去了。这个，我还留着它，兴许，兴许我还有用着它的时候。

狗儿爷　你小子，还是贼心不死呀！

祁永年　不不，我是说，乡亲们谁要求我写个文书借帖的，对巧还得用它一下。比方说，今儿这事儿。好，请留步——（溜走）

狗儿爷　呸！让你留着，留着它做酱吧！一个小匣匣儿，一个小石块块儿，算啥？老子到集上，刻它一斗两簸箕！

〔冯金花闻声上。

冯金花　这又是跟谁嚷呢?

狗儿爷　祁永年,那老不死的!

冯金花　人哪,一时说一时,在先瞧他有多么威风啊,这会儿成落架的黄瓜啦! 行啦,杀人不过头点地。

狗儿爷　这小子,还做梦呢! 虎他妈,我到……(自得地)咱那三亩地上看看去。

〔一阵马嘶。

狗儿爷　别忘了给咱那菊花青添草拌料,狗儿奶奶!

冯金花　忘不了你那心尖子!

狗儿爷　俺看看地去。(扔下那串带铜铃的钥匙,当啷一响)

〔光暗。

七

〔光起。

〔脚下是陈家坟地。新月投下一片朦胧。有秋虫二三鸣唧。

〔狗儿爷踉跄走来。

狗儿爷　看看地去,看看地去,看看我的地,看看我的地去! 撒手不由人,这是最后一趟啦……一壶酒,满满儿一壶酒,他一杯,我一杯,我一杯,他一杯。小酒壶一打跟头,酒净了。人醉了,菊花青没了,汽轱辘车没了,地没了……

〔一左一右的光环里,现出祁永年和陈大虎的面孔。

祁永年　十年河东十年河西,老阳儿不能总晌午。瞧,三天好日子没过,就乱了。乱吧,乱吧,叫你们乱成一锅粥!

陈大虎　(同时)还是这些陈芝麻、烂谷子! 爸爸,您就不能说点儿新鲜样儿的? 说吧,说说也好。说说您就知道为什么您撅着屁股拜了一辈子财神奶奶土地爷,临了儿也没发了财。谢天谢地,我没有随您——眼珠子没有长在后脑勺儿上!

〔祁永年、陈大虎二人隐去。

狗儿爷　咱的地没啦,爹! 那不是我的酒。是他的——李万江的酒,他提来的，满满儿一壶。李村长是好人，是恩人，给咱这么大脸，不能不喝。他一杯，我一杯；我一杯，他一杯，小酒壶一打跟头，酒净了。人醉了，就都没了！不是没了——李村长说，乡长指示，咱村要"一片红"，人家都红了，他狗儿爷不能当"黑膏药"！不当，打仗支前，土改分田，咱没落①过后。我说，可是，把那人马土地，说声归，就归了大堆儿。你一人浑身是铁捻多少钉？一人指挥几百条锄把子，能行？别忘了，亲哥儿俩为一垄青苗，还打出花红脑子来呢！可是行呗——他说，你就赇好儿吧。傻老爷们儿，眨眼之间，咱就楼上楼下，电灯电话，喝牛奶，吃饼干。我说：我不情愿。他说：你就是财黑子，地虫子，三斧劈不开的死榆木头，脑袋瓜子赛石头。我急了，当"黑膏药"，俺认了。他说，那就揭"膏药"！我问，怎么个"揭"法？他说，把你新买的"大斜角"，还有（指脚下）这坟地葫芦嘴儿，都拢过来，划出那边边沿沿、零零星星的来跟你换，是膏药也贴在脚指头上，不能胸脯上来块黑。——别蒙我啦，谁不知道"远女儿近地无价之宝"啊！再说那都是薄碱沙洼，种一斗，收八升，不换！——不换就得归堆儿。一片红，乡里还等着报喜哪，来，喝！——喝！这工夫，我媳妇，小金花插嘴啦：逢自庄稼主儿过日子，就得随个大溜儿，图个顺气。人家都那样，独独儿咱来个花"虎拨拉"②——个色！人家万江兄弟没日没夜地跑动是为谁，还不是为咱好？丑话说前头，你要不入，咱就分家。虎儿俺们娘儿俩，俺们可不跟着你当那个"膏药"户。听听，敢情她们老娘儿也开会了。——还是嫂子明白，狗儿哥，别二心不定啦，眼看这就楼上楼下——话攻耳朵酒攻心，家神招外鬼，内外夹攻，走投无路，我就归堆儿啦，归堆儿啦——爹！菊花青，那菊花青舍不得走啊，舍不得离开我刚给它做好的三块板儿拼成的新柳木槽啊！这地，也没了。爹，小狗儿——你白吃啦！我，对不起你……（失声伏地）

〔祁永年走来，站定，拍了拍狗儿爷。

---

① 落：读 là。
② 虎拨拉：一种灰绿色的鸟。

祁永年　都后半夜了，秋风可凉，紧自趴着，留神冻着。

狗儿爷　（昏沉沉地）爹，爹，我是狗儿，来了！

祁永年　狗儿兄弟……

狗儿爷　（看不清）你是谁？

祁永年　兄弟，怎么样？这把土儿还没攥热乎儿，就奶妈子抱孩儿——人家的啦！我早就说过，这狼肉贴不到狗身上，当初……

〔远处射来一束手电光，照在他二人身上。

狗儿爷　（认出）是你？臭地主！你是瞧出殡的不嫌殡大，看着火的不嫌火苗子高。地没了——你解恨，你……滚！（一巴掌打在祁永年的脸上）

〔李万江上。

李万江　打得好！狗儿哥，不能让他看咱的笑话。明天开大会，刘乡长给你戴一朵这么大的光荣花！——祁永年，你要老老实实！

祁永年　是。

李万江　你不要错打算盘。对你，我们从来没有放松警惕，一旦有风吹草动，拿你是问！

祁永年　是。

狗儿爷　（欣喜地）兄弟，就你能降伏这坏东西。你是大英雄，俺一辈子听你的。

李万江　好大哥，咱回家吧，明天开大会——

狗儿爷　（想想）可是，我不要开大会，不要光荣，俺要地、要马、要车……

李万江　老哥，不能走回头路。

狗儿爷　不能走回头路？

李万江　对。天不早了，嫂子还在家等着呢，快回家吧！

狗儿爷　回家，回家——（猛回身）地没啦……爹！（一头伏地）

〔此间，祁永年一直缩在一旁瞅着。

李万江　祁永年！

祁永年　有。

李万江　还愣着干什么？背上他——回村。

〔光暗。

八

〔光起。

〔数年后的秋天。庄稼道上。一阵"嘿嘿嘿"的痴笑声。头发已见花白的狗儿爷狂跑上。冯金花手提一摞捆在一起的方方的草药包追上。这是她带他看病回来。

冯金花　虎他爸，别乱跑，听话——

狗儿爷　丧门神，扫帚星，哪来的野娘儿们别动手动脚的，我不认识你！（奔跑）

冯金花　（扯住狗儿爷）别往庄稼地里钻，刚下过雨，一陷两脚泥。听话，顺道儿回家。

狗儿爷　你这娘们儿，别拉我……

冯金花　我求求你，别瞎跑，回家吃药——

狗儿爷　别拉我……

冯金花　你的病——

狗儿爷　我要拉屎！

冯金花　（无可奈何）唉，就在这儿……

狗儿爷　多轻巧——就在这儿，败家子儿！金粪银粪，不如人粪，一泡屎三棵苗，那是随便的？"猫不脏天，狗不脏地"，我上我的"大斜角"——

冯金花　"大斜角"没了。

狗儿爷　上我的"葫芦嘴儿"。

冯金花　也没了。

狗儿爷　跑了？飞了？地还能长翅膀？你这娘们儿……（痴笑，自言自语）多好的地呀！一大片，又一大片，老天爷把地交到凡人手里头，你们就这么个种法儿，活糟啊！荒成了草山，滚成了草蛋，长疯了的草都把小苗儿给掐死了，儿子们，对不起你们的庄稼祖宗啊！瞧吧，到时候，阎王爷都不能饶你，不能饶你……

〔苏连玉背筐上。

苏连玉　狗儿哥，这程子好点儿吧？

狗儿爷	好着哪，锅也砸啦，树也伐了，这倒好，光屁股裹脚——干净利落！你不是说，除了媳妇和烟袋，都归大堆儿吗？
苏连玉	那是大队长李万江说的。
狗儿爷	你是谁？
苏连玉	（大声）副大队长苏连玉。
狗儿爷	（痴笑）你还要卖地？三石芝麻——便宜！不是肥猪拱门，是过路财神，三石芝麻，落了个光荣。还卖地？你先等等——俺有点儿急事儿……
苏连玉	（拉住狗儿爷）狗儿哥，别绕世界跑，你听我说……
狗儿爷	我说你跟这娘们儿犯的可是一路病，告诉你（附苏连玉耳上）……
苏连玉	嗨！那快去——
	〔狗儿爷颠颠儿跑下。
冯金花	（痛苦地摇头）见了你们还明白点儿，就是不认得我。白天是个疯子，晚上是个死人。我过的这是什么日子啊……（抽泣）
苏连玉	（无言可慰）嫂子，这是五十斤豌豆，先凑合吃。（从筐里取一布袋，递过）
冯金花	也多亏你们当干部的，还总惦着俺们。
苏连玉	这事还不能让他知道。
冯金花	谁？
苏连玉	李万江。
冯金花	为啥？
苏连玉	（诡秘地）瞒产私分。
冯金花	那咱不要。
苏连玉	嘿，真是李万江领导的好社会，他那儿一把死拿，你这穷耿直，我倒里外不是人儿。这粮食算给我病老哥哥的，行吧？
冯金花	人穷顾不得脸面，要就要。可不管怎么说，人家万江兄弟可是大好人，办事一碗水儿端得平，财帛上五指漏缝，一点儿不占便宜。你们当干部的要都像他就好啦！
苏连玉	都像他？带头儿吃苦，带头儿受苦，见社员总拉拉着个苦驴脸子，自个儿混得屋里屋外茅帘草舍，家不像家，日子不像日子，三十大几啦还没娶上媳妇，外头忙活一天，回来还得撅着眼子捅

锅腔子，他倒够得上苦典型。

冯金花 （掩口）叫你褒贬得人家就没人啦！那天见他打县上开会回来，穿个四兜的制服，还真像个大干部呢！帽子底下露出一圈儿青脑瓜皮儿，大眼睛呼扇呼扇的，挺精神，怎么就……（忘情地）真是好汉无好妻，赖汉娶花枝……

苏连玉 （看着冯金花，又意外发现地）是吗？

冯金花 （赧然，又伤神地）看我，自个儿的心还操不完呢！（指布袋）就这，也吃不到接新粮食，可怎么了！

苏连玉 嫂子，大秋头子上，不能枕着烙饼挨饿。眼瞅黍子黄梢了，棒子苍皮儿了，秋天猫猫腰，胜似春天走一遭——社员谁不趁这会儿到地里掠个斗儿八升的？大秋上骡子马还摘箍嘴，许它道边上逮一嘴呢；你就不许晚上也背个筐，出来到地里转转，小不溜儿地弄点儿？

冯金花 嫂子长这么大没偷过人家的，我怕人逮。

苏连玉 这算什么偷啊！上边说了，这叫小摸小拿儿，圆乎脸儿一抹长乎脸儿，就过去了。再说挤到这根节儿上了，除了咱那位一把死拿的李万江，碰上谁也是睁只眼儿闭只眼儿。

冯金花 你又说人家。

苏连玉 还是那话，干部要都像他那么钉是钉、铆是铆，当社员的就没法儿活。

冯金花 （一时畅快）要都像你呢？

苏连玉 都像我？干脆，穷得卖裤子！

冯金花 那倒轻省了。

苏连玉 怎么？

冯金花 都甭下地干活啦——

苏连玉 嫂子，你可真逗！

〔这工夫，"嘿嘿"的痴笑声从庄稼地里传来，苏连玉应声跑去。冯金花蹙额叹息。少顷，苏连玉跑回——

苏连玉 嫂子，快回家给俺狗儿哥洗裤子吧！

〔光暗。

九

〔夜。风雨刚过，雷声渐隐，月露微光。有哗啦哗啦的庄稼叶子的响声，间或有掰下玉米棒子的声音："嘎巴——嘎巴——"

〔光起。

〔李万江大声吆喝。他紧紧抓住一个背筐人的手腕，从黑压压的青纱帐到亮处来。被抓的是她——冯金花。

冯金花 ……万江兄弟，是我！

李万江 是谁我不管，我就知道，今儿黑夜你是第七份儿。背上筐，跟我回大队部，明儿早起开大会，一律坦白交代。

冯金花 斗争？

李万江 嗯，不斗行吗？

冯金花 兄弟，你高高手，我就过去啦！

李万江 一回过去，下回照样不要脸。

冯金花 你说，谁不要脸？

李万江 谁偷谁不要脸。噢，因为干的人多了就不说"偷"，叫"摸"，叫"拿"——一回事，现在叫你们摸光了，拿没了，秋后往上缴什么？社员吃什么？

冯金花 （豁出去）吃我呀——吃我，吃我这不要脸的老娘们儿！

李万江 一别来横的，二别来浑的。小鬼子横不横，还乡团浑不浑？李万江由打十六岁扛枪当民兵就没怕过。

冯金花 功劳不小啊！不怕横的，不怕浑的，饿的你怕不怕？冯金花十九岁进了你们村儿，啥时候干过爱财不顾脸的事儿？你要"一片红"，是我帮忙替你揭了"黑膏药"。"黑膏药"揭了，没过几年，老财迷鬼疯了，除了吃喝不省人事，让我白日黑夜地这么挨着，守着，我早就够够儿的啦！你说我不要脸，我早就不要脸啦，我吃过苏连玉给的不要脸的粮食……

李万江 你？

冯金花 你别瞎疑心，老娘不是见谁都稀罕，那是瞒产私分的。

李万江 好你个老苏！

冯金花　你说我不要脸，我真错看了你！用不着你斗争，这半死不活的日子我早就够了！我这就跳井去，叫你们斗我的死尸吧……（长嚎）我的妈呀——

李万江　嫂子，别价，这半夜三更的，忒瘆人……

冯金花　我不要脸，我不要脸，我可没了活路啦……（先诉说，后转为传统哭调）捶板石呀，一面光呀，湛青的豆角拉了秧啊，我的妈呀——

李万江　嫂子，嫂子，是我不要脸，还不行吗？

冯金花　（抹泪起身）就是你不要脸！叫你把村里闹得这么少吃没烧的，一点儿不心疼，还有脸发态度，莫怪人家把你说得秃钱儿不值。

李万江　（替冯金花背起筐）嫂子……

冯金花　别这么一口一个嫂子，叫得怪麻得慌，你比俺大……

李万江　冲着狗儿哥——

冯金花　这会儿别提他！

李万江　我说，这可下不为例。

冯金花　不，我还来——

李万江　还来？

冯金花　为了叫你逮我，为了瞅瞅你这会儿的好脸子。不价，啥时候见了，脸老阴得水儿似的，活像谁欠你二百吊，总没个笑模样儿。

李万江　（无可奈何）嘿嘿！

冯金花　瞧你那俩虎牙。

李万江　别来了！这么着，我这干部可没法儿当。

冯金花　就来！

李万江　我说你——狗儿爷有病，你这狗儿奶奶也有病啊是怎么的？

冯金花　有病。

李万江　也是疯病？

冯金花　胡说，饿病。

李万江　你？

冯金花　是饿病。饿了，更睡不着。睡不着就瞎想，想咱村里的人……你呢，三十大几的人啦，屋里连个女人都没有，你不想？

〔顿时沉默。有雨点声。

冯金花　又下起来了，淋着可受不了，我这还带条口袋呢，快来挡挡。

〔李万江沉默如一桩木头。冯金花跑过去，用口袋为他也为自己遮雨。

冯金花　我，受不了啦……（扑进李万江的怀里）

〔一条口袋严实地盖住俩人的头。

〔光暗。

<h2 style="text-align:center">十</h2>

〔光起。

〔晚上。村街。狗儿爷提一只牲口料斗子上。

狗儿爷　牲口、人一样，都爱吃个新儿。先刷牲口槽，槽得刷，不能有馊性味儿。添草，草要碎，寸草铡三刀，没料也上膘。撒料，料要炒，炒了才有香份味儿。潲水，水要清，不能打发要饭花子似的，给人家馊水。草上膘，料长劲，水提精神，匀溜溜儿地拌好了，躺在炕上，你就听吧——吭嗞，吭嗞……对，马不得夜草不肥！你听，咱菊花青的槽口多好啊！红缨鞭穗一甩，菊花青翻蹄亮掌，真亚赛脚底生风……（对着某处细端详）瘦了，瘦多了，鬃也不打，毛也不梳——（向远处招呼）小子，那夹板拴儿勒得紧，吊它脖子，听见没有？活儿累，料不足，使不得法，能不瘦？没人心疼，我心疼。料，咱炒得了，口粮里攒的，细火里煨的。（尝一粒）真香，乖乖，等着，等着，我来了……

〔一座房前。屋内传出阵阵嬉闹声、喊声："……夫妻对拜，进入洞房！"

〔苏连玉从屋里出来，他已有几分醉意。

苏连玉　哎哟，我的狗儿哥，这地方，今儿你可不能来哟！

狗儿爷　不，让我来，我想它……

苏连玉　想也不行啦！

狗儿爷　让我进去看看。

苏连玉　你进去就乱套啦！

狗儿爷　看看我那菊花青。

苏连玉　菊花青？（恍然）吓死我啦——这儿没有菊花青。

狗儿爷　这不是牲口圈？

苏连玉　这是洞房，娶媳妇的洞房。走吧！

狗儿爷　是谁——谁娶媳妇？

苏连玉　（迟疑地）李万江——

狗儿爷　万江兄弟，半截子入土了才成家，真不易。他多大？

苏连玉　三十八。

狗儿爷　瞧瞧，记得不，我娶你金花嫂子的时候，就是三十八。

苏连玉　（试探地）金花嫂子呢？

狗儿爷　（尽力回想）她？不是说……赶集去啦？

苏连玉　对对，赶集去啦！

狗儿爷　快回来了。

苏连玉　对对，去吧！

狗儿爷　不，万江娶媳妇，我得讨他杯喜酒喝喝。

苏连玉　别别，你不是要去看菊花青？

狗儿爷　（小声，神秘地）——瘦了，溜儿圆的屁股蛋儿都见棱见角啦！给它送料去，可香啦——别动手，不是给你的！

苏连玉　对，不是给我的。（哄狗儿爷走）老哥，饲养处在那边儿。

狗儿爷　（辨认）可不是，我的门楼子在那边儿——我的"大斜角"在那边儿——我的菊花青在那边儿，对不对？谁说我糊涂，这心里亮堂着哪！乖乖，来了，来了……（下）

苏连玉　老哥慢着点儿，黑灯瞎火，深一脚浅一脚的。（舒口气，对屋内喊）嗨，我说不近不离儿的就得啦，天不早了，人家也该歇着啦，散散儿吧！

〔屋里人声散去。冯金花从里面出来。看衣着打扮，她还真像个新媳妇。

冯金花　累苦你了，连玉兄弟。

苏连玉　错了不是？从今往后，得改口叫哥哥，我比狗儿哥小，可比万江大。

冯金花　唉，揪心哪！都到这晚儿了，这一步，我也不知道走得对不对。

苏连玉　蛮好。你想，要不是合情合理，人家公社里就给判"离"了？狗儿哥人已经是那样了，何必再饶上一个呢？可话又说回来了，我老苏眼里不揉沙子，这些年你对万江这点心思，我愣没瞧出来！

冯金花　去，说说就没正经的。我所不放心的就是这一老一小。（指屋内）我也跟他说了，我说我跟陈家过了十多年，实在没办法才走了这一步，今儿嫁给姓李的，姓陈的我还得伺候，一套碾子一套磨，都得拉。你呢，在村里大小担份差事，对陈家不管是老的少的，都得另眼看顾，往后过日子上有个马高镫短的，不能说是一推六二五。

苏连玉　不会，你不是说——万江兄弟可是个大好人！

冯金花　别打岔！听我这么说完了，他一句话差点儿没把我气个倒仰……

苏连玉　他说啥？

冯金花　（模仿）"得了嘛，你就踏实好儿吧，那一老一小，就当是我的一个老丈人，一个小舅子。"我说——放你的狗屁！

〔屋里传出李万江的喊声："金花，金花……"

苏连玉　瞧，等着急啦。他呀，别看三十多了，你还得慢慢儿调理调理呢！

冯金花　去你的，还是哥哥呢！

苏连玉　三天没大小嘛。得，我别尽自耽误着啦！（一笑，下）

〔冯金花欲进屋，又停住，心事重重地站在屋门口。这工夫，狗儿爷提着料斗子又转回到这里。

狗儿爷　那小子，把着一槽牲口，他不经心喂，还不让别人喂。幸好，没让他看见。可我把料往槽里一倒，呼啦伸过来八张嘴，三下两晃，料没啦，吃到菊花青嘴里没几个豆豆儿。这大锅吃饭，大槽喂料，谁也甭打算上膘。照这么着，非趴架不可。——哟，又转回来了。听这悄没声儿的，八成闹新房的也散了。喜酒没喝上，咱去听听"窗户根儿"，听听这小两口……（走到屋前）

〔冯金花转过身来，与狗儿爷四目相对。

冯金花　（猛然下跪）我对不起你，下辈子变牛变马，我还你，我还你……

狗儿爷　（觉得好笑）嘿，"窗户根儿"也没听上，正赶上新媳妇上拜。糟啦，没带拜钱！啧，蝎拉虎子戴帽盔儿——不露脸儿。你等等，我回家找俺那拿钥匙的，给你要拜钱。

〔冯金花起身跑进屋里，咣当一声关上屋门。

狗儿爷 （想想）赶集去啦？嗯，赶集，上庙，烧香，祷告，一个尼姑嫁老道……

〔光暗。

<h1 style="text-align:center">十一</h1>

〔光起。

〔一个白天。高门楼下。

〔狗儿爷坐在台阶上细心地收拾一个水罐。

狗儿爷 风一阵，雨一阵，雷公电母耍一阵。刮风下黄土，满地铺金子，必是好年成。下雨天上掉鲤鱼，一尺长的大鱼，尾巴挨着眼的小鱼。不好，鱼是驮米的驴，吃鱼费粮食，阎王爷不答应。阎王爷厉害，说一不二。地动山摇，花子摔瓢，摔了瓢不要饭，有吃的。吃饱饭，耍浑蛋。浑的怕横的，横的怕不要命的。你要拆我这门楼，非要管我这楼叫"四舅"，我说是你妈的舅姥爷，我一骂，"四舅"没认下，外甥也滚蛋了。有两样东西不能横，一个是地，一个是媳妇。我就横了一回，就都不回来了。不回来，我去找。不是找媳妇，是找地。有了地，没的能有；没了地，有的也没。上哪儿找？不是天边儿，不是地沿儿，告诉你——（诡秘地）风水坡，坡上有棵橡子树，树下有个凉水泉儿，泉边儿有个窑窑儿，整好住我一个人儿。那儿有地，开出多少都归自个儿。那儿风凉，一个苍蝇都没有。你去？不行。李万江独独儿批准我一个人，说是另眼看待，邪不邪？我寻思着，是咱有能耐，有力气。不假，有这水罐子，有这把镐头，去到天边儿也是条汉子，有土就扎根。忘不了你，李万江，俺的大恩人。（仰看门楼）老伙计，我先走走，还回来，甭难受，照看你——有咱儿子。儿子呢？俺大虎呢？大虎！大虎！谁说的，他正跟一个丫头打恋恋，可不能找个瞅着喜相、不会过日子的。像俺金花那样，嘴一份手一份的，打灯笼难选，就是爱赶个闲集儿，玩儿疯心了，还不回来，不回来……去赶集，去上庙，去烧香，去祷告……（倚门框，似睡非睡）

〔祁永年出现在他眼前。

祁永年　狗儿爷，有些日子不见了，身子骨儿还结实？

狗儿爷　祁永年？你老多了……去，可恶！

祁永年　不待见，咱走。

狗儿爷　别走，说会儿话，实在闷得慌。

祁永年　你儿子呢？

狗儿爷　找女人去了。

祁永年　你女人呢？

狗儿爷　赶集没回来。

祁永年　菊花青呢？

狗儿爷　死啦！又有一匹小菊花青，它下的，也入辕儿啦！

祁永年　你的？

狗儿爷　大伙儿的。

祁永年　那句老话儿怎么说来的？忘了？

狗儿爷　没忘——爹有不如娘有，娘有不如自有，自有不如怀里揣，怀里揣不如手里攥！啊，你反动！李万江，他说反动话——

祁永年　别喊，你看——（打开布包，亮出那方印盒）

狗儿爷　小匣匣，给我！

祁永年　你用不着啦。

狗儿爷　用得着，告诉你——我上风水坡啦！

祁永年　那也不给。

狗儿爷　我明白，咱庄稼人都一路脾气，有恩的报恩，有仇的记仇。你还记着我那年打过你一巴掌。来，打我一下，两不该。

祁永年　我打不了你了，因为我……已经死了！

狗儿爷　（并不意外）你死了？……好像听说过。

祁永年　革命小将一棒子下去，我就……对，罪该万死，狗命一条。

狗儿爷　狗命，人命，总算是一条性命儿，阎王爷给张人皮披披也不容易，怪可惜了儿！

祁永年　舍不得吃，舍不得花，光知道攒钱置地，一辈子没吃过一条直溜黄瓜，完了得不到一炉香。也是心里闷，才来找你。

狗儿爷　你不是还有个闺女，叫个啥？

祁永年　叫小梦，和你们虎儿一般大，苦了她啦！

狗儿爷	本是你的种儿，活该倒霉。
祁永年	女大当嫁呀。
狗儿爷	谁敢沾惹呀？好好儿的干净的主儿没罪找枷扛？拿来吧，小匣匣——
祁永年	不给。
狗儿爷	你是人死心不死。
祁永年	人家都那么说。

〔陈大虎引祁小梦上。

陈大虎	来吧，他疯疯癫癫的，认不出你来。
祁小梦	万一要认出来呢？
陈大虎	认出来也不怕，早晚你也得进这门楼儿啊！

〔此时，祁永年的幻影并未离去，并且在以下的戏中只在狗儿爷眼中存在，陈大虎、祁小梦均"视"而不见。

陈大虎	爸爸，爸爸！
狗儿爷	（似醒非醒地）嗯，虎儿，你妈还没回来？
陈大虎	不是赶集去了？
狗儿爷	集上热闹？
陈大虎	热闹。
狗儿爷	这是谁？
陈大虎	快叫啊，叫——爸爸。
祁小梦	（腼腆地）大叔。
狗儿爷	（欣慰地）噢，好，好，就是你们俩打恋恋？（猛然）你，你怎么像他？
祁永年	是我闺女不像我？
狗儿爷	你姓啥？
祁小梦	……
陈大虎	说呀——
祁小梦	姓"梦"，叫"梦祁"。
狗儿爷	你不是这个祁永年的闺女？
祁小梦	（痛苦地）不是。
祁永年	是又怎么样？

狗儿爷	是我不要她。
祁永年	你不要，他要——我们祁家的大姑老爷。
狗儿爷	我宰了他！
祁永年	不能收留收留？
狗儿爷	要说咱陈祁两家，前半辈儿没有人情也有水情，让孩子离开你这块臭地，找个吃饭安身的地方，也不为过。
祁永年	是啊，我这"帽子"也不能传辈呀！
狗儿爷	不行，说出大天来也不行！这闺女——就算她是水葱儿似的——要是你祁家人，进了陈家，这门楼儿怎么算？嗯？这门楼儿，姓陈还是姓祁？
	〔陈大虎、祁小梦见其"状"，相视摇头。
祁小梦	（怯怯地）大叔，不姓祁。
狗儿爷	可我越端详、越寻思……
陈大虎	（岔开）爸爸，您又鼓捣这破罐子干啥？
狗儿爷	破罐子？就这一罐子凉水灌进肚里，是割麦子，是锄大田，一百个伙计甩下他九十九个，他祁家雇长活就爱找咱陈狗儿爷，别看我把他骡子掉井里头……噢，爸爸要走了。
陈大虎	您上哪儿？
狗儿爷	（神往地）风水坡，橡子树，凉水泉儿……
祁小梦	大虎，你不记得？咱小时候去过，那有酸枣棵子，红榴榴儿，一朵一朵的小蓝花儿，像星星……
狗儿爷	闺女你去过？
祁小梦	嗯。
狗儿爷	我就去那儿。我还是不放心，你真不是祁家的闺女？
祁小梦	真不是。
狗儿爷	你知道吗？那老家伙死啦！老天爷要收人，不，老天爷管神仙，不管他。是阎王爷，派来兵呀将的，一通儿闹呼，一棒子下去，脑浆迸裂……
陈大虎	爸爸，您说上风水坡的事，万江大叔能同意？
狗儿爷	他呀，见我就赔笑脸儿，好像欠我什么似的。
祁永年	嘻……

狗儿爷	你甭捡乐儿，咱还没完呢。——（对陈大虎）跪下！
陈大虎	爸爸……
狗儿爷	冲着咱门楼跪下，跪呀！

〔陈大虎无奈，跪在门楼下。

狗儿爷	还有你，进了陈家门儿，就随陈家人儿，也跪下。

〔陈大虎拉祁小梦跪下。

狗儿爷	跟着我说。噢，（对祁永年）你也别走，好好听着，瞅着，看看陈家人的骨气。俺陈门有后，不像你，断子绝孙！——头句话，不忘新社会的好儿，不忘大救星的恩。说！
陈大虎	……说啦。
狗儿爷	二句话，看好家，护好院，守住门楼儿，替下老砖，揭换残瓦，看见门楼如见爹妈，说！
陈大虎	……说啦。
狗儿爷	记住祁家仇，不见祁家人……
陈大虎	疯话！小梦，这倒不赖，就算咱俩在这儿拜天地吧！
祁小梦	让我记住祁家仇呢，你还说笑话儿。
狗儿爷	说！

〔传来急促的钟声。

陈大虎	爸爸，别说啦，万江大叔敲钟呢，催人干活去。
狗儿爷	不忙！祁永年听着——
祁永年	是。
狗儿爷	记住祁家仇，不见祁家人——闺女，说！
祁小梦	（难忍地）记住祁家仇，不见祁家人……爸爸！
狗儿爷	（满意地）哎——

〔又是一阵钟声，夹着李万江的喊声："上工喽——"
〔光暗。

十二

〔光起。
〔风水坡。

〔祁小梦前来给公爹送饭。

祁小梦 （喊）爸爸！

〔狗儿爷上。他的装束活脱一个前清的山民，差只差后脑勺上少条辫子。

狗儿爷 一瓢水兜凉，三尺树荫凉儿，就算上了金銮殿。

祁小梦 爸爸，我给您烙的金银饼。您瞧，银子裹着金子。

狗儿爷 干活要讲究，吃饭要将就，不价，损寿。阎王爷说：这半罐子油，你不能吃！我就没吃，我在那老玉米根儿起，一棵给一勺儿，数物件儿都馋，一个理儿。那小老玉米喝了油，足性啦，夜里我就听它们比着赛地拔节儿，嘎巴，嘎巴……眼瞅那玉米大喇叭口甩着，穗头半吐半咽了不是，天不下雨，掐脖儿旱，"天灵灵，地灵灵"——一祷告，登时满天跑云彩，小雨下得又细发又匀溜儿，点点入地。要不，大棒儿能结这么壮实？说归齐，那半罐油我还没舍得都使上，剩下的让老鼠喝了，喝就喝，阎王爷不饶它。好闺女，累不累？

祁小梦 爸爸说的——有闲死的，没累死的。

狗儿爷 孝顺闺女，门楼修没修？

祁小梦 修得光光亮亮。

狗儿爷 祁家的人见没见？

祁小梦 压根儿见不着他们。

狗儿爷 好，吃饭。

〔金银饼就凉水，爷儿俩吃着。苏连玉跑上。

苏连玉 狗儿哥！

祁小梦 连玉大叔。

狗儿爷 着急麻慌地找我，又想卖地？

苏连玉 好嘛，我都快卖老婆了。村里动刀子啦！

狗儿爷 见点儿血去火气——剃头掌柜的，带刀子没有，趁工夫给我脑袋胡噜几下，都成连毛僧了。

苏连玉 还脑袋，要……割尾巴！

狗儿爷 猪尾巴？

苏连玉 人尾巴！

狗儿爷　人长尾巴？

祁小梦　上学的时候，老师说人是猴儿变的。

狗儿爷　阎王爷呢，老虎变的？

苏连玉　别说闲篇儿啦，快掰棒子。

狗儿爷　还不熟呢？

苏连玉　落住一个是一个，等会儿就全没啦。

狗儿爷　哪一码对哪一码，你打根儿上说。

苏连玉　哪一码对哪一码我不知道，可要打根儿上说，这根儿就在她。

祁小梦　我？

苏连玉　人家说，俺狗儿哥来风水坡，本不是他的主意，是你的主意，本不是他的本性，是你的本性，其实也不是你的本性，是你爹的本性。

狗儿爷　就是我的本性。

苏连玉　糊涂！

祁小梦　我明白了，是我连累了老人，我应该跟我爹一块儿早早儿死了。

狗儿爷　我死？风水坡上这么好的庄稼，我舍得它，它还舍不得我呢！我呀，就是那摔不死的老刺儿猬。闺女，你知道刺儿猬为什么摔不死吗？你一摔，它就一轱辘。一物降一物，黄鼠狼有办法……
〔李万江同陈大虎上。

李万江　老苏，你倒先来了。

苏连玉　通个风，报个信，咱不就少办点儿损事吗？

陈大虎　爸爸，咱回家吧，把风水坡上的庄稼让给人家。

狗儿爷　这提灯喝号的，来红毛儿妖精了？熟透的庄稼，在还乡团的枪子儿底下爹都没让过。让？往远里说，爹指望它和祁家比个高低；近里说，这么好的闺女，仨瓜俩枣地娶了人家，爹还指望它给闺女补办一份彩礼呢！

陈大虎　爸爸，您还不明白，您要护着风水坡，人家就整治她。她可早有了身子，三个月啦！

狗儿爷　哈，谢天谢地！过路财神，你们听着，俺陈家要见下一辈人啦！老村长，到时候喝咱翻身户的满月酒！

李万江　喝，喝！可眼下这地……

狗儿爷	大兄弟，你告诉他们，说这是"另眼看待"。
李万江	（为难地）这一时一个"现在"，现在不是要割尾巴吗？你的尾巴，又不是普通的、一般的、平平常常的尾巴，而是一条很长很长的尾巴。因为你的儿媳妇，她爹，你的亲家，他不是……死了吗？
狗儿爷	你八成是吃错药了吧？
李万江	（顾不得了）她不是祁永年的闺女吗？
狗儿爷	不许你往我脑袋上扣屎盆子！你睁眼瞅瞅，那老王八羔子能有这么好的闺女？
苏连玉	老哥，麻烦就在这儿，你现在"成分"不干净了，又在这风水坡上闹"单干"，人家不狠狠儿地割你的尾巴？——千真万确，她是祁永年的闺女。
狗儿爷	（疑信参半）闺女，你真是祁家的那个……小梦？
祁小梦	爸爸，我是小梦！
狗儿爷	你们，你们起誓发愿的……蒙我？
祁小梦	爸爸，俺上没兄下没弟，孤身一人，无依无靠，看在我拙手笨脚地服侍您、伺候您三年的分儿上，您就收下我吧！
狗儿爷	趁着你妈不在家，你们欺负我呀！
陈大虎	爸爸，交出风水坡吧！
狗儿爷	不交。
陈大虎	要不他们就拉她走，开大会……
狗儿爷	（神情骤变）他敢！是祁永年的闺女，是又怎么样？九狗还出一獒呢，一个窝里出来的也不能都是坏蛋。告诉他们，你更名改姓了，叫陈祁氏，这也不大好……
李万江	老哥，无论如何，这尾巴也得割！因为……
狗儿爷	你别说了！我就寻思着，眼时下，还不如解放前了呢！
李万江	（骇然）你说什么？你敢……
狗儿爷	那晚儿，还乡团把咱挤对急了，咱还能找八路军去呢。这晚儿，叫俺找谁去呀？
苏连玉	嗨，这叫竹竿捅水沟，捅进一节说一节。这一节叫割尾巴，再说你这尾巴又不是一般的尾巴。
狗儿爷	尾巴？我早就掐头去尾光剩中当间儿啦！是谁出的这缺德主意，

我×他八辈祖宗！好嘛，又要割尾巴——儿媳妇你先避一避，我让大伙儿瞧瞧，看咱狗儿爷腚上有尾巴没有？

祁小梦 （款款地）万江大叔，老人正病着，别惊动他了。这风水坡上犯了什么法，犯了什么罪，我姓祁的顶着，我跟你们走，走吧。

狗儿爷 闺女，你走了，谁还给俺送饭哪？

〔冯金花出现在人群当中。

冯金花 李万江，当初我跟你怎么说的？你又是怎么应的？你喝了迷魂汤似的要干什么？你那个小乌纱帽帽儿值几个大子儿？不顶吃，不顶喝，还那么贪着它，二郎爷喝西北风——你有这神瘾？不干正好，少昧良心。这割尾巴的官司我打了，天大的事朝我说——还不快走？让人家一家人在这风水坡上……（悲戚地）团圆团圆吧！

狗儿爷 这位大嫂，心眼儿真快性，说话真受听，人家还是老娘们儿呢！可叹哪，你们当官儿的！

〔除狗儿爷一人外，其他人都隐去。

〔光暗。

十三

〔光起。

〔狗儿爷痴痴望着。

〔祁永年幻影出现。

祁永年 认得吗？

狗儿爷 有点儿眼熟。

祁永年 瞧，又来了，那两口子。

〔李万江、冯金花出现在远处，相互说着什么。

狗儿爷 还要割尾巴？

祁永年 过去几年的事就别提了。这回，兴许是美事儿。

狗儿爷 这一阵儿云彩，一阵儿雨的。

祁永年 冷够了就回暖。

狗儿爷 走。

祁永年 聊会儿。

狗儿爷	没工夫。

〔祁永年、狗儿爷隐去。

冯金花	（又一遍叮咛）牵上菊花青。
李万江	忘不了——我为啥去的？
冯金花	槽头买马望母仔——这匹小菊花青跟那老菊花青一模一样，脱个影似的。酒呢？
李万江	提上了。
冯金花	把那两个老腌儿鸡子儿带上，他顶爱吃这个。
李万江	带上了。
冯金花	别这么丧荡游魂的，高兴点儿。
李万江	高兴，高兴，二十多年了，我又把马给人牵回去，我都干了些个什么呀？
冯金花	我的爷爷，想开点儿吧，你可别有个好歹的，要再疯一个，我可就没法儿了。你把马送到风水坡，哥儿俩喝一顿，他心口一热，气儿一顺，阿弥陀佛，也许能明白过来呢！
李万江	那敢情好，我也省心了，连马带你，我一块儿还给他。
冯金花	我抽你！你当我也是这匹马呢——女人就这么不值钱？

〔一阵马嘶，灯光暗去。

〔光复明。狗儿爷、李万江同坐风水坡。

李万江	喝，满满儿一壶。
狗儿爷	难得，先捅一口。说吧，兄弟，你要一片红，狗儿哥决不当黑膏药。
李万江	不说这个，先吃——
狗儿爷	老腌儿？难得。（品味）嗯，是味儿，哪儿来的？
李万江	腌的。
狗儿爷	谁腌的？
李万江	我媳妇儿。
狗儿爷	嗯，老娘们儿都会这个，喝！
李万江	喝！老哥，你这会儿明白吗？
狗儿爷	老弟，我什么时候糊涂过？
李万江	那是我糊涂。你说，这人世上的事儿，有时候几十年一个老模

177

样儿。可有时候呢，一个早起就变了，还越变越邪乎，越变越没边儿。

狗儿爷 都是属孙猴儿的。可阎王爷说啦，再怎么变，那高门楼也姓陈，也不能把他变回来……

〔祁永年幻影出现。

狗儿爷 哟，他还真来了。

祁永年 荒郊野外的，孤得慌，来蹭口酒喝。

狗儿爷 去!

祁永年 咱们可是儿女亲家，你陈家娶了我闺女。

狗儿爷 那不假，不光娶了，我孙子都有了。可有一宗，咱这亲戚不走动。

李万江 （愕然）狗儿哥，你怎么了?

狗儿爷 喝咱的，甭理他。

李万江 谁呀?

狗儿爷 祁永年。

李万江 我要说的就是他。

祁永年 你看看。

狗儿爷 你少插嘴! ——怎么，你说?

李万江 他真要是还……嗨，这么说吧，他真要能来了，也和咱平起平坐啦!

祁永年 你看看。（一屁股坐下）

狗儿爷 去，去，我怕脏了这块土。

李万江 你这观点不时兴了，这不行。

狗儿爷 怎么行? 把你的酒给他喝?

李万江 按眼时下的令儿，给就给。

祁永年 你看看。（伸手接杯）

狗儿爷 （接李万江手中酒杯，冲祁永年泼去）给你，我叫你喝，叫你喝! 你要平起平坐，休想! 你想认亲家，没门儿!

〔狗儿爷与祁永年撕扯成一团。

李万江 你这是怎么了? 狗儿哥，狗儿哥，（拉也拉不住，大喝）陈贺祥——我给你送马来啦!

178 狗儿爷 马?（痴笑）嘿嘿……你又哄我: 楼上楼下，电灯电话……

李万江　不是哄你，是板上钉钉。菊花青，我给你牵来啦！

狗儿爷　我不要。等哪天，你再拿一壶酒来喝喝，又牵去了。

李万江　不会啦！

狗儿爷　要会呢？

李万江　我保险。

狗儿爷　谁保你的险？

祁永年　死榆木头！

狗儿爷　你少插嘴。

李万江　谁要再来那套浑不讲理的，我也豁啦，再就不种地了，饿死他！噢，还有地，"宝葫芦嘴儿"，也归你种了。

狗儿爷　真的？

李万江　蒙你——天打雷劈！

〔一阵马嘶。

狗儿爷　菊花青？我的菊花青，乖乖，你在哪儿？

李万江　凉水泉儿，橡子树上拴着呢。

祁永年　凉水泉儿，橡子树上拴着呢，橡子树上拴着呢……

狗儿爷　滚，一万年我也不理你！

〔祁永年隐去。

狗儿爷　我得先饮饮它，叫它美美儿喝个够，清凌凌的长流水，喝个够……（兴冲冲下）

〔山谷间回响着一声呐喊："我有马啦——"李万江百感交集地追过去。

〔有顷。狗儿爷双手捧水罐，凝视着自己倒映在罐内清水面上的容颜，缓缓走上。李万江随其后。

狗儿爷　（低唤着）狗儿爷，陈贺祥，老伙计，一根儿黑头发也没啦！这一脑瓜子白雪花花儿，换了点儿什么呀？万江兄弟，这是你？脸像个核桃皮。你——四十几啦？

李万江　（苦笑）唉，六十整。

狗儿爷　你六十？我比你大一轮，那我就七十二？老天爷呀……

李万江　老天爷不管这个。

狗儿爷　噢，阎王爷……

李万江	收起你的阎王爷吧！那小学生的书本子上说，这是规律，大自然的。
狗儿爷	自然大老爷呀，你再让我倒退三十年，不，二十年，我要攒上全身的力气，攥断它十根锄把子，不赛倒他祁永年，不把他那小匣匣儿拿到手，不挂上千顷牌，我就在这凉水泉儿里头，一头浸死！
李万江	还是不大明白。（大声）老哥，这也不晚！
狗儿爷	有你这么一说，咱还有儿子，还有孙子呢。耕、耩、锄、耪、筛、簸、扬、拿，都学到手，才算一个庄稼人。我要手把手儿地调教他们。骡子马不调教还不能入辕儿呢。
李万江	是时候了，白露早，寒露迟——
狗儿爷	秋分种麦正当时。
李万江	早种一天——
狗儿爷	早熟十天。
李万江	牵上菊花青，驮上铺盖卷儿，儿子媳妇和孙子都等着急啦，回家吧，我的老哥。
狗儿爷	（一时自得地）走！儿子、媳妇、孙子、菊花青、高门楼……（回忆、思忖）虎儿的妈，俺虎儿的妈呢？赶集？（摇头）不对……万江兄弟！
李万江	怎么？
狗儿爷	快回村！我得找金花去，找俺的金花去，找俺的金花去！不管是死，还是活。她跟俺受苦受累半辈子，俺得好好儿补付补付她！
李万江	你……没忘了她？
狗儿爷	忘不了，那是媳妇儿。
李万江	回村——我告诉你。

〔光暗。

十四

〔随着一阵阵的马嘶声，微光照亮那座门楼——它愈显破旧了。

〔光起。

〔一阵刹车声。陈大虎、祁小梦上。他俩兴致很好。

陈大虎 （回身招呼）师傅，谢谢啦！

祁小梦 这趟城逛的，累死了。

陈大虎 祁家大小姐，别那么娇嫩啦！快去看看儿子吧。

祁小梦 就知道疼你那宝贝儿子。

〔苏连玉匆匆跑来。

苏连玉 这班车一到，就知道你们公母俩回来了，可把我等急啦！侄媳妇放心，你们龙龙在俺们家玩儿得可好啦！小子真聪明，扳着手指头数数儿，能数到五百了……

祁小梦 真麻烦大婶。

陈大虎 大叔，推土机怎么样？

苏连玉 明天就到。销货合同呢？

陈大虎 敲定了，三千吨。

苏连玉 这年头，张嘴就成千上万。三千吨，三对三，三三见九……这一泡儿下来，钱可不老少！

陈大虎 小意思，比起人家大王庄的白云石厂来，差远去了。

苏连玉 我早就说过，你小子不是善茬子，心气儿高着呢！

陈大虎 万江大叔可是还半信半疑呢。

苏连玉 他呀，怎么说呢，村里孩子都给他编成曲儿了：李万江，老一套，认准受穷一条道儿，塞他一个大元宝，他抱着元宝去上吊！连你爹都算上，你苏大叔比他们强就强在这心眼儿稍微活泛这么一点儿。

祁小梦 要不您怎么老不吃亏呢！

苏连玉 侄媳妇别寒碜我了，咱这是自私自利。这回可说出大天来也跟你们摽在一块儿，干定了，咱也弄个小万元户当当。得，我这就去乡政府，把咱白云石厂的营业执照取回来。

陈大虎 苏大叔，等您回来喝酒，咱顺便商量明天开工的事。

苏连玉 误不了。（下）

陈大虎 （温存地）歇歇吧！

祁小梦 嘻……

陈大虎 笑啥？

祁小梦 笑城里那丫头，穿的那小衣裳儿，光胳膊露腿，也不错，又省布又凉快。

陈大虎　这就叫进步，赶明儿你也来它一件穿穿。

祁小梦　在村里？妈哟，我怕吓死两口子。

陈大虎　管他们呢，我爱瞅就行呗！

祁小梦　去你的！

陈大虎　你没见人家明出大迈的，就这么拉着扯着——（搂住祁小梦的肩膀）

祁小梦　这么甜哥哥蜜姐姐儿的，俺可不惯。

陈大虎　老封建……

〔冯金花踌躇地走上。

冯金花　（怯怯地）小虎……

陈大虎　（不知如何是好）……大婶！

祁小梦　（热情地）大婶，您屋里坐。

冯金花　不啦。你们俩在家？门楼陈旧多了，你们没有修修它？

陈大虎　不用了，明天就拆了。

冯金花　拆？

陈大虎　砖头都酥了，不拆也得塌。

〔祁小梦给这位"稀客"端来一盘红枣。

祁小红　大婶，您吃枣儿。

冯金花　（喃喃地）大枣大枣，谁见谁拢……

陈大虎　大婶，您来……

冯金花　我来看看你爸爸。

陈大虎　您知道，爸爸他在风水坡呢，几年不回家了。

冯金花　你万江大叔给他送马去了。

陈大虎　多余。

祁小梦　（制止）大虎！

陈大虎　本来就是多余，肚子疼上眼药，管屁用！

冯金花　怎么这么说话？马是他的家业，满盘子满碗地指望，见了马，兴许能明白过来。

陈大虎　还是别明白！明白了，我这儿不好办，您也……

冯金花　孩子，别这么说。这些年，他不容易，活过来就不容易。我愿意

182

让他明明白白地再过几年，让他明明白白地再看看这个家，看看这座门楼，看看你们，也让他明明白白地再看我一眼……小虎，我对不起们你爷儿俩呀！

陈大虎　您别说啦……妈！

祁小梦　（恸哭）我爸爸……要能活到这晚儿，就好啦……

陈大虎　姑奶奶，你就别凑热闹啦！

　　　　〔马嘶声。狗儿爷步履硬朗地走上。

狗儿爷　马来啦！

祁小梦　（热情向前）爸爸！

狗儿爷　（高声答应）哎，好闺女，快把东间屋拾掇出来，安上木槽，俺俩先住一块儿——

　　　　〔冯金花躲之不及，欲言又止。

狗儿爷　（一眼瞥见冯金花，神态大变）虎儿，你妈，她赶集去，还没回来？

陈大虎　没有。

冯金花　（稍稍定心，十分尴尬地）你，身子骨好……

狗儿爷　你是……万江弟妹？多亏你呀，多亏你呀……走吧，万江兄弟回家啦。

冯金花　让我，跟小梦姑娘，给……马，再拾掇一回屋子吧！

狗儿爷　不。梦，你过来。早先，你们家这院子的格局，你还记得吗？

祁小梦　不记得。听我爸爸念叨过，说进这门楼往里是屏门，过了屏门往里走，一边是丁香树，一边是荷花缸……

狗儿爷　对，对！

祁小梦　正面是大厅，东西是配房。

狗儿爷　（神往地）对，对呀！后来分到手的户都把房子拆去另盖去了，咱落下这个门楼。门楼是脸面，有了门楼就不愁院子。虎儿，眼时手里头活泛吗？

陈大虎　您要干什么？

狗儿爷　干什么？他祁家人能盖个院子，咱陈家人就是白吃饭的？

陈大虎　没有，一个子儿也没有。大白天的说梦话！

冯金花　小虎，有话跟你爸爸好好说。

〔苏连玉抱镶入镜框的营业执照上。

苏连玉 哟，这老子回来啦！

狗儿爷 （没好气地）等着买你的地呢！

苏连玉 还不大明白。

冯金花 老苏。

苏连玉 您……也来了？

冯金花 知道他回来，过来看看。想不到还这么油糊心似的，不认人。

苏连玉 （放心了）那咱可就明说了。营业执照拿到手啦，等厂子办起来，你们小公母俩就是正副经理，你苏大叔顶损也得弄个副经理当当吧？等推土机一到，咱就拆门楼，破土动工。

狗儿爷 （暴跳）什么？你们要拆门楼？这乌烟瘴气的，你们——你们是要拆门楼？

苏连玉 （蒙哄）是这么回事儿，这门楼子老了，想想，你老它能不老？拆了它，等俺金花嫂子赶集回来……

狗儿爷 （神态骤变，悲怆地）她回不来了！刚才我在枣树上拴马的时候，东街坊俺二奶奶告诉我啦。老苏啊，你一辈子蒙我呀？
〔李万江上。

李万江 老哥呀，到我家去吧，咱俩心碰心地说说！（见冯金花，惊）你也来了？

狗儿爷 万江兄弟，领弟妹回家吧。俺那金花，虎儿他妈，不回来了。是神，我给她修座庙；是鬼，我给她修座坟，就在我心里头。可你们，你们不能斩尽杀绝呀，我的一村之长！你不能眼瞅着有人串通一气，拆我的门楼，摘我的心哪！

陈大虎 爸爸——

狗儿爷 谁是你爸爸？你早就忘了祖宗！

陈大虎 俺没忘。太爷爷俺没听说过；爷爷为二亩地，生吃一条狗，死了；爹想地想疯了。不就是为发家吗？这家您儿子发定了！

狗儿爷 你发家？呸！俺年轻的时候，大年五更还提着围灯去捡粪呢——你有这点出息？好好的院子，叫你糟蹋得破狼破虎，我问你，门口那块下马石呢？

陈大虎 盖厂房，垫地基了。

狗儿爷 　厂房，厂房，厂房是你亲爹？你安的什么花花儿肠子，中的什么邪？不一扑纳心地种地，忘了黄土生金，抓多少钱也是打河漂儿！这个理儿，你小兔崽子懂吗？

陈大虎 　(耐心开导地) 爸爸，您看咱这地方有多好！前面临马路，后面贴白云坡，瞧那白花花的，一水儿的白云石。这东西是宝贝，外国人盖洋楼都用上这个，出多少都有销路。费不了多少事，加工加工，石头打滚就变钱。不能光瞅着这破门楼子，土里刨食儿啦！

祁小梦 　是呀，那几亩地您手捋胡子就种了。您不种也不要紧，咱花钱请人帮工，等门楼一推，厂房盖起来，就在大门口盖间小屋，春冬两闲，您就在这儿看看传达室，养养花，养养鸟，接接电话。给您开双份工资，按月拿奖金。

狗儿爷 　嘿，真是不是一家人，不进一家门，好个枣木棒槌——一对儿！你们这是要把我扫地出门哪！好儿子哎，你爹顶着枪子儿抢芝麻，外搭你妈一条命，为的谁呀？早知道你是这么个孽种，出娘儿胎我就把你摔死了！还有你，善眉善眼的闺女，敢情也这么阴毒！到了儿还是没改你们祁家的门风儿。(大声) 祁永年——
　　〔祁永年幻影出现。

祁永年 　有。

狗儿爷 　这可是你闺女！

祁永年 　龙生龙，凤生凤——

狗儿爷 　你这坏事种！

苏连玉 　得，又迷心啦。

狗儿爷 　(对幻影) 这是你的圈套！明的不行，你来暗的，把你的丫头派来毁我的家呀！这是我一把血一把汗挣的，是新社会给的。李万江你给作证——还有你，(对苏连玉) 剃头的——还有你，(对冯金花) 这位大嫂——你们都给做证，俺这份家业来得容易吗？不能叫这败家子儿们由着性儿糟践！

陈大虎 　(只好直说) 爸爸，这门楼卖了！

狗儿爷 　(愕然) 卖了？

陈大虎 　您病着，打针、吃药，拉下一屁股两肋的饥荒，卖钱还账。

185

狗儿爷	卖给谁了？
苏连玉	卖给我啦！
狗儿爷	（摇头顿足）苏连玉，你可真是俺的喝一个井里水长大的好兄弟哎！当初你卖给俺地，今儿你买我的门楼……多少钱？
苏连玉	（随口而出）三石芝麻！啊，不——价钱另议，明天一准过户儿，明天。
狗儿爷	明天？
陈大虎	明天。
狗儿爷	（求救）老村长，我问你管不管，管不管？
李万江	我管，我管，我管不了！老哥刚回村，你还不知道，眼时下的一大特点，就是谁也不听谁的。全村几百口子都是能人，就我一人是笨蛋。兄弟一百个对不起你，别的单说，唯独这拆门楼的事，我不敢管，不能管，也管不了。那什么——你找乡长去吧！
狗儿爷	你当官儿不做主？
李万江	明儿我就下台。
狗儿爷	孩子哭，给妈抱了去？
李万江	乡长比咱官儿大，想必主意高。
狗儿爷	去就去，找到大乡长，连你们大伙儿一齐告！
苏连玉	狗儿哥哎，您去也白去，我刚从乡里回来，听说来了两个日本客人，乡长正陪着喝酒呢！
狗儿爷	什么什么？乡长也当汉奸！完了，完了……
陈大虎	爸爸，您就歇歇心吧！
狗儿爷	我人死心也不能歇！
陈大虎	我们供您吃、供您喝，样样儿由您的性儿，伺候您、孝顺您，把您当老神仙供着，还不行吗？
狗儿爷	你要当孝子？
陈大虎	当孝子。
狗儿爷	孝顺我？
陈大虎	孝顺你。
狗儿爷	这门楼，不拆啦？
陈大虎	破车碍好道，挪挪窝儿，理所当然的。

狗儿爷 （狠狠一掌打过去）反叛！

〔众人各以不同的姿态愣住。

〔光暗。

十五

〔光起。

〔门楼。祁小梦咯咯咯的笑声。陈大虎嗬嗬的笑声。

〔狗儿爷和祁永年——第一场时的情状。沉默有顷，开始动作。

狗儿爷 （收拾着，点燃火把）明天，明天，你们有你们的明天，我有我
的明天……

祁永年 我可没有我的明天——好好，有我闺女的明天。

狗儿爷 （发现祁永年还在身旁）滚，我永远不想见你！

祁永年 （叨念着）过了今天是明天，明天明天好热闹……（隐去）

狗儿爷 明天——好热闹，好热闹……（狂呼）门楼——我的门楼！（掷
出火把）

〔一束强光，照着跪伏在门楼前的狗儿爷。

十六

〔满台大火。巍巍门楼被火焰吞没。

〔人声、马达轰鸣声，雄浑地交织在一起，直响到终了。

〔有人喊："推土机来啦！""快救火呀！"

〔陈大虎、祁小梦上。二人的神色像是刚刚从火里钻出来。

陈大虎 老爷子呢？

祁小梦 走了。

陈大虎 菊花青？

祁小梦 牵去了。

陈大虎 快——你和连玉大叔张罗救火，收拾利落，天亮推土机就要来
了，一分钟也耽误不得。

祁小梦 你呢？

陈大虎　找爹去！（快步跑下）

祁小梦　去哪儿——

　　　　　〔传来陈大虎的声音："风水坡——"

　　　　　〔火渐熄。

　　　　　〔马达声大作。推土机隆隆开入。

　　　　　〔光暗。

——剧　终

　　《狗儿爷涅槃》创作于1985年，发表于1986年，同年10月由北京人艺首演于北京，导演刁光覃、林兆华，主要演员有林连昆、王领、谭宗尧等。演出获得极大成功，续演一百五十多场，场场爆满。《狗儿爷涅槃》是一部出色地刻画了中国农民灵魂的剧作，被誉为"20世纪80年代的杰作"和"一次有效的话剧创新"。剧本获得第四届全国优秀剧本奖（1986—1987）和1986年北京市国庆征文荣誉奖，演出百场奖。

作者简介

锦　云　本名刘锦云，男，1938年出生，河北雄县人。曾任中国剧协副主席，现任中国剧协顾问。著有话剧《狗儿爷涅槃》、评剧《母亲》等二十余部剧作。

·话 剧·

天下第一楼

何冀平

人　物　卢孟实——福聚德掌柜。

唐德源——福聚德老掌柜，也是东家。

唐茂昌——唐德源的大儿子。

唐茂盛——唐德源的二儿子。

常　贵——福聚德堂头儿。

罗大头——福聚德烤炉的。

王子西——福聚德二掌柜。

玉雏儿——卢孟实的相好，胭脂巷的妓女。

李小辫——福聚德的灶头。

克　五——某王爷的后代，食客。

修鼎新——福聚德的"瞭高儿"兼账房，曾是克五的"傍爷"。

成　顺——福聚德徒弟。

福　顺——福聚德徒弟。

小生子——福聚德徒弟。

福　子——唐茂昌的"跟包的"。

警察、宫差、宫里包哈局执事、中人钱师爷、总统府侍卫副官、瑞蚨祥孟四爷、胭脂巷的女人、送花的伙计、食客、侦缉队长等。

第一幕

〔时间：1917年，夏。

〔地点：前门外肉市"福聚德"。

〔正阳门（又称前门）外，堪称"天子脚下"，人居稠密，市井繁华，京师之精华尽在于此。店铺、茶楼、戏院、摊位鳞次栉比，白天人群熙来攘往，入夜灯火辉煌，历经五百年繁华不衰。

〔就在正阳门外，俗称前门大街的东边市房后面，有一条胡同，叫肉市口。就在这条小胡同的两边儿，一家挨一家地开着密集的饭馆子，每家馆子都有独特的风味佳肴：正阳楼的涮羊肉、大螃蟹，东兴楼的酱汁鲤鱼，烧饼王的吊炉烧饼，天泰馆的小米粥……最有代表性的，要数声噪京城的烧鸭子（后叫作"烤鸭"）。老字号"福聚德"，就坐落在肉市口里。

〔道光十七年，一个操着山东荣成口音的后生，在正阳桥头，御用辇路石板道旁，用两块石头支一条案板，摆了一个卖生鸡鸭的小摊儿。他为人和气，买卖公平，生意越做越精，直至用一枚枚辛苦钱在饭庄林立的前门脸儿买下一小块铺面房，立下他的百年基业。

〔如今，福聚德老唐家的家业已经传到第三代。门脸儿正中门楣上并排挂着三块匾，"福聚德"居中，"鸡鸭店"在右，"老炉铺"在左。这时的福聚德身兼三职：烧鸭子、生鸡鸭和"苏盒子"（当年人们吃春饼的各种熟肉，切好摆放在特制的木盒里，故而得名）。前厅左边摆着两只大木盆，旁边坐满徒弟，一个个手脚麻利地拔着鸭毛。沿墙根，一排木架子上挂着开好生的鸭胚子，鸭子都吹好了气，抹上了糖色，一只只肥嫩白生，十分肥壮。

〔前厅右边是福聚德的百年烤炉，红砖落地，炉火常燃。炉口有一副对联："金炉不断千年火，一钩常吊百味鲜"，横批"一炉之主"。当年这座炉和烧鸭子的技术是店里的最高机密，坐在柜台后面的账房和二掌柜，除去支应柜上的事，就是牢牢地盯着烤炉，不许任何人靠近。

〔走进二道门是一个敞堂，两边分别是库房、柜房和开生间，后来又加了两间"雅座儿"。敞堂正中是一面描金富贵花的影壁，前边有个养活鱼的大鱼盆，后边有门通向"热炒"的厨房。（一幕时除了影壁，其他的还都没有）

〔幕启。正当饭口，肉市口里热闹非凡，各家饭庄子的厨灶正在煎炒烹炸，跑堂儿的招呼着客人，食客们磕杯碰盏，猜拳行令。这几天，酒肆、饭庄的生意特别好。清朝的最末一个皇帝在"子民"们"帝制非为不可，百姓思要旧主"的呼声下，由张勋保驾，又坐了"大宝"，紫禁城内外的遗老、遗少们顿时打了鸡血般兴奋起来，翻腾出箱底里的朝衣，续上真真假假的辫子，满大街跑的都是"祖宗"。按照我们中华民族的传统，表示心情愉快的唯一形式就是"吃"，所以，肉市口里回光返照般地闹腾起来。

〔街声，隐约传来广和楼京戏锣鼓声。夹杂着吃饭、说笑、猜拳的各种声音。

〔罗大头手持烤杆，上挂烤好出炉的鸭子，从烤炉间上。

罗大头 三座儿的鸭子出炉了！

〔成顺从后边上。

成　顺 来啦！

常　贵 三座儿，走鸭子！（送客人出去后，对王子西）王二掌柜，今晚上座儿不错，我看这烧饼、荷叶饼还不够，还得预备着。

〔俩食客从后边走出来。后台："五号账到柜。"

〔福顺上。

福　顺 二掌柜，五号账到柜，二块二毛六。

王子西 （拿了两个竹牌子给福顺）福顺，去对过儿元兴楼拿二十张荷叶饼，再到北口取二十个烧饼，快，要热乎的。

〔福顺拿了竹牌应声跑下，正好与匆忙跑上的小生子撞上了。

王子西 小生子，跑什么？慌里慌张的。

小生子 不是，让挂旗呢！您听。

〔警察画外音："挂龙旗！挂龙旗！"

王子西 哟，你看，我倒把这事给忘了。

〔警察喊声愈来愈近。

王子西 小生子，快去包一包炉肉丸子，麻利点。

小生子 哎！（下）

〔警察边喊边上："哎，我说'福聚德'怎么还不挂龙旗啊？"

王子西 哎哟，王巡长，您辛苦。

警　察 挂龙旗……哎，二掌柜的，你们怎么还没挂旗？

王子西 哎，昨儿我找了一宿，今天说去估衣铺订一面，又抽不出人来。

警　察 得了，我卖您一挂吧。

王子西 哎哟，太好了！

192　**警　察** （抽出一面旗）留神，马粪纸糊的。

〔小生子拿一包包好的炉肉丸子上。

小生子 二掌柜!

王子西 (把手里的龙旗给小生子)去把这个挂上。(递肉丸子给警察)这包炉肉丸子,您拿回去熬白菜。

警　察 得了,回见!(接过肉丸子掂了掂,喊着走了)

〔克五和修鼎新从雅座里出来。常贵在前边殷勤地引路,王子西在下边迎着。

常　贵 五爷,您走好喽。

克　五 (吃得高兴,满面红光)常头儿,刚才我上台阶的时候,你怎么说来着?

常　贵 (马上想起来)我是说您那叫步步登高。

克　五 皇上刚坐龙庭就赐我们老爷子顶戴花翎、绿呢大轿。

常　贵 那得给您贺喜,老太爷保驾有功,还得高升!

克　五 那我现在下台阶呢?

常　贵 (全凭脑子快)您那是后辈老比前辈高,您早晚得超过老爷子!

克　五 (大笑)行,常头儿,你这张嘴,能把烤熟的鸭子说活了。

常　贵 就怕没侍候好五爷,修二爷,您今天吃着还顺口吗?

克　五 修二爷你说呢?

修鼎新 (矜持地)还不错。

克　五 嗯,还不错。

王子西 二位爷抬举。

〔修鼎新掏出一把钱。

克　五 都给他们,拿去分分。

常　贵 (接钱,快步走到柜前,把钱"哗啦"一声倒在装小费的长竹筒子里)谢五爷赏下了!

〔幕内声:"谢五爷!"

〔小生子高举龙旗往外走。

克　五 得了,得了。(瞅见挂起的龙旗)这张勋张大帅保着皇上重登大宝,你们都知道啦。

常　贵 知道,知道!您瞅这街面上够多热闹!

克　五 (俨然朝廷命官一般)头一天,皇上一口气儿就下了九道上谕,

193

叫黎元洪退位，他竟敢拒不受命。我们老爷子参了他一本，请皇
上赐黎元洪自尽。

常　贵　对，得叫他自己上吊。

克　五　别看皇上年幼，可心慈，说刚登基就杀人不好。念我们老爷子一
片忠心，钦赐紫蟒、花翎。

王子西　啊，有功。

修鼎新　明天，克老爷要在府上叩谢天恩，用二十只鸭子，一只烤小猪。

王子西　是，是，一定准时送到！盼二位爷常来光顾，给小店门面增光。

克　五　（一摆手）修二爷，车预备好了吗？

修鼎新　候了您多时了。

克　五　咱们下站是哪儿啊？

修鼎新　"新盛长"明儿一早开张，今晚上请您去吃头碗"鳗面"。

克　五　（打了个饱嗝儿）又是面条子。

修鼎新　鲜活大鳗鱼一条，去骨和入面中，清汤、重青、重浇、带过桥，
吃在嘴里，汤是清的，面是滑的。

克　五　（有点动心）我也不能刚吃完了又吃啊。

修鼎新　咱们先去华清池洗个澡，您歇歇乏，消消食，然后去"新盛长"
吃宵夜，您看怎么样？

克　五　行，你提调吧。

　　　　〔克五、修鼎新二人下。

常　贵　二位爷走好。

王子西　瞅模样，克五挺高兴。

　　　　〔成顺、小生子从外边进来。

常　贵　成顺，把灯点上。

成　顺　哎！（点挂着的煤油灯）

王子西　没挑出什么毛病来吧？

常　贵　（端起茶碗，边喝边答）没有。您没听见一劲儿夸呢！

王子西　谢天谢地！

常　贵　都说克五会吃，其实会吃的是跟在他后边的那位修二爷。他原先
傍着克老太爷，如今傍着克五爷，那可是个真会吃的主儿。

王子西　他是旗人？

常　贵	浙江金华人，专门出火腿的地方。他说金华火腿之所以好吃，就是每做一拨火腿的时候，中间必然要夹杂一只狗腿——
	〔幕内一个浓重的山东口音叫喊："成顺，得了！"
成　顺	（吓得拔腿就往烤炉跑）哎，来了！
常　贵	我听这声不大对劲。
王子西	兜里没银子，烟瘾又犯了。常头儿，你得按着点。千万别让老掌柜听见。（朝挂着门帘的柜房努努嘴）
	〔烤炉师傅，山东大汉罗大头上。他膀大腰圆，剃着光头，一手拿着檀木烤杆，一手提溜着一只鸭子。
罗大头	（把鸭子一扔）我不干了！
王子西	你瞧！又来了不是？烤鸭、烤鸭，就瞅你这烤炉的，你不干，我们都得散伙。
罗大头	我罗大头自打跟师傅学徒起，我就没有待过这么窝火的饭庄子！二掌柜，今儿什么日子？
王子西	五月十五。
罗大头	算大账的日子！两位掌柜的从一早起就没露过面，一个上武术馆，一个泡戏园子，他们福聚德不想干了，我大罗不能跟着他们一块儿糟践手艺！
常　贵	大罗！咱们就都冲着老掌柜吧！
罗大头	我对得起他们。庚子年八国联军烧了前门脸儿，要不是我从大火里抢出这块匾，那就没有今天的"福聚德"！混到而今，我大罗这兜儿里连个叮当带响的都没有了。我把话说下，今天要少分我半成，我拔腿就走！
王子西	我的大爷，你小点声喊。
罗大头	（越嚷越大声）我还是别处不去，专奔对过儿"全赢德"烧鸭子铺。
常　贵	大罗！老掌柜的病着，你是成心要他的命？
罗大头	常头儿，这不是做买卖的样！
	〔门帘一挑，钱师爷上。
王子西	钱师爷！
钱师爷	罗师傅说得有理，对面正缺二位这样的，要想"跳门槛儿"，我

195

给递信儿。

罗大头　你是来要账的吧？干什么来的，你说什么，我们弟兄的事掺乎不着你！

钱师爷　你硬气！都是街面上混的人，谁用不着谁呀？

罗大头　我就用不着你！你小子吃钱使人、拉皮条、当中人，那不是老爷们干的事！

钱师爷　我说你这个人，你再说一句！

王子西　钱师爷，我们大罗这几天心里有火，不是冲着您。罗师傅，炉肉要"放汗"了，您后边瞅着点儿。（推罗大头下）钱师爷，请坐。

钱师爷　不知好歹。

常　贵　（捧茶）您来碗热的。

钱师爷　（脸一拉）不用。（拿起柜台上的算盘）"同鼎和"的白面是一百大洋；"六必居"的甜面酱是五十；头前儿修"鸭堆房"，这是三百，加上新进的这批水鸭子，一共是六百二十块。请掌柜的出来见见吧。

王子西　多年老交情了，您再高高手。

钱师爷　甭废话。

常　贵　您别生气，跟您说句过心的话，我们老掌柜的一病，两位少爷轮流坐庄，合着是两个人四个主意，我们也不知听谁的好。得，您多包涵了，回去跟这几位掌柜的说句好话，再宽限几天，我这给您作揖了！

钱师爷　（把眼一瞪）少来这一套！跑堂的替掌柜的作揖，你还不够格！今天咱们了也得了，不了也得了，拿钱吧！

王子西　一个劲儿跟您说好的，好歹行个方便！

钱师爷　有钱没钱？没钱，别怪我不讲仁义！来呀！（对内招手）
　　　　〔拥进来四五个打手，抬脚就要掀桌子。

王子西　（吓坏了）哎，哎！
　　　　〔老掌柜唐德源上。

唐德源　（喝住）钱五成！

钱师爷　（收敛）哟，老掌柜？您一向可好哇！

　唐德源　你这是来要账的？

钱师爷 （示意打手们退下）哪儿？我是来给您贺喜的。您这程子生意多好啊，可不像您老爷子刚买下这块地脚那会儿。

唐德源 那会儿，你在鲜鱼口人市当"力巴儿"。

钱师爷 （哽咽了一下）这满北京城谁不知"福聚德"的烤鸭子啊！得了，您就把这点钱赏下来吧，往后，我好给您办事啊。

唐德源 回去跟这几家东家说，今天是福聚德算大账的日子，我脱不开身，明儿一早二掌柜带着钱到各柜上去，一笔了清。常贵，包两只大鸭子，叫福顺先送钱师爷回去。

钱师爷 （不敢得罪，就坡下）鸭子我不带了，拿张鸭票子就得了。

唐德源 给钱师爷取鸭票子，两只鸭子也带上。

〔福顺拿了鸭子上，将鸭子递给钱师爷。

钱师爷 （得了便宜，眉开眼笑地）那我就谢谢了。老掌柜，您好好养病，二掌柜的，咱们明儿见。（下）

王子西 明儿见！

王子西 （小心地向老掌柜）掌柜的，天儿不早了，下幌子吧？

唐德源 广和戏还没散吧？

王子西 今儿晚上全本《龙凤呈祥》，散戏还得会儿呢。

唐德源 那就再等等，哎，子西，风水先生请了吗？

王子西 请了，他说今天子时准到。

唐德源 账都清了？

王子西 清了，您过过目。（把账本递给唐德源）

唐德源 大少爷、二少爷他们俩看过就行了。

王子西 他们……

唐德源 怎么？他们俩呢？又没来？

常　贵 啊，一定有什么事耽误了。近来这二位少爷的心气儿挺高的。咱们对面全赢德不是要开张嘛！咱们二少爷吩咐下了，买十挂铁杆钢鞭，吩咐到那天不等他们放，咱们先放，崩崩晦气！非争个高低不等不可。

唐德源 （未置可否）子西，今天结完账，先把欠的钱拿出来，拉一屁股账还跟对门儿比什么高低？（见王子西态度不明）嗯？

王子西 （支吾地）啊。

197

唐德源　子西？你听见没有？

　　　　　〔罗大头拎着一只生鸭子上。

罗大头　（喊）这是谁进的鸭子？

王子西　大罗，待会儿我告诉你。

罗大头　这是贪便宜的病鸭子。这不是砸牌子吗？

常　贵　（向罗大头使眼色）大罗，你好好挑挑，一两只难免。

罗大头　（不理）全这样！老掌柜的，这鸭子我不烤，我大罗的手艺侍候过宫里的太后。知道的，是鸭子不好，不知道的还以为我大罗手艺装熊呢！

唐德源　（拿起鸭子，熟练地捏捏）子西，明儿一早把这一批鸭子卖给汤锅，咱们不能用。

王子西　啊？是。

唐德源　福聚德有名声，全凭东西好，还是那句老话儿——人叫人连声不语，货叫人点手自来。

罗大头　呀，老掌柜，有您这句话，我的气就消了。今儿晚上天儿真好，我出去遛遛。

常　贵　大罗早点回来，今天是算大账的日子，别又找不着你。

罗大头　我知道，我知道。（下）

唐德源　（想起刚才的事）子西，这批鸭子是你开的账？

王子西　是二少爷。

唐德源　他整天舞刀弄杖的，哪儿会看鸭子？你得跟着点。子西，你跟我不是一天两天了，现在柜上的事全仗你，你得挺得起来才行。对门还有三天就开张了，咱们的鸭子、葱、饼有一样不好，那就是把主顾往人家那边请。

王子西　掌柜的，您跟老爷子待我的好处，我一辈子忘不了，可我最近也不知怎么了，添了个头疼的毛病，（做作地）一疼起来呀，就觉乎着天也黑了，地也裂了——噢，前些日子，我不是跟您说过……

唐德源　噢，你说有个师兄弟？

王子西　啊，叫卢孟实，学生意的出身，而今是玉升楼的账房。打小我们就在一块儿，哪天我把他带来您瞅瞅。

唐德源 （不想听这些）他肯来吗？

王子西 正是心气儿盛的时候，谁不愿意往高处走。再说，他跟玉升楼掌柜的结下点仇，早不愿意在那儿干了，他来我退，让他掌二柜，您看？

唐德源 这事让我再琢磨琢磨。

常　贵 您累了，回屋去歇会儿。

唐德源 那两个孽障一回来就结账。（下）

王子西 是！

〔一阵喧哗，车铃声、马蹄声、人声、吆喝声，迭次而起。广和戏院散戏了。

〔成顺从外边跑上。

成　顺 二掌柜，散戏了！

常　贵 后边挑火开锅！

王子西 福顺！散戏了。快，到外边去。

福　顺 （吓得跳起来，跑到门口）来哟，（打个哈欠）来吃鸭子，挂炉的，脆皮——

〔三位食客上。

常　贵 （迎上）几位爷，看完戏了？吃点什么？喝两盅？（让进楼下一个单间）

小生子 后边，冷荤七寸，白干四两。

〔卢孟实上。他三十来岁，人干净利落，走起路来脚下生风，一来就带着一股子生气。

福　顺 这位爷，里边请！

卢孟实 子西兄！

王子西 哟，你还真来了。

卢孟实 师哥下令，怎敢不来。

王子西 常头儿，这就是我常跟你提起的卢孟实。

卢孟实 常师傅，久闻您的大名，一直没得一见，今天是幸会。

常　贵 （打量着这个头是头脸是脸的年轻后生）您客气，我常贵不过是个伺候人的。

卢孟实 不能这么说！不论写书的司马迁、画画儿的唐伯虎，还是打马掌

199

的"铁匠刘"，只要有一绝，就是人里头的尖子。听说，您有一批老主顾，您走到哪儿，他们就跟到哪儿，哪家饭庄子有了您，等于拉住一批撵不走的客人。

〔福顺内喊："二位爷，里边请！"

常　贵　您过奖了。（送茶后，去招呼客座）

王子西　怎么这么晚呢，陪玉雏儿姑娘看戏来了？

卢孟实　（一笑）顺带办点事。

王子西　别遮遮盖盖的，出门在外，有个相好的不为过，就是别当真格的就行了。

卢孟实　我真是找她打听事的。

王子西　好，有事，有事。

卢孟实　我听说"内联升"鞋店有本不外传的秘本叫《履中备载》，您知道吗？

王子西　没听说过。

卢孟实　这本《履中备载》把北京城王公亲贵们穿鞋的尺寸、爱好式样全记下来了。

王子西　那你的意思是……

卢孟实　我是想咱们做饭庄子的要是把北京城大小宅门老老少少的喜庆日子都记下来，碰上"三节两寿"，咱们人到礼到，人家订咱们的酒席，早有准备；不订，送一堂寿桃寿面，让人家心里痛快，知道咱们细致周到，这往后就会多有光顾。

王子西　你呀，你就是爱出幺蛾子，可是你们玉升楼那个掌柜的，犯不着为他使那么大劲儿。

〔卢孟实长出了口气。

王子西　拿人不当人，要大叔他不会就……

卢孟实　（不愿提伤心事）也是他太老实，要是我……

〔风水先生上。

王子西　先生到了，我们掌柜的候您多时了。

〔唐德源上。

唐德源　先生来了，我请先生来，是想……

风水先生　（打断）不必开口，先带我看看您的福宅。

唐德源　请。

风水先生　本家不要动。

唐德源　子西，你领先生去。

王子西　是。

唐德源　我陪卢先生。

王子西　孟实，这是老掌柜的。

卢孟实　是。

王子西　先生，这边请。

　　　　　〔王子西陪风水先生下。

卢孟实　老掌柜，孟实给您请安。

唐德源　不敢当，坐。

卢孟实　您请!

唐德源　刚才你跟子西说的话，我都听见了。

卢孟实　我和子西兄瞎聊，让您见笑。

唐德源　想得不错，不过你把这些个都对我们说了，不怕我们抢了玉升楼的生意?

卢孟实　船多不碍江，有比着的，才见长进。

唐德源　嗯，说得好。有件事情我想听听你的主意。

卢孟实　您说。

唐德源　就在我们对过儿，有一家烧鸭饭庄要开张了，门脸儿跟我们的一模一样，那边掌柜的，原来是我这儿管账的，那边炉上的，是我这儿歇了工的，字号叫"全赢德"，意思就是要全部地赢过我们福聚德去，你看这件事，要是你怎么办?

卢孟实　到瑞蚨祥扯两丈红绸子，做个大大的红幛子，写上"前门肉市福聚德全体同仁贺"，到全赢德开张的那天，掌柜的领头，雇一副锣鼓，吹打着去贺开张之喜，祝他买卖兴隆。

唐德源　为什么呢?

卢孟实　咱们是江湖买卖，不干欺生灭义的事，有本事，买卖上见。

　　　　　〔王子西陪风水先生上。

唐德源　嗯，好!

风水先生　好! 好! 好地方，好地方，风水宝地啊! 前临驰道，背靠高墙，尤其是一边一条小胡同，这胡同叫什么名字？

唐德源 叫井儿胡同。

风水先生 噢，有水？好啊！有水就有财，可这"井"，看看，这低了就掉井里头了。

唐德源 那您的意思是说？

风水先生 房子太低，够不着福气，得在这三间门脸儿上起一座楼。这两条胡同正是两杆轿杆子，这是一顶八抬大轿啊，前程无量，前程无量！

唐德源 您是说得盖楼……（见人多不便详谈）请后边用茶。（引风水先生下）

卢孟实 （半思忖半自语）他说这儿是一顶轿子……

王子西 说是金銮殿也没用。

卢孟实 生意还不景气？

王子西 没有上心干的人。孟实，有件事我一直想跟你商量……

〔福聚德的大少爷、少掌柜唐茂昌上，后面紧跟着捧角，"跟包的"福子。

福　子 大爷到！

唐茂昌 （边唱边琢磨）"刘备本是靖王的后……"

〔福子用嘴打着锣鼓点。

唐茂昌 这一出啊，还是得听谭鑫培谭老板的。

福　子 啊？不！您这一句，它另有一股味儿，余派，余老板的味儿。

唐茂昌 （念白）是么？

福　子 再来！

唐茂昌 （唱）"靖王的后……"

福　子 好！

唐茂昌 福子，我想把今天晚上这些角都请来，你说，他们来不来？

福　子 福聚德少掌柜的请客，他们准来！

唐茂昌 我得拜个师。

福　子 哎哟，您要"下海"？

唐茂昌 总这么着不行，得让梨园行的捧捧我。

福　子 说不定，这几位老板真陪您唱一出呢！

202

唐茂昌 （越想越乐）福子，这件事你要是给我办到了，打今儿起，福聚德——（念白）就任得你自由来往……

福　子 （念白）谢主公！

唐茂昌 （接过常贵送上来的小茶壶）二少爷呢？

常　贵 还没回来呢。

唐茂昌 （发现卢孟实）这位爷是？

王子西 玉升楼的，我的师兄弟卢孟实。

〔唐茂昌不以为然。

卢孟实 （迎上去）唐掌柜，我听过您的《乌盆记》。

唐茂昌 （顿时来了精神）哦？

卢孟实 在"天盛"。

唐茂昌 啊，是。

卢孟实 您那段反二黄，真有味儿，扮相也好。

唐茂昌 不然，不然，那天的扮相不好，眉毛一高一低，您在台底下没瞧出来？

卢孟实 （顺情说好话）没有，一点儿不显。

唐茂昌 那天调门儿也太低了，一使劲儿就冒。

卢孟实 您是"云遮月"的嗓子，调门儿低点好。

唐茂昌 哟！您跟余老板说的一样！（得遇知己）下礼拜，下礼拜我有一出"探母"，我给您留座儿。

卢孟实 那太好了，（信口）我就爱听您的戏。

唐茂昌 （拉住卢孟实）别走，别走，咱们一块儿吃晚饭，好好地聊聊。

卢孟实 都什么时候了，吃饭？

唐茂昌 每逢唱戏、听戏之前我都不吃饭。

卢孟实 是，告辞！

唐茂昌 常贵，给这位大爷拿只好鸭子带上。

卢孟实 谢谢您，鸭子我不带了，您可想着我的座儿。

唐茂昌 一定！一定！

卢孟实 告辞！告辞！（下）

唐茂昌 （对卢孟实下的方向）哎，让我的车送送！（思忖）这位是谁啊？怎么看着这么面熟啊？

王子西	他是玉……
唐茂昌	（忽然想起来了）噢！瞅我这记性！"玉连成"那个唱小生的！
王子西	（无奈地）魔怔了。
唐茂昌	（自语）有人专门爱听我的戏。（兴奋起来）就这么着了，福子，明天就下帖子请他们，一个不许落。
福　子	这事我包了！嘿嘿，唐大爷，这福子我还没吃饭哪。
唐茂昌	常贵，给他包只鸭子拿走。
王子西	大爷，老掌柜来了，在后边呢。
唐茂昌	嗯。（整整衣服，下）
福　子	（接过常贵送过来的鸭子）谢谢您呢！（乐颠颠地下）
王子西	还不如搭棚舍鸭子呢，还落个好名声。
常　贵	（打着苍蝇）不像做买卖的样啊。

　　〔忽然，后院里"咚"的一声，吓了王子西和常贵一跳。

王子西	二少爷回来了，这位更邪，有门不走，跳墙。

　　〔唐茂盛上。他一身武侠式打扮，灰色缎子裤褂，腰间系一条宽丝板带，带穗子，上绣着一朵绿色的牡丹。

唐茂盛	嘿！听见响声了没有？
王子西	听见了。
唐茂盛	（遗憾地自语）这轻功还得练。（对常贵）常贵，不是这么打苍蝇，得使筷子夹。
常　贵	这个常贵可不会。
唐茂盛	不会，学呀！我也不成，我师父要往这儿一站，甭使筷子，这苍蝇就往身上飞。
常　贵	许是他刚吃完鱼。
唐茂盛	哪儿呀，用气，丹田气冲顶……（摆起架势）

　　〔唐茂昌上。

唐茂昌	（厌烦地）要练，上坛根儿。
唐茂盛	你少管我，你有你的嗜好，我有我的稀罕。
唐茂昌	瞧瞧你这身打扮，要学，学学林冲，人家懂得"数尽更筹，听残银漏"，你佩服的王胡子算什么？草寇！
唐茂盛	（急了）什么？你说王胡子是草寇？我告诉你，头年菜市口杀王

204

胡子，我亲眼得见，那人头落了地，还瞪着眼，张着嘴，愣把黄土地啃起一溜黄烟儿来，那是条汉子！

唐茂昌　得，得，我不跟你争，爹叫你呢，我劝你趁早套上件大褂，扮好了再去，省得挨骂。

常　贵　（把一件大褂递过来给唐茂盛）您穿上点吧，二少爷。

〔唐茂盛不屑地披上大褂，下。

唐茂昌　（无精打采地）搭桌子。

王子西　是！

〔几位食客从小单间里出来，都有些醉。

福　顺　五号账到柜，二块二毛六。

〔食客乙、丙二人争相掏钱付账。

食客甲　这账我付了。

常　贵　几位爷真义气！咱们眼下是天子归位，连天的好戏，您明儿不是还得来听戏，听完戏不还是到我这儿吃。您这么办吧，轮流坐庄，怎么样？

食客乙　听常头儿的，今天四哥，明天该我！

王子西　好嘞！一共两块二毛六，三块找……

食客甲　不找了。

〔几位食客说笑着下。

王子西　谢谢！慢走！

〔两食客从后边出来，下。

〔几个徒弟把一张桌子摆在厅堂里，桌上放着账簿、笔砚、算盘。

小生子　（把食客给的饭钱给王子西）二掌柜，给。

王子西　哎，好嘞！

常　贵　二掌柜，咱们下幌子吧。

王子西　下幌子。成顺、福顺，下幌子。

〔成顺、福顺出门下幌子。

〔幕内传出唐德源和唐茂盛的争吵声，唐茂盛气呼呼地上。

唐茂盛　不愿意看见我？我还不愿意回来呢！别把我逼上五台山！

〔唐德源上。

唐德源	你给我远远儿地走，唐家三代都是正经的买卖人，不缺你这号的！

〔众人劝住唐德源和唐茂盛。

唐德源　（气呼呼地）结账！

唐茂昌　结账！

〔唐家兄弟坐在桌子后面，唐德源靠在旁边的一张太师椅上。

唐茂昌　（向王子西）叫吧。

王子西　（打开账簿）是！都在后院候着，不叫的不许进来。常贵！

常　贵　（走到桌前）哎！

唐茂昌　（翻翻账簿）常贵，这半年，你干得不错，按理说该多分点，可眼下柜上紧，拿不出富余钱来，你是庄子里的老人儿了，拿一成五的零钱吧。

常　贵　（动了动嘴，欲说又止）哎。

唐茂昌　常贵，你有借支啊，开头是你老婆病借了三十，后来你五小子病了又借二十，总共是五十，顶了借支，你还欠着柜上二十块。

〔王子西在唐茂昌身边耳语几句。

唐茂昌　听说你家里头人口多，手头紧，可柜上也紧，容你半个月，下月还清。

唐德源　分三个月还吧。

常　贵　谢谢老掌柜。（下）

唐茂昌　（瞥了唐德源一眼）下一个。

王子西　大罗还没回来，先叫成顺吧。

唐茂昌　叫！

王子西　成顺！

〔成顺应声上。

成　顺　（站在桌前）哎！

唐茂昌　成顺，这半年干得不错，送你大洋五块。（看看成顺的表情）不少了，别的饭庄子学徒的哪有这么多零钱花？你得知足。

成　顺　我知足。

唐茂昌　钱存在柜上，别乱花，什么时候用什么时候支。下一个。

〔成顺下。罗大头上，他吸足了大烟，劲头不一样。

206

罗大头　掌柜的，该我了是不是？

唐茂昌　（例行公事）你这半年干得不错，该多分点，可柜上欠着账，拿不出多余的钱来，大家都得担负着点。

罗大头　（讨厌绕弯子）直说，你给多少吧？

唐茂昌　一成。

罗大头　（顺手抄起烤鸭子的杆子，摔在地上）您另请高明吧！（掉头就要走）

王子西　大罗！

唐茂盛　（不受这个）拿糖是不是？我还是不吃你这一套，要走你就走——

唐德源　（喝住唐茂盛）大罗，你回来！

罗大头　老掌柜，你早晚耽误了这份买卖！（下）

唐德源　账先不结了！（对伙计们）你们先去吧。

　　　　〔只剩下唐德源、唐茂盛、唐茂昌。

唐茂盛　不就是打火里抢出来这么块匾吗？有功似的！都是您和我爷爷惯的。摔掌柜的——

唐德源　你住嘴！把账给我。

　　　　〔唐茂昌递过账簿给唐德源。

唐德源　你说，这半年透支多少？红利多少？结余多少？

唐茂昌　（翻账本）透支？红利？这账是子西算的，我看了，可没——

唐德源　（打断，对唐茂盛）你说。

唐茂盛　（索性地）大哥看了，我没看。

唐德源　一脑子浆子！你们就这样当掌柜的？你们这是存心要把祖宗这点儿产业给糟蹋喽！

唐茂昌　爹，您老病着，犯不着发这么大的火，跟您说实话，我们哥俩各有所好，就是不愿意伺候这些个鸭子。

唐德源　混账！说话不摸摸脑袋，你们哪个不是吃鸭子饭长大的？！你爷爷十四岁进京，两条板凳支一块案板起的家，买下这块地的时候，正好生了你，爷爷给你起名叫茂昌，就是为了叫咱们祖祖辈辈守住这份家业。

　　　　〔唐茂昌不耐烦。

唐茂盛　谁也没说把福聚德给卖了。

唐德源　你少说话！你瞅瞅你这份德行！你妈就是生你落下病才死的，早

207

知道不要你这个孽障。

唐茂盛 嗬，您这话也太绝户了，没有我您能活到今儿吗？

唐德源 你这个不孝顺的东西，你给我走！

唐茂盛 我不孝顺？

唐茂昌 爹！爹！

唐茂盛 您瞅瞅！（一把撸起袖子）这是什么？（显出胳膊上的一条伤疤）"割股疗亲"，大哥你唱的戏里头有吧，那是假的，这是真格的！上回爹久病不起，是我打这儿拉了一块肉，放在您的药锅里，您那病才好的。

〔唐德源睁大了眼睛，说不出话来。

唐茂盛 明白了吧？我的肉当药引子，您喝了病才好的。

〔唐德源忽然一阵恶心，大叫一声，大口大口地呕吐起来。

唐茂昌
唐茂盛 爹，爹！

唐茂昌 快叫大夫！

〔众人上，有的捶背，有的掐人中，唐德源依然呕吐不止，渐渐支持不住了，众人都慌了手脚。

王子西 成顺，快去请大夫！

唐德源 （断断续续，声音微弱）子西——

王子西 我在这儿，掌柜的，您得挺住了，大夫这就来。

唐德源 （挣扎着起身）子西，我，不要大夫，快，快去，快去请卢——孟——实……

唐茂昌 （惊诧）卢孟实？那个唱小生的？！

〔幕落。

第二幕

第一场

〔时间：三年后（1920年）。

〔地点：福聚德。

〔原福聚德三间门脸儿的地皮上起了一座大楼，楼下的敞堂还是当初的样子，舞台左侧搭起一道楼梯，登梯上二楼是呈梯形的十余间单间雅座，每间窗棂上都雕着花，有的还没来得及上漆，露着白木茬，新油的门柱，上灰色缝的砖墙，四白落地的厅堂，挂在正中的金字老匾，十分气派。

〔幕启。清晨，福聚德的伙计们还在酣睡，成顺从外边端了炸果子进来。王子西上。

王子西 起，起，天都大亮了。前边后边都该起了。

〔伙计们从各个角落里爬起来，罗大头从过道出来，伸着懒腰，小福顺把自己捆在柜台上，怎么也起不来，急得直叫。

福　顺 成顺，成顺，你还得给我解开。

王子西 等等，我说你干吗哪？

福　顺 柜台太窄，睡着了就往下掉，我就让成顺——

王子西 花花点子还真不少。（给福顺解开）

福　顺 （一骨碌爬起来，规规矩矩地站着）哎！

〔伙计们忙活着把被褥抢进里间，扫地，捅火，挂幌子。

王子西 （照例吩咐）大伙都听着，今天中午没订座，晚上大掌柜拜师学艺，楼上雅座都换大席面。

罗大头 （对王子西朝后眯眯眼）那小娘儿们昨晚上又没走。

王子西 （笑笑）你少管闲事。告诉对过儿元兴楼、泰丰馆，今天晚上准备荷叶饼和吊炉烧饼，随叫随上要热乎的，告诉后边赶早去天桥把昨天的炉肉折箩卖了，盯着熬粥、剥葱、砸烂蒜。

罗大头 三掌柜的。

王子西 你说。

罗大头 前儿个来试工的那个李小辫儿，今儿个来不来？

王子西 来呀，卢二掌柜说了，而今咱们起了楼了，是正经饭庄子，"鸭四吃"太老套了，得添热炒。

罗大头 我听说，赶明儿还要提这个李小辫当灶头？

王子西 （连忙回避）这事我可不知道。聘工请人的事都归卢二掌柜。

罗大头 （恼火）归他？聘工请人的事得归大掌柜的，你不是不知道。

王子西 大掌柜的这会儿在天坛喊嗓子呢！你可以找他去说说。我说大伙

209

都听着，看住抓彩的匣子，不吃饭的不许抓！

罗大头　（恼火）弄个"跑大棚"的二流子货跟我争竞，你们可留神我多刺儿！

王子西　你看，又来了不是？这两天二掌柜的正为盖楼欠的债犯愁，你可别找不顺序。

罗大头　我举荐的那个卢二群，地道"荣成邦"，"抓炒王"王玉山的大徒弟，他为什么不用？

王子西　人家有话，凡是跟姓卢的沾边的，是一概不用。

罗大头　这就显得他清白了，别让我——

王子西　哟，尽顾跟你聊了，差点误了我的热萝卜丝饼。（下）

罗大头　老泥鳅！福顺，买炸果子去。

成　顺　（机灵地端着热油条上）师傅，刚出锅，脆的。

小生子　（捧着一碗豆浆递上来）罗师傅，豆浆，热乎的！

罗大头　李小辫儿，还他妈梳个小辫儿。

小生子　我听说这位爷可倔呢，说死了也不铰。

罗大头　八成是辫子兵逃跑那年，大街上捡的。（大笑）

福　顺　（拔鸭毛）听说他会做"满汉全席"。

小生子　真的？

罗大头　呸！胳肢窝里夹菜刀，一个跑大棚的，什么好货？也就是他——（往后一指）请来当爷爷。我可跟你们说，你们要是跟这路货学走挤了，这辈子甭想出头。你听见没有？

福　顺　（被拄得差点撺进热水盆里）哎哟！

　　　　〔常贵提开水壶上。

福　顺　（委屈地）不是我——

常　贵　又嘴硬，昨儿的事，卢二柜还没问你呢。

　　　　〔一个衣履整洁的小后生上，手里抱着一洁巧的竹筐，里面装着整枝的晚香玉。

后　生　大爷，您柜上订的晚香玉，给您送来了。

罗大头　我们这儿除了鸭子就是老爷们儿，没人要这个。

后　生　哎，没错啊，肉市福聚德——

常　贵　（想起）兴许是玉雏儿姑娘订的。福顺，你上去问问玉雏儿姑娘，看看是不是她订的。你等会儿，这儿有卢二柜的一封信，你给一块儿带去。

后　生　（端详着大楼）大楼起得不赖呀，还带抓彩哪。（伸手）

小生子　哎，你吃饭吗？

后　生　喝，抓个粉盒儿，腿带的，我还没地方放呢。

福　顺　（从楼上下来）常师傅，是玉雏儿姑娘订的。（对后生）这是玉雏儿姑娘给你的赏钱。（递钱给后生）

后　生　（接钱）替我谢谢她。（下）

罗大头　嘀，成内掌柜的了，弄什么晚香玉，一股子"窑子"味儿！

常　贵　你别看不起人，八大胡同的"堂子菜"，在咱们北京也是一绝。

罗大头　别让她吹了，白送我都不吃。

常　贵　你也太金贵了，宫里头的大阿哥吃了都叫绝。

罗大头　我说弄个婊子掌内柜，弄个"跑大棚"的当灶头，他干得可有点儿出格。

常　贵　甭说出格不出格儿，买卖是让人家做起来了。就凭他敢拉着亏空起大楼，我就服啊。

罗大头　今天可是钱师爷要账的日子，我看这窟窿他怎么堵。

常　贵　大罗，你往后别老跟卢二柜这么犯别扭，好不好？

罗大头　可他怎么老瞅不上咱们爷儿们？

常　贵　就瞅不上你这个吃、喝、抽、赌、吹的人性。

罗大头　嘿！"勤行"里的大厨子哪个不这样？

常　贵　说白了吧，咱们卢二掌柜就怕干咱们这行的让人家瞅不起。

罗大头　瞅得起又怎么样？！他爹不是让玉升楼的掌柜的给——

常　贵　（阻止）大罗！你不要饭碗了！（解围裙欲下）

罗大头　哎，哪儿去啊？

常　贵　这不，昨儿刚分的卖鸭血钱，一大早家里头就来人在外边等着，小五儿又病了。

罗大头　你这一辈子就给那窝小的奔了，长大哪个也不孝顺你。

常　贵　我指他们孝顺？我尽我的心吧。（下）

罗大头　哎！成顺，李小辫来了，你先给他个下马威。

成　顺　哎！我就说我师傅是福聚德的顶梁柱子，名厨"驼背刘"的徒弟，御膳房烤炉孙老爷子的正宗。

罗大头　（满意地）嗯，他要问是哪一派呢？

成　顺　什么哪一派？

罗大头　傻了不是？大帝派，詹王大帝。

福　顺　不懂。

罗大头　就他妈的懂吃！说的是老式年间，三皇五帝那会儿，有一天皇上山珍海味吃腻味了，把御膳房的厨子头詹大叫到金殿上来，皇上问："我说，詹大，你说说，天下什么东西最有味？"詹大连想也没想就说："盐，盐最有味。"皇上一听就恼了，"叭"，惊堂木一拍，"你呀，在戏弄寡人，拉下去砍了！"

福　顺　杀了？！

罗大头　杀了詹大，御膳房的三千厨子都不干喽，他们捏咕好了，打那天起，谁做饭也不放盐。皇上吃了不到两天，就认可了，天下真是盐最有味。为了给冤死的詹大出气，厨子们叫皇上让位七天，尊詹大为詹王大帝。这个詹王大帝就是咱们厨子的祖师爷。

　　〔卢孟实暗上，他见所有人又在听罗大头神聊，心里不满，咳嗽了一声。这一声很起作用，所有的人都立时忙活起来，罗大头嘴里解嘲地哼起了小调，进烤炉间。

福　顺
小生子　　二掌柜！

　　〔成顺麻利地收拾好罗大头吃剩下的早饭。

卢孟实　（两眼在店里一扫，顺手在烫鸭毛的木盆里沾了一下）这是烫鸭子的水吗？兑开水！

　　〔成顺提起一壶开水兑进去，木盆里腾起热气。

卢孟实　三把鸭子、两把鸡都记住喽！（接过成顺递来的毛巾擦干手）福顺，昨天那两只鸭子是你送的吧？

福　顺　（连忙解释）我没送错，西总布胡同65号，吴大爷家。可我到了一看，那是个大杂院，根本就没有吴大爷这个人。

卢孟实　请三掌柜的。

　　〔王子西提着一个小红蒲包匆匆上。

　王子西　（知道自己回来晚了，讪笑着）就为等这炉热萝卜丝饼，孟实你

瞅瞅，跟六国饭店厨房里的小六角瓷砖似的，都连着个儿哪！来尝尝。（递过去给卢孟实）

卢孟实　（不喜欢这套）我吃过了。

王子西　留俩给玉雏儿姑娘啊。

卢孟实　（更不喜欢王子西这种不合场合的玩笑）子西兄，昨天送鸭子的电话是你听的？

王子西　是，听得真真的。声音挺年轻，说话文绉绉的。

卢孟实　这就怪了，您说没听错，他说没送错。

福　顺　没送错。

卢孟实　这两只鸭子怎么下账？

王子西　肉烂在锅里，不是没糟践吗？

卢孟实　（拿起算盘计算）送鸭子的脚钱，烤鸭子的工钱，没卖出原价的损耗钱，加一块儿是四块六毛七，我这人不藏着掖着。

〔玉雏儿从楼上下来。

卢孟实　柜上起大楼欠着一笔子债，该算计的就得算计。

王子西　（闷声不语，脸耷拉得老长，嘀咕）谁家的小王八蛋跟咱在这儿找麻烦。

玉雏儿　得了，得了，这账归我出。子西大哥，楼上的门帘还没挂上，您看看去。

〔王子西下。众人暗下。

卢孟实　往后额外的账都归你出。

玉雏儿　（一笑）把人都得罪光了，坐上"轿子"也没人抬你。（打开手绢，把一块玉佩递给卢孟实）

卢孟实　怎么在你这儿？（接过）

玉雏儿　你掉到床底下了。

卢孟实　（抚摸着玉佩）昨晚上怎么也睡不着了，想起小时候，娘跟我说，她怀着我的时候，做了个梦，梦见八抬大轿里头坐着个胖小子，后来她就非要给我买这块轿子形玉佩不可。

玉雏儿　如今总算没让她老人家白为你操心。

卢孟实　可惜他们都没活到今天，爹死在人家秤砣底下……

玉雏儿　（怕惹卢孟实伤感，岔话）这儿这副对子想好没有？

卢孟实 噢，对子，我托人请修二爷写去了。哎，我说，我要把这个修鼎新请来当"瞭高儿"的好不好？

玉雏儿 （拾掇着柜台）怕他拉不下脸来。

卢孟实 克家抄了家，他连嘴都混不饱，还顾得上脸？他可是个活宝贝，北京城里大小宅门里的老老少少他都熟，谁爱吃什么，谁忌吃什么，他都清楚。要是把他肚里的玩意儿都掏出来，我也像"内联升"鞋店似的，弄个"膳中备载"，我再把楼上雅座都起上名字，什么一帆风顺、二龙戏珠、三羊开泰、四喜发财、五子登科、六六大顺……

玉雏儿 （笑嗔地）盖楼的钱还没还上呢，今天可是钱师爷要账的日子，你先把这事了了吧。

卢孟实 我叫你包的银包呢？

玉雏儿 （朝柜子努努嘴）小心别露馅儿。（掏出钥匙给卢孟实）

卢孟实 （小心取出）还真像。

玉雏儿 你可真胆大。

卢孟实 不胆大，敢勾引八大胡同的人尖子？（拉起玉雏儿的手）这金戒指不好看，赶明儿我给你换个翠的。

玉雏儿 （抽回手）别嬉皮笑脸的，谁知道你真的假的？

卢孟实 我起誓——

玉雏儿 得了，不怕你老婆找了来？

卢孟实 我休了她。

玉雏儿 她要是给你生个一男半女呢？

卢孟实 就她那丑模样儿，生出来也是个怪物，我不要，（附在玉雏儿耳旁）我等着你，等你给我生个儿子……

玉雏儿 去！（把信交给卢孟实）刚来的。

卢孟实 哎，不看，不看。

玉雏儿 万一要有什么事呢？

卢孟实 （漫不经心地看信，渐渐激动起来）这丑八怪还真生了……哎哟，生了个儿子！你看，我有儿子啦！

〔常贵从外边进来。

玉雏儿 （妒忌、羡慕交集）真的？

卢孟实　（兴奋地）我得儿子啦！（看见常贵）常师傅，告诉大灶上，晚上添俩菜，下我的账。你瞅，我得儿子啦。

常　贵　这可得给您道喜！

〔玉雏儿下。

卢孟实　同喜！同喜！（转身发现玉雏儿不在了）

王子西　走了。

卢孟实　（笑着摇摇头）唉，女人。

王子西　（学着卢孟实的样）唉，男人。

常　贵　对门儿全赢德是跟咱们较上劲儿了，今天吃饭的主儿一律打八折。

卢孟实　子西兄，抓彩酬宾的广告你登报了没有？

王子西　没有，我觉得这饭庄子抓彩头，不大对劲儿。

卢孟实　嘻！

常　贵　头年，泰丰楼开张倒是这么干过。

卢孟实　常师傅，你到门口盯住了，有要紧的主顾千万揽过来。

常　贵　放心吧。（避开众人对卢孟实小声地）刚才家里来人说，亏您昨儿个派人给我们家里送钱去，要不小五就烧坏了，我常贵这辈子感激不尽。

卢孟实　孩子缓过来没有？

常　贵　不烧了，柜上也不富裕，这钱我一准儿还上。

卢孟实　（一摆手）你对福聚德有功。欠债归欠债，该花的还得花。常师傅，李小辫李师傅来了没有？

常　贵　来了，在后边等着呢。

卢孟实　您去把他请来。成顺，去请罗师傅来。

常　贵　（对内）李师傅，咱们卢二柜请您。

〔成顺到烤炉间去叫罗大头，内声："罗师傅，卢二柜请您。"与罗大头从烤炉间出。

〔李小辫上，见到罗大头，欲打招呼，罗大头扭头不理。

卢孟实　这位是新来的李师傅，小生子、成顺、福顺，过来见见李师傅。今晚上李师傅掌灶，厨房里的事由李师傅支配。炉上的事归大罗。常师傅，您把今天晚上的菜再唱一遍。

常　贵　（清清嗓子，有板有眼，如钢板剁字）李师傅，咱们今晚上的菜

215

是这么编配的。拌鸭掌七寸、七寸糟鸭肝，卤生口七寸、七寸鸡丝黄瓜，炸里脊七寸、七寸焦熘鱼片，清炒虾仁七寸、七寸油爆肝尖，烩乌鱼蛋中碗、中碗烩四喜丸子，烩三鲜中碗、中碗烩"总理各国事务衙门"。

李小辫　您再把后边这菜唱一遍。

常　贵　烩"总理各国事务衙门"？

李小辫　对。

常　贵　时新菜名，咱们老菜名就是大杂烩。

李小辫　噢，杂烩。

常　贵　三掌柜，咱们活鱼到了吗？

王子西　养在影壁前头木盆里。

常　贵　（接唱）干烧活桂鱼两尾、扒鱼唇三斤两盘盛、葱烧海参三斤两盘盛、汤烧肘子两大个、鸭骨熬白菜两出海、什锦八宝豆泥三不沾，外带四鲜果、四干果、四蜜果、四看果，进门点心开门碟儿，齐了！

卢孟实　烧鸭子每桌两只，荷叶饼、烧饼、小米粥随叫随上！男宾桌加"老虎酱"，女宾桌上绵白糖。今晚上是大掌柜的拜师学戏，来的都是梨园行的名角，大伙好好干，我向东家请赏。福顺，给我开饭。（下）

福　顺　好嘞！

罗大头　听说过吗？宫里头挂炉烧鸭子的孙老爷子，那是我师傅。

李小辫　（不动声色）当今宣统皇上的御厨那是我师弟。

罗大头　（不屑）"满汉全席"行吗？

李小辫　玩过几回。

罗大头　多少菜式？

李小辫　一百零八样。

罗大头　为什么一百零八样？

李小辫　三十六天罡，七十二地煞，天上地下无所不包的意思。

罗大头　什么讲究？

李小辫　冷、热、甜、咸、荤、素六样；寿酌不用米饭，喜酌不用桃包。（白了一眼罗大头）其实也是百里搭席棚，中看不中吃的玩意儿。

罗大头 你在说谁？

〔罗大头正要借机性起，一个宫里打扮的宫差飞奔而至。

宫　差 谁是掌柜的？

王子西 啊？你有什么事？

宫　差 宫里包哈局的大执事到了，你们还不快点迎着！

王子西 福顺，快去请二掌柜！你们都回避！

〔福顺下。众人下。

〔幕内喊："大执事到！"大执事和随从上。

王子西 给大执事请安。

〔卢孟实边穿马褂边上，飞迎上刚进门的大执事。

卢孟实 （行清礼）给大执事请安。

大执事 免了，什么时候楼都盖好了？老掌柜的呢？

卢孟实 老掌柜唐德源过世了，我是二掌柜卢孟实。

大执事 噢，明天宫里头要用鸭子，二十只。

卢孟实 是。

大执事 午时三刻从西华门进宫，先交包哈局验查，再送御膳房。

卢孟实 是。

大执事 有腰牌吗？

卢孟实 有。

大执事 叫送鸭子的带好了腰牌，千万不能误了时辰。

卢孟实 您放心，保险误不了。（双手奉茶）

大执事 （喝了一口，打量卢孟实）哪儿的人啊？

卢孟实 山东荣成大卢营。

大执事 乡下这两年好吗？

卢孟实 倒是不愁吃喝，大执事想到乡下玩玩？

大执事 万一冯玉祥再往宫里头扔炸弹，咱们也得找个去处啊。

卢孟实 您真会说笑话。

大执事 这可不是笑话，哪天紫禁城不叫住了，我就先奔你这儿，好歹是本行。（呷口茶）昨天你们是不是接了一个电话，叫往西总布胡同送鸭子？

卢孟实 是呀，我们马上就送了，可是没找到人。

大执事 上哪儿找人去？是皇上打着玩儿的。（掏银子）这两银锞子，算是内务府给你们的赔偿。

卢孟实 这可不敢当，皇上通过的电话，我们应当摆香案供起来。

大执事 （悻悻地）民国了，没那么多说头了，咱们回客——

卢孟实 您慢走！

〔几个民国士兵迈着僵硬的步伐上，后边跟着总统府侍卫处的一个军官，常贵跟上。

常 贵 王副官，王副官，您怎么奔全赢德跑，您不照顾我常贵了？

副 官 你们这儿太贵。

常 贵 贵人吃贵物，东西好不是。

副 官 （发现大执事）这位是……

卢孟实 （小声）宫里包哈局的大执事。

副 官 哦？

〔大执事正在琢磨怎么和这位政府官员打招呼。

副 官 （朝大执事行了个军礼）您好！

大执事 啊，您好！（却不知该怎么还礼）

副 官 您别动，刚才那个礼是民国的，现在是奴才我的。（按清礼请安）

大执事 （就势扶住）快免了吧。

副 官 当今"上边"好？

大执事 好。徐大总统好？

副 官 好。我们徐总统最尊重大清，常对我们说，我们就是为当今幼主摄政的。

大执事 您太过谦了，如今皇上也崇尚共和，前两天还召见了洋派大博士胡适，还亲口念诵了他的七言绝句，（用读四书五经的腔调）"匹克尼克来江边"，这位老爷的诗，称得上是满汉加西洋啊。

〔副官和大执事两个人都不自然地笑起来。

大执事 您执公，咱们回客了。

卢孟实 送大执事。

众 人 是！

副 官 送大执事！

大执事　免了!

副　官　送大执事!

大执事　快起来吧!

卫　兵　敬礼!

大执事　免了!

〔大执事等下。

副　官　你跟他挺熟?

卢孟实　宫里常用我们的鸭子。

副　官　你跟他给我要一个宫里的物件，行不?

卢孟实　我哪有那么大的面子呀。

副　官　大总统他们要的那些咱要不起。可什么皇上写废的字啦，用过的鼻烟壶啦，都行，清室一完，这些就都成古董了。

卢孟实　副官，您脑子真好使，您瞅，您再试试您这手气怎么样?(对众人)请玉雏儿姑娘来!

副　官　你尽弄些针头线脑的哄弄人，我不抓。

卢孟实　您试试。

〔玉雏儿换了衣服，笑容满面地捧起抓彩匣子。

卢孟实　玉雏儿，捧彩。(引玉雏儿捧过抓彩匣子到副官面前)您请。

副　官　(眼瞟玉雏儿，随意地抽了一张)你那点儿心眼儿我都明白。

卢孟实　您赏我!(接过彩票一转身，迅速做了手脚，惊异地大叫)哎哟!

副　官　怎么啦?

卢孟实　可了不得，您抓了个金戒指!

〔众人愕然。

副　官　(喜出望外)真的?!

卢孟实　我还能骗您? 玉雏儿付彩。(朝玉雏儿使眼色)

〔玉雏儿会意，反身把手上的戒指用力褪了下来，付给副官。

副　官　(收下戒指)这两天哪，这两天我手气就是好，昨晚上我就打四把牌，两把都是自摸。

卢孟实　王副官，您要走运，您瞅我这楼，八抬大轿的形儿，您要是在这儿再请几桌，还得高升。

副　官　好! 就借借你的福气。今晚上是总统府八桌，下礼拜是侍卫队，九月初四，总理老太太过生日走堂会，干脆也是你们来！

卢孟实 （记下）好嘞！

副　官 今晚上请的是段祺瑞的侍卫长，这可有关军机大事，侍候不好，兴许就得找碴儿干起来，啊？

卢孟实 王副官，您可别吓唬我。

副　官 前边都干上了，光同仁堂的"三七止血散"我们就赊了它几百箱了。

卢孟实 会不会打到北京来？

副　官 他打他的炮，你烤你的鸭子，打进来也碍不着你。

卢孟实 是。

副　官 走。（带随行士兵下）

卢孟实 好，王副官，晚上见！

王子西 （不满）都照这么个抓法，三天就得关门。

卢孟实 玉雏儿姑娘呢？

王子西 回胭脂巷了。

　　　　〔卢孟实看看怀表，急忙收拾好银包、账簿。

　　　　〔钱师爷带着要账的人上。每人手里都拿着要账的蓝本"扎子"。

钱师爷 二掌柜！

卢孟实 钱师爷！

钱师爷 我们来了！

卢孟实 您准时，这几位？

钱师爷 这位是泰丰楼的，六必居的，这位是全恒钱庄的……

卢孟实 （不等听完）原来都是贵客！成顺，沏儿碗高的来！各位，坐！

钱师爷 二掌柜，咱们今天不绕圈子，痛痛快快怎么样？

卢孟实 您说怎么办吧。

　　　　〔一脚夫上。

脚　夫 （对王子西）掌柜的，你们的洋面到了！

王子西 （不解）我们没买……

卢孟实 （急忙）跟几位伙计说，小心着点，要是掉包裂口，撒了我的面，我可一个子儿不给。

　　　　〔一警察上。

警　察　掌柜的，我来了。

卢孟实　来得正好，劳您辛苦，维持闲杂人等，拜托！（拿起算盘）奎祥木厂子盖大楼的钱还欠六百。

〔几个要账的人光顾着看扛洋面口袋往里运的人。

钱师爷　这面便宜？

卢孟实　福聚德没进过便宜货，官价，两块大洋一袋。

要账人　您买这么多面干什么？

卢孟实　穷修门面富修灶啊。（继续打算盘，不小心碰掉一个银包）

〔银包里的钱滚了一地。

钱师爷　二掌柜，买卖做得不赖啊。

卢孟实　还说得过去吧。上午宅门富商，下午衙门贵胄。各位来，来，您瞧，这不，今天晚上总统府订座，明天宫里要用鸭子，下礼拜侍卫队，就连总理的老太太过生日，都是我们走堂会。人都快累散了。

钱师爷　你可给福聚德赚大发了。

卢孟实　（体己地）买卖是人家老唐家的，我不过是替买看吃，就拿各位这段公事来说吧，依着我，一笔清，福聚德还在乎这点儿。

众要账的　那是，那是。

卢孟实　可东家不干哪，话说回来了，分月支取也有好处，各位在柜上每个月都能多得一份，我也好向东家交代，不过是各位多辛苦几趟。钱师爷，您可是我们柜上的老中人了，您说，每月您来，我怎样？

钱师爷　凭良心，卢二掌柜够朋友，不过咱们行里可有句老话：内怕长支外怕欠，了了账，您心里也清净不是。

卢孟实　各位，我卢孟实做买卖，讲究的是个“信”字，如果今天各位要逼我一笔了清，我砸锅卖铁也成全各位！可一样，往后咱们再不来往，福聚德不用各位的货，各位也别上我这儿来揽买卖，是看眼前，还是看长远，各位自己掂量。（不再理会几个要账的人，指挥抬面）

〔几个要账人互相交换了一下眼色。

钱师爷　卢二爷，买卖不成仁义在，您先别上火，咱们谁跟谁，还不是给人家跑腿。

〔卢孟实不置可否。

钱师爷　各位这么着，卢掌柜的今天也忙，你们几位回去再跟各位柜上商量商量，二掌柜，您听话儿。

卢孟实　那也好，给各位带上鸭子，挑大个的。

〔几个要账的人下。

卢孟实　钱师爷，您留步，您瞅，这个银锞子是皇上刚派人送来的，您留个念想儿吧！

钱师爷　（见钱眼开地）这些事交给我了，福聚德这么大的买卖，得让他们上赶着。

卢孟实　拜托。

〔钱师爷下。

〔卢孟实长出了一口气。

王子西　我说，孟实，你这是借了印子钱了吧？

卢孟实　你过来。（与王子西耳语）

王子西　（惊诧至极）啊?! 我的妈，我这腿肚子直转筋。（腿一软，坐下）

卢孟实　（大笑）子西兄，我不是跟你说过吗？愣堵城门不堵阴沟！你支应着点，我去趟胭脂巷。（一身轻松地下）

〔常贵上。

王子西　（越想越后怕）常头，你支应着点儿，我得躺会儿去。

〔常贵坐在门口补围裙。寂静，听得见几声小贩的吆喝声由近而远。克五溜进来，他早没了当初的威风劲儿，一件绸大褂破了几个三角口子，鞋也塌了帮。

克　五　这大楼起得了，他们老掌柜到了也没坐上这"轿子"。

常　贵　（听见动静）哟，这是哪位呀？

克　五　常头，还认得五爷吗？

常　贵　认识。您找谁？

克　五　不找谁。（在店里茛摸着，眼睛溜过架子上的鸭子，咽了口吐沫）吃饭。

常　贵　吃饭？

克　五　怎么着，瞧不起我克五？

常　贵　哪儿的话啊。

克　五　想当初你们请都请不来你五爷，我在哪家馆子里吃顿饭，顿时能招来十桌人。我告诉你，我们家吃饭的碟子都是描龙的。皇上用五爪龙，王爷用四爪龙，七品以上只能用三爪，你说说我们家用几爪的？

常　贵　那一定用的是五爪的，要不怎么能触犯龙颜、抄家没产呢。

克　五　嘀，你小子是机灵！你猜猜昨天我找着什么了？

常　贵　金条。

克　五　比那东西实惠。（从怀里小心地掏出一张纸来）你们福聚德的鸭票子！

常　贵　这个我们可登报作废了。

克　五　（急）作废了？！这上边写得清清楚楚："凭票取大烧鸭子两只"，这有你们的大印。

常　贵　有什么也不行了，废了。

克　五　嘿！这是大爷花了银子买来的，银子废不废？

常　贵　眼下的银子，就只能买一只鸭腿了。

克　五　（耍赖）那不行。今天这鸭子我吃定了！

〔唐茂昌上。

唐茂昌　福子，把骡子牵到鲜鱼口去遛遛，让它落落汗。

常　贵　（忙站起来）大爷回来了，哟，怎么弄这么一身呀。福顺，快拿掸子来。

〔成顺、福顺拿掸子上，围着唐茂昌一阵忙活。

常　贵　今天跑马赛车热闹吧？

唐茂昌　敢情，全是行家，涛贝勒、肃王爷、乐家五少爷，那最出彩还是余老板，一下趟子就是碰头好，往马鞍子上一坐，嗒嗒嗒嗒，马蹄磕马蹄，跟戏台上唱快板一样，（打鼓点）锵！锵！真帅！

克　五　您来的是赛车吧？

唐茂昌　您看见啦？

克　五　您执鞭，名老生"小叫天"跨沿子。

唐茂昌　（来了精神）您看怎么样？

克　五　就是那头骡子装扮岔了点。

223

唐茂昌　（十分重视）噢，您说！

克　五　讲究的是骡子前脸挂苏子，苏子上头穿珠子，跑起来嘀嗒带响，这有个说头，这叫"蹄踏碎玉"。

唐茂昌　（佩服地）行家！您往下说。

克　五　想当初，我爷爷执鞭，谭鑫培跨沿子，一路上是响鞭响铃，八面来风啊！

唐茂昌　（羡慕之极）噢？这位爷府上是——

常　贵　（与唐茂昌耳语）……克五爷。

唐茂昌　噢，敢情是克家公子，失敬。

克　五　您瞅，现而今可不比当初了。

唐茂昌　克公子，您别这么说，想当初秦琼秦叔宝被困在天堂县，把坐骑黄骠马都卖了，那伤心呢。您听听那戏词儿——（唱）"不由得秦叔宝两泪如麻"，比您惨。

克　五　唐大爷这两口可真有点余派的味。

唐茂昌　（兴奋）是吗？哎哟，克公子要是没有要紧事，咱们好好聊聊。

克　五　事嘛，有一点儿。您瞅，这是您柜上开出去的鸭票子，常头他说什么也不给我。

唐茂昌　常贵，你怎么不付给五爷？

常　贵　鸭票子早登报作废了。卢二柜的可是跟您商量过。

唐茂昌　对了，我忘了。这么着吧，就付五爷这一份，下不为例。

常　贵　咱们这口子可不能开。

　　　　〔福子跑上。

福　子　大爷，车在门口等您去看"行头"，您倒是快着点呀。

唐茂昌　着什么急，也得容我把短打扮脱了，换上"褶子"！（欲下）

克　五　哎，唐大爷，那我这只鸭子——

唐茂昌　（接唱刚才的最后一句）"哎，你就牵去了吧。"（下）

克　五　（得意）常头，听见了吧？好好伺候着！五爷我是吃一只，带一只，那鸭架子给我送家去。（跷腿一坐，耍起公子哥的派头）

　　　　〔常贵把王子西拉出来。

克　五　（唱）"你就牵去了吧！"

王子西　（呵斥）克五！

224

克　五	（吓得站了起来，见是王子西，又坐下）常头，到泰丰馆给我端碗小米粥，再买俩桃，要脆的。
王子西	克五，我们的鸭票子早就作废了，你赶紧给我走！
克　五	你们大掌柜的刚许下我的，还告诉你，你五老爷不但今儿吃，明儿我还来呢，就这样的鸭票子，我们家有一沓子呢！
王子西	（气急败坏）这位大爷，整天不着柜，一回来就添乱！（急中生智）我找二爷去！（急下）
克　五	烤上了没有？五爷我吃了一辈子鸭子，还真不知道这鸭子是怎么烤出来的。我得瞅瞅去。（走向烤炉）嗬，怎么这么热啊？
常　贵	哎，烫着您？
	〔幕内罗大头呵斥声，上。
罗大头	谁他妈的跑这儿碍事来了？哟！克五！
克　五	罗大头吗？
罗大头	你小子还该我俩烟泡呢！
克　五	该你的，还你，急扯白脸的干吗？罗大头，我教你的那手儿，试了没有？（用手比画着）
罗大头	是比干着抽过瘾，你小子有两下子。
克　五	五爷我拜师傅学过。
罗大头	抽大烟也拜师傅？别吹了。
克　五	你不信？年轻那会儿，我爸爸怕我在外边胡来，就花钱请师傅教我抽大烟，嘿，我还真争气，不到一礼拜我就上瘾了。罗大头，想学我教你，不收学费，三天让我吃一回鸭子，就全齐了。
罗大头	你呀，一边儿凉快去吧！
	〔修鼎新穿得整整齐齐地上。
修鼎新	请问卢二掌柜的在柜上吗？
常　贵	哎哟，修二爷？
克　五	（大叫）修二爷！（扑上来一把抱住修鼎新）
修鼎新	（不禁唏嘘，但还是推开克五）五爷，我先把公事了了，咱们再叙旧。（对常贵）听说您这儿要个"瞭高儿"的？
常　贵	是是，我们掌柜的没在，您先坐坐，歇会儿。
克　五	修二爷，全完了！咱俩吃涮羊肉的紫铜锅子让少奶奶卖了铜了。

最心疼的是那几坛子"佛跳墙"，全让讨逆军给抢走了，我光闻了闻味儿，一口没吃着……

〔王子西带唐茂盛上。

唐茂盛　克五，克五在哪儿呢？克五！你老子协同张勋复辟，是当今的罪臣。你不好好改邪归正，整天在烟馆、饭馆闹事，今天二爷要教训教训你！

克　五　干什么，干什么你？

唐茂盛　把鸭票子给我！

克　五　（不肯）这个？这不给！这鸭票子不能撕！

唐茂盛　（抢过鸭票子一把撕碎）克五，出去！

克　五　干什么这么横！当初你爸爸上赶着叫我"衣食父母"，我还不爱理他呢。

唐茂盛　（火）你再说一句！

修鼎新　（见势不对）五爷，走吧。

克　五　（还嘴硬）我不怕他，他这大楼刚开张没几天，打主顾，你不怕倒霉呀你？

唐茂盛　（大吼一声）成顺，把大门给我上了！

常　贵　别关！

〔几个小徒弟高叫着，一片"上大门"的声音。

唐茂盛　关上！

常　贵　（喝住福顺等人）咱们关店门打主顾，这可犯大忌啊！

王子西　您吓唬吓唬就得了，可不能真打。

唐茂盛　（推开常贵和王子西）都给我躲开！克五，有种的你别跑！

克　五　我没跑。

〔成顺、福顺摘幌子，上大门。王子西、常贵急得团团转。克五也慌了神。

〔卢孟实上。

卢孟实　开门！大白天的关门干什么？

王子西　你可回来喽！

卢孟实　这是怎么回事？

〔王子西对卢孟实耳语几句。

卢孟实　这可不行！二少爷，当初怡和楼在庄子里关门打人，转年就关了张。再说今天尽是来看大楼的人，您就不怕砸了买卖？

唐茂盛　我豁出买卖不做了！

克　五　（躲在卢孟实身后）哼，我今天就叫你打，不打你不是人！快来人看哪，福聚德的掌柜的打主顾——

〔常贵拦住唐茂盛。

〔修鼎新连拉带搡地把克五推下。唐茂昌听见喊声也跑出来。

唐茂盛　克五！别让二爷碰上你——（众人拉唐茂盛下）

唐茂昌　干什么？干什么呀？不就一张鸭票子吗？我说了，给他不就完了。

福　子　大爷，该走了。

唐茂昌　这乱子要是出在晚上，我还拜什么师？什么响动啊？

成　顺　二少爷气得在后院打面口袋哪。

王子西　（突然想起）哎哟，那面口袋可不能打！

唐茂昌　怎么着，他不打人，打几下面口袋还不行？多事。（走到柜上把红纸包着的钱拿了一捆交给福子）走！

卢孟实　大掌柜，这钱不能拿。

唐茂昌　你要干什么？我爹临终把你叫来，可没说把买卖让给你。

卢孟实　是，可是……

唐茂昌　福聚德掌柜的是我！福子，拿走。

〔唐茂盛跑上。

唐茂盛　大哥！了不得了，后院的洋面口袋里装的都是黄土！

唐茂昌　（惊诧）黄土？！

卢孟实　大掌柜，你听我说——

唐茂昌　（呵斥）反了你们！卢孟实，你等着跟我去见官。茂盛，把柜里钱全拿走！

王子西　（急得红了脸）大爷，黄土的事我可一点都不知道——

卢孟实　这银包里装的——也是黄土。

唐茂昌　（失声）啊？（手中银包落地，果然摔了一地黄土）

〔众人愕然，惊恐、疑惑的眼光全部逼向卢孟实。

唐茂盛　（跳起来，吼声如雷）卢孟实——

卢孟实　（急）千万别嚷，成顺，赶紧关大门！

227

第二场

〔晚。福聚德内灯火通明，人来人往。

〔楼上雅座里坐满客人，传来磕杯碰盏、说笑谈论的声音。

〔伙计们楼上楼下地忙活着。

〔常贵俨然此刻的指挥，他机敏、沉着、有条不紊，颇有点大将风度。

常　贵　（从楼上下来）您几位慢等！（走到影壁前边，侧身，向着后面厨房）李师傅，咱们楼上客人都到齐了。热菜听信儿冷荤走——

〔福顺等小伙计托着冷盘，鱼贯上场，穿过敞堂，上楼梯，按着常贵的指派，把菜分别送进各间雅座。

〔楼下单间的客人招呼算账。

常　贵　（快步上前，撩起门帘）五号账到柜，三块六毛八。三位，吃好了？一共是三块六毛八。（客气）我候了吧。

食客甲　都拿去吧。

常　贵　得，谢谢您了。（利落地把钱交柜，找钱，送客）外边黑，慢走，回见。（把客人赏的小费扔进大竹筒子）

修鼎新　这三位瞧着眼生。

常　贵　这三位是"高买"，您瞅穿的、戴的，多阔。专住大饭店，下大馆子，瞧准了金银首饰店，进去足买，买完一溜，你连人儿都抓不着。

修鼎新　你这双眼睛真是不揉沙子。

常　贵　看人也有窍门儿。这么说吧，您看见一堆人在那抢球，那准是美国人；一堆人在一块洗澡，那是日本人；您要是瞅见一堆人在一块抢着付账给钱，您甭问，那准是咱们中国人。

〔修鼎新大笑。

福　顺　常师傅，酒过一巡了。

常　贵　（向修鼎新）我怕您开头站不惯，说个笑话解解乏。我说后边（腿脚麻利地上楼，站在楼梯口，声音敞亮）拿生鸭子来瞧——

〔小伙计们从鸭架上挑下一只只肥嫩白生的生鸭，用托盘捧着送进雅座。

〔看生鸭子，是老年间烤鸭店的规矩。

〔常贵下楼不踩台阶，顺着阶沿儿出溜，既快又没声响。

〔小伙计们也依次把生鸭撤下，送到烤炉，唯独福顺下来最晚，一脸惊慌。

伙　计　二号鸭子上炉了！六号鸭子上炉了。

福　顺　常师傅！这只让客人写上字啦——

〔白嫩的鸭身上有个草写的"寿"字。

常　贵　这是"看花"，修二爷，您看，这一只。

修鼎新　（不以为然地扫了一眼在鸭身上的字）这是范东坡的字，在鸭身上写字，一是防备你们以小换大，二是考考烤炉的手艺，讲究鸭熟之后，字还在，不走形。

常　贵　是。您可真是内行，告诉罗师傅，留神这一只。

〔常贵把鸭子交给伙计，伙计下。

修鼎新　（得意）范东坡算个什么食客？他跟我吃了一次菊花火锅，便再不敢和我论吃了。

常　贵　（听得新鲜）哦？

修鼎新　我问你，涮羊肉的汤放什么才鲜？

常　贵　那我可说不好。

修鼎新　"鲜"字怎么写？

常　贵　"鲜"不就是"鱼"字边加个"羊"字么。

修鼎新　北以羊为鲜，南以鱼为鲜，用活的鲫鱼烧好汤，以它做底汤涮羊肉，那才成全一个"鲜"字。

常　贵　您可真是高人一筹。听您说做火腿必然放一只狗腿在里边，不知道是怎么个道理？

修鼎新　（笑笑）要想甜，放点盐，做菜懂得这个道理，味道一定好。做人懂得这个道理，一世无烦恼。

〔幕后传出炒勺磕锅底的声音。

常　贵　（知是菜出锅了）我说后边！（嘱咐伙计）炸、炒、烹、煎、烩，别乱了次序，我说李师傅可是头天上灶，我可不许你们欺生。去吧。

〔伙计们托热菜上，每盘必先请常贵过目。

常　贵　小生子，把袖口放下来，楼上有女客。这是主客桌儿的。楼上梨园行的有位不吃香菜，别忘了上桌的时候给拿下来。

〔几个胭脂巷的姑娘，花枝招展地上。

〔卢孟实自楼上下，招呼姑娘们上楼。两个姑娘围着卢孟实七嘴八舌地说着。

卢孟实　哎哟，你们怎么才来呀？

姑娘们　怎么？你还嫌我们来得晚呢?！我们可是冲着你的面子才来的。

卢孟实　两个女人比一百只鸭子还吵。

姑娘们　（不依不饶地）你说什么？说我们是鸭子？

卢孟实　五姑娘，客都齐了，请上楼吧！（把姑娘们推上楼）

五姑娘　掌柜的，门口还有"五十只鸭子"哪！

卢孟实　（没听懂）小姐们，快请上楼吧！（正撞上进门的玉雏儿）

〔姑娘们调皮地大笑起来，下。

卢孟实　（赔笑）来了。（看看玉雏儿）赔了半天不是，还生气？

玉雏儿　门口有辆车，像是余老板的。

卢孟实　他来了。

玉雏儿　你们大少爷真有本事。

卢孟实　还不是我给他请来的。

玉雏儿　那他还不得好好赏赏你？

卢孟实　赏我？差点送了官。

玉雏儿　（笑）是为那些黄土吧？

卢孟实　你还笑。

玉雏儿　我笑有本事的使唤人，没本事的听人使唤。

卢孟实　我没本事。（欲走）

玉雏儿　就知道跟我急。瞅我给你带什么来了？（拿出一个小食盒）尝尝。

〔卢孟实拈起一块放进嘴里。

玉雏儿　我们那边有个串胡同的老太太，每天下半晌挎个篮子沿街吆喝，酱鸭膀、卤鸭肝，什么都有。我们那儿八条胡同的姐妹，都爱买她的小菜下酒。

230　　卢孟实　是挺好吃。

玉雏儿　就知道吃！都是从你这儿出去的。

卢孟实　这些东西又不能烤。

玉雏儿　不能烤，还不能卖？你不是嫌"鸭四吃"不够热闹吗？那不会来个"鸭五吃""鸭八吃"把这些鸭下水全都做成菜。

卢孟实　（兴奋起来）好主意。（忙去柜上取纸笔，突然又沮丧起来）我这么上劲儿干什么，有那俩搅屎棍子，什么也干不成。

玉雏儿　真是属"风筝"的，一会儿高，一会儿低。

卢孟实　线儿在人家手里攥着，高低由不得我。

玉雏儿　要是我就把线铰了。你当了大掌柜的不就由着你了。

卢孟实　把那俩搅屎棍甩了……老掌柜临终托付给我，我这不是抢人家的祖业？

玉雏儿　怎么说得上是抢？东家还是他们。既然他们不上心，那你就干！给天下人留下个福聚德，也是你卢孟实一世的功德。

卢孟实　（不由钦佩玉雏儿不同一般的见识）那你是说……

玉雏儿　大少爷爱唱戏，你就让他撒开了唱去。

卢孟实　那二少爷呢？

玉雏儿　交给我了。

卢孟实　（吃醋）那可不行！

玉雏儿　（笑）我在天津给他找个好的。行了，有人给你生儿子，有人给你出点子，我的卢大掌柜的。

卢孟实　（仿佛重新相识）这真是好风凭借力，送我上青云！

〔王子西急上，玉雏儿甩开手，跑上楼。

卢孟实　子西！

王子西　孟实，咱们要进的那五百只小白眼鸭，让对过儿全赢德高价拦走了。

卢孟实　咱们怎么一点不知道？

王子西　他们暗地里使钱了。

卢孟实　哼！他不仁就许我不义。子西，他们不是打听咱们怎么养鸭子吗？您找人去散风，就说咱们的鸭子肥全仗着通风走气，您告诉看堆房的老头把鸭舍的窗户全打开。

王子西　那鸭子不得着凉啊？

卢孟实　不会把鸭子先轰到别的屋里去嘛!

王子西　明白了,明白了,我去。(下)

卢孟实　福顺,给我请大掌柜!

福　顺　哎!

　　　　〔不一会儿,唐茂昌下楼,边走边说。

唐茂昌　(向包间)诸位,我这办点俗事儿。

卢孟实　大掌柜,有点要紧事。

唐茂昌　(一脸不乐意)说。

卢孟实　咱们的鸭子让对过儿抢了。

唐茂昌　抢了,就再想法子买去。

卢孟实　是。可而今北京有三种鸭子,从运河来的南方鸭,叫"湖鸭",肉嫩,可个头小;潮白河的"白河蒲鸭",个儿大肉肥,可货少;再有就是玉泉山的"油鸭",骨头架子小油多,烤出来太油腻,点心铺用鸭油合适——

唐茂昌　(不耐烦)鸭子,鸭子,你到底想跟我说什么?

卢孟实　我就是拿不定主意咱们到底进哪种鸭子好。

唐茂昌　哪种好进哪种,这你也问我?

卢孟实　这进鸭子的事,不问您一声我做不了主,还有,鸭毛在小市上卖不出价来,我想先把鸭毛倒给杂货铺……

五姑娘　(楼上探出身)鸭大爷,鸭老板,您怎么暗场下,人就不见了?是不是听见鸭子叫啊?(笑)

唐茂昌　哎,五姑娘,看你说的。

卢孟实　大掌柜,到底进哪种鸭子啊?

唐茂昌　(烦躁)行了,你瞧着办!(上楼)

卢孟实　(拦住唐茂昌)是湖鸭,还是小白眼鸭?

唐茂昌　鸭子,鸭子,你有完没完?我还吃鸭子,鸭子快把我吃了!得了!得了!

卢孟实　(正中下怀,暗暗一笑,看见修鼎新)修先生,还习惯吗?

修鼎新　二掌柜,我是耳闻您一贯平等待人,才来做下人的。

卢孟实　不能让人瞅不起我们做饭庄子的,是我这辈子的心愿。

232　修鼎新　瞅得起又怎么样?

卢孟实　自个儿先得瞧得起，别人就不敢瞧不起。

修鼎新　我看你办不到。

卢孟实　我要试试。我请你写的对子有了吗？

修鼎新　做对子讲究情致，或怡情悦性，或富贵堂皇，或着意秦人旧舍，或暗喻世态炎凉，不知您喜欢什么？

卢孟实　你琢磨了一辈子美食，跑了半辈子饭庄子，你喜欢什么？

修鼎新　对于吃，我就喜欢一句话：天下没有不散的宴席。

卢孟实　（愣一下）这样的对子可不吉利。

修鼎新　这可是实话。

〔常贵上。

常　贵　几位爷，这事就交给我了。

卢孟实　常师傅，这上头？

常　贵　总统府那几桌净说什么杀呀、砍呀的。

卢孟实　只要不在咱们这儿杀，爱杀谁杀谁。修先生，我上去盯着。（上楼）

修鼎新　（向门外打招呼）哟，杨爷。（下）

〔成顺手里端着一个盆，被罗大头推着上。

罗大头　去，把他这个豆泥给倒了。

成　顺　师傅，这可是拿枪的那桌上要的，二掌柜直嘱咐别惹他们……

罗大头　你哪儿那么多说的！去，远远地倒！

〔成顺无奈地下。

罗大头　李小辫儿，我叫你能。（下）

〔楼上管弦声，几个人把唐茂昌拉出来。

众　人　唱一段。

姑　娘　反串红娘！

唐茂昌　我哪能"反串"啊？

姑　娘　不唱师傅不收你！

唐茂昌　好！五姑娘给拉个过门。

〔唐茂昌小嗓唱红娘，众人喝彩，唐茂昌回座。

〔常贵捧着一盘大小包上。

常　贵　成顺！成顺！（见福顺、小生子从烤炉出来）你们俩去吧，给每

233

个车夫一人一包炉肉，一人一个红封包。说明白了，这是咱们大爷赏的。

〔福顺、小生子应声下。

〔李小辫上，样子十分焦急，王子西随上。

李小辫　常哥，你看见一盆豆泥了吗？红小豆泥！

王子西　你放哪儿了？说话要上八宝豆泥了。

罗大头　（从烤炉边踱过来）八成忘了煮了吧？

李小辫　哪儿呀？下午就煮出来了。你看这事儿！

修鼎新　换拔丝山药。

李小辫　那怎么行？

王子西　这可是总统府那桌要的。（急）那帮人正找碴儿呢，这不是添乱嘛！

李小辫　（急得满头大汗）绿豆糕！快，赶紧派人买绿豆糕！

王子西　成顺，快！

〔成顺欲下，罗大头朝成顺使眼色，常贵暗下。

罗大头　四道菜，八大碗，不是头等的大厨子侍候不下来。

李小辫　（突然醒悟）罗大头，咱们都是"勤行"里的人，你可别干损事！

罗大头　（瞪眼大叫）哎，你出娄子，别找寻别人！

王子西　得了，祖宗，楼上还有座儿哪！

〔成顺空手上。

成　顺　没，没有绿豆糕。

罗大头　（幸灾乐祸地）这下可褶子啦。

修鼎新　那些人吃不好，可是掉脑袋的事。

李小辫　（强硬地）脑袋掉了不过是个死，我的手艺栽了，是我一辈子的名声。

王子西　李师傅，换菜吧，我跟掌柜的说去。

李小辫　不换！今天我李小辫栽了，从此以后，再不掌勺。（解下围裙）告辞！各位！

〔常贵奔上，手里捧着一个纸包。

常　贵　（气喘吁吁地）李师傅！

234　李小辫　（打开纸包）绿豆糕！（感激欲跪）常哥！（急下）

常　贵　（抹把汗）后边撤荤盘子，上手巾板儿，听信儿走鸭子！（下）

成　顺　师傅，鸭子该出炉了。

罗大头　（狠狠地）我呀，睡觉了。（下）

　　　　〔卢孟实上。

卢孟实　今儿晚上菜不错，几位老板赏下了。后天，余老板家走堂会，叫李师傅去掌灶。（对王子西）您记上。

　　　　〔李小辫幕内声："气上足了，就撤火，出锅。"上。

卢孟实　李师傅——

李小辫　（阴着脸）掌柜的，我李某没能耐，我到别处新鲜新鲜。（交围裙）

卢孟实　你这是？

李小辫　我李小辫从来不待"窝子买卖"。

卢孟实　福聚德不敢说是江湖买卖，可你这话怎么说？

李小辫　哼，今天，咱们初来乍到，考我我不怕，可要给我寒碜，我可不干！

卢孟实　（脸沉下来）这是什么话？

　　　　〔王子西在卢孟实耳边讲了几句。

卢孟实　尽干些个下九流的事。李师傅，你先后边歇会儿。

　　　　〔李小辫下。

成　顺　二掌柜，鸭子该出炉了，我师傅他走了。

卢孟实　你不会上炉？

成　顺　我？我不敢？

卢孟实　上炉！有事我顶着。去！

成　顺　哎！（跑下）

王子西　孟实，你让学徒的上烤炉，这可犯忌。

卢孟实　不让他上炉，一辈子学不会！子西，叫罗大头！

王子西　他说他睡了！

卢孟实　叫他起来！

王子西　哎哟，你少惹他！

卢孟实　您叫！

王子西　哎，我叫！（向内）罗师傅，二掌柜的请您！

　　　　〔罗大头上，一脸不在乎。

235

卢孟实　（直截了当）豆泥是你倒的不是？

罗大头　不是。

卢孟实　大丈夫敢作敢当，别让我查出来，寒碜。

罗大头　（白了卢孟实一眼）就是我，你怎么着？

卢孟实　我卢孟实做人讲究两样，在家孝顺父母，出门对得起朋友，你罗大头不可我的心！

罗大头　可不可心那我吃的是老唐家的饭，你管不着！

卢孟实　我是二掌柜。

罗大头　我是老掌柜的爸爸请来的，你算什么。

卢孟实　楼上有掌柜的，你上那儿说去。

罗大头　你以为我不敢——

　　　　〔唐茂昌陪余老板下楼来。

唐茂昌　余老板，说话上鸭子了。

福　子　您吃完了再走。

余老板　不吃了，大轴儿还有一出戏呢。

唐茂昌　待会儿我叫福子给您送园子去。

卢孟实　（迎上）余老板，您怎么走啊？

余老板　菜都不错，再给总统府那桌添俩菜，就说是我送的。

卢孟实　您真周到。

余老板　（拿出红包）这个给大家伙分分。

卢孟实　您来就太赏脸了，还叫您破费。（向众伙计）余老板赏下了！

众伙计　谢余老板——

余老板　茂昌，一会儿你就坐在"场面"边上。

唐茂昌　（受宠若惊地）哎。

余老板　听我那句"昨夜晚——"

罗大头　（炸雷般地）东家，少掌柜——

　　　　〔卢孟实、唐茂昌、余老板一惊。

唐茂昌　（怒）干什么这是？！

罗大头　卢孟实他要辞我！

唐茂昌　辞你就走。

罗大头　怎么连您也让我走？！福聚德的烤炉都是我砌的，你不看我也得

　　　　看这些鸭子——

唐茂昌　还不拉住他!

余老板　（笑）你柜上有事，我先走了。怪不得他们叫你鸭老板呢。（下）

唐茂昌　（欲追）余老板!

罗大头　（不知好歹地，拦住唐茂昌）掌柜的——

唐茂昌　（甩开罗大头）我的事全砸在你们身上。从今儿起，你，你，你（指卢孟实、王子西、罗大头等）谁也不许再跟我提一个"鸭"字!福子，走!（下）

卢孟实　（目的达到，神采飞扬地）常师傅，走鸭子!

常　贵　是!后边，楼上走鸭子!

　　　　〔幕内众人："好嘞，来啦，走鸭子。"

　　　　〔众伙计手托烤好的鸭子鱼贯而上。

　　　　〔幕落。

第三幕

　　　　〔时间：约八年后。（1928年）

　　　　〔地点：福聚德店堂。

　　　　〔幕启。此时是福聚德的鼎盛时期。雕梁画栋的大楼金碧辉煌。门前那块黑底金字的陈年老匾泛着辉光。门前停的是汽车、马车、绿呢大轿，门里进出的是达官显贵、商贾名流。福聚德已是赫赫扬扬，名噪京师。

　　　　〔这天是大年初六，饭庄店铺大开张。福聚德的伙计们簇拥着王子西将那两块老年间的铜幌子，当当正正地挂在门前。而后，掌案的把砧板剁得当当响，掌勺的啪啪地敲着炒勺，账房把算盘拨拉得噼啪响。百年老炉中的炉火像灌上了油，烧得呼呼蹿火苗子。这就是旧时买卖家讲究的"响案板"，以求新年里买卖兴隆。

　　　　〔福聚德的伙计们头脸干净，新鞋新帽，面带笑容。

众　人　（互道）恭喜发财!

王子西　（给红包）福顺，福顺!（把手里的鞭炮给福顺）把这挂鞭拿出去

237

放放。开市大吉，万事亨通啊！盯着点门口、胡同口，有要紧的主顾你就先喊一声。

福　顺　放心吧，二掌柜！（下）

王子西　过了正五过初六，过了初六还照旧，这年说话就过完了。

常　贵　咱们大开张，对过儿全赢德可是大关张。

王子西　全赢德那掌柜的他就不是发家的样儿，伙计们多吃半个馒头，他都耷拉脸子。

常　贵　那边伙计也怪可怜的，我听掌柜的说，要把对过儿全赢德买过来，还修个过街楼，这么着，咱们的买卖可就做大了。什么时候跟掌柜的言语一声，把那边的伙计多留几个。

王子西　这事孟实他早就想到了，别忘了，他爹也当过伙计。

常　贵　这十年了，我都没敢问过，玉升楼掌柜的真干过这个缺德的事？

王子西　就为丢了几两银子，就用这样的大秤（指丈把长的大秤）把柜上的伙计，出门称一次，进门再称一次。

常　贵　真是拿人不当人。咱们掌柜的父亲就这么窝囊死的？

王子西　要不孟实这么咬牙跺脚地干，他的心里窝着口气。

常　贵　怎么咱们今天开市，没见掌柜的。

王子西　这不头年一忙，我忘了给侦缉队送礼了，孟实又打点去了。

常　贵　那可是得罪不起的祖宗。

王子西　（从墙上取下一张单子）这是今天的“水牌”，上什么菜你编排一下，今儿个警备司令吴家有订座。还有瑞蚨祥孟四爷。

〔常贵拿水牌下。

〔唐茂昌带福子气冲冲地上。

唐茂昌　卢孟实呢？

王子西　（见唐茂昌脸色不对，小心翼翼地）大爷今天得空儿，孟实他有事出去了。

唐茂昌　昨天我让福子拿五百块钱，他为什么不给？

王子西　他说“东六西四”分账是合同上写的，每月初一准把月钱送到府上去，这额外的——

福　子　（狗仗人势地）额外的？这儿全是我们大爷的！我们大爷花钱买“行头”置“场面”，干的是正事。不像他，花钱养婊子！

王子西	哟，你可别这么说，玉雏儿而今能当半个掌柜的。
唐茂昌	（更火）你告诉他，这儿的买卖是老唐家的。
王子西	是，是。
唐茂昌	把钱柜打开。
王子西	（为难地）大爷——
唐茂昌	开呀！
福　子	开呀！

〔王子西无奈地打开钱柜，福子拿钱。

唐茂昌	这两年，卢孟实在他的老家置办产业，这事你知道吗？
王子西	这我可不知道。
唐茂昌	子西，你是庄子上的老人儿了，这两年我没管买卖上的事，二爷又在天津，买卖上的事，你得下心。
王子西	（怯懦地）是，我……

〔外面一阵喧哗，玉雏儿上。

玉雏儿	哟，大爷来了？
唐茂昌	（爱搭不理地）福子，走！（下）
玉雏儿	哟，忙什么，歇歇脚，喝口茶。
福　子	我们怕烫着舌头。（随唐茂昌下）
玉雏儿	大爷怎么啦？
王子西	我也正纳闷儿呢。说是孟实在老家置了不少的产业，你知道吗？
玉雏儿	您听谁说的？
王子西	我也不大信。
玉雏儿	孟实苦干了十来年，有点积蓄不假。可是，他辛辛苦苦把福聚德拾掇得闻名京都，就落了这么个名声，也太冤枉人了。（下）
王子西	那是，那是。

〔福顺幕内声："几位爷您来了，里边请呀！"

〔常贵上。

常　贵	几位爷来了，孟四爷马上就到。您是六号雅座。生子，看茶。

〔几个衣着差不多的男人上，样子不像正经客人。

常　贵	几位爷吃饭？吃饭咱们楼上请。
食客丙	（打量着店堂）听说你们这儿有一个叫什么雏儿的，有手堂子菜

239

的绝活儿。

常　贵　"雏儿"？我们这儿只有个厨子头，叫李小辫，是有手绝活，叫"三不沾"，一不沾筷子，二不沾牙，三不沾——

食客丁　（打断）我们几位大爷专门为"堂子菜"来的，有没有快说，少废话。

〔玉雏儿上。

玉雏儿　哟，别忙呀，我就是玉雏儿。坐呀，坐呀！常师傅，看茶！

食客丁　（凑近）久闻大名了，听说在胭脂巷不出金子见不着您的面。

玉雏儿　瞧您说的。

食客丙　今天伺候一下我们爷们儿吧。

玉雏儿　（不紧不慢地）那是应当的，不知几位，想吃点什么？

食客丁　（愣了一下）你会做什么？

玉雏儿　玉雏儿生在苏州乡下，会做的都是些乡间小菜，几位听我报几样——珠联璧合，富贵有余，连生贵子，百年好合，蓝田种玉，好事发财，雪里藏珍，合浦还珠，春苗飞絮，金玉满堂，不知几位是喜酌、梅酌、会亲酌呢，还是寿酌、羌酌，进学酌？

〔几个人听傻了。

食客丁　（假充内行）什么酌不酌的，就来个"金玉满堂"。

〔其余的人随着附和。

食客丙　（留个心眼儿）等等，我们爷们吃过见过，四大堂，八大楼都会过，你先说说什么叫"金玉满堂"？

玉雏儿　（不慌不忙，慢启朱唇）经霜乳唾好燕窝二两，用天泉水发好，银针挑去黑丝，加嫩鸡汤、好火腿、玉柱蘑菇烂煨成玉色；吕宋青鱼翅，不用下鳞，只取上半原根，用肘子、鸡汤、鲜笋、冰糖炖两日，煨成金色，小刺参滚肉汤泡三次，鸡汁、肉汁、虾子汁烧成枣红色；再加三钱"西施舌"、七个乌鱼蛋、十枚银杏，配上笋尖丝、鲫鱼肚、香菌、木耳、野鸡片，烧几个滚儿，勾玻璃芡儿，下明油，倒挂出锅，盛在金托金盖四爪金龙钵里，叫作"金玉满堂"。

　食客丁　（不由得吐出一口气）这得多少钱一钵呀？

玉雏儿　不多，有二两金子足够了。

食客丙　这菜也他妈就皇上能吃。

玉雏儿　只怕皇上没有几位爷的口福。（抖开一个极标致的围裙就要下厨）

食客丙　（知道这个玉雏儿不好对付）我们哥儿几个今天不想吃金呀玉的，想尝尝你家常的手艺。

玉雏儿　好啊，一会儿我调一碗醋椒鸭丝汤，给几位醒酒好不好？常贵，请几位上楼吧。

〔几个男人上楼。玉雏儿拉住常贵。

常　贵　几位您吃饭楼上请。后边，三位楼上请嘞！（对玉雏儿）我看这几位爷不善，您可得留点神。（下）

〔玉雏儿下。

〔罗大头上，身后跟着克五。

罗大头　你干吗老跟着我？

克　五　你让我瞅瞅那些鸭子，你给弄个鸭架子吃也行。（贪婪地四处看着）

〔福顺追上。

福　顺　出去，出去，谁让你进来的？

克　五　干什么你们？我可告诉你们，五爷现而今是"闻香队"的！

罗大头　闻香队？怪不得老在饭庄子门口转悠呢！

〔众人哄笑。

克　五　大爷隶属侦缉队，我闻的是烟土！罗大头！你身上就有烟！

罗大头　对！烤一只鸭子两烟泡儿，帅府赏的。

克　五　帅府也不行，拿出来！

罗大头　帅府成箱的，上那儿闻去。

克　五　烟太多我就闻不出来了。（讪笑）罗大头，给弄个鸭脖子吃还不行——

罗大头　这小子成心捣蛋，得了，你还该我们二少爷一顿打哪，我先替二爷出出气，成顺！拿烤杆来！（成顺持烤杆从烤炉间出来）哎？（一握烤杆，发现烫手）

成　顺　我，我这给您擦呢。

罗大头　（用手一摸烤杆）放屁！这还烫手呢。

241

成　顺　（知瞒不过去）是掌柜的让我——

罗大头　掌柜的是你祖宗？跪下，跪下。

〔福顺上，用大拇指向横一划，这手势是告诉大伙掌柜的回来了。所有人立即回到自己的位置上，垂手而立。

成　顺　掌柜的回来了。

〔小生子从楼上下。

〔卢孟实上。他人到中年，衣着华贵，面容丰满，一脸威严。身后跟着修鼎新。

卢孟实　（阴着脸）年初四谁出去看戏了，嗯？

小生子　我。

卢孟实　听的什么戏啊？

小生子　（支吾地）大，大戏。

卢孟实　票呢？

小生子　（怯怕地）我给扔了。

卢孟实　瞎话！初四"天乐"唱的是落子。下作的东西，店规怎么写的？背！

小生子　第九条，店员不许看落子——

卢孟实　人家为什么看不起"五子行"？不能自己走下流！我看你是吃饱了，家里有富余了，给我走着！

小生子　（慌了神）掌柜的，您饶我这次吧，我再也不敢了，掌柜的——（看向四周，希望周围人求情）

〔没有人敢说话。

常　贵　小生子，你往后可记住了，这事不算完，先干活去！楼上有客人，快去。

小生子　哎。

卢孟实　（头也不抬）谁让他进来的？

〔修鼎新暗向克五使眼色，让他快走。

克　五　（反而凑上来）说我呢？卢掌柜，甭说你这儿了，就是王爷贝勒府我也照样串胡同。我闻出来了，你后院有烟土！

卢孟实　赶出去！

克　五　等等，给我只鸭子咱们了事，要不然——

修鼎新 （小声地）五爷，走吧。

克 五 修二，你敢情整天吃香喝辣的，你没良心！卢孟实，你等着瞧——（被众伙计拉下）

卢孟实 有人在东家那儿告我，说我在老家置房子买地，不错，有这事。做饭庄子的就不能置产业？我还想置济南府，买北京城哪！成顺。

成 顺 哎。

卢孟实 几儿办喜事？

成 顺 二月二。

卢孟实 龙抬头，好日子，修先生！

〔修鼎新拿出一个红封包递给成顺。

卢孟实 这是柜上送你的喜幛子钱。

成 顺 谢谢掌柜的！

卢孟实 披红戴花，骑马坐轿子，怎么红火怎么办。让那些不开眼的人瞅瞅，福聚德的伙计也是体面的。散了！

罗大头 （憋了一肚子火）等等！成顺动我的烤杆。

卢孟实 （不动声色地）怎么啦？

罗大头 这是坏了柜上的规矩！烤炉的不到七十不传徒弟，这事儿皇上都认可过。

卢孟实 （笑）眼下皇上都在天津日本租界当了寓公了，我看这套规矩也该改改了。

罗大头 别忘了你们当初怎么把我又请回来的，我大罗一撂杆不干，你福聚德就得关门。

王子西 （上前调停）这是干吗？谁不知道，福聚德就仗着大罗这根烤杆撑着哪，啊？！

罗大头 （故意拿糖）今天我不烤了，你们另请高明吧！（甩手就走）

王子西 哎，楼上还有座儿呢。

卢孟实 走了，就再别回来。

罗大头 （爆发）卢孟实！你别跟我这儿摆掌柜的，你以为你那点底儿我不知道！

〔常贵上前拉住罗大头。

罗大头　（甩开常贵）你以为我不知道你爸爸是怎么死的？

常　贵　（急拦）大罗——

罗大头　攀着秤钩儿，蜷着腿，让人家当牲口称，憋闷死的。

　　　　〔卢孟实脸色由青变白，突然高声笑了起来，那笑声悲凉中带着一股昂扬，听着使人发抖。

卢孟实　你——你给我出去。

罗大头　行了，别在我这儿人五人六的。

卢孟实　（大叫）走！

罗大头　美得你几辈子没当过掌柜的，上这儿耍威风——（把烤杆扔到卢孟实手里）我不干了！

　　　　〔众伙计要拦罗大头。

卢孟实　谁拦谁跟他一块走！

罗大头　我看你还能美几天，美得你不知姓什么了。我不干了！（骂骂咧咧地下）

卢孟实　成顺，你上炉！侍候下今天这些座儿，我让你掌炉。

成　顺　哎！（下）

王子西　（担心地）孟实，今儿可有瑞蚨祥孟四爷订的座，这可是吃主。

卢孟实　谁候？

常　贵　掌柜的，我候吧。

　　　　〔楼上食客丙内声："堂子，叫玉雏儿给我们上汤啊！"

　　　　〔食客丁内声："还得喂一口啊？"淫笑。

卢孟实　（皱眉）楼上什么客人？提玉雏儿干吗？

王子西　我也不知道。侦缉队那边都打点好了？

卢孟实　不买账。看来想敲咱们一笔。

修鼎新　这是全赢德的地契、账簿，你过了目盖个图章就过户了。

卢孟实　（感觉不适）留我晚上看吧。子西，对过儿全赢德的伙计跟柜上的，愿留的都留下，可千万别让他们没地方去，还有明天请奎祥木场子的来，赶紧筹划修过街楼。

王子西　孟实，年头这么乱，还是看看再说吧！

修鼎新　自古以来，年头越乱，人越好吃。

卢孟实　修先生说得好，我就是嫌这小胡同太憋闷，得把买卖打到前门大

街上去，另外……（一阵眩晕）

王子西　（扶住卢孟实）怎么啦？去后边躺躺。

〔唐茂盛上。

唐茂盛　嗬！真有个过年的样儿！

卢孟实　（强打精神）二爷来了，泡茶。天津福聚德生意兴隆？

唐茂盛　兴隆什么。

卢孟实　那地界好哇，就在中华落子馆旁边，热闹。

唐茂盛　地界好有什么用，人不行。

卢孟实　您那位新二奶奶，可是天津卫的人尖儿，连吃"砸八地"的都怵她三分。我听说她谁都不怕，就服您，对吧？

唐茂盛　（笑）你这都听谁说的？

卢孟实　我这儿有内线。

唐茂盛　她们这些姐妹，都不是省油的灯。

卢孟实　待会儿，就这儿吃饭，我叫玉雏儿给您做俩拿手菜。

唐茂盛　今天我来是想找你借点东西。

卢孟实　瞅您说的，这楼上楼下还不都是老唐家的。

唐茂盛　天津分号要修门脸儿，用点钱。

卢孟实　多少？

唐茂盛　我大哥在法家花园起的那间馆子支了多少，我就用多少。

卢孟实　（知是来者不善）行。等过了五月节，我一准儿给您送到天津去。

唐茂盛　哟，这不是拿我打镲您啦。

卢孟实　你看，这影壁得描金了，后院堆房要挑顶子——

唐茂盛　福聚德日进百金，甭跟我来这套！

卢孟实　有进还有出哪，修先生，拿账来。

唐茂盛　（不看）行！这事就这么着了。另外，我还要借个人。

卢孟实　谁？

唐茂盛　天津分号缺个好堂头，我要常贵。

卢孟实　二少爷，这可不行，饭馆子让人服，全仗堂、柜、厨，您这不是撤我大梁吗？我给您换一个——（示意王子西帮他说话）

王子西　（多一事不如少一事的态度）二爷既然要，就——

卢孟实　不行，有批老主顾不见常贵不吃饭。

245

〔常贵内声："三位爷慢慢吃，您甭着急。"自楼上下。

唐茂盛　常贵!

常　贵　哟，二少爷! 什么时候回来的?

唐茂盛　常贵，跟我去天津分号怎么样?

常　贵　我? 我，（望卢孟实，见卢孟实气得说不出话）上天津，我也得安顿安顿家里头。

唐茂盛　还怕跑了老婆子。

常　贵　（知道身不由己）等我侍候完瑞蚨祥这堂菜，我再跟二爷走。

唐茂盛　随你便，今晚上的火车，票我已经给你买好了。（对卢孟实）银票你想着麻利开，我去瞅瞅我大哥，晚上，这儿吃饭，拿钱，带常贵。（下）

常　贵　（望着卢孟实）掌柜的，这是真的?

〔卢孟实欲说无言，欲哭无泪，一下子跌坐在太师椅上。

〔几个男人酒足饭饱，下楼。

食客丙　你他妈别说，今儿吃了一桌子菜，就最后那碗汤有味。

食客丁　你不说是谁做的?

食客丙　（对王子西）掌柜的，你可真有生意眼，弄这么棵"摇钱树"种在后院。（对卢孟实）你他妈怎么直瞪我? 吃醋了? 哈哈……

常　贵　（扶住醉醺醺的食客丙）这几位爷，您那边走。

〔玉雏儿上。

食客丙　走? 大爷我明儿还来吃"回头"呢，玉雏儿，明儿见——

〔几个食客下。

常　贵　几位爷，走好您。

卢孟实　（把满腹怒气、郁闷撒向玉雏儿）玉雏儿，你过来，你个婊子——（一掌向玉雏儿打去，突然，剧烈的头痛，站立不稳）

王子西　（上前扶住卢孟实）孟实! 孟实!

玉雏儿　（转身返回扶住卢孟实）怎么啦? 孟实! 孟实!

王子西　快扶他后边躺躺去。

〔玉雏儿扶卢孟实下。

王子西　不知道打哪儿就给你横插一杠子，想得挺好的，一下子全完。

修鼎新　架不住一个人干，八个人拆。

王子西	我的脑袋又有点儿痛，我得出去遛遛。（下）

〔福顺上。

福　顺 （上）常师傅，您家小五来了，说有急事找您。

〔常贵、福顺下。

〔成顺上，烤杆上挑着一只烤得焦黄的小鸡。

成　顺 修先生，修先生您瞧，熟了。这可是按着您的主意配的料，您闻闻，您点了头，明儿跟掌柜的一说，咱们福聚德又添烤鸡了。

修鼎新 （淡淡一笑）添烤鸡？算了吧。

成　顺 这可是您的主意。

修鼎新 还是拿它来给我下酒吧！拿酒来。（对着烤鸡）烤鸡呀！生前啼声呜呜，死后无处可埋，以我之腹，做你的棺材，呜呼哀哉。

成　顺 修先生，您这是？

〔李小辫上。

李小辫 吃上了？

修鼎新 二位来，来，来。今天有酒有菜，今天修某我也跟你们论一回吃。李师傅，你知道我这辈子最敬重的是什么人？

李小辫 什么人？

修鼎新 就是厨子。

李小辫 修先生，您别拿我们开心了。

修鼎新 真的，就连我的名字也跟厨子有关。修鼎新，"鼎"者，器之名也，供烹调之用。你手中的炒勺，古人称"鼎"，在你面前摆着酸、甜、苦、辣、咸五味佐料，你把它们调和在一起，做成一种从未有过的美味佳肴，你就有生成之恩、和合之妙。

李小辫 修先生，您太高抬我们了。

修鼎新 不，不，古人称"宰相"为"鼎辅"，说白了，就是掌勺的厨子。

李小辫 宰相，他是厨子？

修鼎新 大到一国，小至一室，都要有人执掌，古诗云"盐梅金鼎美调和"就是比喻宰相用朝廷这个大炒勺做菜。

李小辫 他喝多了吧？给修先生调碗醒酒汤，千万别让掌柜的知道。

修鼎新 我就是想让掌柜的知道。他也是个掌勺的，你我就是他的"佐料"。你是咸的，我是苦的，罗大头是辣的，福聚德就是他的炒勺，我倒要看他到底能做出什么菜来，可临了，恐怕什么也做不出来——

〔成顺上。

李小辫　修先生！快！成顺，快扶他去后院漱漱口，打盆凉水擦擦脸。

修鼎新　我没醉——（被成顺拉下）你们让我把话说完。

〔李小辫欲下，忽然听到唏嘘声。常贵面容凄楚上。

李小辫　常师傅？常哥，（想来常贵就要离开福聚德）我听说你要走了，干了几十年了，说走就走，也是舍不得。

常　贵　（摇摇头）这块伤心的地方，我有什么舍不得。我是伤心这小的，他不该看不起老的。

李小辫　怎么啦？

常　贵　我这一辈子，骂，不许还口；打，不许还手，咱们心里头流眼泪，脸上还得笑，我不就为这一家大小奔嘛！

李小辫　常哥，到了出了什么事啊？

常　贵　小五儿，他非要上瑞蚨祥当学徒。

李小辫　好事啊，生在苏杭，死在瑞蚨祥嘛。

常　贵　可——

〔幕内传来福顺的应酬声："孟四爷，您来了！里边请哎！"

常　贵　（擦干泪，格外精神地迎上）孟四爷，楼上几位客人等着您哪！今儿给您安排的是楼上六号雅座。您瞅，门上雕着六子拜弥陀，今儿个是正月初六，四爷您六六大顺、八面来风！几位爷，楼上请！小生子，告诉后边，四爷到！

〔常贵引几位食客上楼，把他们送进单间，退出，侧身站在门口。

常　贵　四爷，我今儿给您安排的是全鸭席。

孟四爷　行啊，你看着办吧。

常　贵　好嘞，几位爷，您慢等。（下楼他一向不踩楼阶，下到最后一阶时，腿突然一软，打个趔趄，正好被刚进门的王子西扶住）

王子西　（扶住常贵）常贵，怎么磕磕绊绊的？

〔常贵下。

王子西　福顺，刚才常贵的小五儿找他爹干吗？

248　福　顺　（靠近王子西，轻声地）小五儿想到瑞蚨祥当学徒，人家不要。

王子西　为什么？

福　顺　说他爸爸是堂子。

王子西　哎哟！常贵可不是一般的堂子，上至总统，下至哥儿大爷，谁不知道福聚德的常贵。

〔常贵托四凉盘上。

常　贵　来了——（转身向着厨房方向）我说后边粉皮拉薄，剁窄，横切一刀，多放花椒油！（上楼）

修鼎新　（望着常贵，感慨地）常贵是那份酸的……

王子西　你说什么？

〔唐茂昌上，身后跟着罗大头。

罗大头　（喋喋不休地）大爷，您听我说，我是老掌柜那一辈的烤炉，他当二柜的时候就瞅不上我，瞅不起我就是瞅不起您，瞅不起您就是瞅不起老掌柜——

唐茂昌　（打断罗大头）行了，这一路上你就缠着我。

罗大头　您老不到柜上来，不知柜上的事，他哪来那么多钱买房子、买地？他还想买前门楼子哪——

唐茂昌　好！先干你的去。

罗大头　行！（下）

唐茂昌　孟四爷来了吗？

王子西　（殷勤地）楼上六座。

〔唐茂昌上楼，常贵小心地拦住他。

常　贵　大爷，我常贵在您这儿干了多半辈子，我眼下要走了。

唐茂昌　到哪儿去？

常　贵　二爷要把我起到天津分号去。

唐茂昌　（不关心这些）去吧，哪儿不是福聚德。

常　贵　（小心地）大爷，这几十年，没跟您张过嘴，今天有件事想求求大爷。

唐茂昌　好，说。

常　贵　我有个儿子叫小五儿，他想到瑞蚨祥当个学徒，我想求大爷一会儿跟孟四爷言语一声。

唐茂昌　就这事啊，成了。（上楼）

常　贵　真的，大爷？

唐茂昌　成了！

常　贵　谢谢大爷！（仿佛年轻了）后边，撤荤盘子，上手巾板儿，准备走热炒。（似乎想起什么，快步走到六号雅座门外）几位爷您边吃着，喝着，我常贵给您念段喜歌给几位爷下酒。

〔王子西惊异地抬头望着常贵。

常　贵　（面色绯红，清了清嗓，有点发颤）您吃的是禄，穿的是福，八大酒楼全都在京都。福聚德，赛明珠，挂炉烤鸭天下美名殊，皮儿脆，入口酥，肥不腻，瘦不枯，千卷万卷吃不足！全鸭席，胜珍馐，六十元，有价目，食落您老自己肚，胜过起大屋。您看厅堂敞，楼上楼下好比游姑苏。还有美酒赛甘露，是请君饮过，添丁添寿添财又添福——

〔雅座里响起喝彩声和稀稀落落的掌声。门帘里一客人递出一杯酒，"常贵，孟四爷赏你一杯酒，把它喝了。"

常　贵　（恭敬地接过酒）常贵这辈子不喝酒，四爷赏的，我一定干了。谢谢孟四爷！（一饮而尽，烈酒下喉，脸更红了，抖了一下精神）谢四爷！酒过一巡了，鸭子准备上炉了。（下）

王子西　这个喜歌儿，是他添小五那年唱过一次，今儿可是有点反常。

〔唐茂昌、孟四爷自单间出。

唐茂昌　孟四爷留步，留步，票是明晚上的，在庆乐，您可得来。

孟四爷　我准来，我再请几位"顺天时报馆"的，叫他们写文章捧捧您。

唐茂昌　那太好了。您快入席，别送了，您请。

常　贵　（托着菜盘，小声提醒）大爷——

唐茂昌　（想起）孟四爷，我有点儿小事烦您。

孟四爷　您说。

唐茂昌　我这儿的堂头有个儿子想到您瑞蚨祥当学徒，麻烦您给说一声。

孟四爷　唐老板，不是我驳您的面子，这事恐怕不成。

唐茂昌　四爷，这常贵您认识。

常　贵　孟四爷！

孟四爷　唐老板，这不是认不认识。店里头有老规矩，"五子行"的子弟不能在店里头当伙计。

唐茂昌	怎么呢?
孟四爷	您想啊,二月二,五月五,八月十五,年三十,店里头都要搭大棚叫伙计们坐席吃八碗,到时候请的可都是你们这些大饭庄子走堂会,要是他老子在下边伺候着,他怎么跟上头坐啊。
唐茂昌	有理,有理,请,请。(对常贵)常贵,四爷那——
常 贵	大爷,您甭说了,我明白,谁让我是臭跑堂的呢?我该让人瞧不起,我谢谢大爷了!(失神地摇晃了一下)
王子西	小心菜!

〔唐茂盛上。

唐茂盛	大哥!
唐茂昌	茂盛,我正有要紧的事找你。走,外边说去。(与唐茂盛下)

〔常贵自楼上下。

常 贵	(面无血色,声音嘶哑)楼上鸭子三只,高苏二斤,荷叶饼二斤,白——(突然,手往前一伸,栽倒在桌子上)
王子西	常贵!常贵!快,快坐。
修鼎新	常头,常贵!快,叫掌柜的!
小生子	常师傅!掌柜的,您快去看看,常师傅他……

〔卢孟实急上。众人围着常贵呼唤着。

卢孟实	常师傅,常贵师傅,可能是中风,人要不行。
修鼎新	他伸着五个指头是什么意思?
福 顺	是不是叫他家小五儿啊?
王子西	一定有话说,问!快问!

〔众人一片呼叫声。

常 贵	(艰难地张开嘴,气息微微)白,白酒五两——(说完头无力地垂在桌子上没抬起来)
福 顺	常师傅!
卢孟实	别哭,子西,找辆车赶紧送医院。
王子西	生子,快,叫车去。
小生子	哎!(急下)
王子西	福顺,到楼上去侍候客人。

〔唐茂昌、唐茂盛上。

唐茂昌　常贵？

〔小生子上。

小生子　车来了！（背常贵下）

〔修鼎新、成顺跟下。

〔玉雏儿上。

玉雏儿　常师傅！常师傅！（追下）

唐茂盛　常贵我不要了，给我换福顺吧。

卢孟实　这会儿救人要紧！

唐茂昌　卢掌柜，你打算怎么打发常贵？

卢孟实　有病治病，人死了好好发送。

唐茂盛　你对伙计倒不错，可用的都是福聚德的钱。

卢孟实　我当掌柜的，不在伙计们身上打主意。

唐茂盛　那就在我们身上打主意。

卢孟实　（不示弱地）这话什么意思？

唐茂盛　福聚德日进百金，这么多钱都到哪儿去了？别以为我们不知道！

唐茂昌　卢掌柜，你受先父之托，你可得对得起他老人家。

卢孟实　卢孟实问心无愧。

唐茂盛　你说，福聚德是你的买卖，这大楼的事都得你做主，有这事没有？

卢孟实　（平静地）有。

唐茂盛　这儿的钱、账、买卖一概不许我们过问，这话你说过没有？

卢孟实　说过。

唐茂盛　凡事不问我们的意见，你一个人拿主意，这事你干过没有？

卢孟实　不错，全是这么干的。

唐茂盛　你到底安的什么心哪？

卢孟实　我看你们兄弟俩不是经营买卖的人，我怕你们耽误了祖上留下的这份产业。

唐茂盛　说得好听，耽误不耽误，你干吗操这么大的心？

卢孟实　我愿意操心。这楼是我看着起的，福聚德的名声是我干出来的，店规是我定的，这些人都是我一手调理的。一个算盘珠子，一根草棍儿都有我的心血，我不能糟践了它们！

唐茂昌　话是这么说，可你别忘了，这份买卖姓唐！甭管到什么时候，掌柜的也是我们，这福聚德我们要收回来了。

唐茂盛　对，这买卖我们收回来啦！

〔克五领着一帮人，气势汹汹地拥进店里，其中几个就是前半晌来吃饭的男人。喊："卢孟实！"

克　五　五爷我又来了。

卢孟实　干什么？

克　五　侦缉队！你这儿有人私藏大烟。

卢孟实　克五，你说话要有凭据。

克　五　凭据？（指指鼻子）这就是。（问队长）搜吗？

队　长　（指挥手下）搜！

〔侦缉队的人把福聚德弄得一片狼藉。克五等拉罗大头上。

克　五　跟我来！（拿着一包烟土）瞅瞅，这是什么？

卢孟实　不争气的东西！

罗大头　（大叫）四两都不到，这是克五他成心。

队　长　下九流的玩意儿，捆好喽，搭出去示众。掌柜的，借你们的大秤使使。

〔克五等人把大罗手脚对捆在一起。

卢孟实　（恍然间，父亲当年受辱的情景，仿佛重现，不由人摇曳了一下）放下！罗大头是烤炉的厨子，不是烟贩子。我愿意做证，福聚德愿保。

队　长　（斜视着卢孟实）谁能保你？

〔伙计们把眼光望向唐茂昌、唐茂盛，可是他们不说话。

〔停顿。

队　长　谁是掌柜的？

唐茂昌
唐茂盛　（指卢孟实）他——

队　长　掌柜的，跟我们去侦缉队聊聊吧？

罗大头　（大叫）福聚德已经把我给辞了，没别人的事！

卢孟实　（对罗大头）大罗，我不辞你了。（对侦缉队长）放了他，我跟你们走。

侦缉队长　走！

253

卢孟实 走吧!

侦缉队长 是!

〔玉雏儿上,修鼎新跟上。

玉雏儿 (扑向卢孟实)孟实!

卢孟实 刚才我委屈你了。(抬起头,看着他亲手起的大楼)这"轿子"我到了也没坐上。(解下腰带上那块轿形玉佩,欲摔碎)

〔玉雏儿接过来。

罗大头 (扑上)掌柜的,我……

卢孟实 大罗,好好烤你的鸭子,正经做人!

〔侦缉队带走了卢孟实。

罗大头 (跪地)掌柜的! 我对不起你!

克　五 (跳上太师椅)从今往后,五爷还是你们的常客。常头,常头,好好伺候着! 五爷我是吃一只、带一只,那鸭架子给我送家去!

〔幕落。

尾　声

〔幕启。

〔福聚德店堂。

〔唐茂昌坐在太师椅上。众伙计站在两旁。

唐茂昌 卢孟实走了,这买卖我们又收回来了。子西? 子西?

〔王子西匆匆上,手里托着一个小包。

王子西 (知道自己晚了,随机应变)我给二位买早点去了,新出炉的热萝卜丝饼。大爷尝一块,二爷您也尝一块。

唐茂昌 往后,我跟二爷掌柜,子西——

王子西 啊,是。

唐茂昌 你还是二柜。这两年,我们受卢孟实的气——

福　子 大爷,场面我都给您带来了,就么一句"尾声"他们老吹不好。

唐茂昌 再练去,练去。这两年——

〔警察上。

警　察　挂旗，挂旗！

唐茂昌　（不悦）散！散！

王子西　王巡长，又挂什么旗？

警　察　换什么掌柜的，挂什么旗，您交钱吧。

王子西　（指旗端详）我说你们还有准儿没准儿？成走马灯了。

警　察　跟您这儿一样，甭管张三、李四、王五、赵六，谁当掌柜的，
　　　　也得烤鸭子，不论皇上、总统、长毛、大帅，谁来，也得吃鸭
　　　　子——您说是这个理儿不是？

王子西　那是。

警　察　这就叫江山易改，本性难移。挂旗！挂旗！（下）

王子西　（对小生子）挂上。

修鼎新　（对王子西）二掌柜，我交账！向您告辞！

　　　　〔玉雏儿上。成顺正好从后边出来，碰上玉雏儿。

玉雏儿　修先生！

修鼎新　玉雏儿姑娘！

玉雏儿　子西大哥！

成　顺　玉雏儿姑娘，箱子给您归置好了。

玉雏儿　谢谢你们了，再劳你们搭到车上去吧。

唐茂盛　（等着看笑话）玉雏儿，卢孟实回家怎么没带上你呀？

玉雏儿　（恬静地）他家里有老婆。（朝门外）抬进来吧！

　　　　〔几个脚夫抬着两块硬木漆金的对联上。

玉雏儿　先放在这儿。孟实说，他在这儿该干的都干了，就差这副对子，
　　　　临走打好了，请给挂上。（下）

唐茂昌　（念）"好一座危楼，谁是主人谁是客；只三间老屋，时宜明月时
　　　　宜风"。

　　　　〔脚夫们把对联放好。

修鼎新　（心会神知）"好一座危楼，谁是主人谁是客；只三间老屋，时宜
　　　　明月时宜风……"差个横批，"没有不散的宴席"。

　　　　〔唐茂昌感到有点不大对劲，刚要说什么。

　　　　〔"尾声儿"曲起。这是熟悉的京剧结束曲，一吹打起来，戏就该
　　　　收场了。

〔大幕徐徐落下，把一切关在幕内，只剩下那副对联。

——剧　终

《天下第一楼》创作于1985年，1988年6月12日由北京人民艺术剧院首演于北京。导演夏淳、顾威，主要演员有林连昆、谭宗尧、吕中等。不到一年时间连续演出超过二百场，形成一股"满城争说第一楼"的势头。曾赴日本、新加坡和香港、台湾地区演出。后由作者改编成同名电视剧。该剧剧本获得第五届全国优秀剧本创作奖（1988—1989）。

作者简介

何冀平　女，1951年出生于北京，祖籍广西上林，中央戏剧学院戏剧文学系毕业。从事话剧、电影、电视剧、戏曲创作。代表作品有话剧《天下第一楼》《德龄与慈禧》《甲子园》，电影《新龙门客栈》《龙门飞甲》《明月几时有》《决胜时刻》《邪不压正》。《天下第一楼》被收入教育部中学教材，作品翻译为多种文字，多次获奖。

· 京 剧 ·

曹操与杨修

陈亚先

时　间　后汉建安年间。

地　点　洛阳、斜谷等地。

人　物　曹操（字孟德）、杨修、倩娘、鹿鸣女、孔闻岱、蒋干、公孙涵、
僮儿、匈奴马商、西蜀米商、东吴米商、曹洪（字子廉）、夏侯
惇、许褚、张辽、李典、乐进、徐晃、张郃、孔融、军士、丫
鬟、刽子手、故军兵将等。

招贤者（此人首次出场时翩翩少年，随剧情发展，渐见其老，至
剧终时，竟自垂垂老矣）。

第一场

〔音乐悲壮。

〔招贤者上。他正值年少，黑发无须。

招贤者　招贤喽！汉相曹操，兵败赤壁，招贤纳士，重图大业。（自语）
唉！咱们八十三万人马，败东吴三万兵将之手！仗打得这么窝
囊，咱们比人家少点什么？就少了周瑜、诸葛亮那么几个人才，
所以……（隐去）

〔二道幕启。皓月当空，松林郁郁，郭嘉墓前。曹操、鹿鸣女、
曹洪、夏侯惇、许褚、张辽、李典、乐进、徐晃、张郃、蒋干、
公孙涵等正筹备祭仪。

曹　操　大汉丞相曹操，率领都护将军曹子廉、陈济太守夏侯惇、中郎将
许褚、晋阳侯张辽、李典、乐进、徐晃、张郃等，中秋明月之
夜，祭扫故参军郭嘉墓庐。

〔音乐起。

曹　操　（慷慨赋诗，念）

明月之夜兮，短松之岗；

悲歌慷慨兮，悼我郭郎；

天丧奉孝兮，摧我栋梁；

258

鹿鸣女　（接念）从此天下兮，难觅贤良；

曹　操　（接念）哀哉奉孝兮，伏惟尚飨！

　　　　你若不死，我焉有赤壁之败呀……（哭）

众　人　丞相保重！

鹿鸣女　父相保重！

公孙涵　丞相如此礼贤下士，天下贤才，必然闻风来投哇。

蒋　干　丞相您要节哀保重！

公孙涵　鹿鸣小姐即兴续诗，与您老人家的气韵意境，真是天衣无缝，中
　　　　原才女果然名不虚传。

曹　操　鹿鸣女儿，虽非亲生，胜似亲生，她的才思，不在蔡文姬之下。当
　　　　年老夫欲将她许配郭嘉，只恨苍天不佑，郭郎弃我而去了……

　　　　〔招贤者上。

招贤者　丞相，果不出您所料，他来了。

　　　　〔杨修内唱："半壶酒一囊书飘零四方。"

　　　　〔曹操示意，与众人隐入松林。

　　　　〔杨修与僮儿上。

杨　修　（接唱）冷眼观孙曹刘三霸争强。

　　　　　　　欲振国无明主心中惆怅——

僮　儿　相公，到了郭嘉先生的墓台了。

杨　修　（接唱）因此上我也来祭奠郭郎。

僮　儿　相公，郭嘉先生的墓台已有人祭扫过了。

杨　修　哦？

僮　儿　香炉还是热的哪。

杨　修　年年今日，只有我杨修前来祭扫这冷落的坟台，今年为何这样地
　　　　热闹起来了？

僮　儿　（发现曹操所书题款）相公，这祭扫人的名字叫曹操。

杨　修　曹孟德！（唱）

　　　　　　　曹孟德他也曾东征西讨，

　　　　　　　得荆襄灭刘表意气自豪。

　　　　　　　赤壁兵败如山倒，

　　　　　　　十万战船被火烧。

残兵逃至在华容道，

幸遇当年的旧故交，

悲悲切切苦哀告，

才得保下了命一条。

他若想力挽狂澜于既倒，

求贤纳士谋略高。

〔曹操微服上。

曹　操　哈哈哈……说得好，说得好！既知曹操求贤纳士，先生何不投在
　　　　他的麾下，以展济世之才？

杨　修　老先生，你晓得我是何人？就叫我去投曹操？

曹　操　先生乃当今奇才杨德祖，那曹操正愁寻你不着。

僮　儿　你怎么知道我们相公的名讳呀？

曹　操　方才先生说过，"年年只有我杨修祭扫这冷落的坟台"。

僮　儿　哈哈哈……

杨　修　老先生，你当真要我投奔曹操？

曹　操　正是。

杨　修　但不知曹操能封我个什么官儿。

曹　操　以先生之才，少不得封你个长史之职。

杨　修　长史之职？忒小了吧。

曹　操　哦，大材小用了。封你为兵马大都督！

杨　修　荒唐！

曹　操　怎说是荒唐？

杨　修　杨修岂是披坚执锐之人？

曹　操　但不知怎样的官儿，才称先生的心意？

杨　修　我要做他的仓曹主簿官。

曹　操　怎么，先生愿为曹操掌管军粮战马？

杨　修　掌管军粮战马有何不可？

曹　操　先生，你不嫌弃这仓曹主簿官卑职小么？

杨　修　哈哈哈……不要小看了这仓曹主簿，如今曹操军中缺战马，仓中
　　　　少米粮，他的当务之急，就是这国库空虚！

260　　曹　操　（大喜）哎呀呀，先生确有富国之策，来来来，老朽洗耳恭听。

杨　修　　怎么，说与你听？

曹　操　　不错。

杨　修　　对牛弹琴，对牛弹琴。

曹　操　　实不相瞒，老朽便是曹操。

杨　修　　哈哈哈，丞相你到底自报家门了。

曹　操　　怎么，先生早知曹操到此？

杨　修　　丞相求贤一片诚，今晚焉能无此行？

曹　操　　这……

杨　修　　这……

曹　操　　啊？哈哈哈……

杨　修　　啊！（与曹操同笑）丞相，幸会，幸会！

　　　　　〔公孙涵上。

公孙涵　　呔！曹丞相在此，还不大礼参拜！

曹　操　　休得胡言，快来见过杨德祖先生。

公孙涵　　中原公孙涵见过德祖先生。

杨　修　　原来是公孙先生，请问……

公孙涵　　（打断杨修）请丞相上马回府。

曹　操　　……今宵月色正好，我要与德祖先生安步当车，列公先行一步。

　　　　　〔公孙涵挥手，众下。

　　　　　〔曹操与杨修登高远眺，驰目骋怀。

杨　修　　（吟诵曹操的旧诗作）关东有义士，兴兵讨群凶……

曹　操　　铠甲生虮虱，万姓以死亡……

杨　修　　白骨露于野……

曹　操　　千里无鸡鸣……

杨　修　　生民百遗一，念之断人肠！

曹　操　　老夫二十年前所作的小诗，德祖先生你竟还记得一字不差。

杨　修　　杨修岂止是爱其诗文，我更敬其人忧国忧民的襟怀如斯也。

曹　操　　你我相见恨晚哪！

杨　修　　我生也晚哪。

　　　　　〔曹操与杨修相视大笑。

曹　操　　明日就请先生上任理事如何？

杨 修	杨修敢立下军令状，担保丞相在半年之内，军粮满仓，战马充厩！
曹 操	怎么，先生敢立军令状，在半年之内军粮满仓、战马充厩？
杨 修	正是。
曹 操	真乃天下之福也！
杨 修	只是还须一人相助，方能建功立业。
曹 操	先生举荐何人，你快快讲来。
杨 修	就是那北海孔闻岱。
曹 操	怎么，孔闻岱……
杨 修	正是。
曹 操	他与我有杀父之仇！
杨 修	这个……

〔灯暗。玉箫声起。

第二场

〔二幕前，鹿鸣女吹玉箫，倩娘手执女红，丫鬟在煎药。

倩　娘　（唱）杨修进京兮，已然半载。

军粮战马兮，何曾筹来？

夙夜徘徊兮，孟德颜改。

百转柔肠兮，难解愁怀！

〔丫鬟捧药待命。

倩　娘　儿啊，快侍候你父相用药吧。

鹿鸣女　是。

〔公孙涵上。

公孙涵　公孙涵有要事求见丞相。

鹿鸣女　我父相身子不爽。

倩　娘　若无大事，改日再见。

公孙涵　卑职觅得三十年陈酿杜康名酒，与丞相解忧。

倩　娘　嗯！这岂是你谋士幕僚分所当为？

公孙涵　卑职告退。

262　　〔曹操内声："转来。"

〔二幕启。曹操上。

曹　操　（唱）慨当以慷，忧思难忘，

何以解忧，唯有杜康。

（将碗中药汤泼去，斟酒）

〔公孙涵上。

公孙涵　丞相……卑职有要事禀报。

〔曹操示意，倩娘、鹿鸣女退下。

公孙涵　丞相，有人通敌！

曹　操　哪一个通敌？

公孙涵　就是杨修举荐来的那个孔闻岱！

曹　操　嗯？尔敢诬陷贤良？

公孙涵　（取出袖折）丞相不信请看，我这里记载得一清二楚，去年腊月

初七，他西出龙门，北转雁门，进入匈奴地界半月有余。

曹　操　匈奴？半月！

公孙涵　今年正月初八，他过长江下洞庭，辗转东吴七十余天！

曹　操　东吴？七十余天！

公孙涵　三月二十九，杨修与他执手相送。那孔闻岱绕汉中、走栈道，到

了刘备的成都，如今方才回到洛阳。

曹　操　（震怒）杨修、孔闻岱今在哪里？

公孙涵　孔闻岱正要去见杨修，被我略施小计，诳到辕门，请丞相定夺！

曹　操　先将孔闻岱拿来见我！

公孙涵　遵命！

曹　操　（一想）慢！不要惊动杨修，孔闻岱书房叙话。

公孙涵　是！（下）

曹　操　（唱）当初杀了孔北海，

孔闻岱到今日耿耿于怀！

举贤良不避仇酿成祸害，

孔门中多反骨他是孽障投胎！

七年前杀孔融旧景犹在——

〔灯光凝聚，回响曹操当年的声音："将孔融推出帐去，斩！"

〔刽子手架孔融出现。

孔　融　曹操哇，奸贼！（接唱）

　　　　　　　阿瞒竖子似狼豺！

　　　　　　　孔融一死有何碍，

　　　　　　　汉祚岂容你安排，

　　　　　　　自有我的后来人——

　　　　〔刽子手大斧落下。从孔融尸体中蜕出孔闻岱。

孔闻岱　（接唱）孔闻岱！

　　　　〔杨修幻影出现。

杨　修　（唱）杨修举荐此贤才。（指孔闻岱）

　　　　〔报子甲、乙内喊："报！"上。

报子甲　启禀丞相，大事不好。

曹　操　何事惊慌？

报子甲　匈奴骑兵，夺关南下！

报子乙　刘备五虎上将，东出祁山！

曹　操　啊！

　　　　〔报子丙内喊："报！"上。

报子丙　东吴周郎逆江而上。

曹　操　不、不、不、不好了！（念）

　　　　　　　孔闻岱北联匈奴阴山道，

　　　　　　　西川暗把刘备交。

　　　　　　　江南勾结东吴贼，

　　　　　　　三面夹攻欲灭曹。

　　　　〔杀声震天，匈奴铁骑突然而至。

　　　　〔五虎将出现。

　　　　〔吴"水师"杀来。

　　　　〔曹操三面受敌，孔闻岱手举孔融的大斧追杀曹操。众人刀斧齐举，向曹操头上劈来。

曹　操　啊！

　　　　〔暗转。

　　　　〔倩娘、鹿鸣女举灯奔上。

倩　娘　相爷、相爷……

鹿鸣女　父相，父相，你怎么样了？

曹　操　唔……（回到现实中来）老夫么，安然无事。

公孙涵　孔闻岱告进。

曹　操　传！（挥手示意）

〔曹操挥手示意，鹿鸣女、倩娘下。

〔孔闻岱内唱："踏遍了阴山外蜀地吴邦——"

〔曹操拔出宝剑，入座。

〔孔闻岱上。

孔闻岱　（接唱）为粮马孔闻岱四海奔忙。

苦匆匆，马乏人又伤，

餐风宿露褴褛了身上的衣裳回洛阳。

拼着我七尺之躯报效丞相，

巧周旋赚来了战马与军粮。

〔公孙涵提示孔闻岱解下腰间剑。

孔闻岱　（感激地把剑交公孙涵，而后，近前行参拜礼）仓曹主簿从事孔

闻岱参见丞相。

曹　操　孔闻岱……

孔闻岱　在。

曹　操　我来问你，尔去过匈奴？

孔闻岱　去过。

曹　操　去过西蜀？

孔闻岱　去过西蜀。

曹　操　也去过东吴？

孔闻岱　也去过东吴。

曹　操　是哪一个派你去的？

孔闻岱　杨主簿与我计议行事。

公孙涵　杨修跟你计议的是什么？意欲何为？

〔孔闻岱甚感意外，一时回答不出。

曹　操　自然是筹措军粮、战马，你道是也不是？

孔闻岱　正是。

曹　操　哼哼……尔劳苦功高，老夫赐你美酒一瓯。

孔闻岱　谢丞相！（接酒喝）

　　　　〔曹操挥剑刺孔闻岱，孔闻岱倒地。

　　　　〔招贤者幕内喊："招贤喽——"

　　　　〔二幕闭。

第三场

　　　　〔二幕前。

　　　　〔招贤者上。

招贤者　大汉丞相，明察秋毫，奖功罚罪，胜似舜尧。招贤喽！（隐去）

　　　　〔东吴米商上。

东吴米商　哎呀，大老倌，请问你一声讯，孔闻岱孔先生住在啥场合？

招贤者　你说什么？

东吴米商　孔闻岱孔先生住在啥场合？

招贤者　请讲普通话。

　　　　〔东吴米商说"普通话"。

招贤者　你找孔闻岱干什么？

东吴米商　上一次他到东吴来和我说好了大米生意呀。

招贤者　怎么？孔闻岱到你们那里，是去做生意？

东吴米商　是呀，是呀，我带来了江南大米六万六千六百六十六石。

招贤者　好好好，你别找孔闻岱了，我领你去找一个人，管保买下你的大米。

东吴米商　好格，好格。（随招贤者下）

　　　　〔二幕启，仓曹主簿府后花园。

　　　　〔杨修正在操持公务，小炉上煎着药。

杨　修　（唱）青天外白云闲风清日朗，

　　　　　　　　洛阳红绕回栏一阵阵飘香。

　　　　　　　　处乱世遇明主欣喜过望，

　　　　　　　　酬知己哪顾得昼夜奔忙。

　　　　　　　　坐花间药当酒无事一样，

　　　　　　　　怎知我的胸臆间是沸水扬汤。

　　　　　　　　当初我立下了军令状，

　　　　　　到如今恰正是半载时光。

　　　　　　孔贤弟无消息令人悬望，

　　　　　　为什么无有那战马军粮就来到洛阳？

　　　　　　难道说稳操的胜券成虚妄？

　　　　　　〔僮儿内喊："老爷——"急上。

僮　儿　老爷，大喜啦！

杨　修　（唱）莫不是城外边已到了战马军粮？

僮　儿　一点儿也不错，数不清的胡马，一群一群地从北边来，千船米粮
　　　　　顺着汉水黄河从西南两路，都快到京城了。

　　　　　　〔内声："有客商求见！"

杨　修　送粮送马的人儿来了，快快有请。

僮　儿　知道了。

杨　修　（转而一想）转来，不见，一概不见。

僮　儿　怎么不见？

　　　　　　〔杨修向僮儿示意。

僮　儿　（一笑）明白了。

　　　　　　〔三位客商上。

僮　儿　主簿老爷酒醉，今儿不见客。

西蜀米商　啥哉？不见！我们有大事相商，不见不得行！

东吴米商　做生意总要碰碰头，哪好勿见面呢。

匈奴马商　吃葡萄不吐葡萄皮，不吃葡萄倒吐葡萄皮……

西蜀米商　（对匈奴马商）说汉语，说汉语。（对僮儿）他是匈奴人啊。

匈奴马商　我们是做买卖的，不能不见。（甩马鞭）

杨　修　唔，何人在此喧哗？

西蜀米商　听你之言，敢莫就是主簿，杨大人？

杨　修　正是！三位到此何事？

东吴米商　我侬三个人，全是孔闻岱的好朋友。

杨　修　怎么？你们是孔闻岱的好朋友？哎呀呀，失敬了，失敬了！

西蜀米商
匈奴马商　好说，好说。
东吴米商

西蜀米商　我们是诚心诚意来做生意的。

匈奴马商　我带来良马十万匹。

东吴米商　我带来江南大米六万六千六百六十六石。

西蜀米商　老子带来天府之国上等大米五千船，顺长江绕汉水辗转到了
　　　　　洛阳。

杨　修　哎呀，你们来迟了。

西蜀米商
匈奴马商　什么，来迟了？
东吴米商

　　　　〔三商人乱作一团。

杨　修　三位呀——（唱）

　　　　　做买卖靠的是眼明手快，

　　　　　你三人为什么姗姗迟来？

　　　　　半年前，我也曾散尽千金把粮马收买，

　　　　　到眼下库银短缺愧对三兄台。

匈奴马商　不像话！

杨　修　买卖不成仁义还在呀，大家吃上一杯，来来来。

匈奴马商　朋友，酒我们不要喝，马你买不买？

杨　修　马匹已充足了。

东吴米商　这许多大米，你也勿要哉？

杨　修　不是不要，怎奈库银短缺了。

西蜀米商　格老子，好一个巧舌如簧的孔闻岱呀！（唱川调）

　　　　　欺瞒好友太不该。

东吴米商　（唱评弹调）

　　　　　说什么马到洛阳重金买，

　　　　　说什么米贵如珠是京街。

匈奴马商　（唱西北调）

　　　　　却原来，尽都是胡言一派，

　　　　　你们汉人骗人不应该！不应该！

杨　修　好了，好了，看在孔贤弟的分上，我就筹些个银两，买了战马米
　　　　粮也就是了。

西蜀米商　大人功德无量。

匈奴马商　好！讲义气。

东吴米商　谢谢，谢谢！

杨　修　只是这价钱……

西蜀米商
匈奴马商　价钱好商量。
东吴米商

杨　修　（故作沉思状）这样吧，石米半两银，匹马二钱金。

西蜀米商　啥子？一石米半两银？

匈奴马商　马一匹，金子二钱？

东吴米商　哦哟，大老倌，你比苏州人煞半价还要结棍嘛！

西蜀米商　这个生意做不得！

匈奴马商　不卖了，运回去！

东吴米商　勿卖哉！

　　　　〔三商人下。

僮　儿　（追赶）哎，你们别走，别走呀！老爷，你怎么让他们走了？

杨　修　嘿嘿，他们还是要回来的。（唱）

　　　　　　速准备圈马屯粮莫迟钝——

　　　　〔内声："丞相驾到！"

僮　儿　丞相驾到。

杨　修　他的消息来得好快呀，僮儿更换官袍。（下）

　　　　〔僮儿跟下。

　　　　〔众卫士上，巡视毕。

众卫士　请丞相。

　　　　〔曹操上。

曹　操　（唱）冲冠一怒杀了人，

　　　　　　千思万虑难安枕。

　　　　　　历历往事好惊心，

　　　　　　在赤壁我错杀了蔡瑁、张允……

　　　　〔杨修上。

杨　修　啊，丞相你这不速之客，敢莫是拿我这仓曹主簿官的弊病来了？

269

曹　操　啊，这个……

杨　修　哈哈哈……

曹　操　哈哈哈！（接唱）

　　　　　　　　问声主簿可安宁？

杨　修　你看我，坐花间饮美酒，我是何其而不乐呀！

曹　操　说什么花间饮酒，杨主簿终日操劳，以药当酒，难道老夫不知？

杨　修　怎么？杨修终日以药当酒，丞相尽知？

曹　操　巧妇难为无米之炊，德祖啊，实实地难为你了。

杨　修　丞相，你的仓曹主簿实实地难当啊！我们已然到了家无隔宿粮的
　　　　地步了，不过今日啊……

　　　　〔僮儿边喊边上。

僮　儿　老爷，老爷，那三个外国人又回来了。

　　　　〔曹操一怔。

杨　修　请丞相暂避一时。

曹　操　怎么？老夫必须回避？

杨　修　丞相，这巧取豪夺的坏名声，只好由我杨修一人承担，就请丞相
　　　　暂避一时……

曹　操　（狐疑地）哦，哦……（隐入假山石后）

　　　　〔三商人上。

西蜀米商　杨大人！

杨　修　三位怎么又回来了？

西蜀米商　左思右想实无奈，且把檀香当烂柴。

匈奴马商　我情愿十万良马当驴子卖。

东吴米商　唉！千船米粮当稻柴灰。大老倌，您啊，好把价钱再……

西蜀米商
匈奴马商　抬一抬？
东吴米商

杨　修　方才言过了，石米半两银，匹马二钱金，这样的价钱，我已是倾
　　　　其所有，价钱抬不得了。

西蜀米商　龟儿子，王八吃秤砣。

　东吴米商　铁仔心哉。

匈奴马商　不卖了，运回去！

西蜀米商　运回去。

东吴米商　勿卖哉，运回去。

〔三商人欲走。

杨　修　且慢！要运回去？运往哪里去？你的十万战马运往匈奴？你们的千船米粮运往东吴、西蜀？哼！在这大汉京都之地，竟有人将军粮、战马资助敌邦！哎呀呀，这样的话若被曹丞相听见，你们的性命不要了？嘿嘿，运回去……

〔三商人怔住，东吴米商拽过二商人。曹操踱上。

东吴米商　二位朋友，你们可曾见过曹操？

西蜀米商
匈奴马商　没有见过。

东吴米商　我伲东吴人在赤壁之战的辰光，全见过伊。曹操格老赤佬生得是青面红发、锯齿獠牙，杀起人来是白相一样，比后面那老赤佬还要结棍，我看还是保命要紧，便宜卖把伊算哉吧！

西蜀米商　对，好汉不吃眼前亏。

匈奴马商　我们赞助他们了。

东吴米商　（对杨修）大老倌，我伲便宜些卖把你，不过，方才两句不二不三的闲话你勿要告诉曹操。

杨　修　好了，好了，三位一手交钱，一手交货。僮儿，带他们到有司交割去吧！

匈奴马商　（惊惶地对东吴米商）怎么，他们要绞割？（比画自己的脖子）

东吴米商　这位外国赤佬"洋盘"，交割就是结账！

匈奴马商　哦，给钱？不是杀头？

〔三商人随僮儿下。

杨　修　啊，丞相，我用这点银两，办下这战马、军粮，我这个仓曹主簿官，可以交得军令状了吧？

曹　操　（从山石后出）杨主簿，我来问你，这些客商怎生到此？

杨　修　丞相容禀：就是那孔闻岱，他在半年前，是这样乔装改扮，单人匹马，西出龙门，北转雁门，踏遍了塞外匈奴。历尽了千辛万苦，而后又从华容道东过长江，下洞庭，绕柴桑，入巴蜀。置生死于度外，谋大事于敌邦，才赚来这十万战马、千船米粮，解了我军国大难，立下这不世之功，丞相你要格外地升赏啊！

曹　操　呀！（唱）

　　　　闻言如听惊雷炸，

　　　　孟德做事差差差！

　　　　仇者快亲者痛，贻笑天下，

　　　　怕只怕招贤的大计流水落花。

杨　修　丞相为何背地沉吟？

曹　操　杨主簿，这军粮战马，解了我军国大难，真乃不世之功。老夫升你官阶三级，为丞相主簿。

杨　修　谢丞相！

曹　操　来来来，这件锦袍随我栉风沐雨有年矣，赠与德祖，聊表曹某寸心！（解下锦袍，授予杨修）

杨　修　杨修肝脑涂地，当报知遇之恩。丞相，这军粮战马的首功孔闻岱将是如何地升赏？

曹　操　那孔、闻、岱么——老夫素有夜梦杀人之疾。昨晚，孔闻岱回到洛阳，相府禀事，老夫正在书房蒙眬困睡之中，不想我这一剑哪……

杨　修　怎样？

曹　操　我将他误杀了！

杨　修　曹丞相，你……（惊呆，手中锦袍落地）

　　　　〔招贤者画外音："山不厌高，海不厌深，招贤纳士，一片诚心。"

　　　　〔曹操拾袍，为杨修披上。

　　　　〔曹操捶胸顿足。

　　　　〔招贤者画外音："招贤哪！"

　　　　〔幕落。

第四场

　　　　〔二道幕前，招贤者上。

招贤者　大汉丞相曹公，升赏主簿杨修，大设灵堂祭奠孔闻岱！招，招……咳……

〔蒋干捧宝剑上。

招贤者　蒋先生，（指剑）您这是……

蒋　干　唉，丞相夜梦杀人之时，这把宝剑若不在身边，丞相焉能误杀孔
闻岱，都怪这把宝剑不好，理该将它灵堂示众，告慰亡灵。（下）

招贤者　蒋干先生也是好心，可惜……唉……（隐去）

〔曹操画外音：“梦中失手，错杀无辜，痛悔何及，泪落如豆！”

〔二道幕启，庄严肃穆的孔闻岱灵堂。

蒋　干　千不怪万不怪，只怪这倚天宝剑罪在不赦啊。

杨　修　（冷笑）嘿，嘿……（背躬唱）

　　　　曹孟德大英雄令人钦敬，

　　　　有过错为什么不肯担承？

　　　　夜梦杀人谁能信，

　　　　万马齐喑实堪惊。

　　　　非是我愤世嫉俗甚，

　　　　我心头悲，眼中泪，满腹疑猜，一腔悲愤，我那苦命的孔
　　　　　　贤弟呀！

　　　　杨修岂能够忍气吞声。

曹　操　人死不能复生，杨主簿，切莫过于悲伤。

杨　修　曹丞相，你的祭礼是如此丰厚，可叹我只有一样。

曹　操　一样什么？

杨　修　一片真心！

曹　操　如此说来，旁人就无有真心了？

杨　修　他们自己心中明白！

曹　操　……老夫要为闻岱守灵一夜。

杨　修　哦？……少不得由我作陪？

曹　操　正要与先生清夜长谈。

杨　修　不可不可！倘若丞相又要犯那夜梦杀人之疾，那便如何是好哇？

曹　操　嗬嗬嗬嗬，杨主簿，你也知道怕死？

杨　修　杨修一死不紧要，丞相你的大业要紧哪！

曹　操　……好，你安寝去吧，安寝去吧。

杨　修　（略一踌躇，计上心来，旁唱）

后堂我把夫人请，

来将丞相的好梦惊。

我看他犯不犯这夜梦杀人的病，

文过饰非怎服人？

〔更鼓三响，杨修下。

〔曹操示意众人退下。

蒋　干　转来！丞相彻夜守灵，尔等好生侍卫，不可大意。

众　人　遵命，参军放心。

〔众人下。

曹　操　（唱）寂寞三更人去后，

恰便似雪上复霜愁更愁。

我谎称在梦中失了手，

杨德祖咄咄逼人不罢休。

求才难哪才难求，

寒夜漠漠万重忧。

〔丫鬟捧锦袍引倩娘上。

倩　娘　（唱）乱世夫妻多忧患，

祸福相关同悲欢。

餐风宿露常相伴，

偕卧兵车渡关山。

千危万难终不散，

（为曹操披衣，见曹操睁开眼睛，接唱）

春宵风清也觉寒。

曹　操　（唱）戎马倥偬苦征战，

贤妻伴我十余年。

老夫今日又遇危难，

连累贤妻夜不安。

倩　娘　（唱）相爷你误杀闻岱非本愿，

白发人彻夜守灵也堪怜。

说甚么今又遇危难，

得道多助心放宽。

曹　操　（唱）误杀了孔闻岱我肝肠悔断，

设大礼祭亡灵为把众人安。

百般担忧只一件——

倩　娘　哪一件？

曹　操　那杨修……唉！

倩　娘　那杨修，为相爷的军国大事昼夜操劳，就是相爷的起居冷暖，他
也常挂在心。适才，就是他去至后堂，请我为相爷添衣。

曹　操　（一怔）怎么？是杨修他、他、他……（唱）

他请你为我把衣添!？

倩　娘　正是。

〔曹操看锦袍，赫然发现正是他赠给杨修的那一件，转看宝剑，
再看倩娘，大惊。

倩　娘　丞相为何如此惊慌？

曹　操　唉！（唱）

马到临崖收缰晚，

进退维谷好为难。

倩　娘　相爷你……

曹　操　（唱）牵玉手，睹芳容，

可怜贤妻懵懂人！

我在灵堂方入梦，

你不该把我的好梦惊。

我在梦中杀了孔闻岱，

文官武将尽知情。

偏有杨修来作梗，

逼我在人前认罪名。

不舍贤妻难服众，

欲舍贤妻我怎能？

事到此间乱方寸，

杨修陷我两难人！

倩　娘　（唱）曹丞相握重兵天下纵横，

难道说保一亲人都不能？

曹　操　（唱）我的贤妻呀！

汉祚衰群凶起狼烟滚滚，

锦江山飘血腥遍野尸横。

只杀得赤地千里鸡犬殆尽，

只杀得百姓家九死一生。

献帝初天下人丁五千万，

杀到今剩下七百万民。

儿郎铠甲生虮虱，

思之断肠复断魂。

曹孟德志在安天下，

赤壁折了百万兵！

求贤纳士重振奋，

误杀了孔闻岱大错铸成！

怕只怕天下贤士心寒透，

我宏图大业化灰尘！（向倩娘跪拜）

倩　娘　（唱）相爷一拜如山重，

拜得倩娘梦魂惊。

为妾一死不要紧，

怎忍心白发人反送了黑发人的身？

曹　操　（唱）流泪眼观流泪眼，

倩　娘　（唱）断肠人对断肠人！

曹　操
倩　娘　（唱）贤妻呀！
　　　　　　相爷

曹　操　（唱）有朝一日狼烟尽，

我为你造一座烈女碑亭。

夫妻到此悲难忍，

英雄泪染透了翠袖红巾。

倩　娘　（跪下，唱）

愿相爷，金戈铁马多保重，

莫为我薄命女暗销魂。

待到海晏河清把功庆，

到坟前奠半碗剩酒残羹。

（向曹操三拜，取剑自刎）

曹　操　（悲痛欲绝，凄厉呼喊）来人哪，来人哪！

〔鹿鸣女、杨修、蒋干、招贤者、丫鬟、卫士急上，见状大惊。

鹿鸣女　母亲！

杨　修　曹丞相你……你这夜梦杀人之疾，就如此沉重吗？

曹　操　杨主簿，你看今日之事，怎样处置方好？

杨　修　但凭于你！

曹　操　好！老夫做主，将我鹿鸣女儿许配杨主簿为妻！

杨　修　啊!?

招贤者　丞相千金之女，下嫁主簿杨修，再表求贤之诚。

〔二幕闭。

第五场

〔二道幕前。招贤者上。

招贤者　招贤喽，招贤喽！（念）

　　　　大汉兵精粮足，定雪赤壁之辱；

　　　　大军进驻斜谷，指日灭蜀吞吴。

〔蒋干手举一封书信，骑马上。

招贤者　蒋先生，你回来了？

蒋　干　回来了，丞相今在哪里？

招贤者　曹丞相昨晚在中军宝帐商议军机大事，天一亮就带领众将踏雪巡营去了！

蒋　干　（喊）丞相！丞……待我迎上前去。

〔二道幕启。风雪弥漫，战马齐鸣。中原健儿，金戈铁马，意气昂扬。

蒋　干　啊，丞相，好兴致呀。

曹　操　（踌躇满志）罡风卷战袍，大雪满弓刀。

〔众马舞歌：

　　　　"罡风卷战袍，

大雪满弓刀。

看巴山蜀水涌波涛，

指山河魏侯挥鞭笑，

灭蜀吴功成在吾曹。

金戈铁马长啸，

中原豪杰，胆气直上云霄！"

〔曹操、杨修、公孙涵、曹洪、夏侯惇、许褚、张辽等众将，策马走来。

蒋　干　哎呀呀，金戈铁马，踏雪巡营，好一幅英雄图画也。

曹　操　看看我军天下无敌的阵势，免得长他人威风，灭自家志气。子翼，战表可曾下达？

蒋　干　诸葛亮收了丞相的战表，不说战，也不说降，回复了小诗一首，刁钻古怪，令人费解。

曹　操　众位将军。

众　人　丞相。

曹　操　哪一位解得诸葛亮诗中之意，老夫有赏。

众　人　但不知上面写的甚么？

蒋　干　喏喏喏——（念诗）

黄花逐水漂，

二人过木桥。

好景无心爱，

须防歹徒刀。

杨　修　嘀嘀嘀，诸葛亮盼的就是我军自以为天下无敌。

蒋　干　哎呀呀，到底是丞相的女婿大官人，聪明过人，想必已然猜出诗中之意了。

曹　操　恐怕未必。列公有何高见？

众　人　这个……

蒋　干　公孙兄，你可曾猜出来呀？

公孙涵　（与蒋干背白）蒋参军，昨夜在中军宝帐议论军机大事，姓杨的那股狂劲儿又来了，丞相正压着火呢。你小心马屁拍到马脚上！

蒋　干　哦！

许　褚　什么鸟诗，待我看来！

公孙涵　蒋先生手捧此诗，在马背上猜了十里之遥，尚未猜出，许褚将军你嘛……

许　褚　马行十里，我若猜出，你便怎样？

公孙涵　除非有人暗地里告诉你！

许　褚　你！

蒋　干　依我看来，你若猜了出来，杨主簿替你牵马坠镫，你若是猜不出来，你与杨主簿牵马坠镫。

　　　　〔众人大笑。

许　褚　我不猜了，不猜了，丞相你猜。（把诗呈于曹操）

　　　　〔曹操接过诸葛亮的诗，睨视杨修。

　　　　〔杨修微微冷笑。

曹　操　如此说来，马行十里，我若不能猜出这诗中之意，就要与杨主簿牵马坠镫了？

众　人　啊……不！不！不！（大笑）

曹　操　（背唱）只为错杀了孔闻岱，

　　　　　　　　杨德祖到今日不释于怀。

　　　　　　　　兵出斜谷他再三阻碍，

　　　　　　　　借此诗他又要卖弄高才。

杨　修　（唱）阿谀声如烈酒把他醉坏，

　　　　　　　　全不见危机四伏袭人来！

　　　　　　　　我甘愿犯虎威将他劝诫，

　　　　　　　　丞相，前面绝壁悬崖，无有路了。（接唱）

　　　　　　　　劝丞相谨提防马坠悬崖！

曹　操　待老夫勒转马头。

杨　修　丞相，诸葛亮诗中之意，你已然猜出来了。

曹　操　老夫尚未猜出。

公孙涵　十里未到，十里未到。

众　人　十里未到。

杨　修　哎！你我从左营来到右营，二十里都过了，就是这胯下的畜牲，它也明白！

曹　操　　昨晚吵到今日，你还不罢休么？

杨　修　　丞相……

曹　操　　杨主簿！你当真要老夫与你牵马坠镫？

曹　洪　　丞相带马，哪个敢骑？

杨　修　　丞相言而有信，杨修不敢不骑！

曹　洪　　我把你这狂傲的……

曹　操　　嗯！尔等不必多言，杨主簿，你放开缰绳。（下马）

　　　　　〔众人皆下马。

　　　　　〔曹操为杨修带马。

众　人　　（唱）丞相带马世少有，

曹　操　　（唱）曹孟德南征北战数十秋，

　　　　　　　　今日马前把人伺候，

　　　　　　　　宰相腹内好行舟。

　　　　　〔马嘶跳，众担心。

众　人　　丞相！

曹　操　　不妨事。

　　　　　〔圆场，曹操踏雪踉跄。

杨　修　　（极为关切地）丞相，缓缓而行吧……

曹　操　　是，缓缓而行。（牵马下）

蒋　干　　（唱）世间只有牛吃草，

公孙涵　　（唱）几曾见过草吃牛。

蒋　干　　（唱）杨德祖不知天高和地厚，

公孙涵　　（唱）他自作自受难回头。

蒋　干　　哎呀，公孙兄啊，我实实地走不动了。

公孙涵　　我也走不动了。

蒋　干　　丞相偌大年纪，焉能经受得起？

公孙涵　　你我赶上前去。

蒋　干　　赶上前去。

　　　　　〔公孙涵、蒋干同上马。

公孙涵
蒋　干　　丞相慢走！

〔曹操牵马上。步履艰难，跌跌撞撞。

〔杨修急下马，欲扶曹操，曹操冷冷避开。

杨　修　丞相，你早就猜出来了。

曹　操　不错，我早就猜出来了。

蒋　干　丞相，既已猜出，何不早说？

曹　操　我若早说，谁与杨主簿牵马坠镫！？黄花本是一少女，女旁有
　　　　水，是"汝"字。

公孙涵　木上二人？

曹　操　是"来"字。

公孙涵　无心之爱？

曹　操　是"受"字！

公孙涵　歹徒之刀？

曹　操　是个"死"字。诸葛亮的诗是"汝来受死"四字！

公孙涵　丞相大智大慧，天下无敌！

众　人　天下无敌！

曹　操　唉！说什么大智大慧天下无敌？老夫之才，不及杨修三十里！

杨　修　哎呀，丞相啊！说什么不及杨修三十里，智者千虑，也有一失……

曹　操　不错！老夫是智者千虑，也有一失，杨主簿你呢？

杨　修　这……

曹　操　兵出斜谷，你再三争论，何以见得错的是我曹操，对的是你杨修？

杨　修　我……

曹　操　杨主簿，老夫替你牵马坠镫，你还不罢休吗？

杨　修　这……哎呀，丞相啦！这兵驻斜谷，危机四伏，眼看又是一场赤
　　　　壁之败呀！

曹　操　住口，兵出斜谷，大计已定，敢再多言，军法不容！

杨　修　丞相……

曹　操　众将各归营垒，待命决战，带马！

〔曹操将诸葛亮的"诗"猛掷于地，上马，下。

〔众将分下。

〔杨修怅然独立。

〔二道幕落。

〔招贤者上。

招贤者 许褚、张辽呀，你们跟他是好朋友，劝劝他，再有本事，也别
这么讨厌行不行呀？不过，话又说回来了，要是没有这种讨厌
的，那就讨厌了！（例行公事地）讨厌喽……不不不，招贤喽！

第六场

〔二幕启。杨修军帐前，僮儿身披小甲，正在升起帐前红灯笼。

〔杨忧闷而上。

〔二士兵上。

士兵甲 口令？

〔杨修上。

杨　修 杨修回来了。

〔兵士乙接马鞭下。

僮　儿 老爷，今晚军中的戒严口令是（向杨修耳边，轻声地）鸡肋二字。

杨　修 怎么，丞相传下军中戒严口令，乃是鸡肋二字？

僮　儿 嘻嘻，哈哈，往后，鸡爪子、鸡屁股都快出来了。（指向远处）
夫人回来了。

〔鹿鸣女抱襁褓，侍女捧容器上。

杨　修 （低声）夫人往哪里去了？

僮　儿 夫人去给相爷送鸡汤去的。

杨　修 夫人到中军帐做甚么去了？

鹿鸣女 你在父相面前做的好事，我手捧鸡汤替你去赔笑脸。可怜老父相
潸然泪下，言道女儿倒有父女之情，女婿却无有半子之义。

杨　修 你父女议论兵困斜谷之事。丞相举起一块鸡肋，说道鸡肋鸡肋弃
之可惜，食之无味，言罢就传下军中口令鸡肋二字?！你道是也
不是？

鹿鸣女 你料事如神，可惜不懂人情世故……

杨　修 丞相是要退兵了！

鹿鸣女 （制止杨修，对众人）尔等歇息去吧。（等众皆退）说甚么父相决
计要退兵，依我看来，这鸡肋二字说的是你杨修。

杨　修　不，不不，这鸡肋二字说的不是我杨修，他说的是兵困斜谷，进而无望，退又可惜，这才是食之无味，弃之可惜。我料他三思之后，决计要退兵了。

鹿鸣女　若能退兵，乃天下之幸也。

杨　修　不过，父相他，是万万不肯在人前认错的，这退兵二字他自己说不出口，此事只好由我杨修，替他周旋……带马！

鹿鸣女　且慢！你要往哪里去？

杨　修　我大军一动，诸葛亮必然要趁火打劫，许褚、张辽兵扎险要之地，我要叫他们早做准备。

鹿鸣女　父相未曾传令，你却要擅自调动兵马？

杨　修　调动兵马，挽救三军，有何不可？

鹿鸣女　纵然是挽救三军，也该禀明父相，擅自行事，你也忒胆大妄为了！

杨　修　胆大妄为？

鹿鸣女　依我看来，你还是先禀明父相的好。

杨　修　父相父相，口口声声都是父相，真不愧是你父相的好女儿，果然是有其父必有其女。

鹿鸣女　你！（唱）

　　　　　　一句话顿叫我心痛碎，

　　　　　　你怎知鹿鸣女千愁万苦何等伤悲。

　　　　　　成婚来盼的是亲如鱼水，

　　　　　　相敬爱相体贴比翼双飞。

　　　　　　谁料想姻缘未解旧怨怼，

　　　　　　翁婿们屡屡反目意相违。

　　　　　　到如今水火不容锋芒对，

　　　　　　生教他牵马坠镫踏雪归，

　　　　　　全不避三军上下众目睽睽。

　　　　　　似这等恃才傲主你不思悔，

　　　　　　竟还要擅调兵将犯军规。

　　　　　　我父纵有沧海量，

　　　　　　沧海也会起风雷。

　　　　　　怕只怕狂澜未挽身先毁，

空抛了少年头悔恨难追。

(长跪而泣)

杨　修　(心为震撼，唱)

只道是夫妻们同床异梦强聚首，

万不料，中原才女情义厚，竟把我的祸福安危挂心头。

我的贤夫人哪——(挽扶鹿鸣女，接唱)

自从我投奔你父后，

事与愿违壮志难酬。

到如今你年迈的父相，大小三军，兵困绝境，眼见得赤壁
　　悲歌又重奏，

一场败局无人来收，我岂能随波逐流看水流舟。

纵然他，翁婿之情全无有，

纵然他，一腔怒气冲斗牛，

宏图大业未成就，

料定他断然不敢杀我杨修。

带马！

〔杨修上马，下。鹿鸣女怅望杨修去向。帐中小儿啼哭传来，鹿
　鸣女匆匆下。

〔二军士与僮儿小声议论着下。

〔曹操由二侍卫执灯引上。

曹　操　(念)入川来战局险峻，

果然是蜀道难行。

再不下撤兵将令，

只恐怕溃不成军。

军士甲　口令！

侍卫甲　鸡——

军士乙　肋！过去吧！

军士甲　……这下可好了，咱们可以保住脑袋回洛阳过年去了。

军士乙　人家杨主簿早就说过，这仗不能这么打，不能这么打，可咱们丞
　　　　相就是不听，这不，临了，还得听人家杨主簿的。

284　军士甲　还是杨主簿有见识。

军士乙　走，收拾行李，回家探母去喽。

曹　操　转来。

军士甲　哎哟，曹丞相在此，小人等罪该万死。（伏跪）

曹　操　我来问你们，是哪一个讲的，老夫要退兵？

军士乙　这个……

曹　操　敢有隐瞒，军法不贷！

侍卫甲　讲！

军士甲　杨主簿刚才在这儿说的。

曹　操　他往哪里去了？

军士甲　他说去到许褚、张辽二位将军的帐中，叫他们早做准备。

曹　操　啊！他竟敢擅传将令！

　　〔杨修内声："马来。"上。

杨　修　参见丞相。

曹　操　夜静更深，你往哪里去了？

杨　修　军情紧急，整装待命。

曹　操　怎么，你还要上阵厮杀？

杨　修　数十万大军尚不能前进一步，我一介书生，上阵厮杀又有何用？

曹　操　如此说来，老夫只有退兵了？！

杨　修　丞相已有退兵之意了？

曹　操　哼！我尚未传令退兵，是哪一个自作聪明，擅传将令？

杨　修　哎呀，丞相啊，杨修只是体察丞相之意行事呀，我、我、我这是不得已而为之啊！

曹　操　好一个不得已而为之，你可知今日三军统帅还不是你！

杨　修　……杨修我为天下大业，一片赤诚。

曹　操　好，你对你的天下大业赤诚去吧。

杨　修　丞相！

　　〔曹操欲去，杨修扯住他，陈述衷情，曹操戟指怒骂，杨修也怒而反责，鹿鸣女上推开杨修，跪求父亲，曹操甩开女儿，拂袖而去。
　　〔鹿鸣女回首，又跪求杨修，杨修木然，鹿鸣女抱住杨修大哭。

鹿鸣女　我父相屈杀你了。

杨　修　（唱）休流泪，免悲哀，

百年好也终有一朝分开。

杨修必死难更改，

后事拜托，拜托你安排。

我死不必把孝戴，

我死不必摆灵牌，

休将我的死讯传出外，

免得那世人笑我，他们笑我呆。

亲朋问我的人何在，

你就说，我远游不归来。

尸首运至在皇城外，

你将那酒醍醐与我同埋。

我要借酒将愁解，

做一个忘忧鬼酒醉颜开。

在生落得个声名败，

到阴曹我再去放浪形骸。

〔公孙涵率众上，拔下杨修帐前标旗。

公孙涵 嗯哼！

杨　修 公孙先生，今日为何陡长了八面的威风！

公孙涵 杨主簿，你扰乱军心，理当斩首，丞相命我接替主簿之职。你就交印吧！

杨　修 我这颗小小的主簿印信，你对它竟然是垂涎已久啊。

〔公孙涵伸手接，杨修又把印收回来。

杨　修 真是可叹哪，这世间有多少大事，就坏在这种东西身上啊。

公孙涵 （抢去大印，挥手令众人动手）伺候了！

〔杨修佩剑被缴，自己脱下曹操赠他的锦袍，狠狠摔在地上，被上了手镣。

〔鹿鸣女绝望自刎，侍女吃惊瘫倒，襁褓幼儿落地，哭声惨绝。

〔招贤者上，鸣锣。

招贤者 （例行公事，高呼）招贤喽！

〔二幕落，刽子手执手谕牌，挡住招贤者。

286　　**刽子手** 丞相有令，晓谕三军！

招贤者 （念牌上字）

        大汉丞相，

        统兵百万，

        灭蜀吞吴，

        势如破竹，

        主簿杨修，

        扰乱军心，

        斩……

刽子手 念。

招贤者 （念）斩首示众，

        以儆效尤，

        大小三军，

        校场观刑啊！

〔号角声悲，众兵将过场，张辽勒住马缰，与许褚交头接耳，毅然勒转马头，与许褚向相反方向下。

第七场

〔斜谷，刑场。

〔冷月如盘，宛若当年曹杨初会的地方。

〔夏侯惇等肃立。

众　人 参见丞相！

曹　操 （念）茫茫风雪兮，天地渺瞑，

    〔刽子手押杨修上。

曹　操 （念）法无姑宽兮，哀君丧命！

    〔报子甲急上。

报子甲 报！中军探马，有十万火急军情密报！

    〔曹操示意近前，报子与曹操耳语，曹操大惊。

杨　修 嘿嘿！诸葛亮已然派出奇兵，要断我军粮草，你道是也不是？

曹　操 ……

杨　修 不必惊慌，许褚、张辽已然抢先一步了！

〔报子乙上。

报子乙 报！敌军袭劫我军粮草，中了许褚、张辽的埋伏，他们大败而回！

杨　修 （大笑）这就是杨修自作聪明、擅自行事之故耳！

〔三军议论沸然。

曹　操 呀！（唱）

　　　杨修智谋实少有，

　　　料事如神更无俦！

　　　欲留下这运筹帷幄的擎天手，

　　　妙笔为我写春秋。

　　　难将这赦免二字说出口，

列公——（接唱）

　　　何人能解我心忧？

公孙涵 丞相，斩杀杨修乃大义灭亲，三军无不佩服，丞相莫忧。

蒋　干 啊，丞相！杨修虽犯将令，但已将功折罪，丞相若不杀他，乃是仁者之怀，三军将士无不心悦诚服。

夏侯惇 着哇！若非杨主簿足智多谋，大军危矣，末将夏侯惇愿保杨修不死。（跪）

曹　洪 末将曹洪也愿作保！（跪）

徐　晃 徐晃愿保！（跪）

李　典 李典愿保！（跪）

众　人 我等愿保！（跪）

曹　操 （大惊）呀！（唱）

　　　平日里一片颂扬对曹某，

　　　却原来众望所归是杨修！

杨　修 列公啊，你们都帮了倒忙了！

曹　操 老夫有话与杨主簿言讲，列公各归队伍。

〔众下。

杨　修 曹丞相，你今日险些儿又失算了吧！

曹　操 杨修哇杨修，你不要聪明反被聪明误哇，坐下来，我们谈谈心！

288 杨　修 我乃是临死之人了，你还怕我高你一头么？

〔曹操拾级而上，与杨修同坐。

曹　操　杨主簿，事到如今，你也该听老夫说几句知心的话了。

杨　修　只怕你那真心的话儿，是不敢对人言讲啊。

曹　操　唉！老夫实实再三地不想杀你。

杨　修　你是再三要杀杨修。

曹　操　请问这一？

杨　修　当初，你杀孔闻岱时，就有意要杀我，此乃一也！

曹　操　二呢？

杨　修　你谎称梦中杀人，被我点破，此乃二也！

曹　操　这三？

杨　修　踏雪巡营，你为我牵马坠镫，此乃三也！

曹　操　杨主簿啊！三次要杀你的是曹操；三次不杀你的，也是曹操，我已费尽了苦心。今日，我也实实再三不想杀你，却又实实不得不杀！

杨　修　敢问丞相，你那心底深处，是为何不得不杀我？

曹　操　你当初对我发下誓言，肝脑涂地，以报知遇之恩，此心此意，如今安在？

杨　修　当初，大汉天下五千万人，被那群凶混战，杀得只剩下七百余万口，那时丞相“念之断肠”的襟怀，如今还在也不在？

曹　操　初衷不改，天地可鉴！

杨　修　我更是初衷不改，天地可鉴！

曹　操　可惜呀可惜，可惜你，不明白！

杨　修　可惜呀可惜，可惜这不明白的是你呀！

曹　操　啊？

杨　修　啊！

曹　操　哼哼哼哼！

杨　修　嘿嘿嘿嘿！

〔曹操与杨修由笑变为痛哭失声。

〔招贤者上。

招贤者　他们两边都不明白。这不是明明白白的吗？（下）

〔战鼓声起。

289

〔众将士齐上。

〔夏侯惇上。

夏侯惇　丞相，诸葛亮大军犹如神兵天降，五虎上将从四面杀来了！

杨　修　丞相快快撤兵，免得全军覆没哇！

众　将　丞相！丞相！丞相！

曹　操　大敌当前，敢有扰乱军心者，以杨修为戒！

众　人　丞相！

曹　操　斩！

〔刽子手斧落。灯灭。

〔内声："大汉丞相，斜谷惨败！"

〔追光引招贤者上。他已须发尽白，步履蹒跚。

招贤者　招贤纳士，再图大业——招贤喽！

〔光复明。

〔在现代歌曲《让世界充满爱》的欢快旋律中，"曹操"与"杨修"握手，谢幕。

——剧　终

《曹操与杨修》创作于1987年，上海京剧院1988年12月首演，马科导演，尚长荣饰曹操，言兴朋饰杨修。本剧以现代心理分析塑造历史人物，被誉为"京剧艺术的新成就"。2018年摄制成京剧电影。剧目1995年获首届中国京剧艺术节程长庚金奖，1988年获全国京剧新剧目汇演优秀新剧目奖。剧本获得第四届全国优秀剧本奖（1986—1987）。

作者简介

陈亚先　男，1948年出生，湖南岳阳人，文化部优秀专家，享受国务院
　　　　特殊津贴专家，现任湖南省谷雨戏剧文学社社长。从事戏剧创作
　　　　四十余年，上演并发表的戏曲作品二十余部，《曹操与杨修》被
　　　　译成英、俄、韩等文字，并参加2019国际歌剧电影节。

·京 剧·

膏药章

余笑予　谢　鲁　习志淦

时　　间　清末。

地　　点　华夏某县。

人　　物　膏药章，小寡妇，大师兄，女店主，革命党，族公，帮办，县官，捕快头，当铺老板，众革命军、捕快、狱卒、清兵、衙役、禁子、刽子手。

〔清朝末年，华夏某县。

〔音乐激烈。捕快头领众捕快、衙役上，亮相。

捕快头　太爷悬赏，捉拿乱党！抓住一个，赏银千两！

众捕快　赏银千两！

捕快头　你们到十码头，你们去三官堂！

众捕快　喳！

捕快头　小心茶楼酒馆！

众捕快　喳！

捕快头　留意花街柳巷！回来！要记住，革命党善于伪装。

众捕快　善于伪装。

捕快头　他纵有三头六臂，咱有天罗地网！

〔众亮相成油画造型。定格。隐去。

〔追光起。膏药章上，亮相。

膏药章　（叫喊）狗皮膏药！

〔幕内伴唱：

　　　　"卖膏药，卖膏药，卖膏药！"

膏药章　（唱）膏药章出城催讨膏药账，

　　　　　忽然那个鸡飞狗跳墙。

　　　　　捉乱党，乱嚷嚷，

　　　　　差人们又是踹门，又是扭锁，

　　　　他们踹门扭锁砸窗户、倒柜翻箱。

　　　　听说是革命党，他们反清反皇上，

　　　　还要咱大老爷们儿剪辫子，

　　　　实在呀太荒唐。

　　　　没有辫子，成了秃子，

　　　　从今往后我成了和尚。

　　　　还要吃斋念佛，念佛吃斋，

　　　　我怎么找婆娘？

　　　　怎么入洞房？

　　　　怎么去拜花堂？

　　　　我又怎么抬花轿接新娘？

　　　　敲锣打鼓拜花堂，

　　　　吹起了喇叭喜洋洋。

　　　　呜里哇里呜，呜里哇里哇，呜里哇里呜里哇里，

　　　　光棍我不愿当。

（发现小寡妇，接唱）

　　　　哎呀呀哎呀呀，

　　　　此女满面是血浆？

鞭炮！还有香！啊，上坟的忧伤过度，撞了！生意来了，生意来了。列位，不是我膏药章吹牛，我膏药章治疗跌打损伤，那是百灵百验，起死还阳。不信你瞧着，我这膏药只要一贴上——（给小寡妇贴上膏药）

〔小寡妇呻吟。

膏药章　瞧！她就能活动了。

小寡妇　水……

膏药章　水……（观察）对！前面有个小客栈，弄点儿水来给她洗洗伤，醒了好讨膏药账。来来来，起来不着急！咱们慢点儿！您站好了，我拿褡裢去啊。（从石狮后扶出小寡妇）

〔小寡妇欲倒，膏药章扶住。

〔捕快甲、乙上。

捕快 甲
乙   站住!

膏药章   没动!

捕快甲   哦,章膏药——

膏药章   是我!

捕快乙   (指小寡妇)这位呢?

膏药章   不认识。

捕快甲   你们俩在干什么?

膏药章   她撞了墙!

捕快甲   哈哈!

膏药章   嘻嘻!

捕快甲   拐骗妇女!

捕快乙   逼良为娼!

捕快甲   逼良为娼!

膏药章   混账!

捕快甲   什么?

膏药章   冤枉!

捕快乙   少废话,罚银五两!

膏药章   五两那么多?

捕快甲   十两。

膏药章   你听我说……

捕快乙   十五两。

膏药章   不讲道理!

捕快甲   二十两!

〔膏药章不语。

捕快甲   说呀,你怎么不说了?

膏药章   不说了,再说你们还要往上涨!

捕快乙   没钱?没钱这是什么?

膏药章   我全部家当。

捕快甲   这篮子里……

膏药章   死人用的香。

捕快甲	不要！
膏药章	好大方！
捕快乙	滚蛋吧你！
膏药章	（对小寡妇）走吧，咱们找店房。
捕快甲	什么，你还要开包房？
膏药章	洗伤！
捕快甲	下场！

〔膏药章扶小寡妇下。

〔大师兄上。

大师兄　（唱）黑云翻卷变风向，

今日情况非寻常。

老五他托我来接应革命党，

为朋友帮个忙小事一桩！

捕快甲	站住！
大师兄	干什么？
捕快甲	检查！

〔捕快头上。

捕快头	（发现是大师兄）住手！（行礼）门里金刚！
大师兄	座上菩萨！干什么到处搜查？
捕快头	城里来了乱党。
大师兄	啥叫乱党？
捕快头	就是那革命党啊！
大师兄	他们把我当革命党抓！
捕快头	混蛋，革命党都是短头发！
捕快甲乙	喳！
捕快头	哈哈，手下多有冒犯，万花楼兄弟摆酒。
大师兄	得罪！得罪！一品居哥们儿请茶！
捕快头	回见，回见！

〔捕快头及二捕快下。

大师兄　短头发，有意思……呀！天色晚，人未见，且到南门小店打探　　295

一番!

〔招商客店。女店主上。

女店主　明是招商客店，暗中联络接线。

大师兄　开门!

女店主　（说暗号）虎口拔牙!

大师兄　（对暗号）全凭钢刀!

〔女店主开门。

女店主　师兄!

大师兄　师妹!

〔大师兄进。

大师兄　（念）城门紧闭风声紧，

女店主　（念）贵客早已来店中。

长袍马褂瓜皮帽——（唱）

挽着一个女娇娇。

大师兄　带着家眷?

女店主　（唱）只见他，进门来不与我对暗号，

大师兄　（示辫子）他有这玩意儿吗?

女店主　（唱）长辫子拖在后脑勺。

大师兄　来人有诈。现在何处?

女店主　楼上客房。

大师兄　我去会他。

女店主　请!（下）

〔大师兄上楼。

〔膏药章端脸盆上。

大师兄　嗯? 膏药章? 怎么是他呀?

〔膏药章端脸盆进房，复上。

大师兄　（将膏药章"嘘"出，突然小声地）虎口拔牙!

膏药章　嗯?

大师兄　（大声）虎口拔牙!

膏药章　拔牙就拔牙，你嚷什么呀?

296　大师兄　虎口拔牙!

膏药章 有意思！进店的时候，女店主要拔牙，他也要拔牙？明白了，想是住店要对对联。想不到啊，这个浑浊世界，还有如此风雅之客店。大哥，你是要跟我对对子？

大师兄 虎口拔牙！

膏药章 虎口拔牙？明白，要对虎口拔牙。虎，我对什么呢？虎，我对狗，画虎不成反类狗，好！口？口，我对皮，人口两张皮，妙！拔，是一拔就高，对高！牙，牙疼上药。大哥！

大师兄 虎口拔牙——

膏药章 狗皮膏药！

大师兄 嘿！（唱）

　　　　对暗号对出了狗皮膏药，

　　　　真佛未到我心内焦。

　　　　速去南门再寻找——（下）

膏药章 狗皮膏药——这人有病。（转身进屋）

　　〔小寡妇上。二人碰面，惊诧。定格。

　　〔幕内伴唱：

　　　　"哎，月貌花容，花容月貌，

　　　　膏药章灵魂出了窍。"

小寡妇 你……你要干什么？出去！

膏药章 给钱！

小寡妇 出去——（一脸盆水泼向膏药章）

　　〔膏药章退出门。小寡妇关门。

膏药章 大姐呀，你听我说——

　　〔牌子叙述经过。

小寡妇 如此说来，你是个好人？

膏药章 早就是好人了。您这倒好哪，滴水之恩涌泉相报啊！（示打湿的长衫）

小寡妇 先生，您怎么不早说？（开门）

膏药章 我还没张嘴就成落汤鸡了。

小寡妇 真是对不起！

膏药章 没什么，大姐您就掏钱吧。

297

小寡妇	掏钱？
膏药章	对了，治疗费十两银子。是我进去拿呢，还是您送出来？
小寡妇	十两？
膏药章	十两！
小寡妇	喂呀！
膏药章	贵呀？不贵。这还是见着您打了五折呢！
小寡妇	（唱）本不该救我性命！
膏药章	大姐，您是不想给钱呀？您不说我是好人吗？这好人他也得吃饭呀。
小寡妇	（唱）天地间有谁怜恤未亡之人。
膏药章	未亡人？啊，这位是死了男人的寡妇。可怜哪！我也不能亏本，大姐您就给个五两银子行吗？
小寡妇	天哪！
膏药章	没有添，是在减哪！
小寡妇	（唱）我满腹冤仇一腔恨——
膏药章	恨谁？
小寡妇	（唱）恨族公恨帮办人面兽心！
	两只狼为霸占我机关用尽，
	我的夫遭惨害死因不明。
	活着不能把仇报，
	阴曹地府把冤申。
	坟场之上寻自尽——
膏药章	（接唱）膏药章今儿个要打这个抱不平！
	（义愤填膺地）大姐，这事算没完！我替您写状子告他们。
小寡妇	告？
膏药章	大清国是个有法律的地方！
小寡妇	多谢先生。
膏药章	不客气，说说您那个族公是干什么的？
小寡妇	县衙门师爷。
膏药章	师爷……那是管法律的。我们告帮办。
小寡妇	帮办是洋人。

膏药章 洋人？那是管师爷的。大姐，是这样，如今百姓怕官，官怕洋人，他们一个比一个厉害呀！大姐，您那个医药费五两银子，我给您全免了，我只能这样了。

小寡妇 先生留步！

膏药章 没房钱？大姐您是没房钱？不要紧，（见手中长衫）这样，您就把这长衫拿去顶房钱。

小寡妇 先生，这使不得呀！

膏药章 不客气，不客气。大姐，这样，您这个鞭炮咱们把它放了，崩崩晦气！（拿起竹篮中的鞭炮）

　　〔内声："抓住他！"革命党上。捕快头跟踪上。

捕快头 （示意后面）弟兄们，抓住他！

　　〔众捕快、清兵上，抓捕革命党。双方搏斗。

膏药章 把它放了崩崩晦气！（用灯火点鞭炮，好半天才点着，丢）

　　〔鞭炮响了。

捕快甲 枪声！

捕快头 卧倒！（卧倒）

　　〔众捕快、清兵卧倒。革命党乘机跑下。

膏药章 哎，别跑啊！（伸出头看热闹）

　　〔捕快头开枪击中革命党。膏药章的帽子被击飞。

众捕快 冲啊！（上楼）不许动！

　　〔膏药章、小寡妇退回房中，以衣蒙头，拥在一处，抖成一团。

捕快甲 （看见膏药章、小寡妇的脚）头儿！是一男一女！

捕快头 一定是革命党的高级头头！

膏药章 我、我是膏……

众捕快 不许动！

膏药章 膏药章！

捕快头 把枪交出来！

众捕快 交出来！

膏药章 枪？我没那玩意儿！

众捕快 不许动！

膏药章 我没那玩意儿呀！

捕快头　那刚才"啪啪"两响是怎么回事儿?

膏药章　那是我放的炮仗!

捕快头　黑灯瞎火的你放的哪门子鞭炮啊?

膏药章　不该放!

捕快头　她是谁?

膏药章　她是刚死了男人的寡妇。

捕快头　她刚死了男人你就来顶缺了?

小寡妇　差官! 他可是好人哪!

捕快头　他不是好人你能脱衣裳?

膏药章　差官! 她没脱衣裳!

捕快头　她没脱衣裳? 没脱那你手上拿的是什么?

膏药章　那是她脱的……这是我……

捕快头　行了! 行了! 快穿上!

〔膏药章、小寡妇欲换手中衣裳。

捕快头　不许换! 手上拿什么就穿什么! 穿上!

〔膏药章穿上裙子,小寡妇披上长衫。

捕快甲　头儿,这可是一桩风化案哪!

捕快头　什么风化案? 统统是革命党! 带走!

众捕快　走!

〔众人隐去。

膏药章　大姐,您上坟就上坟,您买的哪门子鞭炮啊?

小寡妇　是我连累先生了。

膏药章　唉,这不怪您,怪我。黑更半夜的,我放的是哪门子鞭炮呢? 最可恨还是那个做鞭炮的,要不响你就都不响,偏弄两个响的搁里头。

〔鼓声中县官升堂。

捕快甲　带革命党!

众捕快　带革命党!

〔族公、帮办上。衙役押革命党上。

革命党　(唱)身受枪伤陷魔掌,

　　　　　　披枷带锁上公堂。

革命男儿胆气壮，

抛头颅洒热血千古流芳。

县　官　嘟！大胆的乱党，见了本官还不跪下！

众衙役　跪下！

革命党　呸！我革命党人岂能跪你这专制的走狗、朝廷的奴才！

族　公　难道你就不怕死？

革命党　本人自投身革命以来，早将生死置之度外，我不怕死，奈何以死惧之？

县　官　你的同党是谁？

革命党　怎么？你是要问我的同党吗？你们听着！（唱）

他为民众把病医，

他为人间除顽疾。

扭转乾坤换天地，

称得起我华夏济世良医。

〔捕快头与县官耳语。

县　官　哼……你以为本县真不知道你说的是谁吗？本县早已将他捉拿归案了！你来看——（指膏药章）

膏药章　老爷，我不是革命党！我是个卖狗皮膏药的呀！

县　官　狗皮膏药……假的！

膏药章　真的！我这膏药，祖传秘方，货真价实，舒经活络，提神醒脑，止咳化痰，补肾壮阳。老爷您也当堂一试！（将随身所带的膏药散发给众人）

县　官　真有这么灵吗？

膏药章　不灵不要钱！

县　官　既然如此，你还敢说你不是济世良医？你就是他的同党！

革命党　哈哈哈哈……

县　官　你笑什么？

革命党　与我同党的济世良医，姓孙名文字逸仙，人称中山先生。

族　公　孙中山哪！

县　官　哈哈！你竟敢在公堂之上戏弄本官，来呀——给我拉下去打！

众衙役　喳！

〔众衙役带革命党下。

县　官　膏药章，你还是招了吧！

膏药章　老爷，您叫我招什么？

捕快头　你就说你是革命党！

膏药章　我不是革命党！我真不是革命党啊！老爷！（唱）

　　　　　　我到城外去讨账，

　　　　　　路上救了小孤孀。

　　　　　　为崩晦气我放炮仗，

　　　　　　光冒烟，不见响，

　　　　　　嗵啪！嘻嘻！响了！响了！真响了！

　　　　　　"冲啊——"猛然间，他们冲进了小店房。

　　　　　　我的老爷呀，说我是革命党，你看是像不像？

县　官　（端详）唔，是瞧着有点儿别扭，好像多了点儿什么。

捕快头　老爷，你瞧他那后脑勺上……

族　公　老爷，多了一条小辫子。

县　官　对呀，革命党的脑袋瓜上怎么会有这玩意儿呀？来呀！把他那小
　　　　　辫子给我割了！

捕快头　喳！（提刀欲割膏药章发辫）

膏药章　老爷！（唱）

　　　　　　这小辫子表明了我是忠于皇上的安善良民，

　　　　　　倘若是割了它我岂不成了四不像？

　　　　　　我的老爷呀，

　　　　　　恳求你保留我这原模原样原水原汤原包装。

县　官　这么说你不是革命党？

膏药章　老爷，别看咱是卖狗皮膏药的，咱也是有根有底人家的子孙。我
　　　　　爷爷给皇上的爷爷瞧过病，皇上的爷爷还恩准咱爷爷在"旗"
　　　　　哩。您想啊，这旗人能当革命党吗？

县　官　瞧你这熊样也不像个革命党！

膏药章　老爷圣明！

县　官　好！成全你对朝廷的忠心，这小辫子就不割了！

　膏药章　老爷恩典！

县　官　你既是我大清子民，就不该拐骗良家妇女。

膏药章　老爷胡说！

县　官　放屁！

膏药章　老爷，我真没有拐骗良家妇女啊，不信你问她。

县　官　我知道！（对小寡妇）过来！过来！是个招蜂引蝶的模样！你和
　　　　他是在床上被抓到的吧？

膏药章　老爷，那不是床上，是楼上！

县　官　楼上没床吗？

膏药章　楼上有床！

县　官　那就是床上。

膏药章　那是楼上！

县　官　分明是拐骗妇女，还敢巧言舌辩！不动大刑我量你不招！来呀，
　　　　给我扯下去打！

小寡妇　老爷，章先生冤枉呀！（唱）

　　　　　　章先生正人君子心地善良，

　　　　　　坟场上多亏他救死扶伤。

　　　　　　城门关闭我有家回不去，

　　　　　　无奈何他带我住进小店房。

　　　　　　我二人清清白白坦坦荡荡，

　　　　　　我的大老爷，说他是拐骗妇女实在冤枉。

膏药章　老爷，这下您听明白了吧！

县　官　明白！我比谁都明白！你说你不是拐骗妇女，那你身上穿的是
　　　　什么？

膏药章　裙子！

县　官　（指小寡妇）那你身上呢？

小寡妇　他的长衫！

县　官　这不结了吗？有伤风化，罚银二百五十两！

族　公　老爷，这小女子是我的侄媳妇，您要为我做主呀！

县　官　嗯，亵渎官亲，再加……

族　公　二百五十两。

帮　办　慢！机会均等，利益均沾！（扔字据）

县　官　（捡字据，看）洋大人，她的丈夫欠您的钱？

帮　办　Yes!

县　官　现在您要她还账？

帮　办　Yes!

县　官　没钱就要她帮工顶债？

帮　办　Yes!

族　公　哎呀，老爷！这小女子可不能送进洋行，那是送肉上砧板哪！

帮　办　Yes!

族　公　老爷，这个小女子您就把她交给我吧！

膏药章　老爷，那是砧板上的肉，一码事儿！

县　官　那你说怎么办？

膏药章　欠债还钱！

县　官　欠债还钱！

族　公　欠债还钱！

县　官　好！掏！

膏药章　掏！

族　公　掏！

县　官　谁掏哇？

膏药章　谁掏哇？

县　官　你掏！（指膏药章）有伤风化，官府要你二百五！

族　公　犯我族规，祠堂要你二百五！

帮　办　夫债妻还，洋行要你二百五！

县　官
族　公　拿来！
帮　办

膏药章　你们三个二百五我怎么拿得出啊！

县　官　拿不出来就给我打！

捕快甲　老爷，打不得了！

捕快乙　老爷，完了！

〔众衙役拖革命党上。

县　官　你们就不会轻点儿打吗？抓一个革命党，赏银就是一千两，这一下全完了！拖下去埋了！

众衙役 喳！

膏药章 慢！老爷，此人有救！

县　官 还愣着干什么？快救啊！

膏药章 水！

〔县官从师爷手上夺过水壶给膏药章。膏药章抢救革命党。

革命党 （转醒）嗯……

县　官 咦！老爷的一千两银子又算捡回来了！

膏药章 老爷，这一千两银子是我捡回来的！您看，除去官府、祠堂、洋行三个二百五，还多一个二百五就是我的了！

县　官 呸！膏药章，限你三天交出银两！小寡妇交保（指族公、帮办）释放。革命党打入死囚牢房！退堂！

〔众衙役举革命党亮相。

〔县官、衙役等隐去。

小寡妇 章先生！（示手上的长衫和膏药章身上的裙子）

膏药章 嗨！

〔二人欲交换衣衫。

族　公 你还不走？侄媳妇，交保释放，我是保人。

帮　办 交保释放，我是保人。（拉小寡妇）

族　公 哎，撒手！撒手！

〔小寡妇羞愤下。

族　公 你是保人？你凭什么当她的保人？

帮　办 那你凭什么担她的保？

族　公 她是我侄媳妇！

帮　办 侄媳妇？她的丈夫是怎么死的？

族　公 怎么死的？你心里明白！

帮　办 我当然明白！不就是因为吃了你的药，他才坠入地狱的！

族　公 胡说！是你放出的狼狗咬死了她的丈夫！

帮　办 先生！说话要注意分寸！那只是咬伤，真正的死因是药！

族　公 是狗！

帮　办 是药！

族　公　是狗！

帮　办　是药！

族　公　狗皮！

帮　办　膏药！

〔族公、帮办二人握手，分下。

〔大师兄上，与狱卒相见。

狱　卒　大师兄，革命党伤势严重，火速请医疗伤。

大师兄　牢内你多照应，我去请医。

〔暗转。

〔膏药章家。膏药章拿裙子上。

膏药章　（唱）一场风化案，

　　　　　　　　招来一身污。

　　　　　　　　三个二百五，

　　　　　　　　关了我这膏药铺。

　　　　　　　　这才是坑了章大夫，

　　　　　　　　苦了那个小寡妇。

　　　　昏沉沉，迷糊糊，我这好比火烧乌龟肚里疼，我是有苦说不出。

　　　　唉！坑了大夫，苦了寡妇。（做梦）

〔暗转。梦境。

〔小寡妇飘然而上。

小寡妇　（唱）膏药章，章膏药，

　　　　　　　　狗皮膏药小玩意儿，大学问，

　　　　　　　　独有的那个祖传秘方功效可真神。

膏药章　（唱）膏药章，章膏药，

　　　　　　　　我能医病不治命，

　　　　　　　　只要面对着官府洋人我这膏药可不灵！

小寡妇　章先生，您灰心了？

膏药章　我的心都凉了。

小寡妇　就为那些罚款？

膏药章　那是我多年卖膏药的血汗钱啊！

小寡妇　我问问您，您的那些膏药是怎么来的呢？

膏药章 用锅熬的!

小寡妇 那锅还在吗?

膏药章 还在啊!

小寡妇 这就对了! 只要锅还在, 咱们重打锣鼓另开张, 熬他个三年五载
的, 何愁章家膏药铺不财源茂盛、人丁兴旺呢?

膏药章 大姐, 您这几句话说得好啊! 我听得心里暖洋洋、热乎乎啊! 听
您这意思, 往后咱们就不一张张地卖了, 咱们零售改批发。大
姐, 可我这儿缺少个帮手啊!

小寡妇 那我来帮您啊!

膏药章 您帮我?

小寡妇 我来给您打工!

膏药章 不不不, 不是您给我打工, 是我给您打工。往后啊, 您就主内,
我主外; 您是内当家, 我是外当家。章家膏药铺都是您的, 您就
是老板娘啊!

小寡妇 您说的是真心话吗?

膏药章 月亮代表我的心!

膏药章 大姐, 您是说咱俩之间缺少个媒人?(手指石狮子)大姐您瞧,
这不有现成的媒人吗?

小寡妇 狮子? 它们怎么能做媒呢?

膏药章 大姐呀, 当初您要撞不着它, 我就撞不着您, 咱俩这缘分就因它
而起。大姐, 你看啊——(唱)

　　　　树上的鸟儿……

小寡妇 (唱)成双成对当空舞, 当空舞。

膏药章 (唱)绿水青山……

小寡妇 (唱)自由自在多幸福, 多幸福。

膏药章 (唱)为了你……

小寡妇 (唱)为了我, 您要重整膏药铺。

膏药章 (唱)为了我……

小寡妇 (唱)我心甘情愿脱孝服。

膏药章 (唱)发家又致富,
　　　　无灾便是福。

小寡妇	（唱）发家又致富，
	无灾便是福。

〔膏药章一下把小寡妇拥入怀中。

〔小寡妇隐去。

〔灯大亮。梦境转回现实。大师兄突然出现。

大师兄	膏药章！醒醒！
膏药章	（抓着大师兄的手，不停抚摸，惊醒）怎么是你？
大师兄	大白天的你躺在那儿，又是哼哼又是扭的，干什么了你！
膏药章	我做梦娶媳妇，管得着吗你？
大师兄	好，做梦娶媳妇不罚款！哈哈……
膏药章	你干什么来了？
大师兄	看病！
膏药章	你有什么病啊？
大师兄	我没病，请你去给别人看病！
膏药章	出诊？这出诊金可要得多哟！
大师兄	一百两银子够了吧？
膏药章	一百两？
大师兄	这个病你看得了吗？
膏药章	看是什么病了。
大师兄	骨断筋折！
膏药章	哎！那就算你找着了！治疗骨断筋折，我章家祖传的绝活儿。常言说：伤筋动骨一百天。在我这里，三天止痛，五天消肿，七天之后行动自如！
大师兄	当真？
膏药章	假不了！
大师兄	走！
膏药章	拿来！先给钱后治病！
大师兄	先瞧病后给钱！
膏药章	先给钱！
大师兄	给了钱你可得跟老子走啊！（递银包）
膏药章	（拿银包）不走是孙子！

大师兄	走！
膏药章	走！病人现在哪里？
大师兄	死囚牢！
膏药章	他是谁？
大师兄	革命党！
膏药章	（还银包）不去！
大师兄	膏药章！你这个龟孙子！

〔膏药章假装晕倒躺下。

大师兄	唉！（出门）

〔女店主上。

女店主	（唱）膏药章不出诊把大事耽误——
大师兄	咱们文请不行就武请！
女店主	武请？

〔大师兄、女店主耳语，同下。

〔小寡妇上。

小寡妇	（接唱）为报仇雪恨来求大夫。
	章先生……
膏药章	你走！你走！银子也拿走！我不去！
小寡妇	章先生……您病了吗？（以手试膏药章额）
膏药章	（一把抓住小寡妇的手）你还动手动脚的！（睁眼）啊？大姐？真
	是您……来了？
小寡妇	我给您送长衫来了！
膏药章	长衫？谢谢！正好啊，您这裙子我正琢磨着给您送回去呢！
小寡妇	章先生，您怎么病了呢？
膏药章	我……
小寡妇	您是为了那罚款？
膏药章	总算凑齐了！
小寡妇	那您这膏药铺……
膏药章	破产了！
小寡妇	这口气……您咽得下？
膏药章	咽不下咱慢慢咽吧！

小寡妇　您不觉得窝囊吗？

膏药章　窝囊？咱这辈子窝囊惯了！大姐，您……还好吗？

小寡妇　我……

膏药章　我知道，您这日子比我难过，您要往开了想啊！

小寡妇　我想不开，这口气我咽不下！

膏药章　别！大姐，常言说得好：胳膊扭不过大腿，鸡蛋碰不过石头。人在屋檐下，低头不丢人，惹不起咱躲得起呀！

小寡妇　呀！（唱）

　　　　　　一个躲字说出唇，

　　　　　　他怎知我大难临头难脱身！

　　　　　　章先生，我求您一件事！

膏药章　只要是我办得到的！

小寡妇　求您给我一味药！

膏药章　什么药？

小寡妇　砒霜！

膏药章　您要砒霜干什么？

小寡妇　章先生！（唱）

　　　　　　我家中不安静，

　　　　　　常有狐鼠闹五更！

　　　　　　请你卖给我砒霜三钱整……

膏药章　三钱？别说毒耗子，毒死人都有富余！

小寡妇　我家的耗子厉害呀！

膏药章　大姐，您不要啊……

小寡妇　章先生，您是怕我……您放心吧！我已经是死过一回的人了，再不会随便去死了，请先生赐药！

膏药章　三钱？

小寡妇　三钱！

膏药章　大姐，您……真是毒耗子？

小寡妇　是毒耗子！

膏药章　好！我去给您拿！

310　小寡妇　（唱）与仇人同归于尽……

膏药章 大姐，砒霜在此！（递过）

小寡妇 （唱）多谢先生！（接过）

膏药章 大姐，您知道这砒霜的厉害吗？

小寡妇 药性剧毒，入口即亡！

膏药章 对了！别没毒了耗子先把自个儿给毒了。大姐，您听我跟您说，您还年轻，您得活下去，遇见合适的您就凑合一个，别跟我似的。您看我这屋里头，孤苦伶仃，连个说话的人儿都没有，这日子难过呀！

小寡妇 （为膏药章披上长衫）天晚风凉，您披上长衫！

膏药章 这一辈子除了我妈，还没有第二个女人对我知冷知热哟！

〔小寡妇开门。

膏药章 大姐！（关门）我做梦都想您啊！

小寡妇 （唱）本当就此撒手去，

怎奈宿债未还清。

您为了救我性命，

谁知您反落得惹火烧身。

我又是惭愧又是恨，

愧的是连累了先生，

恨的是人间不平。

您好心本当有好报，

到头来只落得家财荡尽、忍气吞声、贫困交加、孤苦伶仃。

他们既能无中生有把罪定，

你我何不顺水推舟假当真。

非是小女自作贱，

今日里献上我清白身，

为报您的大恩大德！大德大恩！

膏药章 大姐，您这份情我领了！

小寡妇 您答应了？

膏药章 我答应……不得呀！

小寡妇 啊……

膏药章 答应您，人言可畏；让您走，不近人情。大姐啊，我光棍娶妻，

311

您寡妇嫁人，咱名要正、言要顺，您就等吧……

小寡妇　等？

膏药章　不是今冬，就是明春，咱们请三媒找六证，花花轿儿抬进门。我们同床共枕，鸾凤和鸣，白头到老，多子多孙。眼下不是我无情，大姐呀，要保住咱们的清白名声啊！

小寡妇　您可真是个正人君子啊！

膏药章　只是个卖狗皮膏药的哟！

小寡妇　那我……就真走了……

膏药章　那我……就不送您了……

小寡妇　您多保重！

膏药章　大姐，您也保重啊！（背白自责）膏药章呀膏药章，做梦娶媳妇，媳妇真来了，你又装孙子。你、你、你混蛋！

〔小寡妇出门。

〔族公上。

族　公　侄媳妇！

小寡妇　你？

族　公　你……你……你怎么报答我呀？

小寡妇　报答你？

族　公　交保释放，我是保人！

小寡妇　家里去！

族　公　这就对了！

小寡妇　（唱）雪恨之计安排就，

　　　　　　　拼着一死报夫仇。

　　　　　　　族公先行，我去买酒。

族　公　（唱）早备下一壶二锅头！

小寡妇　哦？你有酒？

族　公　会佳期岂能无美酒乎？

小寡妇　好，走！

族　公　慢着点！

〔小寡妇、族公二人圆场，推门，进门。

〔帮办随进。

族　公　你怎么来了？

帮　办　你能来，我为什么不能来？

族　公　这是我侄媳妇的家，我能来你不能来。

帮　办　别说你这个家，就是你们大清国皇帝的家，我爱去就去。

族　公　对对对！皇上的家好玩，你到那儿玩去，这儿不欢迎你。

帮　办　你马上离开，别让我发火！

族　公　你奶奶的！

帮　办　你说什么？

族　公　我说你奶奶的！

帮　办　什么意思？

族　公　好意思！

帮　办　你以为我听不懂？你奶奶的，滚了出去！

族　公　我不滚！

　　　　〔小寡妇一身妖艳打扮亮相。

小寡妇　别吵了！

帮　办　太漂亮了！

族　公　天女下凡！

小寡妇　老实点！今天你们都得听我的！

族　公
帮　办　今天我们都听你的。

小寡妇　把门关上！

　　　　〔族公、帮办二人关门。

小寡妇　（指帮办）坐下！（问族公）过来！今天你得给我说实话！

族　公　我今天都说实话！

小寡妇　你告诉我，我丈夫到底是怎么死的？说出来我好报答你呀！

族　公　你的丈夫，是他放出的大狼狗给咬死的！他是罪魁！

小寡妇　罪魁？（问帮办）过来！

帮　办　今天我也什么都说！

小寡妇　你告诉我，我丈夫到底是怎么死的？

帮　办　是他给你丈夫吃了什么药他才升入了天堂。用你们中国人的话说，他是祸首！

小寡妇　这么说你倒是个好人？

帮　办　OK！

小寡妇　是好人？

族　公　我是好人！

族　公
帮　办　我们都是好人！

小寡妇　哈哈……（唱）

　　　　　　你的心，你的意，

　　　　　　我早已看透。

　　　　　　你是罪魁，你是祸首，

　　　　　　罪魁祸首谁也别想溜。

　　　　　　你为我才放出大狼狗，

　　　　　　你为我才设下毒计谋。

　　　　　　你是个好罪魁，

　　　　　　你是个好祸首。

　　　　　　好罪魁，好祸首，

　　　　　　罪魁祸首你们一同来呀……

　　　　　　陪我喝下这碗同心酒，

　　　　　　情投意合，意合情投！（斟酒）

帮　办　你先喝！

族　公　你先喝！

小寡妇　怎么，怕有毒啊？

族　公　我喝！侄媳妇，这人在花下死……（喝酒）

帮　办　做鬼也风流！（喝酒）

族　公　侄媳妇，你这酒里头好像搁了东西，白糖！白糖！

帮　办　来，再给我斟上一杯！

小寡妇　（尝酒，一惊）膏药章，你这卖假药的骗子！（昏倒）

族　公　一碗酒喝下去她就醉了！

帮　办　醉得好！醉得好！先生，你没有事了，可以回去了！

族　公　你回去！

314　帮　办　你回去！

〔大师兄持刀上，一如凶神出现。

大师兄　哒！你们都给老子回老家去！（举刀）

〔暗转。

〔县衙门正堂。当铺老板提包袱上，击鼓。

〔县官、众衙役上。

县　官　何人击鼓？

捕快头　当铺老板。

当铺老板　老爷！长街开当铺，当铺当东西，东西吓死人，老爷看仔细！

（呈上包袱）

县　官　打开！

〔衙役打开包袱。

众　人　（大惊）师爷……

县　官　师爷？这师爷的脑袋是哪儿来的？

当铺老板　是一个黑脸大汉提到小店来典当的。

县　官　这个人呢？

〔大师兄上。

大师兄　在这儿呢！（唱）

老子生来哟，会杀头哟，

天不管来哟，地不收哟。

当铺老板　老爷，就是他！就是他！（下）

县　官　你……姓什么？

大师兄　姓干！

县　官　叫什么？

大师兄　爹！

县　官　干爹！

大师兄　哎！

县　官　大胆的干……

捕快甲　爹！

县　官　他怎么叫这个名字？哎，这脑袋是你当的吗？

大师兄　是我当的！

县　官　这师爷的脑袋是当得的吗？

大师兄	卖不出去我就得当呀！嘿，别愣着！
县　官	什么？你还卖脑袋！
大师兄	一个月总得卖个二回三回的！
县　官	你敢卖他，谁敢买呀？
大师兄	有啊！
县　官	谁？
大师兄	膏药章！
县　官	膏药章？那他为什么又不要呢？
大师兄	他嫌这个脑袋"土"了，只肯要那个洋的！
县　官	这脑袋还有什么土洋之分吗？
大师兄	哈哈，老爷你要问？哥们儿，你听着！（唱） 　　脑袋和脑袋不一样， 　　一个土来一个洋。 　　师爷的土脑袋虽然有分量， 　　比不上洋脑袋他的黏性强。 　　那个洋脑袋细皮嫩肉白又胖， 　　里面全是迷魂汤。 列位呀——（接唱） 　　用手摸摸自己的脑袋上， 　　黑膏药，白膏药， 　　你一张，你两张， 　　只要是你们贴上了膏药， 　　头不晕来脑不涨， 　　腰板儿直来腿杆儿强。 　　章家的膏药为什么这样棒？ 　　这里边兑得有洋脑袋熬成的浆！
众　人	哎呀！（急忙撕下各自脸上的膏药）
大师兄	（唱）土脑袋他不要我只好拿去当， 　　　洋脑袋在他膏药锅里藏！
县　官	好！来呀！
捕快头	有！

县　官　速到膏药章家里去搜查！

捕快头　喳！（下）

大师兄　膏药章啊膏药章，我不信你不来！

　　　　〔捕快头拉扯膏药章上。

捕快头　走！

膏药章　我怎么又来这儿了？

捕快头　走吧你！

膏药章　那罚款我交了！

捕快头　少啰唆！

膏药章　还有什么东西没有到位啊？

众　人　跪下！

县　官　膏药章，你以何为生？

膏药章　膏药章，膏药章，卖膏药为生！

县　官　那膏药都是些什么熬的呢？

膏药章　都是药熬的！

县　官　都是些个什么药呢？

膏药章　都是些药材之药啦！

县　官　说出几味来老爷听听。

膏药章　不不不，老爷，此乃我章家祖传的秘方，不可外传！

县　官　胡说！

捕快头　老爷，不打他两下，他是不会招的！

县　官　给我打！

膏药章　别！别！老爷他怎么突然问起这膏药的事来了？想学这玩意儿？
　　　　我得留一手！回老爷话，章家膏药，名牌正宗，历史悠久，做工
　　　　精良！

县　官　你哪那么些乱七八糟的！给我往下说！

众　人　说！

膏药章　喳！章家膏药，含有天上飞的、地下跑的、水里游的，土里长
　　　　的，九九八十一味。有：丹桂、肉桂、月中桂、党参、玄参、高
　　　　丽参、川乌、草乌、何首乌、木瓜、苦瓜、老丝瓜、麝香、沉
　　　　香、广木香、枣皮、陈皮、瓜蒌皮、虎骨、熊胆、牛黄、马宝、

蜈蚣、全蝎、壁虎、僵蚕、白花蛇、赤练蛇、乌梢蛇、紫云英、紫金牛、紫河车、红花、红矾、白芨、白芷、黄芩、黄连、黑麦、黑松、天麻、天冬、地鳖、地龙、水仙、水蛭、火硝、火石、七叶一枝花、头顶一颗珠、江边一碗水、九树一根藤、驴肝肺、金不换、银牙签、打狗棍、赶羊鞭、鸡骨草、猪尿泡、梅花鹿的角、金钱豹的牙、猫头鹰的眼、白眼狼的心、红鹦哥的嘴巴、绿毛龟的尾巴、城门口的泥巴、夹生饭的锅巴、丁香奴、刘寄奴、人中白、麦门冬、益母膏、午时茶、车前子、马前子、当门子、牛蒡子、大麦子、小麦子、蛇床子、枸杞子、木贼子、使君子、菟丝子，外加一张未满月的母狗皮——

县　官　完了？

膏药章　完了！

大师兄　膏药章，你还有最要紧的一味药没说呢！

膏药章　你怎么来了？

大师兄　我不来你能来吗？说！

膏药章　坏了，今儿个碰上内行了，他怎么知道那最要紧的一味药没说呢？诈我？回老爷的话，小人药名确已报完，再也没有了！

大师兄　老爷，他有！

膏药章　没有！

大师兄　他有！老爷，不打他不招！

县　官　给我打！

膏药章　别！老爷！小人的膏药里头确实还有一味药我没有说！

县　官　那是一味什么药呀？

众　人　说！

膏药章　提起此药倒也平常，就是一个——羊脑袋！

县　官　什么样的羊脑袋？

膏药章　就是那颜色白白的，毛儿卷卷的，鼻子高高的——羊（洋）脑袋！

众　人　啊？

大师兄　（旁）嘿，巧啦！

〔捕快甲提包袱上。

捕快甲　启禀老爷，洋脑袋取到！

县　官	打开！
捕快乙	喳！（开包袱）
	〔包袱打开，帮办的头赫然。
众　人	（惊）洋帮办！
县　官	膏药章，你竟敢用洋帮办的脑袋熬膏药！
膏药章	老、老、老爷！小人熬膏药用的羊脑袋乃猪狗牛羊之羊脑袋，不是洋行洋帮办的洋脑袋呀！
大师兄	膏药章，咱们做这脑袋的买卖也不是一天半天的了，你熬膏药用的洋脑袋，不都是由我砍下来再卖给你的吗？
膏药章	什么？你砍？
大师兄	嗯！
膏药章	我买？
大师兄	对！
膏药章	还熬？
大师兄	没错！
膏药章	大哥，天地良心，哪有此事？
大师兄	就有此事！
膏药章	老爷，他不是好人，他要拔牙，虎口拔牙！
大师兄	膏药章，昨晚上我砍了两个，你只要一个，今儿怎么不认账了？
膏药章	老爷，他、他、他是革命党啊！
大师兄	好！那你就是我的同伙！
县　官	统统都是革命党！打入死囚牢房！
众　人	喳！
膏药章	老爷，冤枉！（晕倒）
	〔众人隐去。
	〔暗转。死囚牢房。
大师兄	膏药章！醒醒！
膏药章	（醒）这是哪儿？
大师兄	死囚牢房！
膏药章	我怎么进了死囚牢房？
大师兄	你犯了死罪，就得进死囚牢房！哈哈……

〔膏药章气愤中欲打大师兄，被大师兄抓住了手。

膏药章　放手！

大师兄　去你的！

膏药章　（念【扑灯蛾】）

我与你无冤又无仇，

为什么害我当死囚？

大师兄　（念）谁叫你敬酒不吃吃罚酒！

你来看——

膏药章　革命党？

大师兄　为了救他，我才把那洋脑袋往你膏药锅里丢！

膏药章　你缺德！冒烟！短阳寿！你们一个个该杀！该埋！该砍头！

大师兄　膏药章，别生气！咱们谈谈！

膏药章　谈谈？我是谁？你是谁？谈谈了又……

大师兄　你可知江湖上有一句话！

膏药章　什么话？

大师兄　好汉不吃眼前亏！（抓膏药章手腕）

膏药章　君子动口不动手！放手！

大师兄　我不放！

膏药章　放手！

大师兄　我不放！（加力）

膏药章　哎哟……你不放我……我怎么给革命党治病啊！

大师兄　（放手）快治！治……

膏药章　治！（摸革命党）

大师兄　你那干什么呢？

膏药章　号脉！

大师兄　号脉？有号这儿的吗？

膏药章　杀猪杀屁股——刀法不同！

大师兄　你得号这儿！

膏药章　您来——

大师兄　呃……得得得，我错了！您来！您来！

　膏药章　不懂就是不懂，不要装懂！（号脉毕）

大师兄　怎么样了？

膏药章　完了！

大师兄　谁完了？

膏药章　他完了！他犯上作乱，骨断筋折，机关算尽，气血两亏。他是心、肝、脾、肺、肾，五内俱焚！我把此人好有一比……

大师兄　比从何来？

膏药章　姥姥死了儿子——

大师兄　此话怎讲？

膏药章　没了舅（救）了！

大师兄　啊？

膏药章　不是今晚就是明早起的事儿了！

大师兄　革命党……

膏药章　（悠闲地唱）"我正在城楼观山景……"

大师兄　膏药章，你不是说治跌打损伤是你祖传的绝活儿吗？

膏药章　那是做广告。

大师兄　广告？

膏药章　做广告嘛，又有几句是真话咧！

大师兄　膏药章！

膏药章　大师兄！

大师兄　章先生！

膏药章　大英雄！

大师兄　老子把你请进来可不容易呀！

膏药章　老子进来也太容易了！

大师兄　你给我说实话！

膏药章　你也给我说实话！那两个脑袋是我叫你砍的？

大师兄　请你不到，给钱不要，你叫我怎么办？

膏药章　你就去拿刀杀人？

大师兄　不就是两个吗？

膏药章　哎呀，我的妈呀！依你这性子你要杀多少？

大师兄　为了救革命党，我该杀多少就杀多少！

膏药章　啊？（倒地）

321

〔禁子引小寡妇上。

禁　子　膏药章，有人看你来了！

大师兄　膏药章，有人来看你来啦！

膏药章　没人看我。

小寡妇　章先生……

膏药章　（一跃而起）大姐，您、您怎么到这种地方来了？

小寡妇　我……给您送铺盖来了。

膏药章　铺盖？谢谢您！

小寡妇　章先生！恩人啊！

大师兄　膏药章，这小娘子是谁啊？

膏药章　管得着吗，你！

小寡妇　（唱）今日里才识出英雄本相，

　　　　　　好一位忠肝义胆、侠骨柔肠、智勇双全、外柔内刚、能文

　　　　　　　能武、敢作敢为的膏药章。

　　　　　　小女子被逼迫已无生望，

　　　　　　多亏你锦囊妙计白砂糖。

膏药章　白砂糖？那我是怕你……

小寡妇　（唱）你是怕我触法网，

　　　　　　替我杀了两只狼。

膏药章　两只狼？

小寡妇　（唱）杀恶狼，除孽障，

　　　　　　街头巷尾早沸扬。

　　　　　　都说你白日装出窝囊样，

　　　　　　到晚来身穿夜行衣、钢刀闪闪亮。

　　　　　　来是一阵风，

　　　　　　去是一道光。

　　　　　　专管人间不平事，

　　　　　　降妖驱魔、除暴安良。

膏药章　那是我吗？

大师兄　膏药章！（唱）

　　　　　　只怪你不肯医治革命党，

　　　　　　我才武请你膏药章。

　　　　　　手提钢刀长街逛，

　　　　　　迎面来了两只狼。

膏药章　两只狼？

大师兄　（唱）一个是土师爷，

　　　　　　一个是洋流氓，

　　　　　　灵堂内他们要糟蹋小孤孀。

膏药章　哦？

大师兄　（唱）小孤孀，真好样，

　　　　　　报夫仇，有主张。

　　　　　　一包砒霜酒中放……

膏药章　糟了！（唱）

　　　　　　那不是砒霜是白糖！

大师兄　（唱）小孤孀见计谋失败，

　　　　　　急火攻心倒在了地上。

　　　　　　眼看着孤身弱女要遭殃——

　　　　　　那时候我……

膏药章　怎么样？

大师兄　扭头就走！

膏药章　站住！什么节骨眼你啊你？

大师兄　关我什么事儿啊？

膏药章　（接唱）见死不救你枉为男子汉！

大师兄　怎么救？

膏药章　你手上拿的什么啊？

大师兄　刀啊！

膏药章　杀呀！

大师兄　杀谁呀？

膏药章　两只狼呀！

大师兄　杀得的？

膏药章　他们害死了大姐的丈夫，还想要糟蹋大姐，罪大恶极，怎么杀

　　　　　不得？

大师兄	杀得的？
膏药章	杀得的！
大师兄	这可是你要我杀的？
膏药章	啊？
大师兄	好！杀！（唱）

> 钢刀下，连声响，
>
> 两个脑袋滚灵堂。
>
> 老子救了小孤孀，
>
> 老子杀了两只狼。
>
> 老子让你背冤枉，
>
> 老子叫你进牢房。
>
> 老子我为的是救那革命党——

膏药章	好！走！（接唱）

> 我求老子上公堂！

　　大师兄，把你刚才唱的原腔原板一字不漏地在老爷面前再唱一遍，你甭说当我老子，当我爷爷咱也认了！

大师兄	哼，老子我给他唱？
膏药章	你要唱了我就有救了啊！
大师兄	革命党都没救了，我救谁去呀？
膏药章	谁说革命党没救？
大师兄	有救？
膏药章	有救！
大师兄	你不是说那是做广告吗？
膏药章	做广告有时候也有真话的呀！
大师兄	有救你就快救啊！
膏药章	救了我，再救他！
大师兄	你救了他，我再救你！
膏药章	救我救他！
大师兄	救他救你！

　　〔膏药章不理大师兄，坐在铺盖卷上。

小寡妇	章先生，您就救救他吧。

膏药章　大姐，您不知道，我上这种人的当可是太多了！

小寡妇　可他们都是好人啊！

膏药章　好人？你看他们这模样像是好人吗？

小寡妇　章先生！（唱）

　　　　　您有恩，我难忘，

　　　　　此心早许膏药章。

　　　　　原以为您的窝囊是假象，

　　　　　谁知您真是一个软脊梁。

　　　　　大师兄行侠仗义人敬仰，

　　　　　在灵堂救了小孤孀。

　　　　　他一片苦心您要多体谅，

　　　　　事紧急出无奈，这才委屈您膏药章。

　　　　　见死不救您非君子，

　　　　　不敢恨，不敢爱，不敢做，不敢当，

　　　　　您枉为七尺男子汉，

　　　　　我一片痴情付与汪洋。

大师兄　膏药章！（唱）

　　　　　只要你救活革命党，

　　　　　老子保你出牢房。

　　　　　我去翻供为你申冤枉，

　　　　　出狱后你二人就拜花堂。

　　　　〔幕内伴唱：

　　　　　"膏药章，章膏药，

　　　　　狗皮膏药小玩意儿大学问。"

膏药章　（唱）独有的那个祖传秘方，功效可真神，

　　　　　可医病，跌打损伤、接骨斗榫我这膏药最灵。

　　　　　不治命，改天换地、扭转乾坤我这膏药可不行，

　　　　　卖膏药！卖膏药！

　　　　（慢步走向革命党，为他号脉治病）

　　　　〔小寡妇、大师兄点头称赞。

　　　　〔众人隐去。

325

〔七日后。革命党试步，走近膏药章。

革命党 章先生！神医呀！（唱）

你为我治刑伤遭连累，

感谢你从死神的手中将我夺回。

你医术高明心肠好令人敬佩，

这怀表做谢礼聊表寸心你千万莫嫌轻微。

膏药章 革命党先生，这个表我不能收啊！

革命党 为什么？

膏药章 你想啊，要不是我喊那一嗓子："你别跑！"他们能抓着你吗？我欠你半斤还你八两，收支两抵，不客气！

革命党 章先生！（唱）

你与那小大姐情深意美，

出狱后结伉俪凤凰于飞。

今日里赠怀表权当贺礼，

祝你们圆圆满满夫唱妇随。

你如今身无分文家败业废，

这怀表可换银钱万勿辞推。

膏药章 你这个革命党挺懂人情世故啊！

革命党 怎么？你以为革命党只会杀人放火？

膏药章 不是这个意思！你听我说啊，常言说的有啊：君臣父子，天命难违。犯上作乱是弥天大罪，谁当皇帝咱就给谁上税。你恕我直言，我是真不明白，你干吗要提着脑袋当革命党呢？

革命党 唉！东方睡狮，何日才苏醒；神州大地呀，何日响春雷？

膏药章 春雷？这时候哪儿找春雷去？

〔大师兄上。

大师兄 膏药章，卷铺盖！为你申冤枉，翻案上公堂。老爷发了话，放你出牢房。

膏药章 放我啦？

大师兄 今天晚上就放你回去了！

膏药章 今晚我就能回去了？

革命党 快收拾去吧！

膏药章　哎！（下）

革命党　见到五哥了吗？

大师兄　见到了！

革命党　他怎么说？

大师兄　五哥说眼下局势紧张，彭、刘、杨三位已在武昌遇害，五哥决定今晚劫牢救人！

革命党　噤声！今晚劫牢……

大师兄　今晚劫牢！

革命党　膏药章胆小怕事，不能让他知道。

大师兄　所以我编了刚才那套瞎话，到了今天晚上，叫他糊里糊涂跟着咱们就走了！

革命党　大师兄，你可是粗中有细呀！

大师兄　嘘！他来了！

〔膏药章上。

膏药章　大师兄，我琢磨这茬儿不对呀？

大师兄　怎么不对？

膏药章　放我出去干吗要等到晚上呢？

大师兄　这晚上凉快呀！

膏药章　啊？我走了，你们二位……

革命党　我们？你就不用操心了！

大师兄　二十年后又是好汉一条！

膏药章　（抹泪）眼看你们都要那个了，我这心里啊还真有点舍不得哟……

大师兄　舍不得就留下吧！

膏药章　不！我还是回去好！

〔内喊：“县太爷到！”县官、衙役、刽子手上。

县　官　查：革命党、大师兄、膏药章……聚众谋反，毁我大清，犯上作乱，行凶杀人，上峰急令，验明正身，绑赴刑场，立处斩刑！

大师兄
革命党　怎么讲？
膏药章

县　官　立处斩刑！

膏药章　大师兄！你又蒙了我一回！（晕倒）

革命党　狗官，膏药章纯属无辜，理当释放。

大师兄　狗官，人是老子一个人杀的，与他无关！

县　官　哼！武昌杀了"彭、刘、杨"，本县要杀"革、大、章"！上绑！

大师兄　慢！（扶起膏药章）章先生，是我害了你，我这儿跟你赔罪了！
　　　　　（跪）

膏药章　你……（晕）

县　官　上绑！

　　　　　〔众人隐去。

　　　　　〔通向刑场的路上。

　　　　　〔革命党内唱："绳捆索绑赴法场——"

　　　　　〔刽子手架革命党、大师兄上。

革命党　（接唱）大义凛然头高昂！

大师兄　（唱）视死如归心雄胆壮！

　　　　　〔刽子手架革命党、大师兄下。

　　　　　〔二刽子手用箩筐抬膏药章上。

膏药章　（唱）有劳二位抬箩筐。

　　　　　〔二刽子手放下箩筐。

刽子手甲　膏药章，你是头一回挨刀吧？

膏药章　这种事有二回吗？

刽子手乙　膏药章，我来问你，你是想"咔嚓"啊，还是要"嗞咕"？

膏药章　"咔嚓"？"嗞咕"？

刽子手甲　想"咔嚓"就是用我这把刀。

刽子手乙　要"嗞咕"就是用我这把刀。

刽子手甲　我这把刀削铁如泥，好就好在一个快。

刽子手乙　我这把刀削泥如铁，坏就坏在一个慢。

膏药章　这快慢有什么讲究呢？

刽子手甲　这快嘛，就是钢刀一举一落，"咔嚓"，等你还没明白是怎么回
　　　　　事，这脑袋就掉了，你舒服！

刽子手乙　这慢嘛，钢刀一推一拉，"嗞咕"——

膏药章　脑袋也掉了？

刽子手乙 才进去一小半哪!

膏药章 锯呀!

刽子手甲 说!你要"咔嚓",还是要"嗞咕"?

膏药章 我要"咔嚓"!

刽子手甲 要"咔嚓"?拿来!

膏药章 什么?

刽子手甲 钱!

膏药章 "咔嚓"要钱哪?我要是没钱呢?

刽子手乙 没钱?没钱就"嗞咕"!

膏药章 如今要钱的花样怎么这么多呀!

刽子手甲 别废话!你要"咔嚓",还是要"嗞咕"?

膏药章 "咔嚓",舒服点儿!"嗞咕",难受点儿!脑袋都得掉!咱不花那
冤枉钱!

刽子手乙 这小子精透了!

刽子手甲 膏药章,你还得给老子掏钱!

膏药章 还掏什么钱呀?

刽子手甲 咱爷们儿抬你半天了!

刽子手乙 这搬运费……

膏药章 这事不该找我啊!

刽子手甲 不找你找谁啊?

刽子手乙 起来走!

膏药章 走不动!

刽子手甲 走不动,咱就拖!

膏药章 拖更累!

　　　　　　〔小寡妇内喊:"先生——"上。

小寡妇 先生!

膏药章 别挡道!

小寡妇 先生!

膏药章 让开!

小寡妇 夫哇——

刽子手甲 大胆的刁妇,竟敢擅闯法场!

小寡妇 求差官容我活祭夫君!

膏药章 胡说! 谁是你夫君? 我没有老婆!

小寡妇 有大师兄为媒,革命党先生为证,你怎说没有妻室呀?

膏药章 我们还没有拜花堂,不算!

小寡妇 先生,你不认为妻,我不怪你! 可怜你孤苦无依,百年之后谁给你添土培坟呀!

膏药章 大姐,可怜你年纪轻轻守过一回寡了,我怎么忍心让你再守第二回寡呀!

小寡妇 为了你,我心甘情愿!

膏药章 大姐!

小寡妇 先生!

膏药章 娘子!

小寡妇 夫哇——

〔膏药章、小寡妇二人抱头痛哭。

刽子手甲 你们还没拜堂算什么夫妻?

膏药章 我们补办手续!

刽子手甲 在哪儿啊?

膏药章 在这儿!

刽子手甲 不行!

膏药章 给钱! 只要二位肯帮忙,让你们发点儿小财。

刽子手甲 发财?

〔膏药章从身上掏出怀表。

刽子手甲 表?

刽子手乙 洋表,抢手货呀!

刽子手甲 哥们儿怎么样,趁现在没人……

刽子手乙 让他们拜得了!

刽子手甲 连根蜡烛都没有怎么拜?

刽子手乙 (指盘子)这不是现成的吗? 就用它! 摆上! 摆上!

〔刽子手甲、乙帮小寡妇摆好香烛。

刽子手甲 站好了,站好了,一拜天地——

膏药章 昏天黑地,值不得一拜!

刽子手乙　不拜就不拜，二拜高堂——

膏药章　咱爹妈早就没了，拜谁去呀？

刽子手甲　他倒省事了！夫妻对拜！

小寡妇　夫哇——（唱）

　　　　两支寒心烛，

　　　　三根断头香，

　　　　且将这——

　　　　且将刑场做喜堂。

　　　　夫君哪——

　　　　与夫君结为眷属，平生愿已偿，

　　　　才完婚就永别何其匆忙。

膏药章　（唱）我拜——

　　　　拜娘子好心肠，

　　　　愿与我这挨刀的死囚拜花堂。

　　　　今夜晚应是千金一刻销魂夜，

　　　　可怜你不见新郎见死郎。

　　　　霎时三声号炮响，

　　　　“嗞咕”“咔嚓”我要见阎王。

小寡妇　夫哇——（唱）

　　　　今日里送君归泉壤，

　　　　求夫君了却我心愿一桩，

　　　　就学着做一个革命党改改窝囊样。

　　　　剪去长辫——（拿出剪刀）

膏药章　不——（唱）

　　　　慢！慢！慢！

　　　　我叫娘子你莫慌张，

　　　　听我慢慢说，听我慢慢讲。

　　　　此事还须再商量，

　　　　剪辫子，改模样，

　　　　叛臣逆子我不愿意当。

　　　　我爷爷沐皇恩曾受封赏，

　　　　　　　　违祖训黄泉路上见了我的先人脸无光。

　　　　　　　　我是最最害怕呀——

　　　　　　　　最害怕连累你无端为我背冤枉，

　　　　　　　　要知道一人有罪全家株连满门遭殃。

　　　　　　　　我叫娘子你要慎重，

　　　　　　　　这桩事要商量，我、我……

　　　　　　　　我没词儿了！刀斧手——

　　　　　〔枪声大作。大师兄、女店主领革命军上。

大师兄　膏药章，革命党打过来了。

革命军　革命胜利了。

大师兄　走！跟我抓狗官去！

膏药章　大师兄，你又蒙我！

大师兄　弟兄们！抓狗官去！

　　　　　〔大师兄、女店主下。革命军过场。膏药章、小寡妇返场下。

　　　　　〔县官上。捕快头改装。膏药章、小寡妇上。

膏药章　狗官！

县　官　膏药章！

小寡妇　抓狗官！

　　　　　〔县官举刀杀膏药章，未遂，刀落。

小寡妇　抓狗官……

　　　　　〔县官枪击膏药章，小寡妇挡，中弹。

膏药章　娘子——

　　　　　〔小寡妇死去。膏药章捡起刀，逼近县官……

县　官　你、你……（逃下）

　　　　　〔膏药章挥刀割去自己的发辫。

　　　　　〔革命党上。捕快头已割辫随上。

膏药章　革命党先生，我……我要革……

捕快头　你他妈不是旗人吗，你革什么命啊？

膏药章　我……不是旗人！

革命党　章先生，你是好人！你受委屈了！

　膏药章　我要革……

革命党	现在没事了，回家去吧！
大师兄	膏药章，恭喜你呀！没事了，回家去吧！新娘子在家等着你呢！〔众人下。
捕快头	革命啦！
膏药章	革命啦！〔捕快头瞪膏药章，下。
膏药章	没事了？没事了！回家！回家……哈哈……娘子，咱们回家去……（用喜幛将小寡妇盖上，将剪下的辫子放在小寡妇身上）〔大幕徐徐落下。

——剧　终

《膏药章》由湖北省京剧院1987年首演，导演余笑予，主演朱世慧，1988年获全国京剧新剧目汇演优秀剧目奖，余笑予、朱世慧分别荣获优秀导演奖、优秀表演奖。该剧剧本获得第五届全国优秀剧本创作奖（1988—1989）。

作者简介

余笑予　（1935—2010），男，湖北汉阳人，三岁登台，七岁走红，后改学导演，执导过京剧、汉剧、豫剧、淮剧、花鼓戏、黄梅戏等众多剧种的新戏，代表作品有《膏药章》（合作）、《一包蜜》（合作）、《徐九经升官记》（合作）等。

谢　鲁　男，1938年出生，湖北武汉人，笔名钝夫，享受国务院特殊津贴专家。与人合作编剧、作曲的作品有《一包蜜》《药王庙传奇》《膏药章》，编剧指导作品有《徐九经升官记》，创作独幕话剧《抉择》、京剧小品《去留两难》、楚剧《东方税官》等。

习志淦　男，1947年出生，湖北枣阳人，"鄂派京剧"代表作家之一。迄今创作上演剧目二十七种，代表作品有《徐九经升官记》（合作）、《膏药章》（合作）、《洪荒大裂变》、《射雕英雄传》、《阿Q正传》等。

桑树坪纪事

（根据朱晓平桑树坪系列小说改编）

陈子度　杨　健　朱晓平

时　间　1968—1969年前后。

地　点　陕西地区、黄土高原。

人　物　李金斗——四十六岁左右，队长。

　　　　许彩芳——十八岁左右，李金斗的儿媳，寡妇。

　　　　榆　娃——二十岁左右，甘肃麦客。

　　　　李金财——五十岁左右，李福林、月娃的父亲。

　　　　李福林——二十八岁左右，李金财长子，"阳疯子"。

　　　　月　娃——十二岁左右，李福林的妹妹。

　　　　陈青女——十七岁左右，李福林的新媳妇。

　　　　王志科——三十岁左右，"杀人嫌疑犯"。

　　　　绵　娃——八岁左右，王志科之子。

　　　　朱晓平——十七岁左右，知青。

　　　　李金明——六十岁左右，饲养员。

　　　　刘主任——三十岁左右，公社干部。

　　　　霸场的——四十岁左右，麦客们的首领。

　　　　保　娃——二十九岁左右，民兵队长。

　　　　保娃媳妇——二十五岁左右。

　　　　金财婶——四十五岁左右，李福林、月娃的母亲。

　　　　六婶子——五十岁左右，李金盛的媳妇，媒婆。

　　　　李福岭——十六岁左右，李福林弟弟。

　　　　李金盛——五十岁左右，贫协组长。

　　　　李金升——五十岁左右，党小组长。

　　　　李福全——二十五岁左右，会计。

　　　　李金发——五十岁左右，社员。

　　　　翠萍嫂子——二十三岁左右。

　　　　李福贵——二十八岁左右，翠萍嫂子的男人。

　　　　刘长贵——五十岁左右，大队支部书记。

　　　青女娘——五十岁左右，幻觉中的人物。

李福绵——二十四岁左右，幻觉中的人物，王志科的亡妻。

估产干部、众麦客、桑树坪村民、闲后生们、民兵们、公安人员、老牛"豁子"、邻村村民、麦客市场的掌柜，均由歌队演员扮演。

〔场景：这是一个足以旋转360度的巨型转台。在它的正面是一大片呈倾斜状的黄土地：如果不是岁月沧桑在它的拦腰间剑划下那∞形的痕迹，如果不是历史在它的左后方崖畔上堆积成的那一堆古石雕，那它也许会尽力地向远方伸展开去。可眼前它还没有，它只能像一个神秘莫测的太极八卦，静静地盘卧着。台口右侧那一口唐朝遗留下来的老井则深不可测地和它遥相呼应。

在它的背面：舞台右侧的一条斜坡小径旁，是一孔黑渍渍的窑洞。窑洞顶上恰好是崖畔和那一堆古石雕的断层。舞台左侧则是一孔圈养牲畜或堆放饲料的小土窑，古柏苍松盘根错节地挤压在它的门楣上。

演出开始前，转台正面呈倾斜状的黄土地正对着观众席。在黑丝绒天幕和侧幕的裹挟中，它越发显得凝重、古老、贫瘠而苍凉。只有舞台右侧打出的一束冷光隐隐地勾画出了那一堆古石雕的轮廓。

在一阵沉重、古老而缓慢的钟声中，舞台上渐渐变成一片漆黑。

序

〔远处隐隐传来一阵沉闷的雷声。

〔李金斗边喊边敲着锣从远处跑来。

〔灯光渐亮。

李金斗 天要下雨哩！麦要糟蹋哩！乡党们！快喊喊哩！

〔桑树坪村民敲着锣鼓家什声势浩大地赶来，他们一个个憋足了劲儿，仰脖子望天吼着。

桑树坪村民 （吼）黑龙黑龙过过哟……走到南边落落哟……

〔有人敲家什定上了点子，于是这喊声开始变得有板有眼——

桑树坪村民 （吼）黑龙黑龙（仓）过过哟（哜当当）

走到南边（仓）落落哟（哜当当）

……

〔邻村陈家塬的人也敲着锣鼓家什从另一面匆匆赶来，他们一面骂着桑树坪人心黑心坏，一面也齐声发喊——

邻村村民 （对喊）黑龙黑龙站站哟……站到北边落落哟……

〔照例有人敲家什定点子，于是这喊声也开始变得有板有眼——

邻村村民 （对喊）黑龙黑龙（仓）站站哟（哜当当）

站到北边（仓）落落哟（哜当当）

……

〔桑树坪人急了，冲着邻村人骂了起来。

桑树坪村民 狗日的心黑，喊雨站哩！

邻村村民 驴日的心坏，把雨往这搭赶哩！

桑树坪后生 你敢过沟来，打死你个驴日的！

邻村后生 你敢过沟来，看我剥你的皮！

桑树坪妇女 骚女子，养野汉！

邻村妇女 野婆娘，偷男人！

〔双方的吵骂声乱作一团。突然，又有人给骂声敲家什定上了板眼，于是，人们的吼叫便开始有了章法。

桑树坪村民 陈家塬（哐才哐）日你娘！（哐才哐）

邻村村民 桑树坪（哐才哐）日你妈！（哐才哐）

〔一声炸雷，大雨倾盆而下。正在对骂着的人们轰的一下向四下逃去。

〔灯光在音乐中渐渐变化。歌声起——

"五五么好端阳，

塬上麦子黄。

收麦么蒸馍馍，

婆姨进洞房。"

〔身穿现代服装的歌队边唱边从舞台纵深走来。

歌　队　（唱）中华曾在黄土地上降生，

　　　　　　　这里繁衍了东方巨龙的传人。

　　　　　　　大禹的足迹曾经布满了这里，

　　　　　　　武王的战车曾在这里奔腾。

　　　　　　　穿过一道道曾紧锁的山峰，

　　　　　　　走出了这五千年的梦魂。

　　　　　　　历史总是提出这样的疑问：

　　　　　　　东方的巨龙何时才能猛醒？

　　　　　　　尽管前面有泥泞的路程，

　　　　　　　尽管有多少山峰需要攀登。

　　　　　　　总是这样不断地自问，

　　　　　　　总是这样苦苦地追寻。

　　　〔在歌的结尾处，歌队渐渐向四周散去。

　　　〔灯光随之转换。

（一）

1

　　　〔桑树坪村头坡地边。几个公社的估产干部一面饭饱酒足地剔着
　　　　牙，一面从远处走来。

刘主任　金斗！金斗唉！

众估产干部　金——斗！

　　　〔附近传来了一阵儿驴叫。

　　　〔幕内李金斗应："来哩——"拉着知青朱晓平从远处跑来。

李金斗　主任唉，来，来，来，这是咱队里的一点小意思……

　　　〔李金斗与朱晓平给刘主任、估产干部们送烟、递茶水。

刘主任　（客气地）这是干啥，这是干啥么！

众估产干部　金斗唉，你这是干啥哩！

李金斗	你们大老远来，辛苦这半晌，咱桑树坪庄户人心里过意不去呀！主任唉，你可吃舒坦了？
刘主任	罢咧，罢咧！咱到塬上看看麦去。

〔刘主任和众估产干部向塬上走去，随后围在一起看麦。

朱晓平	队长，没事我回去了。
李金斗	唉！娃娃你可不敢走。
朱晓平	还有什么事么？
李金斗	这估产可是咱村的大事，（耳语）估得低咱就能多分几斤几升，估得高那咱就白辛苦一年了！你城里学生娃儿见识广，脑子灵，可得帮我支应着点……
朱晓平	我能支应啥事嘛？
李金斗	你能！你能！你跟我学着点，这里面的学问大着哩……
刘主任	（在塬上喊着）金斗啊，金斗同志——
李金斗	来咧，来咧！

〔李金斗迎向塬上走来的刘主任和众估产干部。

刘主任	金斗同志，祝贺你啊，桑树坪今年的麦不错啊。
李金斗	罢咧，还将就，还将就……
估产干部乙	还叫将就？你看看这麦，粒饱籽大，种地稠得都进不去人哩。这一亩地少说也得打下个……
刘主任	二百一！
李金斗	……好我的婆唉！
刘主任	咋？
李金斗	（笑着）这一亩地要是能打二百一，我一口吃下去！
估产干部丁	那你说能打多少？
李金斗	叫我说，满打满算也就是一百四五十斤……
刘主任	一百四五十斤？！呸！一百四五十斤我也给你一口吃下去！

〔突然，附近又传来了一阵驴叫。

李金斗	（冲着驴叫的方向）该死的畜牲，吃饱了张嘴乱嚎叫！还不快牵回去！（转身对刘主任）我的好主任，塬上这一亩地啥时候收过二百一的麦啊！你也务过庄稼，这地里抛散，场上糟蹋，这天又保不准，说变就变，它哪来的二百一啊……

刘主任　不多说咧，二百一就是二百一。走！

李金斗　我的好主任，你不忙走，咱有话好说，再估一下吧。

刘主任　（不耐烦地）我说你！……李金斗呀李金斗，年年估产你都是这副熊样子，三升两斗的你争个死死活活，咱都是为上级做贡献哩，又不是集上买东西，由你讨价还价。

李金斗　主任，你听我说嘛！

估产干部乙　你个李金斗呀，我到这县里工作十来年了，你想想，就因为你李金斗年年争长争短，你吃的苦头还少？当了二十年的干部，也该有点觉悟了嘛，咋能老是那种小农意识？

李金斗　（嘟囔）啥叫小农意识嘛。年年把产量定得这么高，回头让咱和社员咋交代么！

刘主任　李金斗！说话可要注意点儿，你也不看看眼下是个啥形势！

李金斗　形势是好，形势是好，全国山河一片红么！

刘主任　形势不仅是好，而且是大好！所以，咱贫下中农就要做更大贡献哩！

李金斗　是要做贡献，是要掏红心……

刘主任　那还有啥说的？走！

李金斗　好我的各位领导唉，你们也看看，这年年估产，一开口就拔个尖尖，张口就是二百三百，打下麦来，七折八扣，又是“忠字粮”，又是“红心粮”，咱庄稼人还有啥余粮嘛！（越说越激动）娃娃要吃，大人要做活，这些年，说形势一年比一年好，好倒是好，可咱庄稼人辛苦一年，就是连口白馍也吃不上，还叫咱农民活不活哩?！

〔众人惊呆了。

刘主任　（大喝）李金斗！（随手用茶水泼了李金斗一脸）

众估产干部　金斗唉，你是吃了啥胆哩？

〔李金斗木然。

刘主任　（语气稍缓）咱国家大，人多嘛！你有你的难处，谁没有难处？你打的粮，又吃不到我嘴里，你胡说个啥咧！

李金斗　不敢胡说，不敢胡说，咱庄稼人没有那个胆子，讲理嘛。

〔李金斗边说边从刘主任手中接过茶杯，走向朱晓平。

刘主任　讲理？……呸！屁理讲！你知道咱一个小小的公社，几千口子人，今年上面定了多少余粮吗？

朱晓平　啥，麦子还没收，就定下余粮了？

刘主任　娃娃家懂个啥！走！

〔李金斗急了，一步冲上前抓住刘主任的衣袖，苦苦地哀求。

李金斗　主任，你看看，咱桑树坪啥时候打过二百一的麦哟！你再估一下吧，咱都是乡党，你也给自己落个人缘嘛……

刘主任　你拉我干啥？你想打人咧你！

〔刘主任欲推李金斗，李金斗伸手架了一下，被硌痛了的刘主任回手就给了李金斗一个耳光。众村民拥上。李金斗"呜呜"地哭了起来。众估产干部则死拉活拽地和他打哈哈。

众估产干部　金斗唉，你这是做啥么！

刘主任　年年估产就是这桑树坪最麻缠！走！

〔李金斗哭着从地上站了起来，赶紧拦住刘主任。

李金斗　我的好主任，吃完饭再走吧！（转身对朱晓平）娃娃唉，主任要走哩，回去给二婶子说一声，赶紧给估产队弄饭吃。弄好饭吃。

朱晓平　（怒）喂狗也不给他们吃！（对估产队）不能走！你要说清楚，为什么随便打人！

〔刘主任等一愣。

李金斗　（对朱晓平）算哩，算哩。咱庄户人还算个人么？打了也就打了……

朱晓平　打人不能白打！（对刘主任）你得给咱队长赔礼道歉！

刘主任　这娃是干啥的？

估产干部甲　城里来的知青娃。

刘主任　噢，造反派啊！……怎么，也想到我们这里来搞造反武斗啊?!

朱晓平　什么武斗不武斗的，你再打一下给我看看！

刘主任　我打了你能咋的?!

朱晓平　你打了还就打了?!

刘主任　把他给我弄到公社上去！我正要抓一个破坏夏收的典型哩。

〔朱晓平转身从村民手中夺下了一根扁担，向刘主任扑去。

〔几个估产干部冲上前欲撕扯朱晓平，被朱晓平打了回去。

李金斗　我的好娃唉！为了这几斤麦，要是闹出条人命来，那可就麻缠哩！你有靠山，你有后台，可让我们咋办呀！

朱晓平　（对刘主任）你欺负贫下中农，多吃多占！你长着耳朵去打听一下，我爸爸是干啥的……

〔头发蓬乱、衣衫不整的许彩芳从人群中跑了出来。

许彩芳　这娃他大在省革委会当大官哩。

〔众估产干部一下都蒙了。

刘主任　这娃他大是干啥的？

〔李金斗一把将许彩芳推到一边。

李金斗　我说不敢打哩，这娃他大的官不小，就连地区革委会的头头都得让着几分哩……

刘主任　（埋怨地）狗日的金斗，你咋不早说呢？（对朱晓平）好娃呀……（欲上前与朱晓平搭话）

朱晓平　（一把抓住了刘主任的衣领）你要是不给咱队长道歉，咱俩今天没完！

刘主任　好你个李金斗，你让娃娃松手！

〔李金斗赶紧上前似拉非拉地劝解。

李金斗　好娃唉，松松手吧。估产这数儿主任不是还没定了嘛！

刘主任　就是嘛！这估产的事咱还可以按政策再商量嘛。

李金斗　（积极地）好娃，松松手……

朱晓平　（执拗地）不！

李金斗　好娃唉！你看在咱一村老小的面上，就松松手吧。

〔朱晓平这才骂骂咧咧地松了手。

刘主任　太不像话了！太不像话了！

李金斗　主任，那你看咱队……

刘主任　金斗唉，回去要加强教育哩！以后再发生这种事，可别想让我给你估下个一百七！（回身对众估产干部）走！

众估产干部　（转身对李金斗）狗屎的！（簇拥着刘主任下）

众村民　（不敢相信地围向李金斗）……多少？……多少？

李金斗　（激动地）一百七……一百七！成咧！总算成哩！

〔众村民沉默了，他们难过地低下了头。

金财婶　这下可好了！定了粮交了麦，咱这一亩地还能剩下个十斤八斤麦。明年，咱也就不用过春荒哩。

〔村民中有人哭出了声。

〔王志科扛着根木桩从远处缓缓走来。

李金斗　哭屎咧！连个高兴都不会啊！（也抹了把眼泪）乡党们，我李金斗头天晚上就说了，为了咱桑树坪今年的口粮，我今天就是豁出老脸，舍下皮肉，也要为大家伙求下这个情。这下成哩！它比啥都强啊！今年咱全队人的基本口粮提高到……

〔保娃发现了正默默地站在一旁的王志科。

保　娃　王志科！你不好好干活儿，跑到这搭来干屎哩？

〔王志科愤愤地瞪着保娃，然后将木桩猛地放到了地上。

保　娃　嘿！好你个杀人犯！你还不服监管改造哩！

众村民　走！走！

李金斗　（呵斥地）保娃！（对王志科）志科啊，今天你也歇下吧。啊？

〔王志科扛起木桩气哼哼地下。

众村民　口粮多少？多少？

李金斗　今年咱全队人的基本口粮提高到三百九十五斤！十六岁以下的娃娃二百。

〔众村民欢欣雀跃。

李福林　（高喊）福林娶婆姨啰！（在人堆里跑着闹着）

〔月娃则在他身后追着赶着。

李金斗　乡党们，今儿这事还得感激咱学生娃哩。福全！

李福全　在哩，二叔。

李金斗　今天给咱学生娃记上两天的工！

众妇女　那你哩？

李金斗　我的工分就不记哩。

众村民　咋？

李金斗　（自嘲地）今天我没弄好，差点把大事给弄坏哩。

〔众人笑。

李金斗　唉！（对许彩芳）你个木头娃娃愣着干啥？还不快给咱学生娃多煮几个鸡蛋去！

许彩芳 噢！晓平，一会儿你来拿。（下）

李金斗 大家赶紧回去收拾一下，明天等叫上麦客，咱就开镰哩。

〔众村民兴高采烈地散去。朱晓平欲下，转身发现一直蹲在一旁抽烟的李金明。

朱晓平 金明叔，你怎么不回呢？牲口该喂料了吧？

李金明 好娃，今儿你可给咱村立下大功咧。（起身欲走）他李金斗也真是个精咧，把你个不懂事的娃娃推出来，倒把事办成了……要是你没有个好大呢？

〔朱晓平不语。

李金明 （唱）小妹子说话哥听着，

世上的路难走着哩。

……

（哼着山歌下）

〔转台在音乐声中缓缓向左转动。若有所思的朱晓平随转台渐渐隐去。

2

〔歌队——麦客在音乐声中上场。他们走向转台的四周。歌声起——

麦客们 （唱）秦川麦黄么漫过塬，

麦客赶场离了陕甘。

赶场打从祖上起哟，

父传子来代代传。

走哩走哩哟，

越哟远了；

眼泪花花飘满了，

哎哟的哟，

泪花花把心儿淹了。

〔歌队——麦客们边唱边舞蹈化地逆转台转动的方向走着。身背板胡的榆娃边走边淘气地逗引着枝头上的鸟雀。在歌的结尾处转台停止转动。

〔麦客市场。清晨。几个掌柜的叫麦客上。

〔霸场的从歌队中走出。

霸场的 话就说到这搭，说不成就是不成！没有三块二，咱死活不割！

〔掌柜的低声议论着愤愤地走到一边。李金斗和朱晓平急匆匆上。

李金斗 嘿！都大晌午哩，咋还没开市哩？

众掌柜 金斗来咧！金斗来咧！

〔众掌柜拥上去围住李金斗，和他低声商议着。

掌柜乙 好，就按你说的办。

〔李金斗缓步走到台中。

李金斗 开市哩！

〔众麦客一拥而起。

李金斗 起首喊价的是桑树坪。咱村要二十个割麦的，塬地割一亩一块五，坡地割一亩一块六。

〔众麦客泄气地退回原处蹲下。

麦客甲 我当是蹦出个齐天大圣，闹半天也是个草猴儿。

麦客乙 揽着个大劲，放了个哧溜屁。

〔麦客们哄笑。

李金斗 市上不说闲话，损人的话谁都会说，咱没吃过驴肉，还没听过驴叫唤？今年就这价，割就去，不割就回！

〔霸场的缓缓走向李金斗。

霸场的 老哥敢起首开价，不像是一般人呀。

李金斗 那当然。

霸场的 可这口开得真有点狠。今年麦好，塬地麦稠，坡地难割，三块五都不多。

李金斗 三块五？好我的天爷唉！你干脆用绳儿把我的脖子勒住罢哩，还让不让我们吃饭？

霸场的 老哥，三块五可不算多呀。咱在东边就是这个价。

李金斗 东边西边我不管。咱这搭就是这个价，有给你三块五的地方，你寻去。（说罢蹲到一边，闷头抽着烟）

霸场的 （对其他掌柜）各位乡党！这搭有起首开价的，你们也报个价嘛。

掌柜甲	他出不起你的价，那咱就更出不起哩。
众掌柜	对咧！对咧！
霸场的	这就日怪哩！市上有争有抬，今天算咋回事，就他一个人开价？
李金斗	（得意地）我不是吹，咱出这个价，他其他的队还出不起哩！
霸场的	好！咱办事麻利，我先退一步，三块二！
李金斗	我说咧，最多一块六！

〔麦客们围在一边议论着。

麦客甲	怪事情，怎么没人争价抬价？
麦客丙	我看他们是串通好了谁也不抬价，让咱自己往下哧溜！
麦客乙	（悄悄地）我看这喊价的有些恶。
霸场的	罢！咱豁出去了！三块。
李金斗	……
霸场的	日他个狗尿婆姨，咱再让最后一步，两块八！就这价，应了就割，不应咱找别的地方。
众麦客	（关切地）咋样？

〔李金斗抽烟不语，霸场的不知所措。知了聒噪，太阳热辣辣的。麦客们开始慌乱起来了。

| 麦客甲 | 你倒是说个话么，都啥时候哩！ |

〔几个麦客走到一边，商量了一阵。突然围向李金斗，猛地将他举起，想要逼他开口。

| 霸场的 | （急恼地）我说老哥，应还是不应你也开个口呀，这市上的规矩你也知道，咋能让人自己落价滑坡哩！ |
| 李金斗 | 慢慢商量，慢慢商量，咱不急。麦客有的是，你不割还怕别人也不割？ |

〔麦客们气愤地扔下李金斗。

| 霸场的 | （急恼地）你……（猛地冲到一个石碌前，一咬牙将石碌举起） |
| 李金斗 | 好我的婆唉！有这大力气挣不下钱，亏了这副好身骨。 |

〔霸场的无奈地将石碌放下。

| 李金斗 | 我的好兄弟！出门人可不敢要蛮。实话说了，这麦不割，我们吃啥？咱这地方年年麦收就靠你们麦客来帮工；这麦不割，你们又吃啥？不要当你们在东边挣下几个钱，就了不得了。你那地方， |

谁不知道？我这里的钱你不挣，回去就怕连口拌汤也喝不上咧！你还想要蛮？

霸场的　（愤怒地）你狗屎出口糟蹋人，走，咱场子外面说话去！

李金斗　（有些颤抖地）走就走，怕你呀还是咋的！（也开始似解非解地脱起衣服来，并嚷嚷着要与霸场的出去练练，突然，停下了脚步挡住霸场的）……等等，（出人意外地）这位后生，请问你家里有几个弟兄？

霸场的　（一愣）就我一个，咋啦？

李金斗　算屎的咧！咱不跟独苗苗斗。

霸场的　咋？

李金斗　我金斗可不做这种绝人子孙的事咧。来，来，来，你们换个有兄弟的来！

霸场的　你！

〔一位老麦客走了过来。

老麦客　算咧算咧，这搭不能跟东边儿比。

李金斗　（来劲了）这还错不多咧。这样吧，咱的口也别太紧了，我加个狠数——塬地一块七，坡地一块八。要去就去，有这半晌工夫，你麦客怕五块钱都到手了。

〔众麦客面面相觑。

榆　娃　（嘟囔）今年麦这么好才出这几个钱，去年不咋样还出两块哩。

李金斗　（猛一拍腿）好！麦客市上出口收不回，这后生报了两块，咱们应下这个价哩。两块！

榆　娃　哎，咱可没报价呀！

〔众麦客将榆娃拉到一边，埋怨着。

老麦客　娃娃呀，麦客市上可不敢随口说价，这一出口可就收不回来了。

李金斗　罢咧！咱嘴也别太狠喽，你们就误了这大工夫，我再加一毛，两块一咋样啊？

〔众麦客沉默不语。

老麦客　我看这价错不多少咧，就应下吧，咱多出点力，多割几亩也就挣回来哩。

　霸场的　（无奈地）那，咱就应哩。

李金斗　好，定秤！

〔众麦客散开。李金斗和朱晓平在人堆里左挑右选。被选中的麦客站到一旁，榆娃想挤过去，被李金斗一把拦住。

李金斗　好我的麦客娃，我不是不让你挣这份钱，你身子骨嫩，咱那搭可是苦活路，累塌了你身子，这一辈子可就麻搭了。

〔榆娃伤心地走到一边，霸场的呼的一下从地上站了起来。

霸场的　你欺人太甚！刚才你欺行霸市，这会儿你又挑挑拣拣；告诉你，不要这个我们都不去！

〔众麦客齐声呼应。朱晓平忙把李金斗拉到一边。

朱晓平　队长，让他去吧！

李金斗　不成，我挑人干活，又不是找这傻后生摆着看模样！

老麦客　我说乡党，今天这事你也做得太绝了，有你这样喊麦客的吗？我活了这大年纪，年年赶场当麦客，没见过像你这样的。都是做活挣饭吃，谁都作难，人要把事做绝了，保不住兔子急了还咬人哩！

李金斗　好！好！咱不多说哩，有你老哥这句话，就是瞎子瘸子咱也搭上了！（转身欲走）

老麦客　等等！（指霸场的）他咧？

李金斗　（瞟了霸场的一眼）塬地一块五，坡地一块六，要去，只能这个价！

〔霸场的气恼地蹲到一边。

老麦客　兄弟，走吧！不去你今天吃啥？

霸场的　（忍气吞声地）唔！

麦客丙　上——路——哩！

众麦客　上——路——哩！

〔欢快、喜悦的音乐骤起，麦客们迅速跑向转台的四周。转台向右缓缓转动。

〔歌队——麦客们在音乐声中舞蹈化地逆转台转动的方向走着。

3

〔桑树坪村头。

朱晓平　（匆匆跑到崖畔对村子里喊）麦——客——进——村——啰！

〔随着转台的转动，一群兴高采烈的姑娘、媳妇在音乐声中争先恐后地窜出各家的窑洞，叽叽喳喳地向村头拥去。蓬头垢面、衣衫不整的许彩芳也随着热闹的人群跑向村头。

〔转台停止转动。

〔村头——麦地。麦客的到来给偏僻的桑树坪带来了活力和生机，一向闭塞的小山村顿时沸腾起来了；麦客和村民们欢快地舞着。许彩芳和几个姑娘媳妇抢过了榆娃不留神掉下的羊肚头巾，围着他舞蹈化地戏耍着。

李金斗　开——镰——啰!

〔麦客和村民们在音乐中又骤然变化成舞蹈化的割麦场面；他们此起彼伏，粗犷而强悍地舞着。原先看上去似乎挺清秀的榆娃，此刻使出了一手麻利的"跑镰"。他挥镰自如地跑在了队伍的前面；转而，他又挑头甩开了腔子：

榆　娃　（唱）对面那片树林，

　　　　　　藏在我的心吧!

　　　　　　她是我生命中，

　　　　　　跳动的灵魂!

　　　　　　……

〔转台随着歌声缓缓向右转动。

〔榆娃和割麦的人们徐徐隐去。

〔许彩芳正躲在崖下侧耳偷听榆娃那让人心醉的歌声。李金斗突然气哼哼地走来，他不由分说地拽走了许彩芳。

〔灯光在渐渐隐去的歌声中转换。

4

〔村头官道上，保娃窑前。李金斗骂骂咧咧地逼着许彩芳向保娃家走去。

李金斗　走! 走啊你个死女子! 祸是你给惹下的! 你还想让我用八抬大轿把你抬了去呀还是咋的!

〔许彩芳干脆蹲在地上不走了。

李金斗　你个狗屁的东西! 你男人死了才几天啊你就这么胡尿折腾! 勾引

人公社的拖拉机手不说，连个公社上的脑系①你也敢相跟着骚情！天天让人这左邻右舍的上门吐口水，跺着脚地骂，你让你大这张老脸往哪搭放！

许彩芳　（不服地）那不怪我！都是他们往我身上泼②的脏水。

李金斗　（更火了）放你先人的馊屁咧！头年麦收前你和那个外乡来的布客骚情私奔，也是人家泼下的脏？

许彩芳　……

李金斗　走！你少给我犯倔，今天你要不给保娃赔下这个情，你就别想再有个安生！

许彩芳　我为啥要给他赔情？他骂我，吐我，我才还了一句，就要给他赔情？

李金斗　（恼怒地）今儿后晌要不是你挑拨着他媳妇跟他干仗，他会找上门来吐口水，还跺着脚骂了半晌？（脱鞋欲打许彩芳）你要不去，少不了又挨一顿打。

〔许彩芳委屈地哭了起来。

李金斗　哭啥哩！你再不去我就……
　　　　　〔李金斗举起鞋，许彩芳一下就往保娃家方向逃了过去。

李金斗　死女子，这不就完了！我看你是属牛的不打不动地方。（转身对窑内）保娃！保娃！
　　　　　〔保娃内应。

李金斗　（对许彩芳）回头跟人好好说。（缓缓下）
　　　　　〔保娃擦着手从窑里钻了出来。

保　娃　（向四周看看）谁？谁叫我哩？

许彩芳　（呼的一下从地上站了起来）我，是我！

保　娃　（被吓了一跳）你？……刚才咋听着像是你大的声咧？

许彩芳　（挖苦地）那是他喂养你的时间长了，所以你听着他的吆喝顺耳呗！

保　娃　（准备往回走）你，你这是啥意思？

许彩芳　没啥意思，应着你的话呗！

① 脑系：意指领导。
② 泼：豁 huò。

保　娃　应着我话咧？唉，你分明骂我是牲口么，你个烂嘴断舌的骚女子！

许彩芳　（尖刻地）哟，我们哪敢啊？你是个清白汉子，村上的民兵队长！从来不跟女子搭话，夜里也不在你婆姨奶上歇乏……

保　娃　（愠怒地）你个狗屎东西！你……你到底干啥来了你？

许彩芳　送上门来挨打，省得你老跑咱家去帮着掌棍儿，怪伤鞋的！

保　娃　（猛地脱下鞋）你个狗屎操的！看我不打烂你的嘴！

　　　　〔远处传来了保娃媳妇的吆喝声："保娃保娃！快来接我一把！"

保　娃　来哩——

　　　　〔保娃媳妇背着一捆柴草，哼着秦腔从坡上走来。

保娃媳妇　（唱）盼星星那个盼月亮，

　　　　　　　　只盼着深山出太阳。

　　　　　　　　……

　　　　〔保娃穿上鞋刚想上前应话，躲在一边的许彩芳猛然脱下上衣，露出穿着小兜兜的上身，从后面一下捂住了保娃的嘴，保娃猝不及防一下被她抱住了就往窑洞门口拖。

保娃媳妇　（秦腔念白似的）保娃，你做啥呢唏？

　　　　〔许彩芳见保娃媳妇，赶紧推开保娃。

许彩芳　（从地上捡衣服，装作嗔怪的样子）你看你性急的样子，要想亲嘴也不找个地方……

保娃媳妇　……

保　娃　（有口难辩地）你，你看刚才不是她抱住了我，是我抱住了她……不，不！是我抱住了她，不是她抱住了我……唉！

　　　　〔保娃媳妇恶狠狠地盯着保娃和许彩芳，突然，她将一大捆柴扔向保娃。

保娃媳妇　我不活哩！不活哩！你个没皮没脸的保娃，大白天里做个这号事！你说你和她清白，今天可叫我见着了。咱不活哩！

　　　　〔保娃刚推开柴草捆站起来，一下又被他婆姨撞进了窑里。起了蛮性的保娃操起一根巨大的擀面杖冲出窑来。

保　娃　好你个死婆娘，看我不打日塌了你！

保娃媳妇　你跟个骚货胡混，我不活了呀……

　　　　〔保娃一把将保娃媳妇推进窑去，窑里顿时传出一片打闹声。

许彩芳　（幸灾乐祸地）打！往死里打！打死你媳妇我跟你过！

〔突然，保娃拿着擀面杖冲了出来。

保　娃　你个骚货往我身上泼脏，看我不砸烂你尿的狗头！

许彩芳　（毫不畏惧地）你敢！只要你敢动我一下皮肉，我就到县上去告你个糟蹋女人！

保　娃　你……

许彩芳　你婆姨也见着哩！牢里不让你蹲上三年才怪呢！我跟你无冤无仇，你几回帮着我大和仓娃收拾我，今天也叫你去尝尝害人的滋味儿，看你们还敢欺负人不！

〔哑口无言的保娃愣了半天，一扭身钻回了窑里。

〔崖畔上传来了女人和娃娃们的叫骂声：

　　　"烂女子，骚婆娘，

　　　见了男人就上炕。

　　　勾人的魂儿，

　　　克夫的样儿，

　　　杨贵妃转世是祸殃！"

〔许彩芳毫不屈服地与女人、娃娃们对骂着，并想拿出一种胜利者的姿态，于是，她也唱了起来——

许彩芳　（唱）"东风吹，战鼓擂，

　　　现在世界上究竟谁怕谁！

　　　不是人民怕美帝，

　　　而是美帝怕人民……"

（然而，终于忍不住内心的屈辱，失声哭了起来）

〔转台向右移动。

〔许彩芳抽泣着向左方的斜坡小径走去。

5

〔唐井边。榆娃坐在井边正拉着板胡。许彩芳从远处走来，渐渐被琴声吸引住了。"阳疯子"李福林木讷地扛着一柄麦秸叉从另一边走来，他傻呆呆地靠近榆娃，双眼死盯着他手中的板胡。

榆　娃　（对李福林笑着点点头）喝汤哩？

李福林　（傻呆地）嘿嘿……

〔突然，李福林放开嗓子粗声大气地吼了起来。

李福林　（唱）哥哥十八走了甘州，

　　　　　　　　领回个婆姨叫秀秀。

　　　　　　　　秀秀今年一十六，

　　　　　　　　好模样里她属头。

　　　　　　　　……

〔许彩芳善意地走到李福林身边。

许彩芳　（劝说地）福林，不疯闹了，赶紧回家去。

李福林　（呆傻地模仿）赶紧回家去！嘿嘿……

李福林　（扑向许彩芳疯叫）耍婆姨哩！耍婆姨哩！

许彩芳　（制止地）福林！不疯闹哩……

李福林　（模仿地）福林！不疯闹哩！（上前去撕扯许彩芳）

许彩芳　（一面躲闪，一面惊恐地喊）月娃！月娃……

〔榆娃上前欲劝阻，但却被李福林推到了一边。正当他们闹得不可开交时，月娃闻声匆匆赶来了。

月　娃　（制止地）哥！哥唉！彩芳不是你的婆姨……

李福林　是我的婆姨！哥要婆姨哩！（推开月娃又疯闹了起来）

月　娃　（大声急叫）哥唉……

〔李福林突然呆傻地站着不动了。月娃伤心地扭头跑到一边哭了起来。

李福林　（不知所措地）……妹妹！妹子！哥哥不要婆姨哩，妹子不哭哩……

〔李福林从脖子上摘下一个用核桃壳制成的小转转玩具，拉扯着逗着月娃。但月娃依然伤心地哭着。李福林急了。

李福林　妹子不哭，哥打咧！哥打咧！哥这一辈子也不娶婆姨了……（残酷地打着自己）

月　娃　哥唉！不疯闹哩。你要婆姨，咱大咱妈给你寻。为了你的事，咱大咱妈把心都操碎了。咱妈说了，就是吃不上，喝不上，也不能让你寻不下婆姨……

〔李福林木讷地听着。

月　娃　哥唉，咱回吧。

　　　　〔李福林站起身来，扛着麦秸叉大声地吼着山歌走了。

月　娃　（懂事地）彩芳姐，没吓着吧？

许彩芳　没啥，你回吧。

月　娃　唉。（匆匆下）

许彩芳　小麦客！

榆　娃　啊？

许彩芳　谢谢，刚才多亏有你……

榆　娃　这算啥事，还用你谢？噢，这位大姐，你没事吧？

　　　　〔许彩芳突然笑了。

榆　娃　你笑啥？

许彩芳　咱笑你也不问一声我有多大了，开口就叫咱大姐。

　　　　〔榆娃不好意思地低下了头。

许彩芳　小麦客，后晌在塬上挑头甩腔子的是你不？

榆　娃　（羞怯地点了点头）唱得不好。

许彩芳　（天真地）好咧！咱村上的人都说你唱得好哩！

榆　娃　……

许彩芳　小麦客，你叫个啥？

榆　娃　咱叫榆娃，榆树的榆。

许彩芳　榆——娃……

榆　娃　……刚才，那后生是咋回事啊？

许彩芳　他叫福林，是咱村上的"阳疯子"。

榆　娃　"阳疯子"？

许彩芳　对咧，就是花痴病。说来也是个老实本分的后生，就因为家里穷，把婚事给耽误了，快三十的汉子了还说不下个媳妇，这心里憋闷着，憋出一场病来。一犯病，见了女人就追就赶……唉，也是怪可怜的。

榆　娃　……

许彩芳　小麦客，你看我干啥？

榆　娃　（猛地收回神）没，没啥……

许彩芳　小麦客，噢，榆娃，你多大了？

榆　娃　二十。

许彩芳　噢，那你家在哪搭住着呢？

榆　娃　平凉。

许彩芳　（若有所思地）平——凉……（忽然地）你们那搭有山没有？

榆　娃　没有山，我们那搭一马平川跑死马哩！

许彩芳　（无限向往地）真的？

　　　　〔许彩芳走到井边摆弄着井绳。

许彩芳　你有家么？

榆　娃　（未思索地）有哩。

许彩芳　（意外地）啥？你有家了？

榆　娃　啊，咱家有大有妈、弟弟妹妹……（突然悟过来了）你，你说的
　　　　是个啥家呀？

许彩芳　我是说……你自己的……

　　　　〔榆娃默默地摇了摇头。

许彩芳　那你咋不成个自己的家呢？

榆　娃　咱家穷，我妈眼睛又瞎哩……

　　　　〔李金明哼着山歌从远处走来。

李金明　（唱）太阳下去哟，

　　　　　　　么哟下了，

　　　　　　　想起我的妹子哟，

　　　　　　　哎哟的哟，

　　　　　　　急慌慌把路走错了。

　　　　　　　……

　　　　〔许彩芳听见人声，一扭身就跑了。

榆　娃　老伯，您打水啊？

李金明　嗯。

　　　　〔榆娃赶紧接过李金明手中的水桶，忙着替他打水。

李金明　是来割麦挣钱的？

榆　娃　对咧。

李金明　好。

　榆　娃　老伯，刚才那女子她是……

李金明　她叫彩芳，是他金斗的大儿媳，十二岁上那年她从山外被卖到这
　　　　搭，做了金斗的干女子。眼下叫干女子，其实，也就是个童养
　　　　媳。好容易熬到十七岁和她男人满娃合房成下了亲，可谁承想，
　　　　还不出半年，她男人干活栽到沟里，就……

榆　娃　这么说，她是个寡妇？

李金明　嗯。那李金斗怕她守不住，又把她收作干女子哩……

榆　娃　这是个啥意思？

李金明　啥意思？谁不知道他李金斗精哩！还不是想让彩芳娃转房嫁给他
　　　　的二儿子仓娃，好省下几个钱么！

榆　娃　转房亲？

李金明　对咧。那仓娃打小就落下了个"柳拐子"病，能吃，不能做的，
　　　　她彩芳咋能应下呢？俗话说：酒肉朋友，米饭的夫妻么……

榆　娃　那她为啥不跑呢？

李金明　跑？不跑不打，不打不跑。唉！小麦客，我说你打问这做甚哩？

榆　娃　没啥……老伯，你们这搭的井真深啊！

李金明　好我的麦客娃，光是个深？这井可是有年头哩！它是咱唐太宗皇
　　　　上李世民留下的泉井，叫个"酩泉"，头年"破四旧"那会儿，
　　　　省上来人左看右看，说这可是个不能砸的"宝物"！临走，还让
　　　　咱好好看顾着哩，看样子，这唐井……

　　　　〔李金明发现榆娃跑了神，正呆呆地望着许彩芳远去的地方。李
　　　　金明微微一笑，提上水桶走了。

榆　娃　……

　　　　〔远处传来李金明的山歌声——

　　　　　　"高高塬上一口井，

　　　　　　先人留下到如今；

　　　　　　要问井深有多少，

　　　　　　一十六丈没有个尽。"

　　　　〔灯光渐暗。

6

　　　　〔桑树坪村饲养棚前的空场上。

〔灯光在越来越热烈的锣鼓声中推亮。

〔虽说已是傍晚,但是场地上的汽灯却把四周照得跟白天似的。场地中间放着一张方桌,桌子后方的两旁分别坐着"打鼓佬"和琴师们,他们的鼻梁上清一色地戴着一副"石头镜",显得古色古香。方桌前后,团团围着村上的男男女女、老老少少。

〔保娃、李福贵哥儿几个抡圆了胳膊打了一通赶场锣鼓后,便歇了下来。这时,李金斗叼着个烟袋锅悠悠然地走到了麦场中间的方桌后。

李金斗 各位乡党们!今天,咱村上的麦收工作也就算完展的了。刚才收工的时候呢,几个后生跟我嚷嚷说要唱戏耍,按说今年这光景嘛,也是该好好耍耍。可这几年搞运动哩,因此上这"四旧"迷信的老戏是唱不得了。但是,今天晚上,咱就冲着今年的丰收,也唱它一回老戏,串它一次"四旧",晚上回去大家自己掏肠子好好洗洗!下面,咱先丢一板《芙奴传》!我唱小姐陶芙奴。

〔"打鼓佬"们娴熟地敲起了上场锣鼓。

〔李金斗扮旦角走到场地中间亮相。

李金斗 (白)呀——(唱)

   山坡上草青青花香醉人,

   惹得我小女子怀里藏春。

众村民 (乱嚷)金斗是沙沙腔子,不对路!下去!换人哩!

李金斗 闹屎咧!咱还没露绝活儿哩。(对琴师们)来,不管个狗屁的!

〔几个性急的后生上来,把李金斗推了下去。

众村民 小麦客,唱胥埧吧!

榆 娃 成。我唱胥埧,那谁来扮陶芙奴?

许彩芳 (大胆地)我来!

〔众村民觉得意外,但也就安静下来了。

榆 娃 (开场白)古今往来乐事,人间胜景无穷。莫负风花雪月,消磨春夏秋冬。节义纲常伦理,忠良贤孝奸雄。今宵演唱画堂中,离合悲欢劝奉。

〔榆娃在音乐中迈着台步走到场子中间。

358 榆 娃 (唱)携玉笛上东楼把画帘高卷。

（白）呀！好一座精巧玲珑的小园呀！那，那，那红榴花下，翠柳丛中，有一荷衣女子，怀抱琵琶，穿花拂柳而来，她不是陶芙奴姑娘却又是谁呀！哟，人呢？（看科）啊，从假山背后过桥来了！（唱）

   她抱琵琶过小桥且走且弹。

〔许彩芳扮陶芙奴做过桥科。

许彩芳 （唱）为春愁抱琵琶弹曲消遣，

    瞒过了高堂上一双椿萱。

    信步儿过小桥忽有所感，

    将心事付流水慢挑琴弦。

榆 娃 （唱）她此曲"琥珀匙"暗含幽怨，

    我不免横玉笛和她一番。

许彩芳 （白）是谁人和琵琶吹弄玉管？呀——

〔"芙奴"激动地抬头，恰与"胥坝"视线相触，榆娃与许彩芳彼此直勾勾地盯着，眼里都闪动着异样的光……

〔灯光在音乐中渐渐转换。

〔许彩芳和榆娃逆向缓缓走上往右转动的转台，他们沉浸在回忆之中。

许彩芳 榆娃，你就带我走吧，走得远远的！

榆 娃 （冲动地）彩芳！……不，咱不能，咱娶不起你啊……

许彩芳 不用你娶，不用你娶！我跟你走！

榆 娃 我……我养不起婆姨。

许彩芳 榆娃，你好好看看，我许彩芳自小泡在苦水里，出娘胎咱就没过上一天好日子。我不怕苦，不嫌穷，只要你把我好好当个人待，咱就是拉着棍棍跟上你要饭，那，那也是甜的呀！

榆 娃 彩芳！……等收罢麦，咱就一搭里回平凉！

许彩芳 榆娃！

〔一对象征爱情的男女青年，在许彩芳与榆娃身后的某块光区内舞着。

〔歌声起——

   "抓住胳膊端起手，

　　　　　　扳转肩头亲上一口。

　　　　　　蛤蟆口灶火烧干柴，

　　　　　　越烧越热难分开手。"

〔舞蹈者在歌的结尾处渐渐隐去。

〔许彩芳和榆娃的周围忽然出现了一个闪动着的光环。灯光转换。闪动的光环骤然变成了桑树坪愤怒的火把。桑树坪村民已将许彩芳和榆娃团团围住了。

7

〔村口某处。

众村民　打！

李金斗　打！给我往死里打！看他个狗屁的麦客还敢不敢偷婆娘！

〔棍棒呼啸着，凄厉可怖。榆娃的惨叫声渐渐弱了下去。

李金明　不能再打了，他晕死过去了！

李金斗　把他给我拉出来！

〔保娃等几个后生将榆娃架了出来，扔到地上。

保　娃　（自语地走上前）装得倒像啊。

〔朱晓平从人堆中走了出来。

朱晓平　队长，不能这么打人！

保　娃　抓住偷婆娘的人，打一顿算是轻的！

李金斗　少噜嗦！接着打！在桑树坪这块地方，我说了算！

李金明　金斗！再打可要出人命哩！

〔众村民一愣。

李金斗　（骂骂咧咧地）狗屁的！今天算便宜了他。去！把个死女子给我弄出来。

〔几个婆姨气势汹汹地将五花大绑的许彩芳推了出来。

李金斗　（命令地）走，跟我回去。看我回去咋整治你！

〔李金斗说罢扭头就想走，忽然他发现许彩芳没有跟他走，而正在向榆娃走去。李金斗赶紧上前挡住许彩芳的道儿。

李金斗　（恶狠狠地）回去！（见许彩芳不理睬）回去！

许彩芳　（声音很轻但气势逼人地）你不要挡我的路！

李金斗　我是你大，你给我回去！

许彩芳　你不是我大，你姓李，我姓许！你给我站到一边去！

李金斗　回……

许彩芳　（恶狠狠地）闪开！让我过去！

　　　　（李金斗不由得一闪身子，许彩芳忍痛挪动着步子走向榆娃。

　　　　〔李金斗突然醒悟过来了，他一头栽到地上，"呜呜"大哭起来。

李金斗　我可怜的满娃唉！你也不想想你可怜的大，你咋走在大的前面啊！天爷呀，想当初我花了二十斤的苞谷才给你换下了个媳妇，我李金斗为你辛苦了一辈子，到头还落了个里外不是人，你咋就忍心绝了我这一门呀……（在地上爬着、滚着，一会儿用拳头砸着地，一会儿又用头撞着地）……天爷呀，天爷呀！你就为咱金斗开开眼吧，这世道还有没活路了……

　　　　〔众村民抹着眼泪儿把李金斗扶回了村子。人们散去，只留下李金明、朱晓平、许彩芳和榆娃。朱晓平给许彩芳松了绳子，许彩芳扑到榆娃身上。

许彩芳　（低声呼唤）榆娃！榆娃！都怪我，都怪我呀！

李金明　彩芳娃，他的腿给打坏了，得赶快上药。你守着，咱和学生娃这就回村取药去。

许彩芳　唉。你们可要快点啊！

　　　　〔李金明、朱晓平匆匆下。许彩芳继续呼喊着榆娃。

许彩芳　榆娃，榆娃！你睁开眼来看看我呀！彩芳守着你呢。

榆　娃　（渐渐苏醒了过来）彩芳……

许彩芳　（给榆娃揩着身上的血迹）小麦客，你不后悔吗？

榆　娃　不后悔，打死咱也不悔！

许彩芳　小麦客，疼吗？

榆　娃　不疼，妹子。

许彩芳　咱疼，咱心尖上疼哩！

榆　娃　妹子，不哭。咱的伤不重，你搀着我，咱能走回平凉去。等伤好了，哥还给你"甩腔子"哩。

许彩芳　哥！

榆　娃　妹子……

361

〔朱晓平拿着药匆匆地上。

朱晓平　（气喘吁吁地）彩芳，不好了，你大要用队里的名义，把榆娃送
　　　　到公社学习班去，说他是"拐骗妇女"，金明叔正跟他们讲理呢。

许彩芳　……

榆　娃　彩芳，不怕，咱告他去。

许彩芳　你告谁呀。只怕你是有口难张哩。

榆　娃　那，那咱就跟他拼了！

许彩芳　（扑到榆娃怀里）榆娃，不说傻话了。你拼不成，落个不死不
　　　　活，叫我这一生一世咋过呀！

朱晓平　还是早点拿主意吧，一会儿要是保娃带人来，那可就晚了。

　　　　〔许彩芳开始镇静下来，她默默地从朱晓平手中接过药，然后给
　　　　榆娃上药、包伤。

许彩芳　小麦客……你先走吧！

榆　娃　那你？

许彩芳　你不是说，往后年年要来吗？

榆　娃　……

　　　　〔朱晓平和许彩芳把榆娃扶了起来。许彩芳又把小行李卷替他捆
　　　　在背上。

许彩芳　（心一硬）走吧，榆娃，我是你的人，走到啥地方你只要想着我
　　　　就是哩……

榆　娃　嗯！妹子，我还回来哩，你等我呀！

许彩芳　嗯！

　　　　〔榆娃走了几步，然后又回过头来。

榆　娃　妹子！你等我，我还回来哩！

许彩芳　……嗯！

　　　　〔歌队——麦客在音乐声中走上转台的四周。转台缓缓向左转
　　　　动，歌队——麦客逆转台转动的方向舞蹈化地走着。

　　　　〔许彩芳和朱晓平将榆娃扶进歌队。

　　　　〔歌队——麦客在音乐声中豪迈而坚韧不拔地走着、走着……歌
　　　　声起——

　　　　　　"中华曾在黄土地上降生，

这里繁衍了东方巨龙的传人。

大禹的足迹曾经布满了这里，

武王的战车曾在这里奔腾。

……"

〔在音乐的结尾处灯光渐收。

(二)

1

〔桑树坪村的牲口棚附近。起光时，六婶子和李金财夫妇正愁眉不展地面面相觑着。一会儿，李金斗端着碗面，边吃边从远处走来。

李金斗 ……咋啦？

李金财夫妇 二哥
六　婶　子 一弟 来哩？

李金斗 (开玩笑地) 金财呀！你可不敢也愁下个"阳疯子"啊！

六婶子 你个死金斗，人都愁急眼了么，还有心思说笑话哩。

李金斗 咋啦？

〔李金财夫妇欲言又止。

六婶子 是这么回事。今年开春儿，他金财兄弟出了二百元钱的高价，托我给他家福林说干媒，咱就给他在这东边的陈家沟说下了一户陈姓人家。姑娘叫青女，还是个黄花闺女呢。原先说得好好的，除了这二百元的定亲钱，往后只要按时把那平日里一应花销的"养媳钱"都给齐全了，明年正月就办事。可……

李金斗 这不还早哩么？

金财婶 可今儿头晌他陈家捎过话来了！

六婶子 说眼下青女家急着等钱用哩。青女她娘催着他金财兄弟这几天里就把最后那五百元的"大定"钱一次放过去，让早早地就把青女接过来办事……

金财婶 临了，那家还说，可不敢把她家女子的事给耽误了。

李金财 眼下又不是年根上，咱手头哪有钱么，这不是逼死人哩！二哥，这队里是不是……

李金斗　嗨……金财兄弟，这倒是件麻乱的事哩。

李金财　……

金财婶　二哥，你就给咱寻思个主意吧！啊？要不，咱这当爹妈的良心上过意不去哩。

李金财　是啊，他福林当初都是为了咱俩的病身子才没娶上媳妇，熬出个阳疯病的，咱这心里……

李金斗　嗨……

〔李金斗放下手中的碗，点上烟寻思着。他忽然眼睛一亮。

李金斗　金财兄弟！主意倒是有一个，可就是不知道你们能狠下这个心不。

李金财　只要给咱福林娶下婆姨，咱啥狠心都要下哩。

金财婶　对咧，对咧！

李金斗　嗨。这就好！金财兄弟，月娃也该是出聘的年岁了，反正这女娃迟早就是这回事哩，我寻思着，眼下不如就给她寻个收干女子的人家……

金财婶　你说是让咱把月娃给人做童养媳？

李金斗　不对！啥童养媳，干女子么！

金财婶　对，对！干女子！

李金斗　月娃要是给人做了干女子，换下这五百元钱，福林的事不就能办咧嘛。

〔李金财夫妇茅塞顿开，赞许地点着头。

金财婶　这月娃从小就是福林带大的，要是福林知道送走妹子给他换下个婆姨，这……

李金斗　嘻！那你就不会瞒着点儿？……咱明天就上甘肃，到我屋里她姐那村上去打问一下。

〔切光。

2

〔光起。

〔李福林家窑内、外。已盘上头、穿着红底碎花大襟褂褂、扎着裤腿儿的月娃正缩在炕角上不知所措地看着父母和周围的人。金财婶则低头收拾着小包裹。

李金升 ……咱月娃也不小哩，这一开脸还真叫人心疼得很哩。

李金发 就是么，甘肃那搭吃干的，喝稀的，比咱这搭强多哩。

李金盛 娃大咧，这该出嫁她就是要出嫁咧么，窝在屋里还不成了个没人要的老姑娘咧么……

众村民 就是，就是！

〔众人七嘴八舌、连哄带骗地劝着月娃。月娃似懂非懂地望着众人。然而，她却又时不时地偷偷看着自己的父母。

月　娃 （突然地）妈呀，我不出门行呀不？

〔众人大笑。

月　娃 大呀，我不出门行呀不？

〔众人又哄笑。

金财婶 好月娃呀，你不是娃娃哩，你不出门，你哥那事……

月　娃 不是说，收罢秋才给我定亲么？定了亲，咱在家守着，不是一样有钱给我哥办事么？咋这会儿就要出门了呢？

金财婶 娃娃不胡说啥了。给你寻好了人家，过去要听人家的话哩。乖娃娃少挨人家几回骂，少挨几回打，妈在这搭也就省心哩。

月　娃 嗯，我记着咧。妈，我哥呢？

金财婶 娃娃要有眼色哩，人家不高兴的事就不做，人家喜欢的事就多做，讨下人家喜欢，就有人疼怜……

月　娃 嗯，我记着哩。妈，我哥呢？

金财婶 （制止地）月娃！

〔众人低声议论着。

月　娃 咱不说咧，妈呀，我走呀。

〔金财婶拉住月娃递过去一个小包。月娃顺手将小转转递到金财婶手中。

月　娃 妈呀，把这留给我哥……

金财婶 嗯……

月　娃 妈呀，不哭咧，我笑着走呀。

金财婶 嗯……娃，快给你金斗伯磕头谢谢哩。

〔月娃给李金斗磕头。

李金斗　不谢不谢！只要你往后出门在外的营生过舒坦咧，咱这做伯伯的
　　　　也就心安哩……赶紧走吧，明天一早，伯伯我还要往回赶呢。

〔月娃站起身来，强忍着夺眶欲出的泪水边滑稽可笑地扭着秧
歌，逗着金财婶，边向窑门退去。终于，她在门前站住了；她最
后看了一眼父母和乡亲们，又看了一眼她从小居住的窑洞，一扭
身捂着脸冲出了家门。

金财婶　（撕心裂肺地）月——娃！

〔切光。

〔歌队——村民走向舞台一角，唱：

　　　　"中华曾在黄土地上降生，

　　　　这里繁衍了东方巨龙的传人。

　　　　大禹的足迹曾经布满了这里，

　　　　武王的战车曾在这里奔腾。

　　　　穿过一道道曾紧锁的山峰，

　　　　走出了这五千年的梦魂。

　　　　历史总是提出这样的疑问：

　　　　东方的巨龙何时才能猛醒？

　　　　尽管前面有泥泞的路程，

　　　　尽管有多少山峰需要攀登。

　　　　总是这样不断地自问，

　　　　总是这样苦苦地追寻。"

〔歌声中灯光渐亮。

〔转台向右缓缓转动。

〔李金斗拉着月娃向土坡上走去，朱晓平则打着手电筒在前面引
路。许彩芳从黑暗中跑来，她将一条围巾披在月娃的肩上，欲言
又止，然后一扭头便消失在黑暗中。李金斗、朱晓平和月娃三人
渐渐地远去了。

〔突然，一声凄厉的喊叫，李福林手中拿着月娃留下的小转转从
窑里追了出来。

李福林　月娃！月娃……我要妹子！我要妹子！

〔李福林在塬上追着赶着，哭着喊着。最后，他直挺挺地摔倒在黄土地上，就像个孩子般地翻滚着……

〔歌声仍然在延续着。

〔灯光渐收。

3

〔舞蹈化的迎亲仪式。歌声起——

"收罢了麦呀抬上了轿，

吹吹打打哟离了家门。

问一声女子你恼甚？

早算夫家哟门里人。

过哩过哩哟，

就这的过了！

嫁给个男人做甚哩？

哎哟的哟，

烧锅做饭养娃了！"

〔李金斗在喜乐中边喊边上。

李金斗　喜车到，新娘笑，新郎上前迎娇娇。

〔桑树坪三对伴亲的男女将戴着红盖头的陈青女迎下了花轿。李金财夫妇则拉着代替哥哥前来迎亲的李福岭从另一面上。

李金斗　新郎、新娘谢亲！

〔陈青女和李福岭并排站着向四周三鞠躬。

李金斗　新娘上门施财（柴）来！

〔几个婆娘、媳妇走上前来将早就准备好了的两束树枝绑在陈青女的脚腕上。她们趁机掀起红盖头偷看了一眼新娘。

保娃媳妇　哟！这不是咱公社宣传队唱"李铁梅"的么？

翠萍嫂子　对咧，对咧！模样俊着哩！

〔众村民哗然。

李金斗　新娘、新郎入洞房，营生红火恩爱长。

〔众村民和李金斗吹吹打打地将陈青女送入新房。

〔转台递迎亲队伍走动方向转动。

〔灯光转换。

4

〔李福林的新房外，夜。李金斗指挥若定地打发走了迎亲的村民们。

李金斗　金财兄弟，金财兄弟唉！

〔李金财应声匆匆跑上。

李金财　在咧，在咧。

李金斗　错不多咧，让福林进洞房吧。

李金财　（冲内喊）娃他娘，快！快让福林来哩。

〔金财婶和李福岭拉着李福林上。

李金斗　福岭，还不快把这十字披红给你哥挂上！

〔李福岭不情愿地解下身上的披红给李福林扎上。李金财夫妇边嘱咐着李福林，边将他送入洞房。

李金财　福林啊，你不是要寻婆姨么！大和妈给你寻下咧，往后好好过营生……

〔众人不一会儿就从窑里退了出来，顺手把门关上。李金斗、李金财边说边下。

金财婶　（冲窑内）青女唉！赶紧吹灯歇下吧。（下）

〔新房四周静悄悄的，不多一会儿，新房内的灯光熄灭了。几个听房的闲后生蹑手蹑脚地聚到窗下听着。

〔突然，新房内"哇"的一声惨叫，紧接着传来李福林的喊声。闲后生们一哄而散。

李福林　你不是我妹子！我要妹子！我不要婆姨！

〔新房内又传来噼噼啪啪摔东西的声音，窑门一下被拉了开来。陈青女披头散发地冲了出来，惊恐地躲到一边。

陈青女　（呆呆地）他不是我男人！他不是我男人！

〔青女娘的幻影渐渐出现在台上某一块光区内。

青女娘　娃呀，不哭咧……不把你聘出去，你兄弟的亲事又该咋办呢？

陈青女　晕晕乎乎、晕晕乎乎就这么上了花轿，可后晌下轿那会儿我见着他，身子骨结结实实，眉眼子周周正正，还是个憨憨的好后生……

青女娘　娃呀！不哭咧……不把你聘出去，你兄弟的亲事又该咋办呢？

陈青女　可这一转眼，他咋就变了，变成个……妈！你们哄我呢！

青女娘　娃呀，不哭咧。不把你聘出去，你兄弟的亲事又该咋办呢？

陈青女　妈呀，你就让我回吧！

青女娘　娃呀，不哭咧。不把你聘出去，你兄弟的亲事又该咋办呢？

陈青女　（呆呆地）……不成！……你们不会让我回的……

青女娘　娃呀，你定亲的钱……

陈青女
青女娘　……都叫我
　　　　　　　　你兄弟娶亲，花光了……

〔光渐收。

5

〔唐井边。陈青女头发凌乱、衣衫不整，呆呆地坐在井边。六婶子端着洗衣盆上。

六婶子　青女，青女！（大声地）青女唉！

陈青女　（一惊）唉……是婶子来了……

六婶子　咋？又挨福林打了？

陈青女　……

六婶子　（自语地）本指望他福林娶了亲，这病就能有个好呢，可谁想……青女唉，心里有啥委屈就跟你婶说说，甭窝在心里，做下个病身子这可就麻搭哩！

陈青女　婶子，你说这日子还咋过呢唏……

六婶子　……

陈青女　婶啊，福林这病，还有个好么？

六婶子　（毫不在心地）嗐！这算个啥病么，要咱山里人说，这都是男人寻不下婆姨，心里憋下了个急火才得下的……

陈青女　这么说，有法子治？

六婶子　……说倒容易，只怕你还是个黄花闺女，做不出来哟。

陈青女　（央求地）好婶子，你就告给我吧。我青女命苦嫁给那么个"阳疯子"，要是能治好他的病，咱啥事都要做哩。

六婶子	那好。这"阳疯子"的病根不就是女人么？你两个不睡觉，你不让他沾了你的身子，男人的心火憋着，还能有个好？
陈青女	（羞怯地）婶子，福林他……他有病么……
六婶子	（快人快语地）他有病，你没有病么！只要你不气不急不恼不躁，慢慢铺排，好好地招引，等有上了个一儿半女的……
陈青女	（羞怯地）婶子！
六婶子	傻娃唉，话虽不好听，可能把病治好哩。

〔陈青女愣了一会儿，然后默默地点了点头。

〔切光。

6

〔李福林的新房内。夜。

〔起光时陈青女正倚在窑门边等着李福林。炕桌上放着陈青女早已备下的酒、菜。不一会儿，陈青女又走到炕边坐下，开始打扮起来。望着镜中的自己，她心中充满了美好的憧憬和祝福。这时，李福林木讷地唱着小调，扛着农具回来了。

李福林　（唱）哥哥十八走了甘州，

　　　　　　　领回个婆姨叫秀秀。

　　　　　　　……

〔陈青女惊恐地躲到了一边。

陈青女　（轻声试探地）福林，福林唉……

〔李福林呆呆地瞪着陈青女。陈青女吓得赶紧躲到一边。她又试图让李福林洗脸，但依然被李福林吓了回去。李福林看见陈青女那恐惧的样子，傻憨地笑了起来。他放下毛巾转身愣愣地向炕边走去，一眼看见了炕桌上的酒、菜。突然，他转身向窑门走去。

陈青女　福林！那……那是我……给你做下的。

〔李福林木讷地转身又欲向窑门外走去。

陈青女　福林！

李福林　我撒尿去！（说罢，冲出窑去）

〔陈青女忐忑不安地坐到了炕边，等李福林重新回到窑内时，她又惊恐地躲到了一边。李福林坐到炕上，端起菜就大口地吃起来。

陈青女　福林！不慌吃咧，还……还有酒呢。（赶紧爬到炕上，斟满了一杯酒，然后，哆哆嗦嗦地递到李福林面前）

　　〔李福林木讷地瞪着陈青女。陈青女试着喝了一口。李福林一把抢了过来，张口就喝，立刻被呛咳嗽了。她赶紧趴到李福林背后给他捶背。

陈青女　福林莫急么……

　　〔李福林忽然抓住陈青女的手，使劲儿地闻着，然后又端着灯仔细地打量她，摘下她头上插着的花。

李福林　（笑了起来）嘿嘿……看把你心疼的……骚情……

陈青女　（耐心地）福林，你知道，娶下婆姨做甚哩？

　　〔李福林呆呆地想了一会儿。

李福林　（有板有眼地）娶下婆姨做甚哩？白天烧饭做饭哩，夜里奶上歇乏哩，炕上养娃做月哩！娶下婆姨做……

陈青女　（急切地）福林，那喜车把我接到你家里是做啥哩？

　　〔李福林木然不语。

陈青女　你就不想耍婆姨，你就不想歇乏？

李福林　（神经质地）耍婆姨，嘿嘿……耍婆姨！

陈青女　（激动地）福林！（猛然扑到李福林怀里）

　　〔陈青女兴奋地哭了，为了自己的命运，也为了丈夫。李福林此时突然变得出奇的安静，听任陈青女在他怀里依偎着，亲昵地抚摸着。也许，他想起了儿时曾幻想过的那个梦，那个既遥远又美好的梦……

李福林　（唱）哥哥十八走了甘州，
　　　　　　领回个婆姨叫秀秀。
　　　　　　秀秀今年一十六，
　　　　　　好模样里她属头。
　　　　　　……

陈青女　（憧憬地）福林，咱要个娃吧……

李福林　……（突然地）福林要娃哩，福林要娃哩！（说罢便粗手大脚地撕扯开了陈青女的衣服）

陈青女　（惊恐地）福林！不着急哩……（自己脱着上衣）

李福林 （满窑跑着喊着）福林要娃哩，福林要娃哩……

〔陈青女随后又替李福林脱上衣。突然，李福林的上衣兜里掉下了小转转玩具。陈青女捡起小转转，他一把从陈青女手中抢下了玩具，然后呆呆傻傻地念叨起来。

李福林 妹子……我妹子呢？……这就是我妹子的么……

〔陈青女一下醒悟过来，她猛地扑向李福林。

陈青女 福林不闹哩！……你妹子嫁人了，给你换下了个婆姨。

李福林 我不要婆姨！你还我妹子！你还我妹子！

〔陈青女死死缠住了李福林。

陈青女 福林，不闹哩！青女给你烧锅做饭，青女给你生男娃养女子……

〔李福林狂暴地毒打陈青女。

李福林 我不要婆姨！我要我妹子！

〔最后，李福林用镰刀残酷地割去了陈青女的辫子。陈青女"哇"的一声惨叫逃出了窑门。

李福林 （哭着）我不要婆姨！我要我妹子……

〔灯光在歌声中转换——

"九九么好重阳，

坡上红高粱。

哥盼妹子来，

等在大路旁。"

7

〔塬上，苞谷地边。远处传来了李金斗像山歌般的吆喝声。

李金斗 歇乏啰，歇乏啰！

〔村民们提着工具三三两两地来到地头休息。

闲后生 翠萍嫂子，你这是给谁纳鞋底呀？

翠萍嫂子 我告诉你，你可不敢跟你妈说哩。

闲后生 咱不说。

翠萍嫂子 这是给你大缝下的！

〔众村民哄笑。陈青女呆呆地从远处走来。她总像是在找着什么。

许彩芳 青女，（体贴地）乏不？

陈青女　（苦笑着摇了摇头）……

〔许彩芳顺手给陈青女倒了碗水。

许彩芳　走，咱俩上那搭凉快去。

〔闲后生们顿时不说话了，都望着陈青女。

许彩芳　打离婚的事咋样啦？

陈青女　（默默地摇了摇头）不成。

许彩芳　为啥？

陈青女　顶上人家说……还在一搭歇着咧，这，这还好着咧，有感情么……

许彩芳　那你咋不说他有病呢？

陈青女　咱说了。可，可顶上人家说……说还能治咧。

〔许彩芳默默地坐到一边，陈青女正欲脱去外衣。

陈青女　（突然地）我的镰刀呢？（回身欲走）

许彩芳　青女！（起身走到陈青女面前）咋啦？这不在你手上拿着嘛。

〔陈青女尴尬地笑了笑。

许彩芳　你看你把自己都熬成个啥样儿了！

陈青女　（苦笑了一下）天下的女人都一个样儿。

许彩芳　……别说疯话了……（捂着脸扭身坐到一边）

〔陈青女慢慢脱去身上的布褂，上身只穿着一件贴身的小衫。

李金发　这福林他哪来的傻福气，这么俊的媳妇……

翠萍嫂子　那还不是前世给修下的。

保娃媳妇　可惜啊，这么个俏婆姨，到这会儿还是个女儿身哟……

〔闲后生们闻听后都直勾勾地看着陈青女。

〔远处渐渐传来了李福林的歌声——

　　　“哥哥十八走了甘州，

　　　领回个婆姨叫秀秀。

　　　秀秀今年一十六，

　　　好模样里她属头。

　　　……”

闲后生们　瞧，福林来哩。

〔李福林表情木然地挑着一副水桶走来。他放下水桶自己先舀了一碗水，然后独自走到一边盘腿坐下。他喝完水就像和尚打禅般地坐着，两眼直直地望着天。闲后生们边从水桶里舀水喝，边聚在一起嘀咕着什么。有个为首的一使眼神，他们便呼啦一下围住了李福林。

闲后生甲 福林，你有婆姨么？

〔李福林木讷地点了点头。

闲后生丙 你哪有婆姨啊？

李福林 有哩。

闲后生丁 谁是你婆姨？

李福林 （呆傻地寻找着，指陈青女）她。

闲后生乙 青女哪是你的婆姨哟。

李福林 就是我的婆姨。

闲后生们 不是你婆姨！

李福林 就是！

闲后生丙 我说就不是！

李福林 我说就是！

闲后生丁 那你跟你婆姨睡过觉吗？

李福林 ……

闲后生们 别咧吧，连觉都没睡，咋算你婆姨咧？

〔闲后生们说完后像是要故意气李福林似的，嚷嚷着就往回走。李福林的胸脯急速地起伏着，他想说什么，但又没说出声来。突然，他猛地向陈青女冲了过去。陈青女还未来得及反应便被他拉住了手腕。

李福林 就是我婆姨么！

〔闲后生们哗的一下围了过来。

闲后生们 不是！

李福林 （大声地）就是我的婆姨！

〔李福林下意识地在地上寻找着什么。忽然，他一弯腰哧啦一声，将陈青女的贴身小衫扯下了一块。陈青女一声尖叫，蹲下身去。众人愣住了。

闲后生们 （恶作剧地）这不算！你平日也扯过人家女人的褂褂，这算啥，青女不是你婆姨！

〔李福林被气得脸色发白。陈青女发觉事情不好，呼叫着一步蹿出去，猛跑了起来。李福林推倒前来劝阻的许彩芳，迈开大步追了上去。闲后生们边起哄边在后面跟着。一声凄厉的喊叫，陈青女终于被李福林抓住并按倒在地上。李福林当着众人的面扯下了陈青女的裤子。村民们哗的一下围了上去。

李福林　我的婆姨！钱买下的！妹——子——换——下的！

〔李福林残忍但却天真无邪地举着陈青女的裤子跑下。

〔歌队——村民们在音乐中渐渐散开。一尊残破但却洁白无瑕的侍女古石雕出人意外地展现在观众的面前。它令人想起远古，它让人想起多少代殉葬的女人……扮演许彩芳的演员将一条黄绫肃穆而凝重地覆盖在古石雕上。歌队——村民随着扮演许彩芳的演员，一起跪倒在古石雕的四周。

〔转台在灯光变化中缓缓向左转动。歌声起——

"中华曾在黄土地上降生，

这里繁衍了东方巨龙的传人。

大禹的足迹曾经布满了这里，

武王的战车曾在这里奔腾。

……"

〔在延续着的音乐中灯光渐收。

<h1 style="text-align:center">（三）</h1>

<h2 style="text-align:center">1</h2>

〔桑树坪饲养室外的大棚内。村民们正在批斗"杀人嫌疑犯"王志科。

保　娃　（高呼）坦白从宽！抗拒从严！

众村民　（高呼）坦白从宽！抗拒从严！

保　娃　说！

王志科　我不知道。我没杀人！

保　娃　屁话！回回开会你都是这一套。

李金斗　社员们发言!

众村民　……

李金斗　谁先批判?（对保娃）你先带个头。

　　　　〔保娃掏出早已准备好的稿纸。

保　娃　……亲爱的队长李金斗,亲爱的贫协组长李金盛,亲爱的贫下中
　　　　农们……"东风吹,战鼓擂,现在世界上谁怕谁!"我怀着愤怒
　　　　的心情,控诉杀人犯王志科的滔天罪行……（对李金斗）二叔,
　　　　这念个啥字?

李金斗　去、去、去!就你这尿样子还记五分工!

翠萍嫂子　（来劲地）啥?还记五分工咧?

　　　　〔众村民窃窃私语。保娃媳妇将保娃拉了回去。

李金盛　谁接着发言?

　　　　〔李金明鼾声雷动。

李金斗　金明!

李金明　（惊醒）咋?散会了?（起身欲走）

　　　　〔众村民哄笑。

李金斗　笑尿咧!

李金盛　批斗会么,除了批判还要揭发哩!

翠萍嫂子　我给咱揭个发!

保　娃　（高呼）坦白从宽!抗拒从严!

众村民　（高呼）坦白从宽!抗拒从严!

民兵甲　（高呼）顽固到底!

李金斗　（制止）错不多咧!

翠萍嫂子　（快人快语）我说王志科,我要揭发你!那天我从你家门口
　　　　过,听你对娃娃说……

李金斗　（急切地）说啥?

翠萍嫂子　他说,大喝稀的,干的咱绵娃吃,吃饱了快快长。我问你,长
　　　　大了做啥呢唏?

众村民　说!做啥?

翠萍嫂子　（越说越快）你王志科也是的,你是杀人犯,你看你把娃娃惯
　　　　成啥样子?七八岁的娃娃了,成天价你背着扛着举着抱着,你看

谁家的娃娃是你那样子？还有，娃娃这大了，吃饭你还喂着，又
不是个奶娃娃么……

李金斗　（打断）对咧对咧，你下去歇着。

翠萍嫂子　我还没讲完么……

李金斗　你那些话留着回去给你先人讲！

翠萍嫂子　队长唉，我又没招你惹你，你骂我先人做啥！咱也是贫下中
农，我啥地方对不住你们领导？

李福贵　说啥咧，你个多嘴的婆娘！还不给我回去！

翠萍嫂子　我就说！我就要说！去年这队上给我家分的麦……

李福贵　说啥尿话咧！你还不快给我回去！

　　　　〔李福贵脱鞋猛打翠萍嫂子，夫妇二人立即厮打起来，全场大乱。

李金斗　（一拍桌子）谁再闹扣谁的工分！

　　　　〔静场。

　　　　〔翠萍嫂子立即从地上站了起来。

翠萍嫂子　队长，那咱就不说啥咧，噢！

李金盛　继续开会。王志科，你站起来！

李金斗　你把卖布的外乡人给杀害的事儿好好交代一下。

　　　　〔众村民呼口号。

王志科　我不知道！我没杀人！

保　娃　你没杀，卖布的咋死的？……咋？你还想吃了我？你个没良心
的，你说咱李姓人对你咋样么？你上门成亲的那孔窑还是咱李姓
人给你打下的，凭啥你媳妇一死，你就给娃改姓了？

　　　　〔王志科恶狠狠地瞪眼盯着保娃。

保　娃　（恼羞成怒地）把头低下！

　　　　〔王志科猛一抬头，正磕在保娃脸上，保娃惨叫一声蹲在地下。
几个民兵冲上去欲按住王志科，但却被王志科一甩胳膊跟跟跄跄
地摔倒了。被激怒了的众人冲上前围着王志科拳打脚踢，王志科
被迫抱着脑袋蹲了下来。早就躲在棚外土坡上偷偷瞧着这一切的
绵娃，此时呼喊着向这里冲来，但却被许彩芳拉住了。

李金斗　（制止地）罢咧！王志科，像你这样态度，只能从严处理。

李金盛　下面由福全宣布对杀人犯王志科的处理决定。

李福全　没收王志科的自留地；不许养鸡。今年你家的口粮全年降到一百八十二斤。

翠萍嫂子　（心直口快地）那够吃不……

李福全　去！

李金斗　今天的会就到这里，下次开会你还这样，不要说咱村里人不客气，散会！

〔众村民和李金斗下。许彩芳安抚着绵娃，将他领到王志科身边，然后匆匆离去。绵娃不知所措地走到父亲跟前，欲言又止。王志科慢慢抬起头来，当他看见儿子时，故作轻松地笑了笑，然后蹲下身子准备背绵娃回去。绵娃一声不吭地看了父亲一眼，然后转身走到一边。王志科慢慢站起身来，看了一眼绵娃，转身向坡上走去。绵娃在父亲身后不远的地方跟着，走着。

〔转台在音乐中缓缓向右转动。歌队——村民上场，站在舞台一角唱着——

　　"脊背天天朝上，
　　脚腿日日奔忙。
　　营生熬煎为啥哩，
　　都为这份口粮。

　　过哩过哩哟，
　　就这的过了。
　　谁要跟咱争饭哟，
　　哎哟的哟，
　　就叫他么遭祸殃！"

〔王志科和绵娃在歌声中逆转台转动的方向，默默地走着，走着……

〔灯光渐渐转换。

2

〔羊儿沟李家坟地前。王志科和绵娃慢慢向这里走来。

王志科　娃他娘哎！咱和绵娃又看你来咧。

〔绵娃疾步跑到母亲的坟前跪下磕头。王志科随后也跪了下去。

王志科 娃他娘……这搭的营生熬不过去了，我没杀人，他们偏说我杀了；我们要吃饭，可他们却扣了咱和绵娃的口粮。我想走，我真想带上咱绵娃远远地离开这桑树坪……可我，我又舍不下你们……十六年了，我王志科在这桑树坪已经整整十六年了。要不是你和你大收留下我，我这没爹没妈的苦娃还不知道在哪搭熬煎，还不知道啥叫个家……可咱还没能好好报答你们的恩情，你们咋就撇下我和绵娃俩都去了呢!

〔李福绵缓缓从歌队中走出来。

李福绵 娃他大……你原先就是个没爹没妈的苦娃，咱可不能再让你又没了后，等我闭了眼，你就让娃随你的姓吧。你们要是想我，就管娃叫王小绵吧。只要有你们在身边伴着，我和大在九泉之下也就闭眼咧。

王志科 不走。咱不走。娃他娘，咱就是死也要留在这搭哩。

〔李金斗缓缓上。

李金斗 志科来咧?

〔王志科拉起绵娃欲走。

李金斗 志科……来，吃烟!

王志科 ……

李金斗 你看看，还拿着性子哩……咱清白你心里有火，可这事它由不得我呀! 今天咱干脆在你媳妇的坟前把话说开啰。

王志科 ……我没杀人!

李金斗 你翻来覆去地总说你没杀人、没杀人，这话我听听可以，村里人听听也可以，可到了公检法，怕就说不过去了。

〔王志科不语。

李金斗 你看看，没话了吧……那年你相跟着个布客一搭里去甘肃，半道儿上他就让人给谋了财、害了命咧，你说你早和他分手了，可谁见到咧? 谁碰上咧?

〔王志科不语。

李金斗 它就是个没证人，没证人么! 不管咋说这也是人命关天的事，这上面叫咱办这个案子，谁敢不好好办?

〔王志科仍不语。

李金斗　虽说你不是咱李姓人，可说起来，我跟绵娃他姥爷还是一辈人。眼下没把你交上去，在队上监管着，咱李姓人还是顾怜你哩。要是上面追下来，保不准你还得蹲大牢哩。

王志科　清白人不怕脏水泼，咱就是个没罪。

李金斗　没罪，没罪！没罪你给公检法说去！

王志科　不去！

李金斗　……不去！我说也不能去！亲不亲咋说咱也是一村的人，咋说你也是我金洪兄弟的上门女婿……你去了，你的娃娃谁来管？

李福绵　（旁白）那，那你说咋办呀？

李金斗　要我说，你就带上小绵回你陇东老家去！

李福绵　（旁白）你是说，让他走？

李金斗　对咧。虽说你在那搭也没个亲人了，可熟乡熟土的，它总比这搭强啊。

王志科　……

李金斗　咋样啊？……你要应下了，我这就去给你开上二三斗粮，支上十几元钱。你看咋样啊？

王志科　（猛然悟过来了）好你个李金斗！

李金斗　咋啦？

王志科　说了这半天，你原来是要变着法儿地撵我走啊！

李金斗　谁，谁撵你走么！你看你，咱这一片好心，倒成了驴肝肺哩！
　　　　〔场上动作瞬间停顿。

李福绵　娃他大，走吧！

王志科　（旁白）怎么？你也让我走？

李福绵　娃他大！为了你占的那孔李姓人的破窑，为了李家那点祖传的家业，这桑树坪是容不下你一户王姓人家的。

王志科　（旁白）别说了，说啥咱也不走。（转向李金斗）要把我逼急了，咱真会动刀杀人哩！

李金斗　你……王志科！这话可是你说的！以后是福是祸，这可就怪不着我金斗了。福绵侄女儿，你也听清白咧，这可就怪不着咱金斗哩。（下）

王志科 娃他娘，咱不走。我就是死也要埋在这搭哩。（猛地跪到李福绵坟前）

〔绵娃依偎在王志科的身边。李福绵的幻影迟迟不愿离去。歌队边唱边将李福绵拉了回去。歌声起——

"生不丢啊死不丢，

生死么不离这条沟。

在生哟我俩共饭碗，

死了么咱俩共坟头。"

〔光渐收。

3

〔光复明。

〔桑树坪村饲养棚外的大棚内。村上几个掌事的人正在听李福全念状子。

李福全 ……就以上所说，咱桑树坪全体贫下中农对杀人犯王志科扬言杀人、企图行凶进行反革命报复的罪行气愤得不行，痛恨得不行！一致要求将反革命王志科逮捕法办，保卫我们的……

李金斗 罢！罢！不往下念咧。只要把咱贫下中农的心情说出来就对哩……大家看看还有啥意见么？

〔众人议论着。

李金盛 队长问哩，大家还有啥意见么？

李金升 我说二哥唉，不对，咱就给他王志科把反革命的帽子戴上，在村上劳动改造算哩。

李金斗 说啥尿话哩，咱队里还多开一份犯人的粮？那县上那牢里的粮都是国家给发下的，你家有粮，给你弄俩犯人养下？

李金升 这叫啥尿话咧。

李金盛 谁还有意见哩？

众村民 没啥意见哩。

李金盛 没啥意见，就都把手印按下。

〔众人上前按手印。李金斗若有所思地走到一边。

〔场上动作瞬间停顿。

〔歌队——村民上。李金明从歌队中走了出来。

李金明　金斗唉，你这可是给大堂上递状子咧！

李金斗　（旁白）啥？啥叫状子么？这是咱贫下中农的检举信！

李金明　啥信不信哟，就是状子么。金斗唉，你不就是怕咱李姓人的那孔窑落到他王姓人手里才告他志科娃的嘛，可你也不想想，这告上去还不就要了他的命哩。

李金斗　（旁白）可咱队上不是正急等着用窑安石磨嘛。

李金盛　（对李金斗）二弟，都按完了，该你咧！

〔李金斗向桌边走去，煞有介事地撩胳膊卷袖子准备按手印。李金明走入歌队。转台在音乐中缓缓向右转动。放着状子的桌子突然被用力过猛的李金斗按倒，随之倒下的李金斗趴在地上依然死死地在状子上按上了手印。

〔灯光渐收。

<h1 style="text-align:center">4</h1>

〔村外坡地边。

〔歌队——村民吆喝牲口的喊声中灯光渐亮。李金明从坡地上走来。

李金明　"豁子"，大来哩。

〔又一阵吆喝声，歌队——村民中的两位演员举起一只装饰性的牛头。

李金明　（大声地）福贵！日你先人咧！那是牲口，你敢把犁下得那么深呀。牲口拖得动么！

李福贵　（在歌队内应）不深咋种苞谷哩？

李金明　你当是在你婆姨肚子上下种哩，越深越好？（对观众）就是么！你说说做啥活路它用不上牛？那最苦重的活路一应都是它给咱做哩，要是用伤了牛，咱拿啥做活路！

〔歌队中突然一声鞭响，演员再次举起牛头，并模拟牛叫。

李金明　福贵！你还敢打咱"豁子"呀！你个狗屎的咋不拿这鞭杆儿在你大身上试活一下？……"豁子"！把犄角往个狗屎的屁股眼上戳！看他疼呀不嘛！

　〔李福贵边说边从歌队——村民中走了出来。

李福贵　不做哩，不做哩！这活路没法做哩！

李金明　不做就不做，记不下个工分我看你吃屎喝尿！

李福贵　金明叔，你骂！成天骂！那牲口不打，它能给你干活吗？我不干咧！

李金明　你小子还有气哩，那牲口就不是人？由着你打？

李福贵　（赌气地）好，好！牲口是人，我不是人！

李金明　这话才对咧，牲口是咱一村人的命根根、心尖尖。指望你，能把这百多亩地给犁了？

〔李金明走到一边搅拌着饲料。朱晓平从歌队——村民中走出。

朱晓平　福贵哥，金明叔呢？

李福贵　（气呼呼地）在那搭相跟着"豁子"骚情哩。

朱晓平　怎么啦？这么大的火。

李福贵　你问他金明叔去，他算是人呀还算是头牛牯！

〔李福贵转身走回歌队——村民中。

朱晓平　金明叔，金明叔！

李金明　唉，学生娃，你寻我做啥？

朱晓平　队长让牵"豁子"去公社送柴。

李金明　没牲口！（嘟囔）个狗日的金斗。

朱晓平　给公社出差，怎么没牲口？

李金明　（嘟嘟囔囔地）日他先人咧，牲口刚歇又要做活，不叫牲口活了！

朱晓平　金明叔……

李金明　（无奈地）你牵去吧。

〔歌队——朱晓平从村民中接过鞭子。

李金明　娃，路上不敢打牲口，到地方先给咱"豁子"弄点水喝。

朱晓平　知道啦。

李金明　你知道个啥！你这号城里娃娃，哪知道这牲口的金贵。这路上你保不准要打牲口。

朱晓平　金明叔，不啰唆了，我不打。

李金明　你要打牲口咋办？

朱晓平　……

李金明　你要打牲口，干脆，先打我几下。

朱晓平　我哪能把你当牲口打呢。

李金明　都不打，都不敢打。

朱晓平　……唉，那我走了。

李金明　去吧，去吧！

〔歌队中传出一阵牛铃声。随着歌队的下场，转台向右缓缓转动。

李金明　学生娃唉，慢走哩……上坡你不敢只让牲口拖，你也要使劲哩。（打了自己几下）"豁子"唉！大可替你挨了打咧，学生娃再打你，你回来告诉我……

〔歌队中不时传来人声模拟的牛叫声。

〔光渐收。

5

〔通向王志科家的小道——王志科家的窑外。保娃逆转台转动的方向匆匆走来。当他走到王志科家门口时，窑内隐隐传来了王志科父子的说话声。

王志科　快吃吧，吃完大还要做活路哩。

绵　娃　大，咱一搭里吃吧。

〔保娃停住脚步迟疑不前，然后不情愿地走过去，冲窑内喊着。

保　娃　志科，志科——

〔王志科从窑里走了出来。

保　娃　志科，叫你去开会哩。

〔王志科一声不吭地低着头向斜坡走去，保娃不远不近地跟在他的身后。转台缓缓向左转动。当王志科走上崖畔时，转台停止转动。

〔突然，王志科停下了脚步，他发现了什么，然后恐惧地往后退着。不远处出现了两个公安人员。王志科猛然挣脱保娃，拼命往回跑。

王志科　（大呼）绵娃！绵娃！

〔保娃回身和几个闻声赶来的壮汉一起扭住了王志科。两个公安人员上前给他戴上手铐。绵娃狂叫着从远处跑来。

　绵　娃　大！大呀！你要到哪搭去呀？

〔王志科一面用力挣扎，一面回头看着绵娃。

王志科 绵娃！大要去哩，锅里给你留着饭哩……

〔王志科终于被保娃等人连推带拉地抓走了。

〔转台缓缓向左转动。

〔远处传来了吉普车由近而远去的声音。

〔崖畔上挤满了看热闹的村民，他们有的沉默不语，有的木然地看着。绵娃终于挣脱了纠缠，哭喊着向崖畔上跑来。

绵　娃 大！大呀！别——丢——下——我！

〔绵娃、村民们随转台渐渐向左隐去。

〔灯光渐收。

<h2 style="text-align:center">6</h2>

〔光复明。

〔桑树坪村饲养棚外的场地上。大队书记刘长贵和李金斗边谈边向这里走来。

刘长贵 ……金斗呀，明天咱公社上的革委会就要正式成立了，你听说过这事啊不？

李金斗 头天，听咱村上去公社送柴的学生娃回来说哩。

刘长贵 哦，听说了就好。到时候，这公社上还要举行个庆祝大会，等会完了，当然还要请这县上和地区上来的脑系们吃上一餐。

李金斗 （唯诺地）那是少不了的，那是少不了的。

刘长贵 为了这个大会，公社的筹备组已经给各队摊派下了任务……

李金斗 （紧接着）刘书记，摊派给咱村的柴，咱已经完成了，已经完成了。

刘长贵 当然，那仅仅是一小部分。因为考虑你们队也不富……

李金斗 那……那还要咱派人出工？

刘长贵 人嘛，咱这搭有的是嘛。

李金斗 那这公社上……

刘长贵 那些富队都出了东西，比如说猪啊、羊啊，还有鸡、蛋和干果等啥的，现在公社唯独缺的就是这——牛！

〔歌队——村民上。

众村民	牛……牛？
李金斗	这杀耕牛，那可是犯法的啊。
刘长贵	那是六六年以前的修正主义法。
李金斗	是，是，修了皮的法。
刘长贵	公社上听说，你们队上有条只吃做不动啥活路的老疲牛？
李金斗	怕是弄错咧。
刘长贵	金斗，你别再唬弄我了，这没用。人家公社上的人都亲眼见着它头天还去送柴哩，这才打发我来的。

〔李金斗傻眼了。歌队——老牛"豁子"突然在村民中低沉地叫了一声。

刘长贵	就是这头牛吧？
李金斗	（大声地）那不行！那不行！
刘长贵	有啥不行，人花钱买哩！
李金斗	（依然大声地）哎呀呀，想起啥来要杀牛哩！

〔歌队——李金明从村民中走出。

李金明	咋？
李金斗	公社要买"豁子"杀哩。

〔李金明将信将疑地眨巴着眼。

李金斗	（对刘长贵）我的长贵书记啊，你回个话，就说这牛咱不卖，它还能做活哩。
刘长贵	（也急眼了）金斗！你叫我咋回这个话？人家又不是跟咱商量能不能杀，说话就让咱把牛牵了去。这四十元钱，还是大队先垫下的，谁知日后还不还哩！

〔这时，李金明默默地走到一边。

李金斗	说啥也不行，要说吃肉，队里不会自己杀来吃，四十元钱想买我一头大牛，欺负人哩！
众村民	欺负人哩！欺负人哩！
刘长贵	好！好！我反正把事办到这一步咧，你的胆子大，你的腰杆子硬，这话你李金斗自己去给公社说去！（气冲冲地下）
李金斗	唉，书记！长贵书记！
李金明	（喃喃自语地）我们打都舍不得，可他们要杀了吃哩……我们打

都舍不得，可他们要杀了吃哩……

李金斗　（气愤地）那咱就不让它活着去！（气哼哼地下）

〔歌队——村民哗地散开了。由二位演员装扮而成的老牛"豁子"顿时出现在观众的眼前，它惊惧不安地望着四周的村民们。已完全失去理智了的李金明神经质地在地上爬着，往四处寻找着什么。突然，他从村民手中猛地抢下一具木犁，大吼一声就向老牛"豁子"扑去。

李金明　（悲痛欲绝地）打死它，打死它！不能叫它活着去呀！……（操起木犁甩手就向老牛"豁子"身上狠狠地砸了下去）

〔"豁子"一声惨叫，在地上翻滚着又站了起来。

〔灯光在音乐中逐渐变成了猩红的色调。

〔整个打牛的场面也随之形成了一种震撼人心的慢动作舞蹈化场面：村民们发疯似的围打着向四处逃窜的老牛"豁子"。"豁子"躲闪着、翻滚着、哀号着……突然，它猛地前蹄腾空，一声惨叫站立了起来，痛苦而困惑地茫然四顾。这时，保娃在疯狂中扣动了扳机，被枪弹击中了的"豁子"终于倒在血泊之中，但它仍然支撑起受伤的身子，哀号着爬向李金明。

〔老牛"豁子"死了，李金明的心碎了，桑树坪人愤怒了……歌队——村民在音乐中时而仰天长跪，时而悲痛欲绝地诘问着……歌声起——

"中华曾在黄土地上降生，

这里繁衍了东方巨龙的传人。

大禹的足迹曾经布满了这里，

武王的战车曾在这里奔腾。

……"

〔在舞蹈化场面的结尾处，音乐声中振聋发聩地响起了古老的钟声。

〔灯光渐收。

尾 声

〔放牲口饲料的小土窑附近。

〔雷声隆隆，雨声大作。

〔保娃边喊边气喘吁吁地向崖畔跑来。

保　娃　队长！队长！不好啰！放牲口饲料的小土窑塌土咧！

李金斗　金明呢？

保　娃　在窑里扛饲料。

李金斗　不成，窑里黑得连个影影都摸不着，他一个人不行。（说罢反身
　　　　跑下斜坡）

　　　　〔李金明扛着一袋饲料先李金斗一步下。李金斗扭身钻进小土窑。
　　　　在保娃的呼喊中，众村民纷纷冒雨向这里赶来。突然小土窑内传
　　　　来"轰隆"一声巨响。众村民愣住了。

保　娃　（狂喊）队长！队长！

　　　　〔切光。

　　　　〔歌声起——

　　　　　　"正月儿是新春，

　　　　　　桑塬白茫茫。

　　　　　　冬去春又来，

　　　　　　年年做活忙。"

　　　　〔灯光渐亮。

　　　　〔许彩芳的窑洞前。许彩芳正坐着纳鞋底。

　　　　〔朱晓平从斜坡上走来。

朱晓平　彩芳！

许彩芳　（起身迎上前去）是晓平来咧。来，屋里坐一下。

朱晓平　不了，我是来和你道别的……

许彩芳　（意外地）咋？

朱晓平　咱要当兵去了，县上已经给办完手续了。

许彩芳　……啥时候走？

朱晓平	明天一早。
许彩芳	（沉默良久）……好，等过了垭口，就把咱这穷荒地方忘他个光光的。
朱晓平	哪能呢？……我这辈子也忘不了桑树坪，忘不了你们……虽说，咱住的日子不长，可我懂了不少事……往后，我还会常来看你们的。（转身欲走，忽然又停下了脚步）听说，这几天你大正忙着张罗仓娃和你的婚事儿……咱帮不上啥忙，你自己得拿定个主意啊……
许彩芳	……

〔陈青女疯疯癫癫地唱着小调从远处走来，她怀里抱着个假娃娃。

陈青女	（唱）寻我的哥哥哟出了山，
	哎哟白牡丹。
	梦里头咱俩才见了面，
	哎哟白牡丹。
	……

朱晓平 许彩芳	青女——
陈青女	（呆呆地盯住朱晓平）城里的女子寻婆家不？
朱晓平	……
陈青女	你咋不说话？
朱晓平	城里女子也要寻婆家。
陈青女	咋个寻法？
朱晓平	……都一个样。跟咱这里一个样。
陈青女	（凄惨地笑了起来）都一个样，天下的女人都一样哟！（疯疯癫癫地笑着走了）
朱晓平	青女！青女！（追下）

〔许彩芳呆呆地愣着。少顷，断了一条腿的李金斗挎着个小包裹从远处一瘸一拐地走来。

李金斗	彩芳！
许彩芳	……
李金斗	天凉了，大和妈给你做了几件褂褂……来，把这穿上也让大瞅瞅。

389

许彩芳 ……

李金斗 ……彩芳娃，你思量好了么？……你心里咋想，也说句话呀。

许彩芳 不！……我不能！

李金斗 你瞧你……女人死了男人再嫁给小叔子，这转房亲在咱山里，那不是常有的事么。

许彩芳 ……

李金斗 好我的娃娃唉，你也给大留条活路嘛！……咱满娃去得早，你年纪轻轻就守了寡，大知道你也是个苦命的人……可这日子还要过咧嘛！

许彩芳 ……

李金斗 你十二岁上进了我李家的门，好好歹歹过了也快十年了，难道说你就忍心扔下你大、你妈不管？

许彩芳 ……

李金斗 满娃唉，你咋走得……比你大还早呢！

许彩芳 大呀！你不哭……不哭……

李金斗 我说彩芳是好娃，知道疼大。你仓娃兄弟跟你一块长大，虽说落下个拐子病，可也不耽误吃饭过营生，你应下这"转房亲"，就跟仓娃他一块过，等生下一儿半女，给咱李家接了香火，你再走也成啊。彩芳，我的好娃，你就应了吧，大——大求你咧，求你咧！（猛地跪到许彩芳面前）

许彩芳 大呀……咱不能应，不能应唉。

李金斗 （失望地）好……好！（无奈地站起，往回走了几步）大是顾怜你可怜，你不疼大，那啥事也就由不得你愿意不愿意咧。今天晚上，你就跟咱仓娃成亲！（下）

许彩芳 大，大！（木然望着远方，呆呆地站着。自语）今天晚上……榆娃哥！你咋就不来了呢？……我要去了，我这就要去了。

〔许彩芳在音乐中失魂落魄地向唐井走去。

〔转台向左缓缓转动。

〔歌队——村民唱着——

"高高塬上哟一口井，

先人留下到如今。

要问井深有多少哟，

一十六丈没有个尽。”

〔在歌的结尾处灯光暗转。

〔唐井边。灯光在李金斗烟袋锅一闪一闪的火光中渐亮。李金斗闷头蹲坐在井台边。少顷，他抹了一把眼泪，拄着拐棍慢慢站起来，一步三回头地向远处走去。

〔灯光在音乐中渐渐变化。

〔歌队边唱边从舞台纵深向台前走来——

“中华曾在黄土地上降生，

这里繁衍了东方巨龙的传人。

大禹的足迹曾经布满了这里，

武王的战车曾在这里奔腾。

穿过一道道曾紧锁的山峰，

走出了这五千年的梦魂。

历史总是提出这样的疑问：

东方的巨龙何时才能猛醒？

尽管前面有泥泞的路程，

尽管有多少山峰需要攀登。

总是这样不断地自问，

总是这样苦苦地追寻。”

——剧　终

　　《桑树坪纪事》是根据朱晓平的 “桑树坪系列”小说（《桑树坪纪事》《桑塬》《福林和他的婆姨》）改编而成的话剧，以富有仪式感的形象画面，展现封闭、落后的黄土地上人们的生存状态、人性的复杂、欲望的表达。中央戏剧学院导演徐晓钟将其改编并搬上舞台，由本院表演系86届干修班学员于1988年2月首演于北京。上演后获得巨大成功，被誉为“生活、哲理、诗性与美的综合”的优秀之作。

作者简介

陈子度　男，1953年出生，上海人，中央戏剧学院表演专业主讲教授。导演作品有歌剧《费尔马之光》《青春之歌》《苏武》，美国音乐剧《异想天开》《国王与我》《倾城之恋》等，话剧《死环》《四川好人》《桑树坪纪事》《第二十四条军规》《密特朗巴什事件》《清宫外史》《夏日烟云》《浮华客房》《蝴蝶是自由的》《迟来的克利斯宾》等。

杨　健　男，1952年出生，北京人，中央戏剧学院戏剧文学系教授、博士生导师。著有专业教材《剧本写作初级教程》（合著）、《拉片子1——电影电视编剧讲义》《拉片子2——结构主义编剧法讲义》《创作法——电影剧本的创作理论与方法》，剧本《桑树坪纪事》（合作）等。

朱晓平　别名宋小平，男，1952年出生，河北人，北京电影制片厂一级编剧。代表作品有个人小说专集《私刑》《好男好女》《说梦》《西府山中》《陕甘大道》，Les Braves Gens（法文版作品集），小说《桑树坪纪事》等。作品被翻译成法、英、日等文字出版。

·话 剧·

商 鞅

姚 远

时　间　战国中期。

人　物　商　鞅——卫公子之庶子，乳名亥儿，又名卫鞅，封君后号商君。

赵　良——秦博士。

景　监——秦国侍人。

姬　娘——商鞅之母。

公叔痤——魏将军，后为相国。

韩　女——公叔痤之家姜，后为秦孝公庶夫人。

公孙贾——秦太师。

甘　龙——秦老臣，五大夫。

太子驷——秦太子，后为惠文君。

秦孝公——秦国君。

祝　欢——秦太祝。

公子虔——秦太傅。

孟兰皋——赵良弟子，后为商鞅弟子。

尸　佼——商鞅舍人，后为秦执法官。

魏惠王——魏国君。

公子昂——魏惠王之子。

少年商鞅，众大臣，众武士、士卒等。

〔幕启。苍穹之下，高高地悬挂着一个硕大的商鞅的面具。面具下面，是列成方阵的秦兵马俑。低沉的钟鼎之声在广漠上空回荡。排列在台前的五匹大马，象征着商鞅死后被分尸的惨烈结局。

〔灯渐明。商鞅身着白色的长袍巍然出现于舞台中央。

〔祝欢魂上。

祝　欢　（取出简册）商鞅，辛卯年五月七日亥时生人，五月之子，精炽热烈，父母不堪，将受其患。命当族灭满门，五马分尸……

商　鞅　这便如何？

祝　欢　……绝后代，断宗嗣，乃天下第一孤寡之人！

商　鞅　这又如何？

祝　欢　难道你还不服天命？

商　鞅　天命？魂魄既已甩脱了躯壳，天命更是无稽之谈！商君虽死，然
　　　　商鞅之法千年不败；商君虽死，可一百一十七年之后，秦王朝一
　　　　统天下！

祝　欢　即便如此，那也是天意。

商　鞅　哈哈……天意！从我落地的那一天起，上天就要我死，可我活
　　　　了！我违拗了天意，活了整整五十七年！

　　　　〔灯暗。

　　　　〔一演区，特写光照射着一个襁褓。

　　　　〔风声，是大雪在朔风中哀号。

　　　　〔水声，是河水在鸣咽。

　　　　〔哭声，是婴儿对冷酷的人间发出的悲鸣。

　　　　〔男人暴怒的声音："勒死他！勒死他！让我勒死他！"

　　　　〔女人声："公子，你万万不能，他是公子的亲骨肉啊！"

　　　　〔男人声："难道你没听到巫说什么？留着他让我遭灭门之祸。你
　　　　说，你是否与人私通产下这孽种？你说！"

　　　　〔女人怨泣声："公子，这确实是你的嫡亲骨血。"

　　　　〔男人声："我堂堂卫氏公族之后，岂能有此孽种！来人！将这母
　　　　子二人抛入大河！"

　　　　〔沉重的关门声。

　　　　〔狂风怒号，河水咆哮。

　　　　〔灯灭。

　　　　〔时轮转动。另演区光起。

　　　　〔姬娘与少年商鞅双双跪坐着。旁边放着马鞍。

姬　娘　天要你死，可我要你活！

少年商鞅　那我母亲呢？（泪水盈盈）我可怜的母亲，难道她竟被活活地
　　　　抛进了滔滔大河？

姬　娘　不！她没有死。

少年商鞅 什么？她没有死？

姬　娘 是的！她走了，她抛下了亲生的儿子自顾自走了。

少年商鞅 （悲切地）姬娘，为什么你偏把这些告诉我？（跌跪在姬娘面前）

姬　娘 这就是你父亲要在襁褓中把你杀死的马鞭。（凝视着，喃喃地）我不甘心让你像我一样一辈子被人当畜牲，一个脸上刻了字的罪奴！我要你长大后，不像姬娘一样为牛为马，哪怕占山为寇、入湖为盗……也要去做一个自由之人！

少年商鞅 要我为强盗？不！

姬　娘 难道你还想成人上之人？难道你能翻天覆地、倒转乾坤？

少年商鞅 为什么不？为什么不！

〔灯灭。

〔另一演区灯亮。

〔河水滔滔，牛铃叮当。

〔景监、公叔痤暗上。

〔少年商鞅立于河畔，面对牛群若有所思。突然他奔向牛首，举鞭抽打。

少年商鞅 畜牲！畜牲！畜牲！祖祖辈辈，你们就甘愿当畜牲！你们吃的是草，挤的是奶，出的是苦力——你们除了哀号就不会反抗。如今，这浑噩的苍天还要我跟你们一样，这是为什么？为什么？为什么？（对着苍天）我恨你，恨你！恨你！

景　监 牧童，站住！

〔少年商鞅止步。

景　监 你是谁？

少年商鞅 我是谁？问得好。我正要问这苍天，我是谁？

景　监 你的父亲呢？

〔少年商鞅不语。

景　监 母亲呢？

少年商鞅 只有再生之义母。

景　监 （抚爱地）那你叫什么名字？

少年商鞅 父亲没有赐给我姓名。因为我生在亥时，叫我亥儿。可我的名字应该叫卫鞅。

景　监　为什么？

少年商鞅　这是父亲赐给我的马鞭，他就是想用这把我置于死地。取名卫鞅，是我对他的纪念。

景　监　你说的姬娘就是你的养母？能不能让我见见？

公叔痤　景监大人，你这是……

景　监　将军，这次奉秦国君之命出使魏国，是为收复本国故土。没想到魏国寸土不让，景某只能空手而归。假如将军大人能将此少年赠与在下，也算我不虚此行。

公叔痤　秦国在穆公之时，便有相马的伯乐。你以为这区区的一小奴也算得千里马吗？

景　监　人有无作为不在其身而在其志。这孩子生性刚烈，天赋过人，少年奇志，难得。我虽为秦宫的侍人，却是国君之左右。假如我能把他带回宫中，陪公子一起读诗书、习兵法，他必定比公子更具奋进之心。秦国缺的正是这样的少年。

公叔痤　说得好！牧童，此乃天降甘露与你，走！（牵起少年商鞅的手）

　　　　〔姬娘上。

姬　娘　罪妾无意冲撞二位大人，该当万死。（施礼）

公叔痤　抬起头来。

姬　娘　罪妾不敢。

公叔痤　恕你无罪！

　　　　〔姬娘抬头。

公叔痤　（抬起姬娘下巴，看她面颊上所黥之字）你是逃奴？

　　　　〔姬娘不语。

少年商鞅　（捍卫地）她是我母亲！

景　监　不要害怕。来人！将我所带羊皮赐一张给这女奴。

公叔痤　慢！来人！赐她羊皮五张！

景　监　魏公叔，你这是……

公叔痤　既然他是魏国人，那还是由我魏公叔收下才是。

景　监　大人知道景某膝下荒凉，假如能将他赠与在下，我愿收他为子。

公叔痤　（咄咄逼人）我也正有这个打算。

景　监　这……既然将军器重，景监愿割爱。

姬　娘　（喜出望外）亥儿，还不赶快拜谢将军大人！

少年商鞅　不！姬娘！

姬　娘　亥儿！你要是跟着我，终身为牛马；你要是跟着将军，从此就是人上之人。（对公叔痤）将军大人，你若能收下这孩子，姬娘虽死也心甘情愿。

公叔痤　既然如此，（抽剑）赐你速死。（递剑）

姬　娘　……不！大人，罪妾不在今日死。

公叔痤　（怒）小小罪奴，竟敢不死！

少年商鞅　姬娘若死，世上便无卫鞅！

公叔痤　那又如何？

景　监　魏将军，在下素闻将军仁爱贤达，请赦罪奴免死。

公叔痤　不斩断情累，怎能使这童子心归于我？

姬　娘　苍天在上，姬娘立誓今生再不与卫鞅相见。

公叔痤　我怎能信你？

姬　娘　罪妾剜去双目。（猛然用指尖剜去双目，满面鲜血淋漓）

少年商鞅　（惊呼）姬娘！

〔暗转。

〔公叔痤府第。

〔商鞅正在火堆旁阅读简书。

商　鞅　说什么仁义善恶，纯属无稽之谈！（扔下手中竹简）统天下，成王业，必须要九分刑罚，一分赏赐。如果把刑罚用在将犯未犯之时，国家就不会产生罪恶。有罪，就必须用重刑；有了重刑，才能使人畏而却步。大奸不生，小奸不漏，国家就可大治。一个君王，太重仁义，天下必多暴行！

〔韩女端药汤上。

韩　女　（诵）"蒹葭苍苍——"

商　鞅　（诵）"白露为霜——"

韩　女　（诵）"所谓伊人——"

商　鞅　（诵）"在水一方——"

韩　女　（诵）"溯洄从之——"

　商　鞅　（诵）"道阻且长——"

韩　女　（诵）"溯游从之——"

商　鞅　（诵）"宛在水中央……"

〔韩女和商鞅会心地笑了。

商　鞅　（打开药罐）相国怎么样了？

韩　女　只怕不久于人世了。

商　鞅　少梁之战，魏国竟然落到这种地步；太子申被秦国俘虏，相国大
　　　　人身负重伤，往日的威风，已经不复存在了。

韩　女　一旦相国谢世而去，你我都是无家可归之人。

商　鞅　是啊，皮之不存，毛将焉附？

〔幕内声："魏国君到！"

〔车轮、马蹄声。韩女下。

〔魏惠王、公子昂上。

魏惠王　魏公叔在哪里？

商　鞅　相国现在病卧在床，未能亲迎，请恕罪。

〔魏惠王急下。

公子昂　卫鞅，今天有快马来报，太子让秦国给宰了。

商　鞅　那你高兴什么？

公子昂　咦！太子一死，那就得重立太子啊！有朝一日，我成了大王，你
　　　　不就是相国吗？

商　鞅　昂公子，难道你和太子就没有一点儿手足之情吗？

公子昂　（哂笑）啐！手足之情？不过是父王先日了他的娘，后日我的娘。
　　　　如此而已！

商　鞅　（怔住）如此而已？

公子昂　然也。国与国争强，家与家争势，人与人争利，万变不离其宗……
　　　　当然，唯你我除外。（欲下）

〔韩女欣喜地奔上。

韩　女　中庶子！

公子昂　啊，好一个绝色女子！

韩　女　韩女叩见昂公子。

公子昂　（绕韩女一周）啊……哪年来的？

韩　女　前年。

公子昂　啊，如此艳丽的女子，理应进宫，怎么到了相国家中？

韩　女　巫公占卜，说我是红颜薄命之人。

公子昂　哦，因而把你赏给了相国？可惜！（欲走又回）我要父王将你收
　　　　回宫中。（急下）

商　鞅　站住！

公子昂　（一愣）你让我站住？

商　鞅　正是！

公子昂　你居然让我站住？

商　鞅　我为什么就不能让你站住？

公子昂　（看着商鞅倔强的眼神）站住就站住。

商　鞅　你刚才说了……

公子昂　说什么？

商　鞅　国与国争强，家与家争势，人与人争利……

公子昂　正是本公子所言。

商　鞅　而唯你我除外？

公子昂　不错！

商　鞅　那我告诉你，不许你把韩女要进宫去。

公子昂　（大为惊讶）难道说她是你的红颜知己？哈哈，你居然也有红颜
　　　　知己？好，好好，本公子把她让与你了！（下）

韩　女　中庶子，你的出头之日来了。

商　鞅　此话怎讲？

韩　女　相国大人正在向大王举荐你。

商　鞅　（喜出望外）他如何说？

韩　女　他说你是不可多得之才，还说你有相国之能。

商　鞅　那大王如何说？

韩　女　我没听见……（下）
　　　　〔幕内声："送大王——"
　　　　〔魏惠王、公子昂上。

商　鞅　（急趋步上前）臣卫鞅拜送大王！

魏惠王　哦？你就是卫鞅？

　商　鞅　不才正是！

魏惠王 公叔大人说你有相国之才……

商　鞅 ……臣不敢。

魏惠王 （哂笑）看来魏公叔是病糊涂了！（拂袖而下）

公子昂 咦？父王，父王！

〔商鞅跪立，羞愧难当。

公子昂 卫鞅，你快快收拾行装，逃命去吧！

商　鞅 为什么？

公子昂 魏公叔见大王没有用你之意，就劝大王杀了你，免得你去往他国，留下后患。

商　鞅 杀了我？……这竟然是相国大人所言？

公子昂 我还能骗你不成？（递上一袋钱）后会有期！（下）

〔韩女上。

韩　女 中庶子，相国大人要见你。

〔商鞅收拾书简。

〔收光。

〔另演区灯亮。

〔公叔痤斜卧病榻，韩女侍坐。

商　鞅 臣卫鞅谢大人举荐之恩。

公叔痤 可是魏王……

商　鞅 臣知道了。

公叔痤 ……老夫对不起你。

商　鞅 相国何以言此？当年，若无大人在西河岸边之举，鞅尚无今日。知我者，相国也。

公叔痤 （慰藉地）你能有此心，也不枉我抚育你多年。

商　鞅 原本卫鞅想有朝一日能承继相国大人事业，助大王，整朝纲，让魏国大展宏图，称霸中原，也算不辜负相国大人一十五年的养育之恩。但，自今日起，另当别论。

公叔痤 （警惕地）你这话是什么意思？

商　鞅 爱我者，我爱。弃我者，我弃之。

公叔痤 那我问你，你爱我不爱？

商　鞅 敬而不爱。

公叔痤　为什么?

商　鞅　想当年,秦国景监想收我为义子。然而相国以五羊之皮夺人所爱,占我为私有,拢为家臣,令我母亲剜去双目,割断亲子之情。十五年里,我陪公子日习李悝之法,夜温吴起之术。相国大人,你目睹我文章有成,才高志远,竟然暗生妒忌之心。征战之时,拘我于家中,以防我为国建功;议政之时,窃我计谋献媚于大王。你口中赞我才高志远,心中却畏嫉万分。你若无私,何以大王至今不知我卫鞅姓名?十五年,公叔大人自将军跃居相国,你若不嫉我贤能,何以死到临头才向君王举荐?

公叔痤　(震惊)卫鞅,你忘恩负义!

商　鞅　卫鞅未敢忘恩,是相国今日负义!

公叔痤　此话怎讲?

商　鞅　举荐不成,你竟然让大王杀我!

公叔痤　……魏王不用你,你必然去他国反魏。身为魏国忠臣勋贵,怎能让他国强盛而使魏国衰败?

商　鞅　所以我说,知我者,相国也。大人对大王如此忠孝,为什么对我却无半点儿仁义之心?

〔公叔痤语塞。

商　鞅　(捧起书简)十五年,你令我背诵多少仁义之册,可上天何时降仁于我?谁人施义于我?乱世之中,大儒之道安在?(将简册尽数投入火中)

公叔痤　卫鞅,我如何不想两全?可是君王看不起你,你让老夫怎么办?

商　鞅　(逼视)那你说我该怎么办?

公叔痤　(虚弱地)韩女,把关符给他。

商　鞅　这又如何?

公叔痤　公叔痤不再误你,速速逃生去吧!

商　鞅　(轻蔑地)我去逃生?我用得着逃生吗?

公叔痤　那你愿意在这儿等死?

商　鞅　大王既然不信你的话来用我,又怎么会信你的话来杀我呢?在他的眼中,我怎么值得一杀?

　公叔痤　看来……你不打算走了?

商　鞅　非也。

公叔痤　你早晚要走，何不快走？

商　鞅　早走，是我卫鞅惧怕而逃。晚走，是我卫鞅笑魏王无能而去。大人，你说呢？

公叔痤　你居然敢如此轻君，焉能不死！

商　鞅　我岂能死？公叔大人于我有恩，相国大人对我无义，二者无论择其一，我都要在此为你送终！

　　　　〔公叔痤昏倒。

　　　　〔灯灭。

　　　　〔追光下，商鞅走出原演出区。

商　鞅　公叔痤死了。魏王，你来杀我呀！你没来，你把我丢到了脑后。（从地下掬起一捧草灰）我就像这被人弃倒在大路上的火灰，听凭人践踏。可是上天，我告诉你，我不相信卫鞅会这样无声无息地苟活于人世。我不相信！你们看，那西天苍穹之上流荡着一颗彗星，那就是我！（向往地）秦国！秦——国！我来了！

　　　　〔追光下，出现手持诏书的景监。

景　监　国君诏曰："自求贤令颁示天下，八方贤能纷纷响应。有客卿卫鞅前来说以强国之道，甚合吾意。定于今日早朝当廷论法，议定强秦大计。"

　　　　〔景监隐去。

　　　　〔灯亮。

　　　　〔栎阳。秦宫。

　　　　〔士卒内声："太祝官、五大夫进宫。"

　　　　〔祝欢、甘龙上。

甘　龙　（持重地）哎，不说太傅早来了吗？人呢？

祝　欢　想必在后宫吧。

甘　龙　哼！国君亲疏之分也太显眼了点儿。

　　　　〔士卒内声："公孙大人到。"

　　　　〔公孙贾上。

公孙贾　哦，太祝官，五大夫。

　　　　〔士卒内声："赵良博士到。"

〔赵良上。

赵　良　公孙太师，甘大夫，太祝官。

甘　龙　赵博士，这是个什么人，搞得如此兴师动众？

赵　良　他原是魏相国公叔痤的家臣。

甘　龙　哦，不过是个家臣！

公孙贾　怎么听说引他入秦已经三年了？

赵　良　是。他已经两次觐见国君，说国君以帝王之道，平治天下。谁知国君听着听着就睡着了。

公孙贾　那这一次……

赵　良　想必是切合了国君的心意。

公孙贾　那定是赵博士引荐的了？

赵　良　我哪有如此机缘，是景监景大人。

甘　龙　……一个太监！哈哈哈……可笑！

公孙贾　哼！可悲！

祝　欢　公孙大人！（示意）

〔景监兴冲冲上。

赵　良　景大人。

景　监　哟，诸位大人早都在此了？

公孙贾　连景大人都为国家如此操劳，我等岂能怠惰？

景　监　为国尽心而已。

〔公子虔上。

公孙贾　（倨傲地）国君对他如此赏识，全仗景大人的慧眼吧？

甘　龙　嘿嘿，可叹秦国落到这种地步，治国兴邦还要请个魏国人来。

景　监　赵大人，我倒忘了甘大夫是哪国的后代？

甘　龙　……至少我祖上就已来到了秦国。

景　监　哦，你倒还没忘了根本！

甘　龙　（恼羞成怒）那是自然。有根本之人才能不忘根本，无根本之人还有什么资格来跟我谈什么根本！

景　监　（泰然地）这正是我祖上积德。假如我留着这根本，却生出一群无用的酒囊饭袋，那还不如不要这根本！（下）

404　　〔赵良欲笑不能，正襟危坐。

甘　龙　　一个阉人，凭着国君宠幸，竟敢如此藐视老臣！这还像什么朝廷，成什么国家？

公子虔　（声不高，却威严）住口！这里是国之宫阙，议政之朝堂，竟敢如此喧哗！

众　臣　　（肃然起敬）虔公子。

公子虔　国君登基未久，乃年轻贤明之君王，正要开拓疆土、振作国威以承先君宏愿，诸位老臣理应尽忠履责、鼎力辅佐才是。难道你们就以这样的非分妄言面对在天的先君？

　　　　〔众臣哑然。

公子虔　让秦国强盛，本是当朝诸位的共同心愿。卫鞅客卿此次入秦正是为了奉献强秦之策。刚才在内廷，我已经见过卫鞅客卿。其所谈所论，令我深为叹服。正所谓后生可畏，不可小视。

甘　龙　　虔公子德高望重，老臣宾服。

　　　　〔公孙贾不满地瞪了甘龙一眼。

士卒甲　国君视朝！

　　　　〔钟鼎乐声起。

　　　　〔意气风发的秦孝公上，景监随上。

众　臣　　臣拜见国君！（伏拜）

秦孝公　免礼。请卫客卿！

　　　　〔商鞅上。

商　鞅　　臣卫鞅拜见国君。

秦孝公　侍座！

　　　　〔商鞅入座。

秦孝公　列位，蒙先君圣命，寡人承继国位，已经三年有余。当年先祖穆公在位，修德行武，东平晋国之乱，西霸戎翟之地，我们的国土曾经一直扩展到西河。可是如今呢，大片的国土却落到了魏国的手中。二百六十多年过去，历经十四代国君，西河之地却至今尚未收复。堂堂千里秦国在周天子的心里、在六大诸侯的眼中，竟无一席之地。这是奇耻大辱！列位都是前朝老臣，一国之栋梁，难道就不想把秦国变一变吗？

　　　　〔众臣无语。

秦孝公　太师？

公孙贾　臣，不敢妄议朝政。

秦孝公　五大夫？

甘　龙　臣，唯君命是从。

秦孝公　（不悦）赵博士？

赵　良　卫鞅客卿不远万里自魏入秦，知李悝之术，习吴起之法，定有超群的计策、卓越之谋断，还是应该请卫客卿先抒高见。

秦孝公　卫鞅！

商　鞅　臣在。

秦孝公　你先说！

商　鞅　臣冒昧。国君之所以下令求贤，是为光复穆公之业，收复被三晋夺占的西河之地，一改中原六国小视秦国之局面，自强于天下。中原六国逞强，而秦邦卑弱，是因为兵不强、国不富、天下不治。天下为何不治？是因为官不勤政，民不效力。为官者，对上曲意逢迎，对下搜刮民财；为民者，懒于耕稼，怠于作战。而眼下秦国所用之法，都是数百年前陋章陈规。法不更新，陈陈相因，国家何以有生气？为此国家应废除旧规，倡导农战，制定农战之法。凡是努力开荒、多打粮食，或奋勇作战、多杀敌人者，都可因此而建功得爵。有了爵级，奴隶可以升为庶人，庶人可以升为官吏，官吏因此而可以加官晋爵。而不事农战、不得战功者，虽为王侯大夫也不能得到利禄官爵。国家还应废除子孙世袭荫封，统一律条法令，从卿相将军以至大夫庶人，有不从王令、犯国禁、乱上制者，罪在不赦！（顿）假若以此举国勠力而为，行一年，十年强；行十年，百年强；行一百年，千岁强者王！

秦孝公　列位，卫鞅所论，是谓若要国富兵强，必须重视农战；要使百姓勠力逐农战，就必须要更改律法。为此，卫鞅客卿草拟了《垦草令》，列位不妨一阅。卫客卿！（示意）

〔商鞅将木简发至诸卿手中。

公孙贾　老臣腐朽，只知大千世界、芸芸众生，性由天成，各得其所。这才分天地、成阴阳、存万物而立世界，这才树君上、辅群臣、役万民而主国家，这才制礼数、立法度、分上下，由古至今，万民得教化而立命安身。试看天下诸侯各国，凡是照古法而治的，没有不太平的。要想易弦更张的，没有不闹乱子的。单凭一人巧舌如簧地游说一番，就轻易决定改变一国的法度，天下就可大治？臣，不知。

甘　龙　公孙太师说得有理。何谓天下大治？无非百国民安。好比旷野行车，沿辙而行，断无覆车之患。遵循古法，沿袭旧礼，天下自然太平。

商　鞅　五大夫的意思是要效古法，循旧礼。自从盘古开天以来，经三皇五帝，夏禹殷商，我们该循哪一朝的旧礼，效哪一代的王法呢？
〔甘龙无话可答。

商　鞅　太傅大人博闻强识，你一定知道，从三皇五帝至如今，有哪一代礼法是一成不变的呢？

公子虔　商汤、周武正因为不拘古法而兴，殷商、夏桀就是因为不改旧礼而亡。

商　鞅　公孙大人，那我们该走哪一条路呢？

祝　欢　依你所说，如果国君不照你意思来实行变法，国君就是殷商、夏桀了？

商　鞅　如果国君是殷商、夏桀，又怎会在此当廷论法？

公孙贾　请问，卫客卿的变法之举何以能成功，而不至于使秦国百姓身受其害呢？

商　鞅　请问太师，如果一件事连做都不去做，那么何以能得到成功呢？

祝　欢　我只知卫客卿曾在魏国学习李悝之法。可是李悝的变法在魏国都没能成功，难道他的学生，到秦国来变法就能成功吗？

商　鞅　李悝在魏文侯三十四年为相国实行变法。三年后，魏国征伐秦国就连连获胜；两年后，又灭了中山国。魏国所以变法未能成功，是在李悝去世之后，魏武侯未能变法到底所致。太祝官是秦国老臣了，难道对这其中的缘由也一无所知吗？

公孙贾　国君，如果变法成功，老臣们死而无怨。可是一旦变法不成，使一国千秋大业崩溃于顷刻之间，谁能担当？

众　臣　是呀！

甘　龙　古法旧礼，都是一朝朝、一代代传到我们的手中。为官者知道该怎么做，为民者知道如何行，上下相安无事。国君即位不久，便贸然行事，好比驾车不循车道而行，臣担心后果难测……

商　鞅　国君！

众　臣　国君！

〔秦孝公犹豫起来。

祝　欢　国君，天有征兆，臣不敢妄言。

秦孝公　什么征兆？

祝　欢　君上登基那年，西天有怪星横空。起于上章，落于阏逢。君上，这是上天示意，如果变法，必无正果。君上，天意难违呀！

众　臣　国君！天意难违呀！

公子虔　国君乃是上天授命，国君之意就是天意！

秦孝公　赵博士？

赵　良　明智者总有先见之明，愚昧者总是人云亦云。臣以为，国君还须采纳明智之言。

秦孝公　……我意已决！太傅！

公子虔　在！

秦孝公　宣诏！

公子虔　是！

〔灯暗。

〔追光下出现景监。

景　监　国君诏曰："为承启先祖基业，光大万世，唯有变法，方可使我大秦振作。吾变法之心已定，命卫鞅着即制定强秦之法。择吉日，行大典，诏示天下。卫鞅献策有功，官拜左庶长，准乘一驾车马！"

〔景监隐去。

〔暗转。

〔商鞅欲登车。

〔赵良、尸佼与孟兰皋在路边等候商鞅。

商　鞅　赵博士？

赵　良　左庶长，有人要想见你。

商　鞅　(看尸佼)这位是……

尸　佼　在下尸佼便是。

商　鞅　（惊喜）是晋阳尸子？久仰先生大名，未曾谋面，你怎会到此？

尸　佼　闻听卫鞅兄带法家之说只身入秦，怕你势单力薄，孤掌难鸣，特来投拜门下，效犬马之劳。

商　鞅　不，尸子如果愿意相助卫鞅，我将以先生尊之。

赵　良　左庶长刚毅果敢，赵良自叹不如。现将我学生孟兰皋举荐给左庶长，也算是表一表赵良的心迹。

孟兰皋　（跪）如蒙不弃，学生至死不渝。

商　鞅　（长揖）有你等鼎力相助，变法大业一定马到功成！

赵　良　愿左庶长旗开得胜。不过，赵良有一言相劝，不知左庶长听否？

商　鞅　但言无妨。

赵　良　左庶长虽有治国之道，却不可无为人之道。今天，你锋芒毕露了。

〔暗转。

〔太师府。

〔祝欢在一边闭目默祷。公孙贾怒气冲冲听取甘龙禀陈。

甘　龙　他把百姓五家编为一伍，十家连为一什。如果其中有一人犯法，而伍什之中无人举奸告发，就要连坐定罪。卿相大夫，也不例外。

公孙贾　这是坏礼仪，乱章法！

甘　龙　太师，乱还不仅在此呀！

公孙贾　还有什么？

甘　龙　凡为奴隶，与敌作战，斩一首，便可得爵位一级；斩得二首，得爵二级。如果得到爵位二级，就可以将亲生父母升为庶民。

公孙贾　（怒）那天下岂不是没有奴隶了？喷粪！

甘　龙　太师，还有呢！

公孙贾　说！

甘　龙　宗室贵族，没有战功者不准显富贵。从今往后，咱们出门不能乘三驾之车，不能穿绫罗绸缎，不能住奢华的府第……

公孙贾　为什么？

甘　龙　咱们没带过兵打过仗，哪儿来的战功？

公孙贾　难道还要我们这帮老臣上阵杀敌、斩取首级不成？荒谬之极！（气急败坏地走至祝欢身边）太祝官，那天在朝廷之上，你说有

409

怪星横空之事，到底是怎么一回事？

祝　欢　怪星乃天狗，天狗星横空命犯太岁。天狗起于上章，乃指庚申之年。庚申之年正是国君登基之年。而天狗落于阏逢，是为甲申。这是说国君将在二十四年之后的甲申之年因此夭寿而亡。

甘　龙　（跪）国君，你听见了吗？你竟把祸国之人视为贤才，害国害己呀！

公孙贾　昏君！

祝　欢　五大夫，这话是犯禁的！

甘　龙　（怒气未消）那怎么办？咱们就甘心受制于卫鞅？他算个什么东西？老子兢兢业业为秦国干了一辈子，他凭什么一来就官拜左庶长？

祝　欢　这也是犯禁的！

甘　龙　这还让不让人活了？（痛哭流涕）我的老爹！你活过来看看，这都成什么世道了？（"啪"地扇了自己一个嘴巴）我对不起列祖列宗，我——

公孙贾　五大夫，这成何体统嘛！

祝　欢　你妄言犯上，该当腰斩！

公孙贾　太祝官，依你之见，我们就该视而不见、听而不闻吗？

祝　欢　自有相克之人。

甘　龙　谁？

祝　欢　太子驷。

甘　龙　（失望地）咦！一个毛孩子！

公孙贾　你说这话有何依据？

祝　欢　甲申之年，天驷当道，天狗星便化作星火四散！

　　　　〔暗转。

　　　　〔秦都西郊坛场。

　　　　〔火堆烈焰腾空，后供设太牢之牲。

　　　　〔钟鼎之乐大作，群臣恭立，气氛肃然。

　　　　〔祝欢立于祭坛，主祭祀大礼。

祝　欢　国君谢上天！

　　　　〔秦孝公拜。

祝　欢　谢社稷！

〔秦孝公再拜。

祝　欢　谢先君列祖、山川之神灵，保佑国业、赐福黎民！

〔众人齐拜。

祝　欢　礼毕！

秦孝公　（登坛揖拜）苍天在上：寡人禀受天意，立驷公子为君储，今日择吉祭祀，立新法废旧礼。望列祖列宗保佑大秦江山如丛山绵亘，万代不绝！

祝　欢　太子谢上天！

〔场上不见太子驷身影。众人大惊。

祝　欢　太子谢上天！

〔无人回应。

秦孝公　（怒）太傅！

〔景监急下。公子虔急上，伏地告罪。

公子虔　臣罪该万死！

秦孝公　这是怎么回事？

公子虔　今晨去请太子，只见太子形容呆滞，看来……

秦孝公　行国之大礼，太子怎能不到？

公子虔　（惶惶然）太子已到，正在等候加冕，只是……

秦孝公　请太子！

〔公子虔急下，景监上。

祝　欢　请太子！

〔公子虔随太子驷上。太子驷见祝欢，一愣。

祝　欢　（急掩饰）太子谢上天！

〔太子驷伏拜。

祝　欢　太子谢国君！

〔太子驷伏地不起，连连叩首。

众　人　太子！太子！

太子驷　不！这里有东方来的凶煞，他要杀我。父君，你不能——

秦孝公　太子！

太子驷　父君，这是神灵告诉我的。父君，你中了天狗星的蛊惑！

411

秦孝公	放肆！
公子虔	太子！
太子驷	我不当太子！我不当太子！
秦孝公	（勃然大怒）太傅！
公子虔	臣知罪。
秦孝公	送太子回宫！

〔太子驷急下。

祝　欢	国君，此乃大凶之兆！
商　鞅	太祝官，今日为太子加冕，可是黄道吉日？
祝　欢	正是。
商　鞅	既是黄道吉日，为何会出现凶兆？
祝　欢	这……
商　鞅	你择日不当，贻误祭祀，你是首罪！执法官！
尸　佼	在！
商　鞅	按刑律所载，太祝官该当何罪？
尸　佼	太祝官择日不当，贻误祭祀，该当髡刑。
祝　欢	不！今天是太子违礼犯上，请问左庶长，这该论什么罪？处什么刑？
公孙贾	是啊。左庶长，你该如何处治太子呢？
商　鞅	律法上写得清清楚楚，上自卿相大夫，下至奴隶庶民——太子身为君储，乃上天加命，不得受刑，更何况太子年幼，又属惊风妄为——
公孙贾	今日若不处罚太子，那以后有违抗君令者斩不斩？喧哗于君前者刑不刑？妄言抗上者治不治？坏礼于众者罚不罚？（顿）国君，非老臣不维护你，卫鞅之法，断难推行！
商　鞅	国君！王法所以败坏，自上而下！上不正，何以纠下？
秦孝公	法既定，依章而行。
商　鞅	执法官！
尸　佼	在！
商　鞅	按刑法所载，太子犯禁，当如何处置？
尸　佼	太子犯禁，由太傅代为受刑。
祝　欢	好。左庶长，你又想如何处罚太傅呢？

商　鞅　执法官，职责未尽，教化不严，太傅该当何罪？

尸　佼　职责未尽教化不严，太傅当斩左足。

公子虔　（瞠然）国君！

〔众人震惊。

甘　龙　（抢上一步）国君，这如何使得？

老臣甲　国君，太傅大人是两代老臣，德高望重，如此轻率处治，众臣
　　　　不服！

众　臣　国君！

公孙贾　刑不上大夫，乃是千年古法。今日是为太子加冕，却在这大典之
　　　　时，轻易刑罪太子太傅，只怕人怨天怒，于天理不容。

众　臣　（跪地）臣等奏请国君赦免太傅。

商　鞅　功罪赏罚从现在起，均应以新法为绳。此乃取信于民、平治天下
　　　　之根本！

秦孝公　法既定，依章而行。（走至公子虔面前）虔公子，社稷存亡，事
　　　　关千秋，寡人只能忍痛了。（转向商鞅）左庶长，颁刑！

商　鞅　遵命！斩去公子虔左足，以示律法无情！

〔满场震惊，公子虔瞠然。

〔士卒挟公子虔。

公孙贾　国君，你为宠新贵而舍老臣，在下不服！

商　鞅　太师公孙贾！

公孙贾　怎么样？

商　鞅　你妄议法令，无端咆哮于大典之所，革去太师职，刺字于面，以
　　　　戒天下！

〔士卒挟公孙贾。

商　鞅　太祝官！你择日不当，贻误祭祀，予以髡刑，削去须发！

祝　欢　国君！冤枉！

商　鞅　国君！

秦孝公　法既定，依章而行。

〔号角声激越高亢。

〔切光。

〔追光下景监出现。

景　监　国君诏曰："左庶长执法严明，朝野肃然。由此法令无不遵行，兵革大强。为光复旧业，收复失土，左庶长率兵东征，连连奏凯。战元里，取少梁，围固阳，得城池一座，斩敌人首级七千，拓展疆土三百里。得使秦国东迁咸阳，坐视中原。以此卓著功勋特准卫鞅官拜大良造，准乘三驾之车！"

〔暗转。

〔公子虔府邸。

〔公子虔正与太子驷讲习。

太子驷　（念诵）"……如果贤明的君主，使得大臣们也和他一样的贤明，必定会让大臣们也尽其全力为国家建立功劳；有了功劳，才能给以相应的富贵。于是天下就没有了君主私人的恩惠，社会的风气就有了规范；那么普天之下，臣忠君明，国家兴盛而兵革大强了。"（放下简册）太傅，这一段，他说得对吗？

公子虔　言之有理。这是说，明君治国，要让黎民百姓尽其所能，先建功劳而后得富贵，国君绝不把个人的恩惠乱施于人。因而教化行而法度成，于是君主开明，大臣忠诚，国治而兵强！……说得对呀！

太子驷　卫鞅是斩断你左足的仇人，为什么太傅对他的言论还如此叹服？

公子虔　为君者，不可因人而废言。今日之太子，乃是明日之国君。身为太子太傅，责任重大，怎么能以小人之心而濡染太子？

〔士卒上。

士　卒　大良造卫鞅求见。

公子虔　（忾）……就说我卧病在床，不见！

〔商鞅上。

〔士卒下。

商　鞅　太子，太傅，卫鞅造次了。

公子虔　大良造光临寒府有何贵干？

商　鞅　几次拜访，太傅都托病不见……

公子虔　老臣是个罪人，有刑在身，自惭形秽，怎敢妄见大人？

商　鞅　正是为此而来。当年罪刑太傅，是因为太子犯禁，不得已而正之。而鞅某对太傅一向敬重，所以……

公子虔　所以什么？

414

商　鞅　……自太傅为大秦之法断折一足以来，鞅时时为此忐忑，深感不安……

公子虔　嗬嗬！果真如此，为什么你八年前不来说？你不觉得此话已说得太迟了吗？

商　鞅　太傅大人乃两朝元老，深谙为政之道，下官是想待太傅大人心绪平静之后，再来登门告罪。

公子虔　那你今天是特地为告罪而来？

商　鞅　望太傅以社稷为重，捐弃前嫌，与卫鞅同心协力，平治天下！

公子虔　（勃然）住口！公子虔乃秦国公族之后，秉忠心以报秦国之君，涂肝脑以谢西垂之民。我与你同的什么心？协的什么力？平治谁人之天下？

商　鞅　（惊）难道我就不是秦国之臣？所建之功业、所得之天下，就不是秦国之功业、秦国之天下？

公子虔　（冷冷地）有谁可知？

商　鞅　卫鞅虽自魏国入秦，但国君对我恩重如山。正如太傅所说，鞅某也唯有秉忠心以报秦国之君，涂肝脑以谢西垂之民。

公子虔　卫鞅！真不知天下还有"羞耻"二字！

商　鞅　太傅——

公子虔　你为在国君面前邀宠，树自己的威风，竟然斩公子虔左足，革公孙贾官职，削去太祝官须发——你是以秦国忠臣勋贵的血肉为你搭建通往显赫之位的阶梯！如今你志得意满了，你居高而临下了，竟然伪扮大度要我与你同心协力，平治天下！呸！龌龊之至！

商　鞅　（沉默）……卫鞅登门乃一片至诚，未想到竟遭太傅如此诋毁。卫鞅告辞！

公子虔　不送！

〔商鞅下。车马声去。

太子驷　太傅，请息怒！

公子虔　是啊，不动怒、不动怒，可是叫我如何不怒！堂堂一国之太傅，却被斩去一条腿！更何况在他初到秦国宫廷论法之时，不是我，他的卫鞅之法能变成？他倒说得轻巧——"为大秦之法断折一足，何不捐弃前嫌？"呸！他能使这条腿再生吗？

| 太子驷 | 太傅，是太子少不更事，迁罪于太傅，太子向你赔礼。（施礼） |
| 公子虔 | 太子怎么能对下臣行此大礼！使不得的！（下跪）太子请起！ |

〔太子驷、公子虔先后起身，车马声又至。士卒甲上。

| 士卒甲 | 公孙贾、太祝官求见。 |
| 公子虔 | 不见——不，有请！ |

〔公孙贾、祝欢上。

| 公孙贾 祝　欢 | 太子，太傅！（施礼） |

公子虔	是什么风把你们吹来了？
祝　欢	多时未见太傅，特地问安。
公子虔	多谢了。

〔公孙贾、祝欢面面相觑。

公孙贾	……呃，不知太傅大人对近日国事可有耳闻？
公子虔	莫非二位还想断送我右足不成？
祝　欢	太傅，假如再让卫鞅在秦国横行无忌，断送的何止是你的右足？
公子虔	我杜门不出，国政不问，还能触犯他哪条刑法？
祝　欢	树欲静而风不止。太傅被斩左足之时，又何曾犯禁？
太子驷	那是太傅代太子受过。
公孙贾	我难道不是？卫鞅所为何来？说的是为大秦之业，殊不知，秦强卫鞅也强。三年为左庶长，八年为大良造！用国家的爵禄，凭卫鞅之法，赏赐予愚勇之徒；置宗室贵族于不顾，提拔无德无义之人。伍什连坐，举奸者赏，乃至妻告夫、子举父，兄弟反目为仇。乱人伦，灭纲常。以一法而统天下，君何以为之君？民何以为之民？举国无长幼之别，天下无贵贱之分？什么军功之法，官爵二十等——不错，卫鞅东扩疆土，有功于秦。然不知，再此以继，卫鞅官至列侯，封疆分土，与国君分庭而抗礼，秦国竟会为谁家之天下？太子！倾国之危，就在你登基之日！
太子驷	太傅……
公子虔	依你们所见，该如何才是？
祝　欢	唯有倚仗太傅，劝导于国君。
公子虔	劝他什么？劝他不该立军功之法？劝他不该鼓励农战？劝他不该

编户籍、立伍什以让国君操纵万民？……你们说呀！

祝　欢　劝君上要明察秋毫，洞晓不测之心，以免养虎遗患。

公孙贾　还有，据人说，卫鞅在魏国就行为不端，作风不正……

公子虔　就让我去说这些？

公孙贾　此话唯有德高望重之长者犯颜以谏，国君方有醒悟之可能。

公子虔　如此说来，要断送我的还不只是卫鞅！

祝　欢　此话怎讲？

公子虔　卫鞅不过斩我左足，（高声）可你们是要送我去斩首！

公孙贾　这事乃关社稷存亡，太傅竟然毫不动心？

公子虔　哦嗬！好一个国之忠臣！既然如此，你们为什么不去杀卫鞅？你们怎么不去国君面前坦言相陈，去直谏、哭谏乃至尸谏？你们既为国家忠臣，为什么不去带兵打仗，攻占魏国城池？为什么你们不争功抢赏而让爵禄都给卫鞅夺了去？你们为国君出了什么谋，划了什么策？强秦之计可有你们一份？这也算得是秦国的忠臣吗？若依靠你们这批忠臣，秦国何日才能强盛？（老泪纵横）

公孙贾
祝　欢　（跪地）太傅请息怒！

公子虔　我这是怒？我是悲哀之至！养虎遗患——要不是养了你们这几头驴，国君能养虎吗？

公孙贾
祝　欢　我等不肖，可是卫鞅——

公子虔　（怒斥）还不滚！

〔公孙贾、祝欢后退，公子虔将身边的一只靴子向着他们扔去。祝欢恶毒地将那只靴子捡回，放在了公子虔的眼前。

〔公孙贾、祝欢下。

公子虔　（被激怒）你等岂止是驴，简直是蠢驴！（恨恨地将那只靴子砸向门外）

太子驷　太傅今日所言所为，太子不解。

公子虔　（竭力使自己平静下来）你不懂！你不懂啊！一国三公九卿，百官万民，你知谁是忠臣贤士，谁居叵测之心？否则国君操一国之柄，何以成孤家寡人？

太子驷　那卫鞅与公孙贾相比，谁算得是忠臣呢？

公子虔　恃才者傲君，无能者逢迎，仁义者乱法，奸恶者殃民。这都是君之所患，国之所害。

太子驷　那天下岂不是没有好人了？太子今后靠谁呢？

公子虔　好坏，无非因利害而分。利则用之，害则除之。奉天时，顺潮流，识时务，知善恶。善于因其势而利导，这才是君王的御人之术。

太子驷　既如此，卫鞅是该用还是该除呢？

公子虔　国君信赖，大势已成。除，则国乱而民不安；不除，社稷为患。还没到那一天，看谁活得长了！

〔暗转。

〔魏王宫。

〔魏惠王与公子昂气急败坏地在宫内走来走去。

魏惠王　马陵一战，损兵折将，令我一败涂地！是我上了卫鞅的大当！我当初怎么就没听公叔痤的话，把这个无情无义的东西给杀了！

公子昂　你要是听了公叔痤的话，举他为相，魏国还能是今天这般模样吗？

魏惠王　我要重振旗鼓，带领十万兵马，杀他个落花流水！

公子昂　父王，秦国的士兵凡在战场上斩首一个，便得爵一级；斩首两个，便可为父母赎身，由奴隶升为庶民。这样的军队，以一当十，你能杀他个落花流水？只怕杀得你落荒而逃！

魏惠王　放肆！竟然长他人的志气灭自己的威风！（踱步）也罢，你速速去为我挑选一十八名美女，我要去拜会秦国君！

〔暗转。

〔秦杜平。

〔魏惠王率领着浩浩荡荡的队伍前来迎候秦国君。

〔仪仗队过场。

〔孟兰皋上。

孟兰皋　大良造！大良造！

〔尸佼上。

尸　佼　安排得怎么样了？

孟兰皋　魏大王已在东门里下榻，与他同来的还有美女一十八名。

尸　佼　哈哈！魏王向秦国君献美女了？秦国何时曾有过此等风光？

孟兰皋	大良造功不可没！这才变法四载，便有了如此的功效！
尸 佼	若不是大良造那年在坛场，斩了虔公子的腿，革了公孙贾的职，削去了太祝官的须发，新法怎么能如此雷厉风行？可见仁义是不足以治天下的。唯有法律严明，政令必行，才能强国，才能无往而不胜！

〔幕内声："秦国君、魏国君驾到！"

〔秦孝公、魏惠王上。

〔商鞅上。

商 鞅	臣卫鞅拜见二位君上。
魏惠王	哦！卫鞅？大良造！嗬嗬！马陵之战，你令我腹背受敌，厉害！好厉害！秦国君真是慧眼过人，慧眼过人哪！想当初公叔大人临终之时，便说卫鞅有相国之才，果然！
商 鞅	大王，此话已经说迟了吧？
魏惠王	亡羊补牢，未为迟也。秦国君不过封你为大良造。你若在此时归魏，我仍拜你为相国！
商 鞅	"士为知己者死"！当初我在贵国，被人视同草芥。是秦国君收留了我，让我在这里纵横驰骋，大展宏图。我将在此为秦国君尽心效命，上报知己。
秦孝公	魏国君，卫鞅乃是魏国所弃之人，俗话说"好马不食回头草"，你就不要心存此想了。
魏惠王	才高位重者，须防傲君！……哦，戏言，戏言！大良造，还不向国君贺喜？
商 鞅	臣不知喜从何来？
秦孝公	今日寡人承蒙魏国君美意，与魏国君之义女，结为秦晋之好。
商 鞅	国君，西河之地广袤千里，万不可因一美女而置江山于不顾！
秦孝公	（不快）唔……
景 监	国君，韩夫人已恭候多时，请二位君上到樗里下榻。
秦孝公	请！

〔景监等陪秦孝公先下。

商 鞅	（对魏惠王）韩夫人是何人？
魏惠王	乃韩女也！（咬牙切齿）秦国纵然有你，又能奈我何！

商　鞅	（冷笑）你以为区区一韩女就能置我于死地？
魏惠王	大良造，好自辅佐你的秦国君吧！（下）

〔幕内声："送大王——"

〔韩女与仪仗从商鞅面前走过。

〔孟兰皋上。

孟兰皋	大良造，有上百农夫在东门之外求见。
商　鞅	上百个农夫？什么事？
孟兰皋	因大良造实施变法以来，民俗大改，世风日正。夜不闭户，路不拾遗。所以他们一定要见你，以表示他们对大良造的称扬之意。
商　鞅	不见！
孟兰皋	大良造……
商　鞅	今天法令让他们得到了益处，他们就来称扬赞颂，可是明天法令如果触犯了他们的利益呢？
孟兰皋	学生明白。大良造，有一老妇人在此等候数日，她要我将此物亲手交到大良造的手中。（呈上马鞭）
商　鞅	（大惊）马鞭？是姬娘？快快有请！

〔尸佼引姬娘上。

商　鞅	姬娘！
姬　娘	（颤抖地）亥儿！
商　鞅	姬娘！（急至姬娘面前，紧紧抱住，泪水盈盈）姬娘，你怎么会来到这里？
姬　娘	十八年了！为娘虽剜去双目，可是我这不死之心却终日盼着这一天！那年，我就听说魏国出了个卫鞅，他去到秦国推行变法。奴隶可以多打粮食而建功，多杀敌人而得爵。西河一带，到处都在传诵说，秦国的太子犯了法，太师、太傅都被处刑，从此秦国夜不闭户，路不拾遗！没想到，就在今春，卫鞅率领五万人马，大战少梁，我姬娘竟成了秦国的隶民……
商　鞅	母亲！（双膝跪地）是亥儿不孝，未能报答姬娘恩德。
尸　佼	大良造请起。此乃过往之地，假如被外人撞见，不知究竟，只怕有失国体。
商　鞅	先生。

尸　佼　在。

商　鞅　随我同去拜见国君。

尸　佼　大良造，你是想……

商　鞅　请国君开恩，赦免母亲罪奴之身，随儿归都，共享荣华。

尸　佼　此事怕有不妥。

商　鞅　为什么？

尸　佼　如今军爵律已诏布天下，欲免亲生父母为奴隶者，需归爵两级，请问大良造是归还是不归？

商　鞅　自然依法行事。

尸　佼　若是依法归爵，大良造其位便在朝中诸等老臣之下。若是如此，变法岂不是更难推行？

商　鞅　这……

姬　娘　不！姬娘不是亥儿的生身母亲，无须大良造为我一罪奴而夺爵赎身。

商　鞅　我怎能忍看母亲活活受苦？

尸　佼　大良造说过，为天下而治天下，岂能私天下之利？公私之度，存亡之本也。

〔商鞅无言以对。

姬　娘　说得好。"为天下而治天下……"，（顿）亥儿，你这大德之心是从何得来？

商　鞅　是姬娘的乳汁哺育了我。

姬　娘　有你这句话，姬娘心满意足了。

孟兰皋　如此深明大义之母，请受孟兰皋一拜！

〔幕内声："国君到！"

商　鞅　姬娘，总有那一天，亥儿功成名就之时，再来报答姬娘的大德大恩！（跪送姬娘下）

〔暗转。

〔咸阳宫南，渭水之滨，章台之上。

〔韩女——这时已是秦王夫人——凭栏远眺。景监上。

韩　女　（忧郁地）"蒹葭苍苍，白露为霜。所谓伊人，在水一方……"

景　监　韩夫人，时令已至秋末，天肃杀而风萧瑟，人在此时务须善加调护，莫让这愁惨之气感于外而伤之于心。

421

韩 女	哦，景大人。
景 监	国君有令，今天是樗里子的生日，要太祝官进宫为樗里子卜命。
韩 女	（不快）好端端的，要占什么卦，卜什么命？
景 监	夫人有所不知，近日宫中流言甚多……
韩 女	大人有话，不妨直言。
景 监	既然如此，老夫就据实以告了。夫人自从生下公子之后，即呈请国君命名为樗里子。这是因为国君在东门樗里与夫人一见钟情，因而得幸，故名之曰樗里子。然而夫人正是在东门樗里与心上之人咫尺天涯，因而有切肤断肠之痛，起名樗里子是为身心两分，形随国君而去，而心归……
韩 女	（急止）大人！（无力地）景大人……
景 监	老夫说得可对？
韩 女	……景大人是从何处得知？
景 监	你可知魏大王为何将你带到杜平？
韩 女	你说。
景 监	大良造是否从小陪昂公子一起读书？
韩 女	正是。
景 监	魏王正是知道夫人早就是大良造的红颜知己，有过一段儿女私情，故将你赠予国君，然后又将此绯闻暗中张扬。
韩 女	朝中有哪些人知？
景 监	夫人，你应该问，朝中还有哪些人不知。
	〔沉默。
韩 女	那国君呢？
	〔景监不语。
	〔沉默。
	〔赵良急上。
赵 良	哦，夫人，下官唐突，不意搅扰夫人雅兴，赵良有礼了。
韩 女	赵博士匆匆而来，必有要事与景大人相商？
赵 良	夫人，难道你没听到渭水河边的哭号之声？
	〔哭号之声由隐渐显。
422 韩 女	这是怎么了？

赵　良　你们再看章台之下渭水的颜色！今日大良造在渭水之滨亲自决狱断案，斩首者七百余人。所断之指，所砍之足，只怕要车载斗量！

〔三人注视河水，默默无语。

韩　女　怎么会有那么多人触犯律法？

赵　良　一人犯法，九家连坐，不告者腰斩，非议法令者当诛，七百余人又何足为怪？如此严刑酷法，别说是百姓庶民噤若寒蝉，就连下官也不寒而栗！

韩　女　那么依博士之见呢？

赵　良　是韩夫人想听，景大人想听，还是大良造想听？说与韩夫人，只怕韩夫人未必有参政之想；说与景大人，只怕景大人爱莫能助；假如卫鞅大良造想听，下官倒愿意进言。

韩　女　赵博士为何不直言相劝？

赵　良　只怕还没到那一天。

景　监　既如此，赵博士今天为何而来？

赵　良　下官向君上提请辞呈，告归家园，特来向景大人告辞。

景　监　与其向君上辞官还乡，为何不将你心中所想禀告国君，也好让国君劝诫大良造？

赵　良　国君？东扩疆土，西霸戎翟，才是他一心所想，七百人头又何足道哉！

景　监　赵博士，景某对你一向敬重，尤为佩服阁下知白守黑，和光同尘，大智若愚，堪为师表。不错，卫鞅是有过分之处，但他对秦国可算得是殚精竭虑，秉忠以报。国如此，民如此，他也不得不如此。朝中唯赵博士与他志同道合，在此功败垂成之际，你怎可抽身而去作壁上观？

赵　良　朝廷之中，人们将我赵良与卫鞅视作一党。长此以往……

景　监　为免遭干系，不如及时抽身？

赵　良　嘀嘀！景大人，赵良无言以对，告辞了！（扬长而去）

景　监　赵博士！赵博士！

〔沉默。

韩　女　景大人，当初在西河岸边，是景大人慧眼，才使卫鞅有此出头之日。来到秦国，也因得到景大人相助，才有大良造今天。景大人难道不能从旁相劝，使他明白眼下危机之所在吗？

景　监　景某如今也是左右为难。大良造所作所为，无一不是为秦国竭尽
　　　　心力。我何不希望他能学学赵博士的为人处世？但大良造生性刚
　　　　烈，凡事敢作敢为，一往而无前，乃无私之人。无私之人，于
　　　　国，功无量；于己，则害无穷啊！

　　　　〔沉默。

　　　　〔车铃声由远而近。

韩　女　这是谁的车？

景　监　大良造正驱车回官邸而去。夫人若想召见，老臣可代为传话。

韩　女　多谢景大人。

景　监　是。（下）

　　　　〔少顷，祝欢上。

祝　欢　拜见夫人，太祝官奉国君之命来替樗里子占卜。

韩　女　樗里子还在上林苑嬉耍，今天就免了吧。

祝　欢　看夫人今日印堂之上，有丧门黑煞，怕是灾气横裹，有血光临
　　　　头。下官愿为夫人一试。（挑衅地）请夫人出字。

韩　女　……央。

祝　欢　"央"？哪个"央"？

韩　女　有诗云——"宛在水中央"的"央"。

祝　欢　"水中央"的"央"？

韩　女　正是。

祝　欢　"央"，可解为凶中有吉，吉中有凶，乃祸福相倚之命。

韩　女　婢子不解。

祝　欢　"水中央"，是为禽鸟栖居之所。鸟在中央，是为鸳鸯之鸯。有鸯
　　　　而无鸳，是失偶之鸟。解为雌雄两分，未成姻缘。

韩　女　牵强。

祝　欢　未成姻缘之后，若无心于"央"，则为中央之"央"，位居一国之
　　　　中，此乃大吉。若有心于"央"，则为"怏怏不乐"之"怏"，则
　　　　居不得安，食不得味，愁眉紧锁，郁郁寡欢，此乃大凶之兆！

韩　女　此话似有含沙射影之意。

424　祝　欢　下官据字而断，不敢妄言。

韩　女	那请再卜，婢子现在是有心于"央"还是无心于"央"？

韩　女　那请再卜，婢子现在是有心于"央"还是无心于"央"？

祝　欢　"央"为居中之意。国之居中，是为朝廷。朝中有变，则去故而立新。去故而鼎新是为"革"字。"央"而有"革"，是为卫鞅之"鞅"——夫人，只怕你心在此"鞅"吧！

韩　女　大胆！身为宫廷巫师，竟敢在夫人面前口出妖言，你是何居心？

祝　欢　是因为夫人心怀叵测！

韩　女　知你有此居心，才以字试之。谁知你果然妄言夫人，秽言君上。我将据实禀报，处你腰斩之刑！

祝　欢　是夫人心有歹意而出"央"字测试。心有歹而口出央，歹、央是为祸殃之"殃"。夫人，是你有大祸临身！

〔商鞅出现在章台之上。景监随后。

商　鞅　太祝官！

祝　欢　好一个大良造！你大逆不道，目无纲常，犯下了欺君之罪！你这该死的五月之子！

商　鞅　那你可曾为自己卜命，你该何时夭亡？

祝　欢　此其时也！

商　鞅　（挥剑刺去）信天命者，顺天命去！

祝　欢　（被刺中，挣扎着）违天命者，必遭荼毒！

韩　女　大良造！

商　鞅　韩……夫人！

韩　女　卫鞅！（双腿一软，倒在商鞅怀中）

〔秦孝公急上，见状大惊。

祝　欢　国君！（转身）卫鞅！你在劫难逃！（倒地死去）

商　鞅　（揖）国君，太祝官在为韩夫人占卜之时，妖言犯上，臣未奏先斩了！

秦孝公　斩得对。一国之君，一国之夫人，怎能蒙辱！

景　监　（跪）老臣侍奉两代国君，忠心赤胆，对天可表。今日不意酿成如此窘境，令君臣狼狈，老臣愿以死谢罪。

〔秦孝公默默走至祝欢尸前，拔下长剑，拭净剑上污血，将剑递还给商鞅。

商　鞅　……（接过剑）

秦孝公 大良造。

商 鞅 臣在。

秦孝公 祖业尚未光复，任重而道远，望勉力而为之。……夫人受惊了，早早回宫歇息去吧。

韩 女 君上！

秦孝公 大良造说得对，西河之地广袤千里，我怎能因一美女，而置大好河山于不顾！（一个趔趄，以袖掩口，只见鲜血已将袖袍染红）

韩 女 君上……

商 鞅 君上，臣总有一天，要让魏国君拜倒在国君的脚下，让西河之地重归故国！（跪）

韩 女 君上！

〔秦孝公将韩女一把推开。景监扶秦孝公下。

韩 女 （求助地）卫鞅！

商 鞅 ……夫人！臣，卫鞅告退！（转身）

韩 女 （默默向渭水走去，悲切地）"蒹葭苍苍，白露为霜。所谓伊人，在水一方……"（纵身跳下渭水）

商 鞅 （奔向渭水岸边）夫人！（拔出长剑）我要让秦国如日月之恒，称霸中原！

〔暗转。

〔秦营将军帐。

〔孟兰皋坐在商鞅身边。

商 鞅 孟兰皋，你可知这次魏国是以谁为将？

孟兰皋 先生幼时的好友昂公子。

商 鞅 此番出征，是我亲自向国君请缨。却不料魏国知我来意不善，以公子昂率十万兵马抵挡于西河以东。两军相比，敌众我寡。若不施以巧诈之计，是难以取胜的。

孟兰皋 "兵以诈立"，大良造何须犹豫？

商 鞅 我要将公子昂邀请到此。

孟兰皋 学生愿意前往。

商 鞅 他必然要留下你，作为人质！

孟兰皋 为强我秦邦，学生粉身碎骨，死而无怨。

商　鞅　但公子昂有来无回……

孟兰皋　学生明白，只要这西河之战能高歌奏凯，我孟兰皋一人的性命又
　　　　何足惜？

商　鞅　孟兰皋，这朝野上下，唯有你是能为我卫鞅披肝沥胆之人。

孟兰皋　学生本是区区一介书生，蒙先生不弃，能相随左右，今日又得负
　　　　重任，出使魏营。为使西河之战不费刀兵，孟兰皋愿血洒西河，
　　　　尸陈魏营！"士为知己者死"，今日正其时也！

商　鞅　为孟兰皋将军送行！

　　　　〔军歌高奏，孟兰皋昂首向前走去。

　　　　〔暗转。

　　　　〔秦营将军帐，内设酒宴。

　　　　〔商鞅与公子昂相对而坐。

商　鞅　昂公子，与你相交至今有多少年了？

公子昂　九岁与你相识，至今已有整整三十年的交往。

商　鞅　三十年来，卫鞅可曾有负于你？

公子昂　无有。

商　鞅　好！为此，先饮一杯！（举杯）

公子昂　干！（与商鞅干杯）

商　鞅　两军相争，各为其主。你我在此对阵，你看该如何才好？

公子昂　酒宴过后，各自罢兵而归。

商　鞅　你能做到？

公子昂　我能做到。

商　鞅　既能做到，你为何将孟兰皋留作人质？

公子昂　战场之上，本是你死我活。这并非儿时游戏之举。我怎能轻易相
　　　　信足智多谋的大良造？

商　鞅　既然你已不信我卫鞅，你怎知我是为言和才请你赴宴？

公子昂　（正色）卫鞅，你到底想干什么？

商　鞅　两条路供公子选择。

公子昂　哪两条路？

商　鞅　率十万兵马归降秦国。

公子昂　断无此可能！

商　鞅	那就只剩下另一条路。
公子昂	什么路?
商　鞅	借你人头一用。
公子昂	你竟然背信弃义!
商　鞅	非我背信弃义,而是你父王阴险毒辣!
公子昂	那你我之情呢?
商　鞅	国与国争强,家与家争势,人与人争利,是你亲口所言!
公子昂	可是我说的是唯你我除外。自你离魏去秦,韩女是我替你照看了八年!
商　鞅	韩女在哪里?韩女早已被你父王一石三鸟赠予了国君!
公子昂	那全是父王所为,与我有何相干?
商　鞅	可你父王把你派到了我的阵前!魏王知我率兵来此攻城,所以用你前来抵挡。如果我与你罢兵言和,各自率军回朝,岂不正中了他的缓兵之计?
公子昂	你还记得在你临行之时,是我赠你金钱?
商　鞅	(将一钱袋扔至公子昂的面前)莫非你要我为此而对你感恩终身?
公子昂	卫鞅,你太歹毒!
商　鞅	正因为如此,我才要以德报德,以怨报怨。
公子昂	你想报什么德,又想报什么怨?
商　鞅	卫鞅要报的是秦国君知贤识才之德,魏国君鄙贤弃能、两面三刀之怨!
公子昂	那你将我如何处置?
商　鞅	我要你先放回孟兰皋,然后率三军归顺伏降。我要魏国退还西河之地,然后献出河东、上党!我要看着你父王拜倒在卫鞅的脚下,让秦国在中原逞霸,天下逞强!
公子昂	如果你今日不把我公子昂安全送回魏营,孟兰皋断无生还之希望。
商　鞅	正是有此为天下而奋不顾身之人,秦国才能得以奋进!
公子昂	卫鞅!你——
	〔营帐四周乱箭齐发,公子昂中箭而亡。
商　鞅	我要以你的人头祭我孟兰皋的英灵!
	〔追光照射着身心疲惫的商鞅。

商　鞅　我杀了公子昂，我断送了孟兰皋。一个是我儿时的旧友，一个是
　　　　我现在的至交。可是我的面前已经没有了退路。我要胜利才能成
　　　　功，我要成功才能胜利！我已经把我所有的爱都化作烈火来浇铸
　　　　秦国这只大鼎了！兰皋兄弟，我这么做，对吗？

　　　　〔孟兰皋持剑立于高台之上。

孟兰皋　大良造，先生来到秦国，务力变法，使秦国以夷翟之邦崛起于西
　　　　垂，一统中原之大势将成。望大良造为秦国万民图强，以一统天
　　　　下之大仁而捐小义，光复失地，东进中原。孟兰皋虽死无憾，只
　　　　请大良造在咸阳宫外、冀阙之上，刻下孟兰皋的姓名。孟兰皋将
　　　　含笑而感德于九泉！

　　　　〔追光灭。

商　鞅　（猛地站起）尸佼！兵发中原！

　　　　〔追光下，景监出现。

景　监　国君诏曰："西河之战，大获全胜。魏国闻风丧胆，已将国都东
　　　　迁大梁。大良造功勋盖世，特赐封商、乌两地共一十五城，准乘
　　　　五驾车马，尊为列侯。"

　　　　〔暗转。

　　　　〔商君府邸。

　　　　〔赵良衣着缟素，立于当户。

　　　　〔骖驾之声：马蹄嘚嘚，銮铃锵锵。

　　　　〔士卒上。

士　卒　商君车驾回府！

　　　　〔庭院各处纷纷响应。

　　　　〔商鞅气派地上。

商　鞅　（意外地）赵博士？

赵　良　（冷冷地）商君率军破魏，凯旋。国君封土十五城，赐爵位尊列
　　　　侯，功盖天地，臣仆理应前来道贺。

商　鞅　……（沉默良久）可你赵博士白衣素服，披发左衽，是道贺还
　　　　是致哀？

赵　良　孟兰皋为商君的马前之卒，孤身入敌，以一身之性命换取商君今
　　　　日之显赫，我不致哀谁来致哀？

商　鞅　当年卫鞅孤身入秦，游说国君变法，朝廷之上，多亏赵良兄暗中鼎力相助，才使鞅某有了今天的局面……

赵　良　（打断）你还能记得？不胜欣慰之至！

商　鞅　……更何况赵博士令弟子孟兰皋辅佐于我，忠心耿耿竟以身殉国，更使商鞅痛心不已。

赵　良　痛心不已？嗬嗬！挖下陷阱，布下圈套，以孟兰皋为钓饵，引公子昂受骗。如此周密策划，诡诈阴险，连孙武都要逊你一筹！你是喜不自禁，岂能有痛悔之心？只怕是自欺欺人吧？

商　鞅　赵博士，如果相信鞅某并非巧伪奸邪之徒，鞅某拜请赵博士再度出山。你我勠力同心，将大秦之宏图大展于天下……

赵　良　赵良现已走出是非之地，乃淡泊名利之人。我是怕自己听君一席话而顿起名利之心，我岂敢说你！

商　鞅　今天的赵良与二十年前的赵博士简直判若两人！

赵　良　因为商君与卫鞅已经今非昔比！

商　鞅　卫鞅之心一成不变！

赵　良　不！你看你所居广宇大厦之奢华；你看你乘着五驾马车，前呼后拥，摇旗呐喊，招摇过市的气焰；再看你锦袍加身，金印紫绶，峨冠博带之威风——骄奢之至，无以复加！无以复加！

商　鞅　我所得所居，都是国法所定，国君所赐，有哪条违背了秦国的律条而使你们如此嫉妒？既然你是淡泊名利之人，为何却对我这些耿耿于怀？

赵　良　只怕不是赵良一人心地狭隘，朝野上下都在嫉恨着你！

商　鞅　你们只见我高爵厚禄，难道你们没见我为秦国鞍马劳顿、心力交瘁吗？

赵　良　"毛羽不丰满者，不可以高飞"！

　　　　〔沉默。

商　鞅　"毛羽不丰满者，不可以高飞"？"毛羽不丰满者，不可以高飞"！……你是指秦国？

赵　良　不，我是指你！

商　鞅　那秦国呢？秦国的毛羽不正日渐丰满，期待着振翅高飞吗？想当初秦国只是西垂之地的蛮邦异族，在天子与诸侯面前是不屑一提的区区小国。自从变法以来，连伍什，开阡陌，初税亩，平度量，颁法律，促农战。国，日见其富；兵，日见其强。天子致霸，诸侯毕贺。东向中原而六国胆寒，魏国东迁大梁而秦国移都咸阳！这，难道是我商鞅一人之显赫？

赵　良　上有国君之圣明，下有百姓之努力。左右，还有尸佼、孟兰皋划策辅佐，景监与赵某人为你响应！你岂能贪天之功为一己之力？

商　鞅　若无商鞅，断无今日之局面！

赵　良　正是你这般狂妄，才遭人嫉恨！

商　鞅　不狂妄，何以能挽大秦国于衰微之中？恕我直言，假如没有孟兰皋这样舍生取义献身天下马前之卒，没有像商鞅这样为正天下而一意孤行之人，而都如赵兄这样保身心、全名节、避是非、躲危难，秦国，只怕依然是戎狄蛮夷，教化不成！

赵　良　（被激怒）避是非，躲危难，是怕犯妄言之罪而被诛于商君之手。要是我为此而牺牲，岂不贻笑天下，我向谁诉冤？

商　鞅　商鞅专横不至于此！

赵　良　公子虔前车之覆，后车可鉴！

商　鞅　不为慈爱而枉法，不为亲情而害国！法令既出，上有违，下必犯！这点，你难道不清楚？

赵　良　清楚！可是我旁观商君，有今天之荣华，必有明日之祸灾。这点，也许你并不清楚！

商　鞅　（神色黯然）……未必不清楚。

赵　良　那，赵良今天反正已丧服在身，就冒死进言了！

商　鞅　请！

赵　良　观商君二十年之作为，确实是经天纬地之才。好比是一匹千里马，不可多得。可是，如果有一百匹马来讨伐你这一匹千里马，你纵然有千里之能也势必倒毙于中途！

商　鞅　是啊，那为什么不让这千里马一马当先，百马随之而奔腾，却要以百马去讨伐这千里马？

赵　良　因为谁也不想被证明自己是一匹劣马！

商　鞅　赵博士，莫非商鞅东伐西讨，南征北战，迫使魏国让出西河，实现了国君心中夙愿，倒反而得罪了朝廷，致使群臣大张挞伐吗？

431

赵　良　商君，你知道你的威势何在？在国君。如今国君身染重病，太医束手无策。一旦国君捐世而去，只要有人说一声商鞅必除，只怕天下一呼百应！

商　鞅　（哑然）依赵博士之见，我怎么才能避开这祸灾呢？

赵　良　归还十五城封地，急流勇退，辞官还乡。只有这样也许还能稍享田园之乐，全身保命。

商　鞅　辞官爵，退封地，享田园之乐？这就是说商鞅名存实亡了？商鞅不行商鞅之轨而步赵良的后尘，让商鞅在敌对者的围攻之下龟缩于窟穴之中以求全身保命，置秦国大业于不顾，这是商鞅吗？孟兰皋拼将头颅掷地，血染黄沙，就是为了这个结果？你枉为人师！商鞅宁死不能！

赵　良　千人之诺诺，不如一士之谔谔。赵良无非是为商君尽心而已。就此告辞！

商　鞅　不送！

赵　良　谢商君不杀之恩！（下）

〔尸佼踉跄而上。

商　鞅　血？你怎么了？

尸　佼　（从袖中取出弩箭）商君！

商　鞅　怎么回事？

尸　佼　回府途中，身中暗箭。

商　鞅　谁敢如此大胆？

尸　佼　（指箭尾帛书）请看！

商　鞅　（念）"亡，可翘足而待之。"

尸　佼　……商君，尸佼自从投奔麾下，鞍前马后，也算得忠心耿耿；出谋划策，也算得竭尽能事。对秦国，对国君，对商君，我问心无愧。眼下，尸佼不再求功爵，只求商君放我生路一条！

商　鞅　你也要走？

尸　佼　虽然于心不忍，但实出无奈。臣不愿以忠心去换得不白之冤！武将死于血战，文官死于忠谏，这才是死得其所。死于非命，尸佼不干！

商　鞅　摆在面前的难道只有死路一条？

尸　佼　明枪易躲，暗箭难防。欲置你我于死地者，非止一人，前途莫

测，望商君珍重！（欲下）

商　鞅　咸阳宫外，冀阙之上，可曾刻上忠勇将军孟兰皋的姓名？

尸　佼　……兰皋将军的姓名，将如日月之恒，光照千秋！尸佼惭愧
　　　　了！（下）

〔空旷的屋宇之下，只有商鞅一人孤零零的身影。

商　鞅　哈哈！商君！如何？一人之下，万人之上！如何？你悔吗？你
　　　　恨吗？你将会叱咤风云、轰轰烈烈，还是土崩瓦解、灰飞烟灭？
　　　　不！还没到那一天！

〔暗转。

〔秦宫。

〔丧乐低回。众老臣身着丧服，痛哭号啕。

〔公子虔上。

公子虔　（大恸）国君！国君……

众　臣　虔公子！

公子虔　自臣下蒙罪在身，自惭形秽，不敢觐见君上，谁知君上竟溘然而
　　　　去，臣……臣未能为君上分忧，罪该万死啊！

景　监　毕竟是虔公子，谆谆之心不禁令老朽涕零。

公子虔　哦，景大人倒还健在？

景　监　托大人的福，至今尚未糊涂。

公子虔　不糊涂就好！

景　监　国君视朝——

〔现为惠文君的太子驷上。

众　臣　臣等叩见国君！

太子驷　赖先君荫护，太子即位。将百年社稷委于寡人年轻之身，怎敢有
　　　　懈怠之心？悠悠万事，以社稷为大。望列位元老忠心辅佐，将先
　　　　君宏愿继承而光大之。

公子虔　臣以为：先君在世，短短二十余载，便使我大秦之国定都咸阳，
　　　　坐视中原。先君之功德，勋烈辉煌。然如今朝野上下，言必称商
　　　　君之法；冀阙之上，所载所记无不是商鞅所作所为。这将置先君
　　　　于何地，置国君于何地？

公孙贾　就是！商鞅怎可不除？商鞅所订之法怎可再行？

众　臣　商鞅乃国之所害，君之所患，必须剪除！商君之法，必须废除！

公子虔　不！商鞅之法，不可不行；商鞅之人，却不可不除！

公孙贾　对！用商鞅之法，除商鞅其人！

太子驷　景监。

景　监　在。

太子驷　宣诏！

景　监　（阅诏）……太傅大人，你可算得是个忠臣？

公子虔　景监，宣诏！

景　监　国君诏曰："商君卫鞅，自封侯以来，自尊为主，违拗上意，致使天怒人怨，众愤难平。新君登基，依然恃才傲君，不假而归，图谋不轨。依先朝之法，谋反者，夺其封爵，处车裂之刑！"……老臣一生无所作为，唯荐商鞅于秦，引以自豪。（猝然倒地）

〔切光。

〔追杀声起。

〔特写光照射着愤懑的商鞅和那架曾经显赫过的战车。

商　鞅　天！天！说什么天道好还！你天聪何有，天理何在！

〔姬娘上。

姬　娘　亥儿，你在哪里？

商　鞅　姬娘？母亲……（相拥号啕）你怎么在这个时候来了？

姬　娘　因为那一天已经来了。

商　鞅　总以为，在那一天到来之日，能让亥儿报答母亲的恩德。未料到，却在此时此刻，让母亲受了亥儿的连累。

姬　娘　不！娘高兴。为娘的生下了一个孽种，这个孽种没有被人杀死，他整整活了五十二年——难道这还不够吗？

商　鞅　什么？亥儿乃是你亲生？

姬　娘　我生下了一个孽种，这个孽种让奴隶见了天日，令显贵们变色，难道还不够吗？这个孽种令山川易位，乾坤倒转！难道还不够吗？

商　鞅　（撕心裂肺地呼唤）母亲——

〔追杀声起。

商　鞅　母亲，他们追来了！

姬　娘　你的马车呢？让为娘的来坐上一坐！

商　鞅　（将姬娘扶上车）娘，我们往哪里去？

姬　娘　哪里不能去？哪里不是我们的归宿？

商　鞅　好，娘，我们走！驾——

〔马车在旷野之中肆意驰骋着。

姬　娘　百姓们，奴隶们！这是我的儿子商鞅，他就是为秦国变法的商鞅！他不光是我的儿子，也是你们的儿子！

〔空旷的原野杀声四起，箭镞飞射。

〔商鞅终于被这乱箭射中，然而他和姬娘相互支撑着屹立在箭雨之中。

〔熊熊火焰在宽阔的原野上蔓延着。

商　鞅　（独白）太阳落山了，太岁星又将升起来，黑夜又将这天地笼罩。而我，将在这腾腾的烈焰中化为灰烬！你是想照亮别人的，可是你就得先烧毁你自己；你不过是想将人间变得温暖，可是你就得烧毁你自己！你被你自己点燃的火焰吞噬了！火光，照亮了别人；温暖，捐给了大地。而你呢？（顿）你在哪里？你只是一片灰烬而已：风可以卷走你，水可以冲走你，然后，这里就再也没有你的踪迹。（猛然）姬娘，我就是这无情的烈火！

〔商鞅与姬娘如雕塑般矗立在那曾经辉煌过的战车之上。

〔幕缓缓落。

——剧　终

　　《商鞅》创作于1989年，1996年9月由上海话剧艺术中心——上海青年话剧团首演于云峰剧场。导演陈薪伊，主演尹铸胜、娄际成。该剧以悲壮惨烈的改革者商鞅的舞台形象，给观众造成强烈的视觉冲击和心灵震撼，时任国务院总理的朱镕基看后潸然泪下。《商鞅》获得文化部第七届文华大奖，入选文化部"2003—2004年度国家舞台艺术精品工程"。剧本获'97中国曹禺戏剧文学奖（1996）。

作者简介

姚 远 男，1944年出生，祖籍山东济南。一级编剧，曾任前线话剧团
团长。代表作品有话剧《下里巴人》《商鞅》《李大钊》《伐子
都》（合作）、《青春涅槃》（合作）、《"厄尔尼诺"报告》（合
作）、《马蹄声碎》等，电影《大转折》，电视剧《国家使命》《历
史的天空》等。

·评 剧·

风流寡妇

董振波

时　间　当代。

地　点　辽宁某县万柳镇。

人　物　吴秋香——三十九岁，养鸡专业户。

　　　　齐老蔫——五十岁，吴秋香前夫。

　　　　吴小玲——二十岁，吴秋香的女儿。

　　　　刘中志——三十二岁，吴秋香未婚夫。

　　　　杜寡妇——四十一岁，小摊主。

　　　　齐来顺——五十三岁，齐老蔫的哥哥。

　　　　方大林——二十三岁，吴小玲男友。

　　　　张寡妇——六十一岁，吴家帮工。

　　　　罗圈腿——四十岁，万柳镇群众。

　　　　小　丫——二十五岁，万柳镇群众。

　　　　柱　子——二十一岁，万柳镇群众。

〔幕启。辽宁某县万柳镇十字街头。

〔幕后伴唱：

　　　　"联产到户春意闹，

　　　　人欢马叫搞承包。

　　　　万柳镇上声声笑，

　　　　芝麻开花节节高。

　　　　街头聚来老和少，

　　　　张长李短锅碗瓢。

　　　　小鞭说成二踢脚，

　　　　能把耗子说成猫！"

〔杜寡妇在绘声绘色地讲，小丫、柱子在听，三个人突然大笑起来。

〔齐老蔫上，见状欲走。

杜寡妇　（殷勤地从摊车上拿瓶汽水）老蔫，大热的天，来瓶汽水解解渴。

438　齐老蔫　（躲开）我喝那玩意儿咳嗽。

柱　子	（起哄地）二姑，剃头挑子，光你这一头热！
杜寡妇	（追打）你个死柱子！

〔罗圈腿上，跳上石阶。

罗圈腿	新闻！新闻！万柳镇上的头号新闻！
众　人	啥新闻？
罗圈腿	吴秋香进城跟县供销社陈会计办结婚登记手续去了！
杜寡妇	这也算新闻哪？晚三春了！
罗圈腿	告诉你们，陈会计把她蹬了！
众　人	为啥？
罗圈腿	为啥？谁敢要个谋害亲夫的女人！
小　丫	罗三叔，你可不能瞎说！
柱　子	老蔫叔，我听你说过，十六年前是——
齐老蔫	十六年前……哼！（下）
柱　子	老蔫叔这是咋的了？
杜寡妇	罗圈腿，到底是咋回事？
罗圈腿	咋回事？昨天我和齐二哥一块儿上——

〔齐来顺上，瞪罗圈腿一眼。

罗圈腿	（改口）我是狗肚子里装不了二两酥油，昨天上县城遇见陈会计，就把那十六年前吴秋香和野汉子要用大车轧死齐老蔫那件事给嘞嘞出去了。陈会计又不缺心眼儿，他还敢——
小　丫	罗三叔，你这不是做损吗？
罗圈腿	我是实话实说！
柱　子	我看你是胡说八道！
杜寡妇	你们别吵吵巴火的行不行！她吴秋香不是老把小脖儿扬得高高的吗？这回让咱们瞧瞧她现在是副啥德行！
罗圈腿	你们看，还真朝咱们这儿来了！

〔吴秋香内唱："含悲忍痛回家转——"脚步踉跄上。

吴秋香	（接唱）走得我一脸灰尘一身汗，
	满肚子委屈和心酸！
	进县城是为把登记手续办，
	怎想到噩梦一场空喜欢。

明知道是黄连还得往下咽，

我往前走一步为啥这样难？

〔杜寡妇与罗圈腿耳语，两人大笑。

吴秋香　（唱）忽听见笑声阵阵似刀砍，

又想起流言蜚语更心寒。

在人前绝不能心虚气短——

（从提兜中拿出镜子，照镜子整理整理头发）

小　　丫　秋香姑姑！

吴秋香　啊。（对杜寡妇）二姐，给我来瓶汽水。

杜寡妇　哎。（递过汽水）

〔吴秋香喝汽水。

杜寡妇　哟，秋香妹妹，瞧你这身打扮多光彩，真像个新娘子呀！

罗圈腿　咋说像个新娘子？本来就是嘛。秋香，大伙可都等着喝你的喜酒呢。

吴秋香　我跟老陈——黄了！

杜寡妇　你在跟我们说笑话吧？就凭咱秋香妹妹，模样俊，心又巧，办家禽饲养场又发了家，他咋就——

吴秋香　不怕没好事，就怕没好人！

罗圈腿　你……你这是啥意思？

吴秋香　我今天把心里话全亮出来！当初我和老蔫离婚的时候，我认可守着小玲过一辈子。那是因为穷！现在日子好过了，我为啥不能找个可心的男人？（唱）

看看谁能把我拦！

（把汽水瓶扔给杜寡妇，昂首阔步地下）

〔杜寡妇、罗圈腿傻眼。切光。

〔舞台复明。前场一月后。

〔吴秋香家院内。一阵刺耳的鸡鸭叫声。

〔吴小玲上，喂鸡。鸡饲料喂完，又一阵鸡鸭叫声。

吴小玲　（心烦地）你们别叫唤了，一会儿就喂你们还不行吗？（唱）

缺饲料鸡鸣鸭叫高又低，

让小玲又心疼来又着急。

母女俩办鸡场风来雨去，

整日里一身汗水一身泥。

虽说是富起来今非昔比，

怎奈是天天都有新问题。

〔张寡妇上。

张寡妇　玲儿，饲料买回来没有哇？

吴小玲　我妈一早就走了。要是买着了，她能不赶紧回来吗？

张寡妇　喂的跟不上，蛋下得一天比一天少，急得我都火上房了！

吴小玲　姨姥，光上火有啥用，谁让我们没门子呢。

张寡妇　唉，你们孤儿寡母的，办这么大个饲养场可真不容易呀。现在又
　　　　多了我这么个累赘。

吴小玲　姨姥，从你到我们家来帮工，我和妈可都省心多了。

张寡妇　我算啥帮工？一天就是喂几遍食呗，姨姥不糊涂，这是你们娘儿
　　　　俩成心给我这个孤老太太一口安心饭吃。

吴小玲　姨姥！

〔方大林上。

方大林　小玲——

吴小玲　大林，给我借着饲料没有哇？

方大林　没……

张寡妇　现在饲料正缺，哪那么容易借？好了，我再去剁点儿菜去。（下）

吴小玲　（生气地）你不说保准给我借着吗？牛皮匠！

方大林　我跑了七八家，腿都跑细了——

吴小玲　我不爱听！

方大林　你总是这样，动不动就来劲儿，谁搞对象像你这样？

吴小玲　咱俩是不是搞对象还是两说着。

方大林　（一怔）咋的？

吴小玲　我一上你们家，看你爹那张脸——

方大林　我爹不是对你，是对你妈有点儿看法。

吴小玲　（瞪眼）啥看法，啥看法？

方大林　咱们不说这个。小玲，我想……

吴小玲　想啥？

方大林　我，想……抱你一下。

吴小玲　（跳起）不害臊！

〔方大林扑向吴小玲，吴小玲笑着躲开跑下，方大林追下。

〔刘中志上。

刘中志　（唱）为采购整日里东奔西忙，

　　　　　　　难得暇到村上看望秋香。

　　　　　　　想当年两小无猜同把学上，

　　　　　　　遇灾情我家搬迁去逃荒。

　　　　　　　二十几年重相见，

　　　　　　　仿佛做了梦一场。

　　　　　　　如今她自挑门户办鸡场，

　　　　　　　刘中志尽心竭力把她帮。

　　　　秋香在家吗？

〔吴小玲上。

吴小玲　刘叔来了，快坐。

刘中志　你妈在吗？

吴小玲　我妈出去了，有啥事吗？

刘中志　我出差北京，给你妈捎来几本养家禽的书。

吴小玲　（接书）太谢谢了！我拿钱去。

刘中志　不用了，我和你妈是中学的老同学了，捎几本书还不应该吗？

吴小玲　那可不行——

刘中志　以后我和你妈算。小玲，这个时期饲料普遍很紧张，你们家饲料够吗？

吴小玲　我和妈正为饲料发愁呢。

刘中志　（拿出提货单）我从饲料公司批来几吨，给你们家两吨。

吴小玲　刘叔，你这可真是雪中送炭哪。让我怎么谢你呢？

刘中志　谢什么？你们家为我们蛋禽加工厂提供了多少鸡和蛋，拨几吨饲料还不是应该的吗？

吴小玲　刘叔，在我们家吃饭吧。

刘中志　我还有事，代我向你妈问好。（欲走又回）因为货源少，一定要马上去拉，晚了就没了。

吴小玲　哎。

　　　　　〔刘中志下。方大林上。

方大林　这下可好啦！

吴小玲　好什么好！（沉下脸）

方大林　你咋一会儿阴，一会儿晴啊？

吴小玲　拉饲料不得要车吗？我们家哪有车？

方大林　没车还没钱吗，还有买不转的车轱辘？

吴小玲　我和妈可恨透了那些开车的、赶车的了！

方大林　为啥？

吴小玲　那些家伙转转磨磨，老想打我妈的坏主意。

方大林　那饲料也不能不拉呀。哎，你二大爷齐来顺不是运输专业户吗？他怎么也不会……

吴小玲　我妈那个人你还不知道，她就是难死了也不会去求我爹他们家的人。

方大林　这咋是求？雇车花钱嘛。你不愿意去，我替你去。饲料没借着，这雇车的事包在我身上了——拜拜！（跑下）

　　　　　〔吴秋香垂头丧气地上。

吴小玲　妈，饲料买着了吗？

吴秋香　（摇头）真愁人！

吴小玲　先别愁。（举起提货单）妈，你看！

吴秋香　（抢过提货单）饲料两吨！哪来的？

吴小玲　我刘叔给送来的。

吴秋香　刘叔？刘中志！咱们家的事他可真没少帮忙啊。可那车——

吴小玲　车我也雇好了。

吴秋香　谁家的车？

吴小玲　我二大爷家的拖拉机。

吴秋香　我可真打怵他们老齐家。

吴小玲　咱又不是白用，不少他钱就行呗。

吴秋香　我看还是——

　　　　　〔拖拉机声，齐来顺上。

吴小玲　人家都来了。二大爷——

吴秋香	二哥——
齐来顺	秋香，有用得着你二哥的地方咋不吱个声呢？别看你跨出了我们老齐家的门槛儿，可玲儿还是我们老齐家的骨血呀。二哥总不能没有一点儿亲戚的意思呀。
吴秋香	二哥，如果你的车不忙——
齐来顺	现在还有车不忙的？我是现把小五金厂的活计给辞了，连饭都没顾得上吃就开车来了。
吴秋香	玲儿，给你二大爷摊几个鸡蛋去。
吴小玲	哎！（下）
齐来顺	别价，别价！我又不是外人。赶紧把饲料拉回来要紧。
吴秋香	（拿烟）二哥，进屋坐吧。
齐来顺	这些年你跟小玲没少遭罪呀。现在好了，你成了万元户——
吴秋香	万元户也有万元户的难处呀。
齐来顺	你有你的难处，可我老兄弟更难哪。
吴秋香	二哥，咱们不说这个。
齐来顺	说起来，这也怪不得你。就我老兄弟那副德行，让你给他做媳妇，确实是一朵鲜花插在牛粪上了——
吴秋香	（掏钱）这三十块钱——
齐来顺	你这是干啥？二哥是没见过钱咋的？
吴秋香	我不能白麻烦二哥，运输这样紧张，就是花钱，车也不好雇呀。
齐来顺	这倒是句真话。别人就是给我再多的钱，我也不一定给他拉。可你就是白用，你二哥心里也乐呵！
	〔吴秋香把钱放在凳上，推给齐来顺。齐来顺趁势抓住吴秋香的手。
齐来顺	秋香，秋香——（抱住吴秋香）
	〔吴秋香咬齐来顺的手。
吴秋香	小玲！小玲——
	〔齐来顺抓起桌上的钱，跑下。
	〔吴小玲端盘上。
吴小玲	二大爷他——二大爷！（欲追）
吴秋香	回来，你刚才死到哪儿去了？
吴小玲	（委屈地）你不是让我给二大爷摊鸡蛋吗？

444

吴秋香　把鸡蛋给我扔出去，喂狗！

吴小玲　（哭）你刚才还好好的……

吴秋香　我还没死，你哭什么？（渐渐冷静下来）玲儿，从今往后，咱们家再有男人来，你不要离开我。懂吗？

吴小玲　（凄然地）我懂，我懂！（扑向吴秋香）妈！

吴秋香　看来，咱们自己一定得拴挂车！

吴小玲　对，咱们自己拴挂车！（情绪又低下来）妈，拴车谁赶哪？连自己的二大爷都这样，那些车老板子……

吴秋香　（感慨地）难道咱万柳镇上就连一个老实人也没有吗？（沉思）有，有！

吴小玲　谁？

吴秋香　你爹！

吴小玲　你就不怕别人说？

吴秋香　听蛤蟆叫涝洼塘还不种地了？就雇他！

吴小玲　（激动地）妈——

　　〔切光。

　　〔舞台复明。三日后，傍晚。

　　〔齐老蔫家屋内，一贫如洗。齐老蔫在编筐。

　　〔杜寡妇上，进屋。

杜寡妇　（亲热地）老蔫——

齐老蔫　黑天瞎火的你又来干啥？

杜寡妇　我是来告诉你个事儿。老蔫，你听说没有，她——我和你说话你听见没有？

齐老蔫　（继续编筐）我不聋啊！

杜寡妇　（抢过筐，扔开）我说你别编那破玩意儿行不行？你听说没有，吴秋香自己要拴挂车。

齐老蔫　她拴不拴车跟我有啥关系！

杜寡妇　没关系？她敢雇谁去给她赶车？你们老爷们儿有一个算一个，猫遇见腥鱼还有不馋的？谁像你，死榆木疙瘩一块！她已经放出风来了，说是要雇你去给她当车老板子。

齐老蔫　（一忙）雇我？

445

杜寡妇　　我就没见过她这样没良心的！困难那年不是靠你给她家那半麻袋黄豆，还不得饿死几口子？虽说她是她爹用绳子给绑来的，可咋的也是你媳妇呀。你白白养活她好几年，她连炕都不让你上。要不是你二哥齐来顺给你出了那么个主意，趁她得伤寒病人事不知的时候，你能——

齐老蔫　　（心烦地）我说你到底有啥事？

杜寡妇　　我是怕你让她给当猴耍了。

齐老蔫　　天都黑了，回家做饭去吧。

杜寡妇　　我、我、我想给你做顿饭呢。

齐老蔫　　我早就吃完了。

杜寡妇　　看你小褂这个埋汰。（上前就扒）脱下来，我给你揉巴揉巴……

齐老蔫　　（躲闪）你干啥？你干啥呀？（推开杜寡妇）

杜寡妇　　（生气地）难怪吴秋香看不上你，就你这样的……睡你一辈子凉炕去吧！（摔门下）

齐老蔫　　难道她真要雇我去给她赶车？（唱）

　　　　　　　玲她妈自办鸡场要拴车，

　　　　　　　缺一个老板子眼前正没辙。

　　　　　　　杜寡妇传话来说要雇我，

　　　　　　　这真是一声惊雷炸心窝。

　　　　　　　十六年单身苦是谁过错，

　　　　　　　十六年愁和怨能与谁说？

　　　　　　　想到此应让她着着急来上上火，

　　　　　　　没有那金刚钻就别揽那瓷器活！

　　　　　　　又想到她娘儿俩日子也难过，

　　　　　　　多年来沟沟坎坎没少受折磨。

　　　　　　　现如今我怎能一旁着乐，

　　　　　　　为小玲也不能心安理得。

　　　　　　　一时间闹得我难立难坐，

　　　　　　　我心中简直就像开了锅！

　　　　　（踱步，出门。突然跑回屋，关上门，又上闩，神情紧张）

　　　　　〔吴秋香持手电上。

吴秋香　（唱）村南村北一里远，

前街后街好像横下一座山。

屋前还是歪脖树，

如今老树腰更弯。

多少往事眼前现，

不觉一阵一阵好心寒。

日出日落光阴转，

春去秋来十六年。

老蔫对我心没变，

怎奈我听说复婚心就烦。

婚姻无情难美满，

镜碎怎能再重圆？

老蔫他太窝囊目光短浅，

汗摔八瓣还是有吃没穿。

只要他愿意为我把车赶，

我情愿多出雇工钱。

我不怕万柳镇上流长蜚短，

只怕他拒绝我那该多难堪。

想到此不由我脚步放慢，

秋香我忧心忡忡徘徊在门前。

齐老蔫　（唱）玲她妈走过来明睁眼见，

为什么还不叫门在外边？

莫非是路过要把别事办，

还是她怪我不该把门关。

我有心开门看看又不敢，

只好是蹲在门里抽袋烟。

吴秋香　（唱）两年来为雇车受尽刁难，

尝多少人世间苦辣酸咸。

再为难也不能就此回转，

我秋香怎能怕你把门关！

（敲门）老蔫在家吗？

齐老蔫　（唱）秋香她在门外一声呼唤，
　　　　　　　老蔫我心里嘀咕又犯难。
　　　　　　　看窗外黑洞洞天色已晚，
　　　　　　　倘被人看见还得出麻烦。
　　　　　　　急得我心发慌出了满身汗，
　　　　　　　想开门腿都不肯听使唤。

吴秋香　睡了？

齐老蔫　没，没有。

吴秋香　你把门开开呀。

齐老蔫　（欲开门，又止）都这么晚了……

吴秋香　你……

齐老蔫　咱镇上这些人，听风就是雨的，赶明个说不定会冒出啥话来呢。

吴秋香　我不怕！

齐老蔫　你不怕，可我……我怕！

吴秋香　那我就在门外跟你说。我想拴挂车，拴车就得雇车老板子不是？你来吧，那些活还不都在你心里？万柳镇上的人我都数遍了，就你相当。别人雇车老板子一个月一百二十块钱，我给你一百五，行不行？你倒吱个声儿啊！

齐老蔫　咱俩都这样了，你还来找我干啥？

吴秋香　老蔫，我知道你还在恨我呀！（唱）
　　　　　　　我知道老蔫你还在把我恨，
　　　　　　　恨我当初不该和你打离婚。
　　　　　　　我劝你平心静气想一想，
　　　　　　　咱们俩那是怎样成的亲？
　　　　　　　困难时你出了黄豆半麻袋，
　　　　　　　我被爹反绑双手逼进你家门。
　　　　　　　我与你过去根本不相认，
　　　　　　　滚开水烫豆芽怎能再生根？
　　　　　　　我那年患伤寒人事不省，
　　　　　　　你……你呀你的心太狠，
　　　　　　　你从此让我伤透了心！

这些年我也是满腹怨和恨，

孤儿寡母连滚带爬过了十六春！

我干啥要低三下四跑到这儿来求你？齐老蔫，你有天大的本事我也不用你了！（转身欲走）

〔齐老蔫急开门，跑出门外把吴秋香拦住。

齐老蔫　玲她妈，你要我去赶车，玲儿知道吗？

吴秋香　她能不知道吗？

齐老蔫　孩子愿意让我去吗？

吴秋香　她不愿意我能来吗？

齐老蔫　哎，那我去，我去。（进屋）

〔吴秋香跟进，齐老蔫回身发现，急将吴秋香推出，又欲关门，被吴秋香推开。

吴秋香　你别关门！

齐老蔫　可那工钱……

吴秋香　一百五你还嫌少？

齐老蔫　别人雇车老板子都是一百二，我干啥要你一百五呢？

吴秋香　你怕钱咬手吗？

齐老蔫　我不能多要你三十块钱。

吴秋香　这我说了算！

齐老蔫　你实在要给，我每月还拿一百二，留下那三十给小玲做衣裳吧。

吴秋香　那我每月给你一百八，留下三十给小玲做衣裳，你还拿一百五。

齐老蔫　不……

吴秋香　就这么定了，明天就来吧。（下）

齐老蔫　啥都在变，就她这脾气变不了，这个走道不会拐弯儿的老娘们儿！

〔切光。

〔舞台复明。前场一月后。

〔黄花岗下。马蹄踏踏，车铃声声。齐老蔫扬鞭赶车上，吴秋香、吴小玲坐车上，舞。

齐老蔫　（唱）一溜鞭花响，

车下黄花岗。

老蔫心高兴，

扬鞭催马忙。

驾——

吴秋香 （唱）送蛋回镇上，

　　　　眉舒神来扬。

　　　　自己有了车，

　　　　喜坏我秋香。

吴小玲 （唱）小玲在一旁，

　　　　偷眼看爹娘。

　　　　我妈心欢畅，

　　　　我爹喜洋洋。

　　　　盼望有一天，

　　　　小玲我能有爹来又有娘！

爹！

齐老蔫 哎！

吴小玲 你看，就要到家了。妈！

吴秋香 啊？

吴小玲 还是自己有车好，再也用不着求爷爷告奶奶了。妈，你说是吗？

吴秋香 嗯。

吴小玲 爹！

齐老蔫 哎！

吴秋香 （唱）小玲她一声爹来一声娘，

　　　　叫得我一阵一阵好紧张。

齐老蔫 （唱）小玲她一声爹来一声娘，

　　　　叫得我心挺热乎暖洋洋。

吴秋香 （唱）真不知我雇老蔫对不对，

　　　　想到此心头乱跳直发慌。

齐老蔫 （唱）我来她家把车赶，

　　　　女儿对我情义长。

　　　　盼秋香回心意转把我原谅，

　　　　破镜重圆全家欢聚在一堂！

450　　**吴小玲** 爹！

齐老蔫	哎！
吴小玲	你快点儿赶哪。
齐老蔫	好！
吴小玲	妈！
吴秋香	啥？
吴小玲	你坐稳当了！
齐老蔫	驾！驾！驾！

〔三人起舞，切光。

〔舞台复明。半月后。

〔吴秋香家，摆设着现代化的家具。吴小玲持纱巾上。

吴小玲　（唱）我买来一条纱巾光闪闪，

糊弄妈说是我爹掏的钱。

为的是培养感情消旧怨，

盼望着爹妈和好早团圆。

早团圆，乐无边，

我小玲有爹有妈有疼有爱幸福甘甜合家欢！

妈，妈，你洗完澡了吗？

〔吴秋香边梳头边上。

吴秋香	啥事？
吴小玲	妈，你看这条纱巾好不好？
吴秋香	（围上）好，好，我闺女买的，还有不好的。
吴小玲	买纱巾，我跑道，钱是别人掏腰包！
吴秋香	是大林吗？这孩子还挺懂人情的呢。
吴小玲	不是大林。
吴秋香	（一怔）谁？
吴小玲	我爹！
吴秋香	（赶忙解下）去，还给他。
吴小玲	妈！
吴秋香	你不去，我去。
吴小玲	（拦）我爹这也是好心哪。
吴秋香	这条纱巾妈说啥也不能要。

吴小玲	我都替你收了，你再还回去，我在当间可怎么做人哪？
吴秋香	我又没让你收！
吴小玲	（假装生气）你真要把纱巾给我爹退回去，我就跟我爹过去，再也不回来了！
吴秋香	玲儿——
吴小玲	妈，就是你自己多心。
吴秋香	（妥协地）我收下，可得把钱给他。
吴小玲	你一向都是大大方方的，今儿个你咋这样小心眼儿呀？
吴秋香	我从不欠别人的情。
吴小玲	那还不好办。今天爹起圈累坏了，留他吃顿晚饭不就行了吗？
吴秋香	这……这不好吧。
吴小玲	有啥不好？我这就叫爹去了。（跑下）

〔吴秋香无可奈何地下。

〔吴小玲强拉齐老蔫上。

齐老蔫	我还是回家吃去吧。
吴小玲	爹，这是妈让我来请你呢。
齐老蔫	（受宠若惊）是你妈要你请我？
吴小玲	那可不！有件事我得先告诉你一声儿。
齐老蔫	啥事儿？
吴小玲	我从镇上买来一条纱巾，我给妈了。我说……说是你让我给她买的。
齐老蔫	（发急地）你这是干啥？
吴小玲	妈听说是你给她买的，可高兴了。
齐老蔫	（又是一惊）是吗？
吴小玲	万一我妈问起这事，你可别说不知道。
齐老蔫	（为难地）我这辈子也没撒过谎啊。

〔吴小玲下。齐老蔫摸摸电话，又好奇地看看气压暖水瓶，又对镜整理起自己的衣服。吴秋香上，齐老蔫尴尬地拿起纱巾递给她。

〔张寡妇、吴小玲端菜上。张寡妇下。

吴秋香	来吃吧。
齐老蔫	（犹豫地）这……

吴小玲 爹，这还客气啥？柜里还有瓶酒，我取来你和妈喝一盅儿。（取酒）

吴秋香 你坐呀。

齐老蔫 （指沙发）这玩意儿软鼓囊囊的，我坐不惯。

吴秋香 那也不能站着吃呀。

齐老蔫 再不……再不我就蹲着吧。（穿鞋上沙发）

吴小玲 爹，鞋！

〔齐老蔫脱下鞋，蹲在沙发上。

吴秋香 （看着无奈）玲儿，一块儿来吃吧。

吴小玲 我还有点儿事儿，一会儿就回来。（下）

吴秋香 玲儿——

〔齐老蔫从怀里掏出个苞米饼子，欲吃，被吴秋香抢下。

吴秋香 你这是干啥？

齐老蔫 （又从怀里摸出一个）别糟践了，我就这碗豆腐吃行了。

吴秋香 （又抢下来）别让菜剩下，都吃了，都喝了。那些年咱俩也没坐在一块儿好好吃顿饭，净怄气了。这纱巾……

齐老蔫 那是小玲——呃，是我让她给你买的。

吴秋香 就这一回呀，我的脾气你又不是不知道。

齐老蔫 知道，知道。

吴秋香 从打你来，我可省心多了。今天也没有什么好饭菜，就这么喝点儿吧。

齐老蔫 这都赶上过年了，挺好。我听小玲说，你打算自己办个蛋禽加工厂？

吴秋香 人往高处走嘛。

齐老蔫 我劝你还是别这山望那山高了吧。能扑腾到你这个份上也该知足了。

吴秋香 我还真不知足。上回来的那个参观团不有个挺胖的女的吗？人家有上万只的鸡和鸭。也不知咋的，就相中了我，非要请我去给她当经理不可。

齐老蔫 那你还真想去咋的？

吴秋香 说不动心是假的，可总还是故土难离呀。

齐老蔫　那可不。人生面不熟的，容易吗？（试探地）玲她妈，听说你跟

　　　　陈会计已经黄了，以后……

吴秋香　我当然得成个家。今天不说这些，（举杯）咱们喝！（唱）

　　　　　　头杯酒我敬你勤劳又肯干——

　　　　〔二人一饮而尽。

齐老蔫　（唱）这杯酒喝得我心里真舒坦。

吴秋香　（倒酒，又举杯，唱）

　　　　　　二杯酒我敬你忠厚又良善——

　　　　〔二人一饮而尽。

齐老蔫　（唱）这杯酒简直就比蜜还甜！

吴秋香　（倒酒，又举起杯，唱）

　　　　　　举起了三杯酒在手中颤，

　　　　　　光阴逝如流水转眼十六年。

　　　　　　我二人磕磕绊绊走过多少沟和坎，

　　　　　　我二人尝过多少苦和酸。

　　　　　　看老蔫黑发变白那是愁苦染，

　　　　　　可怜他老实憨厚却是身影单。

　　　　　　只要他像个堂堂男子汉，

　　　　　　怎不愿能有一天合家欢。

　　　　　　回身来叫老蔫听我把你劝，

　　　　　　你应该快成家免得受饥寒。

齐老蔫　（唱）秋香她一席话听了人心暖，

　　　　　　我好像腾云驾雾上了天。

　　　　　　她孤寡我单身多年离散，

　　　　　　是不是她有意跟我再团圆？

　　　　　　想到此我心里扑咚咚扑扑咚咚一阵乱跳腿发软，

　　　　　　喝了它壮壮胆我再同她谈——

　　　　谈不谈呢？（喝酒）谈！玲她妈，有句话不知该说不该说呢？

吴秋香　有话为啥不该说？

齐老蔫　（底气不足地）说了……说了我又怕你急歪。

454　吴秋香　怕我急歪那你就别说。

齐老蔫　不说……不说我心里又抓耳挠腮的。

吴秋香　（鼓励地）老蔫，有话干啥要憋在肚子里？说吧，我听着。

齐老蔫　我说……我说咱们俩……咱们俩……

吴秋香　咱们俩咋的呀？

齐老蔫　（勇气全消）我说……我说咱们俩……咱们俩还是快喝酒吧。

吴秋香　（控制不住地一拍桌子）你这个人哪！

齐老蔫　（从沙发上摔下来）玲她妈，我是让酒烧得有点儿云山雾罩了。其实，我是屁事没有。酒我也喝了，菜我也吃了，我走了！

吴秋香　别走！

齐老蔫　你……

吴秋香　你给我倒一盅儿。

齐老蔫　（手足无措地）哎。（倒酒，见酒洒，用袖擦，递）

吴秋香　有人说我巧使唤你，这事只有天知地知、你知我知。唉，真是寡妇门前是非多呀。（喝酒）老蔫，你在我这儿赶车，心里憋屈不？

齐老蔫　我……

吴秋香　你要觉得憋屈，我就把你辞了。

齐老蔫　我……我哪儿也不去，我哪儿也不去。

　　〔吴小玲上。

吴小玲　妈，刘叔来了。

吴秋香　在哪儿呢？

吴小玲　和周队长谈明年合同的事。他说马上就来咱家，要和你商量帮咱家办蛋禽加工厂的事呢。

吴秋香　我这个老同学是个热心人。玲儿，再起俩罐头，留他在这儿喝几盅儿。

齐老蔫　让我跟城里的干部一个桌上喝酒，饶了我吧。

吴小玲　爹，他也不是啥大干部，就是一个蛋禽加工厂的供销科长。

齐老蔫　我跟生人在一个桌子上吃饭，实在……实在是张不开嘴呀！（光脚欲下）

吴秋香　老蔫，鞋！

　　〔齐老蔫把鞋夹在腋下，又抓起桌上的两个苞米饼子跑下。

吴小玲　（生气）我爹他咋这样！

吴秋香　玲儿，你心里想什么妈不是不知道。可我一看见他这个样儿，我连气都喘不上来呀。

吴小玲　妈，你不老说光有女人没有男人咋的也不算个家吗？

吴秋香　（深沉地）是啊，光有女人没有男人咋的也不是个家。可是，要我和一个不对心的男人过日子，真不如杀了我！

吴小玲　妈，镇上的人都说你啥，你知道吗？

吴秋香　我知道，可我不在乎！

吴小玲　你是可以不在乎，可你为我想过吗？

吴秋香　玲儿，你就不要再逼我了好不好！

吴小玲　妈，就当是为了我，你就……（哭着跑下）

吴秋香　玲儿！（唱）

　　　　　　小玲她为寻父爱费尽心机，

　　　　　　一心想合家欢聚不分离。

　　　　　　为女儿我应该牺牲自己，

　　　　　　为女儿受苦受累不迟疑。

　　　　　　我是人怎没有七情六欲，

　　　　　　和老蔫复婚我又实在太委屈。

　　　　　　我何不学人家登报征婚寻知己，

　　　　　　改变这寡居生活不在人前把头低！

〔切光。

〔舞台渐明。前场一月后。

〔万柳镇十字街头。

〔罗圈腿举报纸跑上。

罗圈腿　新闻！新闻！万柳镇上的二号新闻！

〔杜寡妇、齐来顺、小丫、柱子上。

众　人　啥新闻？

罗圈腿　（数板）吴秋香，上了报，

　　　　　　白纸黑字登广告。

　　　　　　这老娘们儿不害臊，

　　　　　　登报要把汉子招！

齐来顺　（数板）秋香征婚登了报，

　　　　　　把我气得两眼冒火真魂出了窍！

　　　　　　这样胡闹怎得了，

　　　　　　岂能让她伤风败俗走邪道！

杜寡妇　（数板）蹊跷蹊跷真蹊跷，

　　　　　　要找汉子能登报。

　　　　　　这个办法还真好，

　　　　　　兴许我也用得着！

　　　　丫啊，你是咱镇上的秀才，来给二姑念念。

小　丫　（念）"征婚启事：吴秋香，女，三十九岁，寡居……"

齐来顺　别念啦！他妈的，这娘们儿是要造反哪！

柱　子　哎，二大爷，您可领导不了这世界新潮流了，现在兴这个！

齐来顺　啥叫兴这个，若都这么下去，咱万柳镇还不牛犍子拉车——乱套
　　　　了！老杜家，你说说！

杜寡妇　（违心地）啊，啊，那可不，现在的这些小青年呀——

柱　子　现在的小青年咋的了？不像你们，嘴上不说，净动真格的。

杜寡妇　（瞪眼）你说啥？

柱　子　说啥？二姑，我现在还没对象呢，可你像我这么大的时候，不早
　　　　就有那傻妞了吗？

　　　　〔众人笑。

杜寡妇　（追打）你这个死小子！

齐来顺　（威严地）别闹了！

　　　　〔齐老蔫上。

罗圈腿　老蔫，你知道不，吴秋香上报了！

齐老蔫　（一怔）她上报了？为啥，二哥？

齐来顺　你还问为啥？这他妈娘们儿算把咱们万柳镇人的脸给丢尽了！（下）

杜寡妇　我让你狗咬吕洞宾，不识真假人！（把报纸摔进齐老蔫怀里，下）

　　　　〔小丫、柱子推罗圈腿下。

齐老蔫　（蒙）咋回事？到底是咋回事？

　　　　〔切光。

　　　　〔舞台复明。前场三天后。

　　　　〔吴秋香家。

457

〔杜寡妇上。

杜寡妇　　（唱）扭捏捏走来我李秀英，

想进屋又害臊心里直扑腾。

恨当年搞什么"文化大革命"，

孩儿他爹搞武斗白白把命扔。

当时是唯有牺牲多壮志，

现在看死比鸿毛还要轻。

可怜我不到三十守了寡，

只能是梦中相见醒来空。

也曾想再嫁人碰碰侥幸，

怎奈我怕人笑话不开通。

看起来还是秋香胆子壮，

真让我又生气来又眼红。

别看我背地里冷嘲又热讽，

心里头也是一阵西来一阵东。

流言蜚语对她一点也没用，

大大方方又把征婚广告登。

我今天硬着头皮来走动，

就为着要跟秋香来取经！

秋香——

〔吴秋香上。

吴秋香　　（热情地）哟，二姐来了！你是喜鹊进宅——无事不来呀！快坐。

杜寡妇　　唉，从打你姐夫死了以后，我就没过过一天好日子。现在的政策
好了，我也想养几只鸭子呢。

吴秋香　　那好哇。

杜寡妇　　都说你家的种蛋好，秋香妹妹，能卖给我几个吗？

吴秋香　　我们家的种蛋是不卖的。

杜寡妇　　你不卖……

吴秋香　　（喊）张姨，拿二十个种蛋来，挑大个的。

〔张寡妇内应："哎！"

杜寡妇　　秋香妹妹，听说你在报上……

吴秋香　　我在报上登了一份征婚启事。

杜寡妇　　回几封信了？

吴秋香　　不是几封，是几十封了。

杜寡妇　　（怀疑地）真的？

吴秋香　　（取信）对二姐不保密，敞开看！

杜寡妇　　哟，真不少！（暗中揣起两封）秋香妹妹……

吴秋香　　有话你就说呗。

杜寡妇　　这里头要有你相不中的，能不能给我也……

吴秋香　　（笑）这可不行，人家是给我来的信哪。二姐，你自己也可以登
　　　　　一个嘛。

杜寡妇　　我？我真有点儿胡同里赶车——磨不开呢。

吴秋香　　二姐，男婚女嫁，天经地义。要找，就大大方方找一个嘛！

杜寡妇　　我……

　　　　　〔张寡妇持蛋上。

张寡妇　　老杜家，给——

杜寡妇　　（不敢接）这要是买，也得五六块钱一个……

吴秋香　　二姐，给钱我还不卖呢。我当初就是靠二十个种蛋发的家。拿
　　　　　去吧。（把蛋筐塞了过去）

杜寡妇　　（接筐，掉泪）秋香妹妹，我、我没少在背地里埋汰你。可你对
　　　　　我……我真不是人哪！

吴秋香　　我不怕别人说，也不计较那些。二姐，只要你信得过我，有事吱
　　　　　个声就行。

杜寡妇　　（放下蛋筐）我可没脸要哇！（哭着跑下）

吴秋香　　张姨，你给二姐送去。

张寡妇　　哎！——啊，秋香，有你一封信。（掏信）

　　　　　〔吴秋香接信，撕开。

张寡妇　　哪儿来的？

吴秋香　　就是我选的那个专业户。给他去信都十多天了，我还以为他不回
　　　　　信了呢。（看信，越看越紧张）

张寡妇　　他信上写的啥？

吴秋香　　（悲愤地）我在信里告诉了他十六年前那件事，他——（叹口

459

气）燕子都知道成双对，莲花也并蒂而生。为啥我想找个投心对意的男人就这么难！我这个人从来不信命，看起来，不信是真不行了。

张寡妇　秋香，你可不能这么想啊！铁杵磨成绣花针，功到自然成呀！

吴秋香　我盼哪盼，总算盼散了乌云满天晴。觉得生活有了奔头，似乎听到了笑声。我拼命地干，拼命地争，可到头来，还是天晴人无情！

张寡妇　秋香，你苦我也苦，你疼我也疼。可你赶上了这样一个好时候，你要强，你敢争，你和大姨可不是一样的命！

吴秋香　（扑进张寡妇怀里）张姨——

张寡妇　秋香，我看有个人对你可挺好的。

吴秋香　谁？

张寡妇　你的那位老同学，刘中志。

吴秋香　（一怔）刘中志？

张寡妇　咋的，他也配不上你？

吴秋香　我是不敢往那儿上想啊。人家是城里的国营干部……

张寡妇　你当现在还和从前那样呢，乡下的姑娘都疯了似的想往城里嫁呢？世道变了，城里的小伙子也心甘情愿到农村来当倒插门的女婿。

吴秋香　那终究是少数。

张寡妇　秋香，老刘这人可真不错，精明能干……

吴秋香　张姨，我最怕仰脸看人。你还是先去送蛋吧。

〔张寡妇持筐下，吴秋香进屋。

〔齐老蔫上。

齐老蔫　（唱）这几天老蔫我心像长了草，
　　　　　　没想到玲她妈要把汉子招。
　　　　　　坐不稳来站不安睡不着觉，
　　　　　　万柳镇人人骂我老蔫孬。
　　　　　　眼不见心不烦还是回家好，
　　　　　　我何苦要把这份洋罪遭！

　　　　　玲她妈，玲她妈——

〔吴秋香出屋。

吴秋香　啥事儿?

齐老蔫　(把报纸扔在地上) 我、我不想在你这儿干了!

吴秋香　(捡起报纸) 我明白了。老蔫,你想在我这儿干,我欢迎。你要走,我也不勉强留你。

齐老蔫　那我……我走了。(欲走又回) 玲她妈,左边那个轱辘补了两次带了,往后装车千万不能偏沉,小心再压放了炮。

吴秋香　不会放炮了。你走了,我就把车卖了。

齐老蔫　你这一大摊子,没车可咋行啊?

吴秋香　车老板子走了,我还留车干啥?

齐老蔫　那——(蹲下)

〔刘中志上。

刘中志　秋香!

吴秋香　老刘,你请坐。我求你给我推销鸭蛋的事咋样了?

刘中志　县食品厂抢来了十吨松花蛋的出口任务,你的那五千斤鸭蛋,他们收了!

吴秋香　这可帮了我的大忙了。再要拖个十天半月的,我的鸭蛋就都变成肥料了。

刘中志　那就让老蔫准备好赶车,明天一早就送去吧。

吴秋香　(为难地) 这……

齐老蔫　玲她妈,我不走了。刘同志,县食品厂是不是在你们厂前边?

刘中志　对。

〔齐老蔫下。吴小玲打毛衣上。

吴小玲　刘叔来了。

刘中志　啊。秋香,有些地方闹鸡瘟了,死亡率特别高。

吴小玲　我们家的鸡和鸭都注射了零八号疫苗。

刘中志　零八不顶用,只有十二号疫苗好使。

吴秋香　那可糟了,十二号疫苗我也没准备呀。

刘中志　县防疫站有。明天让老蔫带着钱,送完蛋提回来就行了。

吴秋香　老刘,你想得可真周到。

刘中志　秋香,我还有一件事……

〔吴小玲站在两人中间打毛衣。

吴秋香　啥事儿？你说吧。

刘中志　（看看吴小玲，吞吐地）这……

吴秋香　玲儿，去告诉你爹，明天买一百支十二号疫苗回来。

吴小玲　（看看刘中志）我不！

吴秋香　玲儿，快去！

吴小玲　（悄声地）你不说，咱家有男人来，就让我——

吴秋香　我让你去，你就去！

〔吴小玲不情愿地下。

刘中志　秋香，前天我才看见，你在报上登了一份征婚启事？

吴秋香　你也要说我这样做有些过分吗？

刘中志　恰恰相反。秋香，这对你来说，需要多大的勇气啊！比起你来，我可真不像一个男子汉哪！（唱）

> 我那桩不幸婚姻把人害，
>
> 九年来同床异梦苦难挨。
>
> 人无情怎能够相亲相爱？
>
> 只好是各奔前程来分开。
>
> 离婚后一个人自由自在，
>
> 生活上本不想再做安排。
>
> 我与你重相逢暗地把你爱，
>
> 不知你有何打算把话心底埋。
>
> 你登出征婚启事实出意外，
>
> 好似那一股春风吹进我心怀。
>
> 我对你一片真情深似海，
>
> 愿咱俩迟到的爱情好似鲜花开！

吴秋香　有件事我必须告诉你，十六年前——

刘中志　你不用说了！在那把黑说成白、把白说成黑的年代，还有什么是非可言！这"谋害亲夫"的黑锅一直让你背了这么多年啊！

吴秋香　何止是一口黑锅，简直是一座山哪！

刘中志　这件事我清楚。当钟木匠把齐老蔫按在大车底下，把鞭子扔给你，让你打马赶车要把齐老蔫轧死的时候，你却一鞭子抽在钟木匠的脸上，是你，救了齐老蔫呀！

吴秋香　老刘！（唱）

多少年才听到这肺腑言，

肺腑言秋香我盼了多少年！

刘中志　（唱）多少年寻觅知音寻不见，

寻不见我孤苦单身多少年！

吴秋香　（唱）多少年——

刘中志　（唱）多少年——

吴秋香
刘中志　（唱）多少年如今才相见，

才相见日思夜盼多少年！

刘中志　（唱）金戒指它是我真情一片，

吴秋香　（唱）伸出手接受这爱的甘甜。

〔刘中志为吴秋香戴戒指。二人翩翩起舞。

吴秋香
刘中志　（唱）看今天，想明天，

天牵红线地配良缘。

但愿人长久，

白头到百年。

〔幕后伴唱：

"看今天，想明天，

天牵红线地配良缘。

但愿人长久，

白头到百年！"

〔切光。

〔舞台复明。前场十天后。

〔吴秋香家院内。

〔吴小玲上，抱起瘟鸡。

吴小玲　妈！妈——（急下）

〔张寡妇上。

张寡妇　（喊）柱子，柱子！你倒是快点儿呀，鸡和鸭子在一片一片地死呀！

463

〔柱子背药箱急上，同张寡妇急下。

〔小丫跑上。

小　丫　（喊）水！水！老蔫叔，你咋还慢慢腾腾的呀！

〔齐老蔫脚步踉跄提水桶上。

齐老蔫　（痛心地）怨我，怨我，全怨我呀！

小　丫　到底是咋回事呀？

齐老蔫　这……你就别问了！（提水桶摇摇晃晃下）

〔小丫跟下。

〔刘中志内唱："听说是闹鸡瘟事出意外——"上。

刘中志　（接唱）心如火腿如风匆匆而来。

　　　　　　　　万不能让鸡场破产遭害，

　　　　　　　　尽全力解危难理所应当。

　　　　　秋香，秋香——

〔吴秋香跑上。

吴秋香　老刘——（扑进刘中志怀里，哭）鸡和鸭子……全完了！

〔齐老蔫和吴小玲抬死鸡筐上，见状欲躲。

刘中志　全完了？十二号疫苗不管用吗？

〔齐老蔫一哆嗦。

吴秋香　是呀，我也正纳闷呢。凡是打了十二号疫苗的专业户都没闹瘟。
　　　　难道……难道是老蔫买错了药？

齐老蔫　（可怜巴巴地）不、不、不是买错了药，我、我是想替你们娘儿
　　　　俩省俩钱，就、就没去买。

吴秋香　（气恨地）你——

齐老蔫　（痛心疾首地）我寻思，过去咱们庄稼院闹个什么鸡瘟鸭瘟的，
　　　　熬点儿芹菜水就行了。为了熬芹菜水，忙得我两宿没合眼，谁想
　　　　到，钱不但没省下，反倒……咳，我死了得了！

吴秋香　老蔫，你可真……

刘中志　这么大一份家业，就这么让你……

齐老蔫　我说了，全怨我。咋的都行，蹲监狱我认头！

刘中志　（控制住自己）你这是说哪儿去了？秋香没少和我说，你没少挨
　　　　累，再说小玲……小玲……

吴小玲　他是我爹！

齐老蔫　玲儿！

刘中志　我看就这样吧，把这个月的工钱给你算了，你就——

吴小玲　你想把我爹打发走？

刘中志　大人说话你少插嘴！

吴小玲　你说了不算！

刘中志　谁说了算？

吴小玲　我妈！

齐老蔫　玲儿，你少说一句吧，我走——

吴小玲　爹！

吴秋香　（唱）见老蔫欲哭无泪悔恨交加，

刘中志　（唱）她与他藕断丝连旧情复发。

齐老蔫　（唱）都怪我小心眼儿把祸惹大，

吴小玲　（唱）看看爹看看妈我心如刀扎。

吴秋香　（唱）真让我左右为难骑虎难下，

刘中志　（唱）到此时我不当家谁当家！

吴小玲　（唱）我怨妈不为我爹说句公道话，

刘中志　（唱）怨秋香为啥不把主意拿。

齐老蔫　（唱）又悔又恨真想抽顿大嘴巴，

　　　　　　　我还是懂点儿好歹快回家！

　　　　我走，我走，我这就走！（一阵晕眩，控制住，踉跄下）

吴小玲　爹——（追下）

吴秋香　老刘，你、你、你怎么这样？

刘中志　我早想劝你把他打发走了。这下可好，一下子就糟践了一万多块，害了你，也坑了我！

吴秋香　坑了你？

刘中志　秋香，你该替我想一想，让他老在我眼皮底下晃来晃去的……

吴秋香　你到底是为了啥？

刘中志　我就是为了你！秋香，这件事你必须得听我的！从今后，你再不能和齐老蔫有任何往来！

吴秋香　（伤心地）你是这样不信任我？

刘中志　你怎么想都可以，但是你必须得听我的！

　　　　〔吴小玲跑上。

吴小玲　妈，我爹他昏倒了！

吴秋香　（惊）啊？赶快上卫生院哪！

吴小玲　今天是星期天，卫生院休息呀。

刘中志　赶快把他送回家去呀。

吴小玲　送回去谁管他呀？妈，把我爹留咱家吧。

吴秋香　留咱家？

刘中志　这怎么行？让我处理好了！（欲下）

吴小玲　站住！这家也有我一半，让我爹睡我屋里好了！妈，你来帮我一
　　　　把，我一个人弄不动他。

吴秋香　（为难地）这……

吴小玲　妈——

刘中志　秋香——

吴秋香　你们就别逼我了！

吴小玲　妈，你就看着办吧！（跑下）

　　　　〔吴秋香欲走。

刘中志　秋香！

吴秋香　你……

刘中志　我现在要你一句话。你是要他，还是要我？

吴秋香　（痛苦地）你，你怎么了？

刘中志　秋香，从十六年前你和他结婚，他可让你过过一天好日子？现在
　　　　又坑了你一下子。再说了，十字街头上那些人的话你听不见吗？
　　　　现在又要把他弄家里来……

吴秋香　我不能见死不救哇！

刘中志　你要这么说，我只能说你做得对！真没想到，我们的结局竟是这
　　　　样！（愤然下）

　　　　〔张寡妇上。

吴秋香　老刘！老刘——（欲追又止，痛苦欲倒）

　　　　〔张寡妇上前急扶。

466　　　〔幕后伴唱：

"昨日还说但愿人长久，

今朝海誓山盟化云烟。

世间多少悲欢事，

月儿圆缺顷刻间。"

〔切光。

〔舞台复明。前场三天后。

〔万柳镇十字街头。

〔小丫上。齐来顺跟上，躲。

小　丫　二姑，二姑!

〔杜寡妇上。

小　丫　二姑，你找我?

杜寡妇　（难为情地）我想……我想求你……

小　丫　有事你就说呗。

杜寡妇　我想求你……求你……哎哟，这话卡在嗓子眼里咋就说不出来呀!

小　丫　你不说我也知道，二姑，是不是想让我替你写一份征婚启事?

杜寡妇　（追打）这死丫头，咋贼精八怪的!

小　丫　二姑，这用不着羞羞答答的，你看看我秋香姑姑!

杜寡妇　我这不紧着学吗? 替我——

小　丫　保证完成任务!（下）

〔齐来顺绕出。

齐来顺　我说老杜家的，你真要跟那死不要脸的吴秋香学?

杜寡妇　你嘴干净点儿，你说谁死不要脸?

齐来顺　我也没说你呀。

杜寡妇　你说谁也不行!

齐来顺　她不就是给你二十个种蛋吗?

杜寡妇　齐老二，咱说话可不能屈心! 万柳镇上的困难户哪家没沾过她的光? 镇小学校修理桌椅板凳，秋香从腰包里掏出五千块。谁像你，跑运输挣俩臭钱不是喝就是赌!

齐来顺　老杜家的，我抱你孩子下井了咋的? 现在是啥时候了，你还跟我整这个? 今天你不给我说明白，我跟你没完!

杜寡妇　齐老二，你还别耍横儿。派出所的才从我这儿走，我跟他们可都

明说了。你就回家准备铺盖卷儿，准备蹲笆篱子去吧！（踢齐来顺一脚，下）

齐来顺 我说二妹子，我胆小，你跟我闹着玩儿是不是？二妹子——

〔罗圈腿跑上。

罗圈腿 （喊）新闻！新闻！万柳镇上的三号新闻！

齐来顺 （没好气地）你又咋呼个啥？

罗圈腿 二哥，吴秋香把齐老蔫弄家住去了！

齐来顺 真的？

罗圈腿 撒谎我是个茄子！唉，可惜这十字街头的人越来越少了。

齐来顺 这儿的人少了，镇上的人可没少。走，到镇上给她和弄去。让全镇的人把她的小布衫指透了、脊梁骨指折了！

罗圈腿 好！（喊）新闻！新闻！万柳镇上的三号新闻——

〔齐来顺下，罗圈腿跟下。

〔切光。

〔舞台复明，接前场。

〔吴秋香家院内，秋月当头。吴秋香在煎药。

吴秋香 （唱）月色明夜幕沉沉秋风凉，

　　　　　星影淡清光闪闪落寒霜。

　　　　　低头看炉火融融心却冷，

　　　　　抬头望孤雁声声断寸肠。

　　　　　一腔苦一腔怨与谁倾诉？

　　　　　面对这冷月秋风好心伤。

　　　　　老刘绝情义，

　　　　　老蔫病在床。

　　　　　鸡鸭遭瘟疫，

　　　　　闲言阵阵狂。

　　　　　灾祸不单行，

　　　　　喜事难成双。

　　　　　人情薄如纸，

　　　　　世态冷若霜。

　　　　　盼的是良缘美满，

到头来一枕黄粱。

忍不住秋香热泪淌，

谁知我并不是铁石心肠。

十六年桃李花开谢又放，

十六年紫燕衔泥来去忙；

十六年日日人前强欢笑，

十六年夜夜孤灯伴星光。

听多少冷嘲热讽，

受多少唇剑舌枪；

蒙多少冤屈诽谤，

遭多少凌辱中伤。

多少回河边徘徊望水淌，

多少回悬崖踱步浮云长。

不是秋香少勇气，

孩子不能没有娘！

我决心挺直腰杆活世上，

做一枝傲雪红梅不怕霜。

看今朝春回大地一派新气象，

致富路坦坦荡荡洒满阳光。

人生路曲曲折折多艰险，

我腿不颤、心不慌、腰不软、志如钢，做一个不折不弯、正正堂堂、不卑不亢、敢干敢想的吴秋香！（药煎好，倒药）

〔齐老蔫上。

吴秋香 老蔫，你咋起来了？

齐老蔫 我好了，老在你这儿，也不是回事呀。

吴秋香 你还没好利索，这样回去了，我和玲儿都不放心哪。

齐老蔫 有啥不放心的，这些年不都这么过来了吗？玲她妈，你和老刘……

吴秋香 老蔫，唠点儿别的吧。

齐老蔫 全是因为我呀！

吴秋香 你别这么想，不全是因为你。

齐老蔫 这几天，下晚睡不着觉，我就啥都想。从我把你用半麻袋黄豆换到我们家，你哪儿过过一天安生日子。好不容易找了个投心对意的，又让我给搅黄了。这不全是我……我害了你吗？

吴秋香　我说了，有些事跟你有关系，有些事跟你没关系。再说了，人活着不能老想着过去，还得往前看哪。

齐老蔫　玲她妈，我走了。

吴秋香　（端起药碗）就是走，也得把这碗药喝了呀。给——

齐老蔫　（感动地接过药碗，喝）都说你心肠狠，可你的心肠最热呀！

吴秋香　你别说了！

齐老蔫　玲她妈，临走我想劝你一句。虽说鸡和鸭子都没了，可你这份家当咋的还不值个三万两万的？换成钱往银行里那么一搁，还不肥吃肥喝一辈子吗？

吴秋香　人活着要只是为了吃喝，那和猪还有啥区别？瘟疫吓不住我，鸡场还得办！

齐老蔫　我走了。往后……往后有非用我不可的地方，就打发玲儿去找我。

吴秋香　（一怔）你不在我这儿赶车了？

齐老蔫　你……你还是找别人吧。（下）
　　　　〔手缠绷带的方大林上。

方大林　秋香姑姑，小玲在吗？

吴秋香　在，进屋吧。

方大林　我跟她说两句话就行。

吴秋香　我给你叫她去。（下）
　　　　〔吴小玲跑上。

吴小玲　大林，你的胳膊咋的了？

方大林　我爹打的。

吴小玲　（心疼地）为啥？

方大林　（带气地）你说为啥！

吴小玲　（敏感地）是为我吗？

方大林　我爹本来就嫌你妈不正经。哼，偏偏又在报上登征婚启事，出洋相不？现在又把你爹弄家里住了，万柳镇上都开了锅了！

470　吴小玲　啥？

方大林　我爹说了，如果想要他这个爹，就不能要你这个儿媳妇！

吴小玲　那你是咋想的？

方大林　我当然一直跟他争。他骂我，我听着；他打我，我不走。直到昨天，他才吐了点儿口儿。

〔吴秋香端苹果上。

吴小玲　他答应了？

方大林　你必须得和你那个风流妈彻底脱离关系！

〔吴秋香身子一晃。

吴小玲　你说啥？

方大林　不是我说的，这是我爹说的！

吴小玲　如果……如果我不呢？

方大林　小玲……我也觉得你妈——

吴小玲　（愤怒地）你们不配说我妈！

方大林　难怪都说上梁不正下梁歪！就你这样，将来还不得让我也像你爹那样！

〔暴怒的吴小玲挥手打方大林一个嘴巴。方大林跑下。

〔吴小玲回身发现吴秋香，扑进她怀里。

吴小玲　（哭）妈！妈，咱们走吧，走得越远越好。

吴秋香　走？我也没说走啊！

〔吴小玲背过身，痛哭失声。

吴秋香　（悲愤地）这到底是为什么呀？（唱）

　　　　　　眼见得大林小玲两分开，

　　　　　　真好似惊雷一声炸心怀。

　　　　　　为什么谣言诽谤将人害，

　　　　　　为什么女儿也难把头抬？

　　　　　　为什么不幸命运也传代，

　　　　　　为什么桩桩祸事冲我来？

　　　　　　都说是万柳镇插柳成荫，

　　　　　　却为何我秋香这棵树枝无处栽？

　　　　　　万柳镇加我身上多少冤枉债，

　　　　　　狠狠心何不远走他乡快离开！

玲儿，妈没有你也能生活得挺好，只要大林对你有意，你们俩就——

吴小玲　我不！

吴秋香　我知道你是可怜我，可你总不能跟妈过一辈子呀！

吴小玲　像方大林这样的人，就是结了婚，往后也不会有好日子过的。

吴秋香　那你……

吴小玲　不理解妈的人，小玲不嫁！

吴秋香　孩子……（把吴小玲搂在怀）

〔刘中志上。

刘中志　秋香——

〔吴小玲捂脸跑下。

吴秋香　（冰冷地）站着的客不好答对，进屋坐吗？

〔刘中志抱头坐在长凳上。

吴秋香　我正要找你呢。（褪下戒指）这个还给你！

刘中志　你不愿意要，就把它扔了吧！

吴秋香　（把戒指塞给刘中志）要扔，你可以自己扔！

〔刘中志举手欲扔。

吴秋香　老刘！（伤心地哭起来）

刘中志　秋香，我们为什么要像小孩子那样，因为一两句话就——唉，不怕你笑话，生活中失掉了你，我真不想活了！

吴秋香　但愿你说的是真心话。

刘中志　从我把戒指戴在你手上的时候起，就把整个的心交给了你。你说心里话，我对你好不好？

吴秋香　好。

刘中志　你除了要求我对你好以外，还要求什么？

吴秋香　我要求你能信得过我！

刘中志　秋香，我错了，我真错了。我为自己想得太多，为别人想得太少。原谅我吧，秋香——

吴秋香　老刘，我想你也许比你想我想得还厉害，你知道我时时刻刻都在盼你来吗？

　刘中志　（张开臂膀）秋香！

吴秋香	你冷静点儿。老刘，有人说你是冲我钱来的。
刘中志	如果你也那样认为，我立刻就走！
吴秋香	如果我把家业给了别人……
刘中志	你说什么笑话？
吴秋香	我说的是实话。
刘中志	秋香，只要你爱我，我什么都可以不要！我现在最大的愿望就是求得你的原谅。
吴秋香	我原谅你了。
刘中志	秋香，咱们登记去吧，免得夜长梦多。
吴秋香	登记？
刘中志	登完记，立刻就到上海去旅行结婚。秋香，就这样定了吧。
吴秋香	你让我再想一想……

〔刘中志为吴秋香戴上戒指。

〔切光。

〔舞台复明。前场一月后。

〔万柳镇十字街头。

〔齐老蔫上，吴小玲跟上。

齐老蔫	不行，不行，说啥也不行！
吴小玲	可我妈说，一定要你用大车送她。
齐老蔫	我这个人窝囊了一辈子，今儿个我也刚强刚强。送你妈上哪儿都行，可这是要我送她去跟别人登记结婚去。你回去告诉她，没门儿！
吴小玲	我妈说你也说过，愿意他俩结婚。
齐老蔫	我说过那话是不假，可那是在他俩黄了的时候。现在是真的了，我越合计心里就越不对劲儿。
吴小玲	我觉得我妈这次出门有点儿不对劲儿。
齐老蔫	嗯？
吴小玲	她这回一走，也许再不会回来了。
齐老蔫	啥？
吴小玲	这几天她一直睡不着觉。看看这儿，摸摸那儿，还把一个存折给了我姨姥，并要她多照顾你。

齐老蔫 照顾我？她……她还说啥了？

吴小玲 她非让我跟她一起去不可。再就是一定让你用大车送我们去。

齐老蔫 这是啥勾当！（欲走）

吴小玲 爹，你干啥去？

齐老蔫 我还能干啥？套车！

〔切光。

〔舞台复明，接前场。

〔黄花岗下，天低云暗。马蹄踏踏，车铃声声。

〔满脸愁云的齐老蔫执鞭赶车上。心事重重的吴秋香、吴小玲上。三人舞。

吴小玲 （唱）马蹄踏踏车轮响，

　　　　　　大车又下黄花岗。

　　　　　　前头爹，后头娘，

　　　　　　默默无语口不张。

　　　　　　小玲心中暗惆怅，

　　　　　　此行不知去何方。

吴秋香 （唱）车后坐着吴秋香，

　　　　　　心里没底直发慌。

　　　　　　去留关键在今日，

　　　　　　弱草别再遇寒霜。

　　　　　　我只求中志他心胸宽广，

　　　　　　莫重钱财重情长。

　　　　　　只要他心口如——个样，

　　　　　　从此我一只孤雁入阵行。

　　　　　　回头我把家乡望，

　　　　　　丝丝柳枝动情肠。

　　　　　　前思后想多少事，

　　　　　　真想放声哭一场。

齐老蔫 （唱）今日送秋香，

　　　　　　重走黄花岗。

　　　　　　三个月前走一趟，

笑声依依在耳旁。

〔幻觉中出现一过黄花岗时的马蹄声和车铃声。

〔画外音。

〔吴小玲："爹!"

〔齐老蔫："哎!"

〔吴小玲："妈!"

〔吴秋香："啊?"

〔更强烈的马蹄声和车铃声。

齐老蔫 （唱）一声爹，一声娘，

叫得老蔫喜洋洋。

眨眼过去三个月，

美梦做了一场又一场。

如今又把县城进，

人没精神心变凉。

一生没有遂心事，

处处倒霉受窝囊。

吃口饭，硬邦邦，

躺在炕上炕冰凉。

如今又把秋香送，

去跟别人拜花堂。

想起这些伤心事，

不觉心酸泪两行。

吴小玲 爹，你咋的了?

齐老蔫 （用袖子擦泪）没、没什么……

吴小玲 爹，今天车咋这样慢哪?

齐老蔫 慢? 坐稳当了。驾! 驾!（挥鞭打马）

〔车快如飞。

吴秋香 （紧张地）老蔫!

吴小玲 （害怕地）爹!

齐老蔫 （发疯地）驾! 驾!

〔吴秋香和吴小玲先后被甩下车。

吴小玲	爹，爹——
齐老蔫	（突然勒住缰绳）吁——
	〔切光。
	〔舞台复明。接前场。
	〔县城火车站前。刘中志不时地看表、观望。
刘中志	秋香让我直接到火车站等她，她也该来了。
	〔提着皮包的吴秋香、吴小玲和扛着皮箱的齐老蔫上。
吴秋香	老刘——
刘中志	秋香，我等你都快一个小时了。
齐老蔫	玲她妈，这回用不着我了吧？你要注意身板呀，我……我走了。
吴小玲	爹——
齐老蔫	听你妈话，啊？（欲走）
吴秋香	老蔫，你得送我们上火车呀。
齐老蔫	也没有什么太沉的东西了，不，还有——
刘中志	对，还有我呢。老蔫同志，谢谢你了。
	〔齐老蔫又欲走。
吴秋香	你等会儿再走，我还有事呢。
刘中志	有事可以回来再办嘛。咱们不说好了先登记，然后就去上海吗？
吴秋香	登记赶趟儿。玲儿，给你爹买几斤点心去。
	〔齐老蔫下。
吴秋香	玲儿，千万别让你爹走了。
吴小玲	（心烦地）啊！爹——（下）
	〔吴秋香掏出财产移交书。
吴秋香	老刘，有件事我想同你商量一下。
刘中志	（看，神色大变）财产移交书？你……你是不是神经上有毛病？
吴秋香	（身子一晃）老刘……
刘中志	说得多好听，还说跟我商量，公证处的戳子都盖上了，这叫哪国商量?!
吴秋香	我真没想到，你会这样看重——
刘中志	钱！你说我是看重钱是不是？不是我看重钱，这……这钱都是你的呀！你为啥要把家业白白送给人哪？

吴秋香	老蔫……老蔫怪可怜的……
刘中志	那你为什么还要和他离？
吴秋香	这你应该懂得，同情和爱情不是一回事！
刘中志	我的一切都是为了你，可你为我想过吗？
吴秋香	就是因为我想了，才决定这样做的！
刘中志	你、你、你的心可真狠，难怪当年——
吴秋香	你说下去！
刘中志	你、你、你还是不理解我呀。
吴秋香	这也正是我要对你说的话！现在摆在我面前有两条路：一条是嫁给你，重新再办一个家禽场；另外一条路是我将应聘去外地当经理。看来，我——
刘中志	我祝你一路顺风！
	〔齐老蔫、吴小玲上。刘中志欲走。
吴秋香	（摘下戒指）你等等！（把戒指还给刘中志）
刘中志	这简直是一场梦！（下）
吴小玲	妈，咋回事呀？
吴秋香	是啊，妈也做了一场梦，一场可怕的梦啊！（把财产移交书递给吴小玲）
吴小玲	（看，激动地）妈！
吴秋香	玲儿，念给你爹听听？
吴小玲	（念）"财产移交书。我决定把我的私产送给齐来福。瓦房三间，大车一辆，马两匹，鸡鸭舍各一栋。立字人：吴秋香。"
齐老蔫	不、不，不是我的东西我不要。
吴秋香	要不要也已经是你的了。前天我就到公证处办好了手续。
齐老蔫	你为啥要把这么大一份家业给我呢？
吴秋香	（心情复杂地）为啥？为啥我也说不清楚。
齐老蔫	那不行，你说不出个四五六来，我死也不要！
吴秋香	我想带玲儿出去闯一闯。万一没闯好，回来不还有个落脚的地方吗？
齐老蔫	你……你真要走吗？
吴秋香	我原想把玲儿给你留下，从她和大林断了以后我就改了主意，希

477

望你能体谅我……

齐老蔫　（擦眼泪）让玲儿跟着你，比……比跟我……我强啊。

吴秋香　（深情地）老蔫哥呀！（唱）

　　　　临行前留下几句贴心话，

　　　　心凄凄情切切泪落如麻。

　　　　想当初那桩婚姻害了咱们俩，

　　　　现如今小玲她也背上无形枷。

　　　　万柳镇哪有我们母女安身处，

　　　　也只好背井离乡走天涯。

　　　　你千万要珍重莫把我牵挂，

　　　　青山在绿水长流处处可为家。

　　　　如今是改革洪流如潮涌，

　　　　吴秋香怎能不做个小浪花。

老蔫哥呀！（接唱）

　　　　致富路上你要扬鞭催快马，

　　　　立大志寻伴侣早日快成家！

齐老蔫　你们娘儿俩是要到哪疙瘩去呀？

吴秋香　这么大个中国还能没有我们娘儿俩去的地方？赶上这么个好时候，高低也要闯出点儿名堂来！多保重吧。我们……我们走了！（下）

吴小玲　爹——（扑向齐老蔫，哭）

〔齐老蔫作手势让吴小玲快跟吴秋香走。吴小玲向齐老蔫深深鞠了一躬，哭下。

〔火车闷郁的鸣声。

〔齐老蔫塑像一样呆立不动。

〔幕后伴唱：

　　　　"山一程，水一程，

　　　　山水难断世间情。

　　　　人生路上常分手，

　　　　何时才能再相逢？"

〔火车启动声，疾驰声。

〔舞台渐暗，火车声渐远。

〔幕落。

——剧　终

《风流寡妇》根据王宗汉中篇小说《桃花运》改编，1989年沈阳评剧院首演，导演刘家荣，主演冯玉萍。剧本获第四届全国优秀剧本奖（1986—1987）。

作者简介

董振波　本名董镇波，男，1937年出生，辽宁沈阳人，代表作品有电影《幸福之歌》，京剧《壮岁旌旗》，评剧《风流寡妇》《魂断天波府》《疙瘩屯》等等。